Chère lectrice,

Vos six romans de ce mois d'août sont placés sous le signe de la passion et du mystère. Ainsi, en 1228, lady Rhiannon est enlevée par un séduisant chevalier qui ne juge pas utile de lui fournir la moindre explication quant aux raisons de son geste. Des raisons, il est vrai, pour le moins surprenantes et que vous découvrirez dans *Le donjon des secrets*, première partie de la nouvelle saga médiévale de Margaret Moore, *Noces celtiques*. Plus tard, en 1530, la vie d'Eleanor, une jeune Anglaise, bascule quand son navire est abordé par des pirates ottomans. Vendue à Istanbul, *L'esclave du harem* voit elle aussi son destin prendre la forme angoissante d'un point d'interrogation. En 1811, lady Charlotte, une jeune veuve impécunieuse, est non moins inquiète quand son beau-père, qui l'hébergeait avec ses deux fillettes, vient à décéder. Car non seulement l'héritier du *Manoir des tentations* se révèle odieux, mais il s'entoure d'amis que Charlotte juge tous aussi détestables que lui. Tous — sauf un… A la même époque, mais dans un contexte différent, lord Devlin, un riche aristocrate, gagne une partie de cartes dans un tripot et se voit offrir en guise de trophée *Une lady mystérieuse*, jeune beauté très convoitée par les clients du lieu… Peu après, en 1812, le marquis d'Aldeborough, dans *Les noces d'une héritière*, a lui aussi une surprise : en montant dans son attelage, il y trouve, cachée sous la banquette, une inconnue qui lui affirme être une servante en fuite… La même année, mais en Irlande, le duc de Warenne apprend avec stupeur qu'il serait le père du bébé d'Elizabeth Fitzgerald, *L'inconnue du bal*. Furieux, le duc s'insurge : par quel mystère pourrait-il avoir conçu un enfant avec une femme qu'il connaît à peine ?

Enfin, le 1er septembre, ne manquez pas, dans la collection Best Sellers, le nouveau roman de Brenda Joyce, *L'héritière de Rosewood*.

Bonne lecture et rendez-vous en octobre,

La responsable de collection

A partir du 1er août, découvrez la saga de Margaret Moore

— SAGA —

Noces Celtiques

Complots et passions au temps des châteaux forts…

Première partie : LE DONJON DES SECRETS

Bryce Freval, un chevalier normand désargenté, accepte l'offre du riche gallois lord Cynvelin qui lui propose une place dans sa compagnie d'hommes d'armes. Mais à peine entré au service de son nouveau maître, il se voit confier pour mission d'enlever la fille d'un puissant baron que lord Cynvelin désire follement. Devant les scrupules de Bryce, lord Cynvelin le persuade qu'il s'agit là d'une tradition galloise, et que la demoiselle est consentante…

Ne manquez pas, le 1er octobre,
votre prochain rendez-vous
avec cette passionnante saga.

Le manoir des tentations

MARY NICHOLS

Le manoir des tentations

LES HISTORIQUES

éditionsHarlequin

Cet ouvrage a été publié en langue anglaise
sous le titre :
AN UNUSUAL BEQUEST

Traduction française de
FRANÇOIS DELPEUCH

Photo de couverture
© VITTORIO DANGELICO / THOMAS SCHLUCK

83-85, boulevard Vincent-Auriol, 75013 PARIS — Tél. : 01 42 16 63 63
Service Lectrices — Tél. : 01 45 82 47 47
ISBN 978-2-2808-3306-6 — ISSN 1159-5981

À cette époque...

L'héroïne de ce roman Régence est consternée quand elle se retrouve contrainte de vivre sous le même toit qu'un homme qui s'entoure d'amis aussi débauchés que lui, qui jouent et boivent à qui mieux...
A cette époque, il est vrai, le jeu est pratiqué librement par les deux sexes, et surtout par les dames et gentilshommes de la haute société. A Bath, à Londres et à Tunbridge Wells, les tables de jeu constituent le principal centre d'intérêt, et d'énormes sommes changent de mains par-dessus les cartes et les dés...
Quant à l'alcoolisme, il est le vice reconnu des Anglais de toutes classes, et ce d'autant qu'il semble impossible de prôner l'abstinence à une époque où tous les foyers n'ont pas les moyens de se procurer du thé ou du café, et où l'eau est souvent impure. Toutefois, les institutions religieuses distribuent des brochures en faveur de la tempérance, qui présentent avec un grand luxe de détails le sort affreux qui guette les ivrognes, « tués en cherchant vainement à retrouver leur logis à cheval, ou bien frappés d'apoplexie en plein blasphème et allant tout droit en enfer. »

1.

Début 1817

Charlotte regardait les voitures du cortège funèbre s'éloigner l'une après l'autre dans l'allée.

L'assemblée qui s'était retrouvée au manoir après l'inhumation de Lord Hobart était peu nombreuse : le défunt était âgé et avait lui-même enterré la plupart de ses contemporains. En outre, il avait plus ou moins vécu en ermite au cours des quatre à cinq dernières années, ne recevant que peu de visiteurs chez lui et ne sortant jamais des limites du domaine d'Easterley Manor, lequel s'étendait depuis le hameau de Parson's End jusqu'au phare qui se dressait sur la falaise.

— Triste jour, milady.

La voix du prêtre ramena l'attention de Charlotte sur le paysage détrempé du jardin tandis qu'au loin l'ultime attelage disparaissait au détour de l'allée.

— Oui, révérend, répondit-elle. Il va me manquer.

— Qu'allez-vous devenir ?

Le révérend Peter Fuller était un homme de haute taille, aussi maigre que certains de ses paroissiens affamés. Charlotte le soupçonnait d'avoir dispensé de la dîme bien des fermiers victimes de mauvaises récoltes et d'avoir donné son propre pain à plus d'une famille dans le besoin. C'était un chrétien au sens le plus noble du terme et tous deux œuvraient souvent de concert pour soulager la misère des villageois les plus pauvres et essayer d'inculquer un peu d'instruction aux enfants de Parson's End.

— Que voulez-vous dire ? s'enquit-elle.

— Eh bien, milady, articula le pasteur avec un certain embarras, étant donné que votre beau-père était un très vieil homme, vous devez bien avoir songé aux bouleversements qu'entraînerait inévitablement sa mort. Il avait un second fils et celui-ci va très certainement revenir au pays pour réclamer le domaine.

— Ce monsieur se trouve actuellement en Inde, là où son père l'a relégué, révérend. Mais je ne vous apprends sans doute rien : aucun secret ne le reste bien longtemps dans un hameau aussi petit que Parson's End.

Nul au village, en effet, n'ignorait que Cecil Hobart, fils cadet de sa Seigneurie, était la brebis galeuse de la famille. Joueur invétéré, il avait accumulé des dettes pour plusieurs milliers de guinées et à maintes reprises son père lui avait sauvé la mise en remboursant ses créanciers. Lord Hobart avait cependant fini par en avoir assez et décidé d'expatrier Cecil en lui donnant pour mission de faire carrière dans l'East India Company — la Compagnie Orientale des Indes. A l'époque, son demi-frère aîné, le mari de Charlotte, était encore de ce monde, aussi cette mesure de relégation n'eut-elle aucune incidence sur la succession. Hélas, Grenville mourut en Espagne en 1809, laissant derrière lui une veuve et deux filles en bas âge et, dès lors, il n'y eut plus d'autre héritier mâle chez les Hobart que Cecil.

Après la mort de Grenville, Lord Hobart n'avait pas rappelé son plus jeune fils, si bien que sa bru et ses petits-enfants avaient pu continuer à vivre auprès de lui, dans le manoir familial que Charlotte gérait avec une efficacité irréprochable, y assumant à la fois les responsabilités de mère, de belle-fille et de gouvernante.

— Il rentrera dès qu'il apprendra qu'il est désormais le nouveau Lord Hobart, repartit Peter Fuller. Et s'il n'a pas changé…

Il s'interrompit, par crainte d'en dire trop. Cecil avait si mauvaise réputation qu'il ne pouvait envisager sans effroi de voir une dame partager son toit. Il ignorait quel âge au juste avait Charlotte Hobart, mais il doutait qu'elle eût atteint la trentaine. C'était d'ailleurs une femme encore très séduisante. Pour son malheur, c'était aussi une âme pure et confiante. Elle avait toujours la meilleure opinion de son prochain et il ne serait que trop facile pour un individu sans scrupule de lui en faire accroire.

Elle se retourna vers lui, ses yeux limpides, couleur d'aigue-marine, reflétant sa tristesse de perdre avec Lord Hobart un homme qui avait été un second père pour elle et qu'elle avait tendrement aimé.

Oh, elle savait bien que son existence jusqu'alors calme et ordonnée était sur le point de changer, que c'était là un fait inévitable. Mais elle ne voulait pas y penser alors que le chagrin l'accablait encore, un chagrin qui dévorait toutes les minutes de sa vie quotidienne qu'elle ne consacrait pas aux tâches ménagères ou aux soins exigés par ses enfants.

— Voilà plusieurs semaines, déjà, que j'ai écrit à Cecil, reprit-elle, quand je me suis rendu compte que la fin de son père était inévitable. En dépit de leur éloignement, je savais que sa Seigneurie tenait à le revoir avant de quitter cette terre. Malheureusement, cela ne s'est pas fait, mais il est possible qu'en ce moment même Cecil soit sur le chemin du retour. En tout cas, il est de mon devoir de continuer à veiller à la bonne marche du domaine jusqu'à son arrivée. Il n'est pas exclu, du reste, qu'il m'en laisse la direction.

— Et s'il ne veut pas de vous ? demanda le prêtre avec une brusquerie inquiète. N'avez-vous point des proches qui seraient susceptibles de vous héberger avec vos deux fillettes ?

— Non, je n'ai personne, sauf Lord Falconer, l'oncle de ma

mère, mais je ne lui ai jamais été présentée. Il a reçu le titre à la mort de son frère, mon grand-père, et s'est disputé avec maman quand elle l'a informé de son souhait d'épouser papa. Comme elle s'obstinait, il a déclaré se désintéresser de son sort.

Elle eut un bref sourire, avant de poursuivre :

— Il l'avait prévenue qu'elle regretterait d'avoir épousé ce moins que rien de capitaine irlandais au long cours. Il se trompait. Mes parents ont connu ensemble un bonheur sans nuages jusqu'à la mort de mon père, à Trafalgar. Maman est décédée d'une mauvaise fièvre moins d'un an après. Comme à l'époque grand-oncle Joseph ne m'a même pas écrit pour m'exprimer ses condoléances, j'ai dû en conclure que la rupture entre nous était consommée. A ce moment-là, j'étais déjà mariée avec Sir Grenville…

Elle s'interrompit en se rappelant le désespoir qui l'avait accablée quand elle avait appris la disparition de son époux, huit ans auparavant. Cette perte, qui survenait si tôt après celle de ses parents, avait été pour elle un choc terrible. La présence et l'affection de Lord Horbart lui avaient été alors d'un précieux secours. Or voilà qu'il disparaît à son tour.

Jamais elle ne s'était sentie aussi seule.

— Je comprends bien, milady, concéda le pasteur, mais je ne vous conseille pas moins instamment d'écrire à ce parent. Le temps a peut-être comblé le fossé qui vous séparait et son soutien risque de vous être utile.

Elle esquissa un sourire las.

— Votre sollicitude me touche, révérend, mais je me vois mal solliciter la générosité d'une personne qui semble avoir nié jusqu'à mon existence. De plus je n'ai aucune envie de quitter Parson's End. J'ai des responsabilités ici. Je ne puis abandonner la maison dont j'ai la charge ni les enfants du village qui comptent sur moi pour leur apporter le minimum d'instruction qui, seul, leur permettra de se libérer de leur condition.

Elle s'était improvisée maîtresse d'école après la mort de Grenville, dans l'espoir de se distraire de sa peine, et ce qui était d'abord un dérivatif à sa douleur s'était ensuite mué en une vraie passion pour l'éducation et l'amélioration du sort des plus démunis.

— C'est sans doute vrai, admit Peter Fuller avec un sourire indulgent, mais cela vous oblige-t-il pour autant à rester entre ces murs si la vie y devient pour vous insupportable ?

— Il n'y pour l'instant aucune raison d'appréhender le pire. Et puis Fanny et Lizzie sont déjà assez perturbées par le décès de leur grand-père sans que je les force en plus à quitter le seul foyer qu'elles on connu jusqu'à présent.

Le pasteur n'insista pas mais se promit de garder un œil sur sa paroisienne. L'ayant saluée, il prit congé d'elle et, les pans de sa soutane flottant derrière lui, s'engagea d'un pas vif dans l'allée qui, au-delà de l'enceinte du domaine, rejoignait la route du village. Charlotte le suivit des yeux jusqu'à ce qu'il eût disparu à son tour. Elle tourna alors les talons pour rentrer dans le manoir.

C'était une vieille maison aux pièces irrégulières, aux parquets inégaux, aux meubles antiques et lourds qui trônaient aux mêmes endroits depuis des générations. Certaines salles, telles que le boudoir de feue Lady Hobart et le salon de réception, avaient été redécorées au goût du jour, avec des meubles plus légers, aux lignes plus grâcieuses, avec des tapisseries et des draperies colorées et gaies, mais dans tout le reste de la demeure on se serait cru encore au XVIIe siècle, au temps de la guerre civile. Charlotte, pour sa part, appréciait autant l'ancien que le neuf. Elle adorait le manoir, ses énormes cheminées, ses immenses placards, ses gros coffres, ses hautes fenêtres aux profondes embrasures et ses jardins impeccablement entretenus que délimitaient d'un côté des bois de pins et, de l'autre, les falaises surplombant la mer du Nord. Pour rien au monde elle n'aurait voulu quitter le domaine.

Quoique Lord Hobart fût demeuré confiné dans sa chambre pendant les deux dernières années de son existence, la maison n'en paraissait pas moins vide, sans lui. Il la remplissait naguère de sa présence, même s'il ne la dirigeait plus. C'était un homme aussi imposant qu'apprécié, surtout par Charlotte et ses filles, mais les domestiques l'admiraient et le respectaient également. Employeur sévère mais juste, il avait accordé sa confiance pleine et entière à sa bru, si bien que ses gens obéissaient aux ordres de la jeune femme comme s'ils émanaient de leur maître lui-même. Charlotte ne pensait pas que la mort de ce dernier y changerait grand-chose, du moins pas avant l'arrivée du nouveau seigneur d'Easterley Manor. Quand ce dernier serait là, en revanche, il faudrait s'attendre à tout et il n'était aucune des craintes exprimées par le révérend Fuller qui ne lui eût déjà traversé l'esprit.

Cecil Hobart était né du second mariage de sa Seigneurie, plusieurs années après la venue au monde de Grenville. Charlotte ne l'avait rencontré qu'une ou deux fois après avoir épousé ce dernier. Comme les deux frères ne s'entendaient pas très bien, Cecil passait le plus clair de son temps à Londres et ne daignait venir rendre visite à sa famille que lorsqu'il avait besoin d'argent. La jeune femme ne se trouvait pas présente dans la pièce où avait eu lieu sa dernière entrevue avec Grenville et leur père, mais les lourdes portes de chêne qui en défendaient l'accès n'avaient pas été assez épaisses pour étouffer la colère de Lord Hobart. Ce fut après cette pénible scène que sa Seigneurie avait chassé son plus jeune enfant non seulement de chez lui, mais également du pays.

— Dix mille guinées, voilà ce qu'il doit, avait rapporté plus tard Grenville à son épouse. Il ne pourra jamais se remettre de cette perte-là. Père l'a menacé de le laisser moisir en prison mais, bien évidemment, il n'en fera rien. Il a donc décidé d'éponger ses dettes et de lui assurer sa subsistance… à condition qu'il reste en Inde.

— Jusqu'à la fin de ses jours ? avait-elle demandé.

— Jusqu'à ce qu'il puisse apporter la preuve qu'il s'est amendé, ce qui revient en effet à supposer que c'est pour toujours.

— Mais qu'arrivera-t-il quand ton père… Quand sa Seigneurie mourra ?

— Eh bien, en tant qu'héritier, ce sera à moi qu'incombera la tâche de m'occuper de mon cadet. En d'autres termes, j'obéirai en la matière aux dernières volontés de mon père.

Réponse pour le moins insouciante, mais comment aurait-il pu deviner et qui aurait pu prédire que l'ordre de mission l'envoyant en Espagne en cette année 1809 lui serait fatal et qu'il partagerait le sort funeste du général Moore à La Coruña ? Charlotte dut cependant s'en douter : alors mère de deux enfants — Elizabeth qui avait trois ans et Frances âgée de quatorze mois —, elle avait supplié Grenville de ne pas partir à la guerre, lui faisant valoir qu'en tant qu'héritier de son père, il n'y était pas obligé, mais Grenville avait un sens impérieux du devoir allié à un penchant irrépressible pour l'aventure et à la certitude de sa propre invulnérabilité.

— Sir John Moore a besoin d'officiers expérimentés, lui avait-il rétorqué. Les rebelles espagnols sont des gens courageux mais ils manquent de discipline. Ils n'ont aucune chance contre Napoléon si nous ne les aidons pas. Je ne peux pas leur refuser mon concours, comprends-tu ?

Non, elle ne voulait pas le comprendre, mais elle n'était pas parvenue non plus à le faire revenir sur sa décision. Il s'était donc embarqué pour l'Espagne, plein d'espoir et d'enthousiasme, et n'en était jamais revenu. Lord Hobart avait été cruellement atteint par la disparition de son aîné et, malgré le réconfort que Charlotte et lui s'étaient mutuellement apportés, ce tragique coup du sort avait marqué le début de son déclin…

Ayant entendu le dernier visiteur franchir le seuil du manoir, les deux petites filles avaient quitté l'office où la cuisinière avait essayé de les consoler de leur peine avec des sucres d'orge, pour venir rejoindre leur mère dans le hall d'entrée. Elles se placèrent de part et d'autre de Charlotte et s'accrochèrent à sa taille. Elle les enlaça.

— Allons, les filles, montons chez vous prendre le thé, leur proposa-t-elle. Nous serons au calme, là-haut, et cela permettra aux domestiques de nettoyer le grand salon. Nous jouerons ensuite aux charades avant le coucher.

— Est-ce qu'on ne reverra plus grand-papa ? s'enquit Fanny. Plus jamais, jamais ?

Charlotte baissa les yeux sur sa petite dernière, ne sachant trop que lui répondre. La vérité nue, elle le savait, risquait seulement d'accroître la peine de l'enfant. Comme elle cherchait ses mots, Lizzie les trouva à sa place.

— Bien sûr que non, déclara-t-elle. Il a été enterré, mais Mlle Quinn dit qu'il ne restera pas au cimetière, qu'il ira finalement au paradis et qu'on le retrouvera là-bas quand ce sera à notre tour d'y monter.

Elle s'interrompit pour pousser un gros soupir.

— Seulement, ajouta-t-elle, ça va prendre des années et des années et, à ce moment-là, on sera devenue vieilles nous aussi.

Charlotte les serra toutes deux contre son cœur. Elles étaient la lumière de sa vie et le seul legs que son mari lui avait laissé. Elle disposait bien d'une maigre annuité qui lui avait été allouée aux termes de leur contrat de mariage, mais comme Lord Hobart avait veillé jusqu'alors à tous ses besoins ainsi qu'à ceux de ses filles, elle avait pris l'habitude de redistribuer la majeure partie de cette modeste pension aux nécessiteux de Parson's End. En conséquence, si le nouveau Lord Hobart refusait de les héberger et de les nourrir comme l'avait fait son père auparavant, elles se retrouveraient toutes les trois dans une fâcheuse posture.

Par une imprévoyance sans doute imputable au chagrin d'avoir perdu son aîné, puis à la sénilité dans laquelle il avait ensuite irrémédiablement plongé, Lord Hobart n'avait pas modifié le testament qu'il avait rédigé juste après le bannissement de Cecil. Ce document établissait que le domaine d'Easterley Manor, demeure comprise, devait revenir à Grenville qui, à l'instar de son père avant lui, le gérerait, l'entretiendrait et en tirerait profit, pour lui-même et sa famille. Quant à Cecil, il était censé avoir d'ores et déjà reçu son dû sous la forme du remboursement de ses dettes de jeu et de l'allocation qui lui avait été accordée en sus. Or Grenville était décédé avant son frère, si bien que la propriété appartenait désormais à Cecil. Certes, Lord Hobart avait également pris soin de soustraire de l'héritage revenant à sa descendance directe un fonds destiné à pourvoir chacun de ses petits-enfants, présent ou à venir, d'un legs en fidéicommis. Mais il s'agissait là d'une disposition pour le moins singulière et Charlotte craignait qu'elle fût juridiquement contestable.

Préférant oublier pour l'instant ces sombres nuées qui menaçaient leur avenir, Charlotte monta avec ses filles le grand escalier en chêne sculpté qui s'élevait au centre du hall et menait à l'appartement des fillettes situé au deuxième étage du bâtiment, ainsi qu'à la salle de classe où Lizzie et Fanny étudiaient pendant la journée sous la houlette de Joan Quinn, leur gouvernante. Celle-ci les attendait sur le palier, le dos raide et le maintien empreint d'une sévérité que démentait le regard rempli d'amour dont elle couvait les deux enfants.

— La cérémonie s'est-elle bien passée, milady ? demanda-t-elle à Charlotte.

— Oui, Quinny, tout est terminé maintenant et chacun d'entre nous doit s'efforcer de reprendre le cours normal de son existence.

— Bien sûr, acquiesça la domestique. Le thé vient d'être

monté chez ces demoiselles. Resterez-vous avec nous pour partager leur collation ?

— Oui, d'autant plus que je leur ai promis de jouer avec elles avant l'heure du coucher. Demain, nous nous occuperons des tâches qui sont habituellement les nôtres le jeudi.

Elles prirent donc place autour de la table de la nursery et dégustèrent des tartines beurrées, des *muffins* ainsi que des gâteaux au miel qu'elles accompagnèrent de quelques tasses de thé léger. Après cinq jours de repas expédiés faute de temps et d'appétit, Charlotte découvrait soudain qu'elle était affamée et ce goûter était exactement ce qu'il lui fallait pour restaurer ses forces.

Tout en sirotant son thé, elle observait discrètement ses filles. Fanny et Lizzie avaient été bouleversées par la mort de leur grand-père. Ce dernier avait toujours su se mettre à leur niveau pour leur parler et leur trouver des passe-temps à la fois captivants et instructifs. Il leur avait ainsi appris le nom des fleurs sauvages qui poussaient sur le domaine et dans les bois alentour, les avait emmenées plus d'une fois en exploration sur la grève et leur avait décrit sur des cartes ses campagnes militaires, car c'était jadis un aussi grand soldat que leur propre père.

Lizzie avait les cheveux de jais de Grenville et des yeux bruns qui ressemblaient tellement aux siens que Charlotte était parfois saisie d'émotion en reconnaissant en eux l'intelligence, la fierté et l'indépendance d'esprit qui avaient été les traits les plus marquants de son regretté mari. Fanny était pour sa part plus douce et plus tendre, de caractère comme d'apparence. Le cheveu plus clair que son aînée et le teint plus rosé, elle était aussi la plus sensible des deux et avait manifestement du mal à accepter que son papi ne fût pas en train de somnoler dans sa chambre, comme naguère.

— Croyez-vous que le nouveau Lord Hobart va venir ? demanda Mlle Quinn à Charlotte.

La vieille demoiselle avait déjà été la gouvernante de sa maîtresse quand celle-ci était enfant et était ensuite demeurée à son service comme femme de chambre. Elle continuait aujourd'hui à remplir cette fonction tout en s'occupant de Fanny et de Lizzie.

— Le nouveau Lord Hobart ? s'enquit Lizzie, perplexe. Qu'est-ce que tu veux dire ? Qui est-ce ?

Mlle Quinn resta muette et regarda Charlotte.

— Il s'agit de Cecil, ton oncle, répondit celle-ci à la place de la servante. Il faut nous attendre à ce qu'il vienne bientôt succéder à grand-papa…

— Non, non ! s'écria l'enfant. Je ne veux pas ! Je ne veux pas qu'il prenne la place de papi !

— Cette maison est désormais à lui, Lizzie, ainsi que le reste du domaine et il est de notre devoir de l'y accueilir avec tout le respect dû au maître des lieux.

— Oui, eh bien, moi, je le déteste déjà.

— Pourquoi ? protesta Charlotte. Ce n'est tout de même pas sa faute si ton grand-père est mort.

Mais ces paroles sonnaient faux à ses propres oreilles. Elle avait bien conscience que la déception causée à Lord Hobart par les frasques de son cadet avaient contribué à sa déchéance et que, si la disparition de Grenville en avait été la cause première, ce déclin aurait pu être enrayé si le vieil homme avait ensuite disposé du soutien d'un fils moins écervelé et plus mûr. Car même s'il n'en parlait jamais, Charlotte avait deviné que la présence de Cecil lui manquait ou, plus exactement, celle d'un héritier sachant tenir son rang.

Mais peut-être Cecil avait-il changé, espéra-t-elle. Peut-être était-il désormais disposé à assumer les devoirs inhérents à son titre ainsi qu'à sa nouvelle fortune.

Après le thé, les enfants et elle prirent plaisir à se soumettre mutuellement devinettes et charades. Puis arriva l'heure pour les fillettes de se coucher. Charlotte redescendit ensuite au rez-de-chaussée et ce retour à la réalité lui rappela les incertitudes qui pesaient sur leur avenir.

De fait, à supposer que son beau-frère accceptât de la garder sous son toit, il lui faudrait encore assurer sa propre subsistance et celle de ses enfants. Cecil la connaissait à peine et n'était que l'oncle de Fanny et de Lizzie. Elle ne pouvait décemment exiger de lui autant de générosité que feu Lord Hobart. Elle n'avait donc pas le choix : elle devait impérativement trouver un moyen de garder son indépendance et de pourvoir aux besoins de ses enfants.

La foule rassemblée dans la salle de jeu du White's était encore plus bruyante qu'à l'accoutumée. A l'une des tables, trois hommes qui avaient bu plus que de raison menaient grand tapage. Assis un peu à l'écart, le vicomte Stacey Darton les observait d'un œil distrait en se demandant s'ils n'allaient pas finir par en venir aux mains. L'un deux lui semblait vaguement familier, bien qu'il ne pût se rappeler son nom. Il était trapu et avait le visage aussi tanné que du vieux cuir. Sa peau était même encore plus hâlée que celle de Stacey que le soleil espagnol avait pourtant bronzée trois années durant. Le bonhomme était revêtu d'une redingote noire et d'une de ces culottes grises s'arrêtant au mollet que plus personne ne portait depuis plus de deux ans. Sa cravate était dénouée et sa chevelure en désordre. Quoiqu'il n'eût guère l'apparence d'un gentleman, Stacey supposait qu'il devait en être un, puisqu'il avait été admis à l'intérieur du club.

Quant à ses compagnons, bien que mieux habillés que lui, ils ressemblaient à de jeunes loups en quête d'un pigeon facile à plumer, ce que semblait du reste confirmer le tas de pièces et de reconnaissances de dette qui s'accumulaient près de leurs coudes.

— Une fois de plus, me voilà dedans, messieurs, déclara leur victime en jetant ses cartes sur la table. Je présume que vous accepterez une nouvelle connaissance de dette ?

— Quoi ? Encore un de ces billets à ordre, Cecil ? protesta l'un de ses adversaires, un individu de haute taille au visage si maigre qu'il semblait presque cadavérique et au crâne planté de rares cheveux noirs. Qu'est-ce qui nous garantit que nous serons payés à l'échéance ?

Cecil s'esclaffa.

— Parce que l'échance, si je puis m'exprimer ainsi, est déjà arrivée, mon bon Roly ! Mon respecté géniteur vient de passer l'arme à gauche.

— Seigneur Dieu ! Ne devrais-tu point assister à ses funérailles ?

— Pourquoi ? Il n'a jamais voulu de moi de son vivant. Qu'irais-je l'importuner maintenant qu'il est mort ?

— Alors, comme ça, la fortune des Hobart va finalement te revenir ? s'enquit le troisième joueur en le scrutant de sous ses sourcils noirs comme la suie.

Il était plus ramassé et plus large que son comparse et avait le teint plus basané.

— Absolument, approuva Cecil. Mais je te serai reconnaissant de ne pas le crier sur les toits, Gus, ou tous mes créanciers vont me tomber sur le dos avant que j'aie eu le temps de rejoindre la demeure familiale. Vous me suffisez déjà, tous les deux ! ajouta-t-il en éclatant d'un rire âpre.

— Ah ? Tu as donc l'intention de partir là-bas quand même ?

— Naturellement. Je dois prendre possession de mon bien ! Reste à savoir dans quel état je vais le trouver. A en croire la rumeur, mon vieux n'avait plus toute sa tête, ces derniers temps.

Il s'esclaffa de nouveau.

— Il paraît que c'est ma belle-sœur qui s'occupait de tout !

— A quoi ressemble-t-elle ?

— Oh, elle n'est pas désagréable à regarder, ou du moins ne l'était-elle pas à notre dernière entrevue, voilà plusieurs années. Elle a eu deux mioches, depuis. Des filles, heureusement pour moi. J'aurai tôt fait de m'en débarrasser.

Il se mit à glousser.

— A moins, évidemment, qu'elle vaille la peine d'être gardée, ajouta-t-il avec un clin d'œil salace.

— Et si elle s'est remariée depuis ?

— Alors elle prendra ses cliques et ses claques et son mari avec elle. Je n'ai pas envie d'avoir des parasites sur le dos.

— Eh bien, moi, mon ami, j'estime que tu as besoin d'être protégé, repartit le grand maigre. Et si nous venions avec toi ?

Stacey sourit, sachant fort bien que ces rapaces souhaitaient bien moins « protéger » leur débiteur que l'argent qu'il leur devait, ce dont ce dernier devait d'ailleurs avoir parfaitement conscience. Il n'en haussa pas moins les épaules comme s'il envisageait leur compagnie sans déplaisir.

— Si vous y tenez, répliqua-t-il, mais je tiens à vous avertir que le manoir des Hobart est situé dans un coin perdu de la côte du Suffolk. L'endroit est aussi mort qu'un bout de lard oublié au fond d'un garde-manger.

— Justement, notre présence lui redonnera un peu d'animation.

Stacey battait toujours le rappel de ses souvenirs pour remettre le prénommé Cecil quand il s'entendit héler. Pivotant sur son siège, il avisa un solide gaillard qui marchait vers lui, le visage fendu d'un large sourire.

— Stacey Darton, quelle merveilleuse surprise ! s'exclama-t-il en tendant sa main à Stacey qui, se levant, déploya une silhouette presque aussi haute et massive que celle du nouveau venu.

Celui-là, Stacey n'eut aucun mal à le situer : c'était Gerard Topham, un compagnon d'armes qui avait combattu à ses côtés jusqu'au lendemain de Waterloo et qui était devenu un de ses meilleurs amis.

— Topham, mon vieux ! Je ne savais pas que tu étais en ville.

— J'ignorais que tu t'y trouvais aussi, rétorqua Gerard. Autrement, je n'aurais pas manqué de te joindre. Je croyais que tu étais parmi les tiens, à la campagne.

— J'avais besoin de souffler un peu.

Gerard s'esclaffa et vint loger son imposante carcasse dans le fauteuil voisin de celui de Stacey avant de demander à l'un des serveurs de leur apporter plus de vin.

— Voilà six mois seulement que tu es de retour dans la mère patrie et il te faut déjà un répit ? Aurais-tu perdu le goût de la vie civile, mon ami ?

Stacey se rassit sans plus prêter attention aux propos que s'échangeaient les joueurs de cartes.

— La vie civile me convient parfaitement, répliqua-t-il, même si elle me paraît parfois un peu terne. Non, ce serait plutôt la famille qui me poserait problème, vois-tu. Mon père ne cesse de me houspiller. Quant à ma fille…

Il laissa sa phrase en suspens.

— Bah, oublions ça, reprit-il. Parle-moi plutôt de toi. Que deviens-tu ?

Gerard s'empara de la bouteille et du verre que venait d'apporter le serveur et leur versa du vin.

— Eh bien, répugnant à rendre l'uniforme, j'ai proposé mes services au ministère de l'Intérieur.

— A la police ? C'est un peu une déchéance après l'Espagne, non ?

— En fait, j'ai rejoint le corps des Douanes — celui des gardes-côtes, pour être plus précis.

La contrebande, après avoir pratiquement cessé suite à la décision du chancelier de l'Echiquier, William Pitt, de réduire les taxes sur le thé, avait connu un regain d'activité quand avait éclaté la guerre contre Napoléon, de nouvelles « denrées » cherchant alors à traverser la Manche : prisonniers ennemis d'un côté et espions de l'autre. Plus tard, lorsque l'économie française avait commencé à battre de l'aile, la guinée avait acquis un plus grand pouvoir d'achat sur le continent qu'en Angleterre même et, s'il fallait en croire les articles que Stacey avait lus à ce sujet dans les journaux, cette disparité perdurait toujours. Le corps des gardes-côtes avait été créé pour réprimer le trafic qui en avait résulté.

— En somme, te voilà devenu un adversaire du libre commerce, repartit Stacey sur le ton de la plaisanterie. Les douaniers n'ont guère la cote en ce moment. Les gens apprécient les marchandises des fraudeurs.

— Peut-être, mais ce sont des vauriens fort différents de l'image romanesque que nos compatriotes se font d'eux dans le confort douillet de leur chaumière. On se les représente en aventuriers au grand cœur rendant le luxe accessible aux plus démunis, alors que nombre d'entre eux sont d'anciens soldats qui, à défaut d'emploi honnête, disposent d'une redoutable expérience dans le maniement des armes à feu et des explosifs. Ces requins sans scrupule sont prêts à tuer pour défendre les profits monstrueux qu'ils accumulent aux dépens de notre propre économie. Ils sont aussi rusés que dangereux. Leur mettre la main au collet n'est donc pas une mince affaire or, comme tu le sais, je n'ai jamais pu résister à un défi. Je suis venu en ville remettre un premier rapport au ministère et je dois repartir dès demain poursuivre mon enquête le long des côtes. Désires-tu m'accompagner ?

Stacey aurait volontiers accepté cette proposition si son devoir ne l'avait retenu ailleurs. Il adressa un sourire contrit à son ami.

— Ce n'est pas l'envie qui m'en manque, répondit-il. Il faut cependant que je rentre à la maison.

— Pour t'y faire houspiller ?

— Très probablement, admit Stacey en soupirant.

— Et à quel sujet ?

Stacey soupira derechef.

— Mon père estime que mon veuvage a assez duré et que sa petite-fille a besoin d'une mère, sans compter qu'il ne serait pas mécontent de me voir prolonger notre lignée avant de quitter ce bas monde. Non qu'il soit à l'agonie. L'énergie qu'il met à me persuader de reprendre femme aurait plutôt tendance à prouver le contraire. Ce qu'il ne voit pas — ou ne veut pas voir —, c'est qu'il a trop gâté Julia et que la reprendre en main risque de réclamer chaque minute de mon temps.

— Perspective qui ne semble guère te réjouir.

Stacey hocha la tête avec lassitude.

— Ma fille me traite comme si j'étais un étranger. A toutes mes tentatives d'approche, elle n'a jusqu'à présent répondu que par le genre d'indifférence polie qu'on réserve d'ordinaire aux importuns. Ce qui est compréhensible, je suppose, étant donné que j'ai passé toute ma vie sous les drapeaux et que je n'ai eu que rarement l'occasion de la fréquenter. Elle n'était pas encore sortie du ventre de sa mère que j'étais affecté en Inde. Celle-ci n'a pu m'y suivre, autant à cause de sa grossesse que par crainte du climat tropical. Cela n'a malheureusement pas empêché cette pauvre Anne-Marie de mourir en couches.

Gerard savait déjà tout ça. Ce qu'il ignorait, en revanche, c'étaient les difficultés que son ami avait dû affronter une fois de retour chez lui.

— Je suis désolé pour toi, mon vieux, lui dit-il. Si j'ai bien compris, tu es donc ici pour te dégoter une nouvelle épouse ?

— Mon père le voudrait bien, mais ce n'est pas le cas. D'abord la saison des bals n'est pas encore commencée et puis je ne suis pas à la recherche d'une débutante. A supposer que je me remarie un jour, ce sera avec quelqu'un de mon âge ou, à la rigueur, si je souhaite moi-même un héritier, avec une femme un tout petit peu plus jeune que moi. Il faudra en tout cas qu'elle ait suffisamment d'expérience et de bon sens pour m'aider à discipliner mon indocile progéniture, or tu m'avoueras que ce genre de perle rare ne se trouve pas vraiment dans les salons de la bonne société.

— Julia n'est tout de même pas si terrible que ça ? repartit Gerard avec un haussement de sourcil.

— Plaise au ciel que j'exagère ! Mais cette gamine a le diable au corps, mon vieux. Parcourir la propriété familiale sur son étalon noir — qu'elle chevauche comme un homme —, pêcher le poisson de nos rivières et traquer le gibier de nos forêts, voilà quelles sont ses occupations favorites. Un vrai garçon manqué ! Si du reste elle était un mâle, j'aurais de quoi être fier d'elle. Hélas, elle n'a pas une once de féminité et, chez une fille de treize ans, c'est tout de même très inquiétant.

— Impose-lui la compagnie de jeunes dames de son âge et elle finira par changer, énonça doctement Gerard. Tu pourrais l'envoyer en pension, par exemple.

— J'y songe. Encore faut-il que je trouve un établissement qui accepte de la prendre. Car mademoiselle refuse bien évidemment de quitter la maison — ou plutôt les terres du domaine et son cher étalon —, si bien qu'à chaque fois que je l'emmène visiter une école, elle arrive à se rendre tellement insupportable à la directrice et aux professeurs que je n'ose même plus leur quémander son inscription. Et je ne puis même pas compter sur mon père pour lui faire entendre raison. Quand je lui rapporte sa conduite, c'est tout juste s'il ne l'applaudit pas ! Il m'a d'ailleurs avoué qu'il appréciait sa compagnie…

Stacey se tut brusquement avant d'éclater de rire.

— J'arrête là. Je suis sûr que tu n'as pas envie d'entendre tous mes démêlés avec ma famille. Dînons plutôt ensemble en parlant du bon vieux temps, des contrebandiers ou de n'importe quel autre sujet qui te plaira — sauf des femmes et des enfants ! Je présume que ces deux fardeaux te sont encore épargnés ?

— Tout juste ! Et comme je suppose que ton expérience n'a rien d'exceptionnel, j'aurais plutôt tendance à m'en féliciter.

A ce moment-là, les joueurs de cartes, qui n'avaient cessé de boire et de se chamailler derrière eux, renversèrent leur chaise en voulant se lever. Gerard les considéra en fronçant les sourcils.

— Je ne sais ce que va devenir le White's s'il se met à accueillir ce genre d'individus, confia-t-il à Stacey. Connaîtrais-tu ces messieurs, par hasard ?

— Pas le moins du monde, murmura son ami. Le noiraud à la joue balafrée m'est vaguement familier, sans que j'arrive à me rappeler son nom. Quand tu es arrivé, il était en train d'annoncer à ses deux amis le décès de son père. En d'autres termes, il aurait hérité titre et fortune, ce qui expliquerait pourquoi on l'a laissé entrer ici.

Il regarda avec Gerard les trois compères s'éloigner d'une démarche titubante en se retenant les uns aux autres.

— Si j'ai bien compris, ajouta-t-il, le domaine de sa famille est situé dans le Suffolk. Il était jusqu'à présent dirigé par sa belle-sœur. Je plains d'avance cette pauvre femme.

Puis ils chassèrent ces douteux personnages de leur esprit et, mettant en pratique la suggestion de Stacey, commandèrent à dîner et passèrent le reste de la soirée à évoquer les souvenirs de leurs campagnes militaires, l'état déplorable de l'économie nationale, la misère et les troubles qui sévissaient dans le pays ainsi que les extravagances du régent, lequel était bien le plus impopulaire souverain de toute l'histoire anglaise. De là ils en vinrent à reparler des contrebandiers, puis à discuter des délinquants en général, s'accordant à admettre que c'était le plus souvent la pauvreté et la faim qui les poussaient au crime et se demandant quelles mesures seraient susceptibles de soigner les maux dont souffrait alors la patrie.

Tant et si bien qu'au moment de se quitter, ils avaient remis le monde sur ses pieds et que Stacey se sentait d'humeur plus joyeuse, même si aucun de ses problèmes n'était résolu ni sur le point de l'être.

Son père possédait une maison de ville dans Duke Street. Il y retourna d'un pas songeur, estimant que l'heure était venue pour lui de s'occuper sérieusement de Julia, aussi inexpérimenté fût-il en matière d'éducation des enfants et plus encore des jeunes filles en passe de devenir femme. Ah, songea-t-il, si seulement Anne-Marie n'était pas décédée…

Il se mit à repenser à leur dix-huit mois de mariage, dix-huit mois où il avait amèrement regretté de s'être laissé persuader par ses parents de la choisir pour femme.

— Elle fera une admirable épouse pour toi, lui avaient-ils assuré. Sa famille est des plus honorables ; elle est correctement dotée et plus qu'agréable à regarder.

Tout ceci était vrai, mais ce que ses parents avaient omis de lui signaler et dont il était alors trop jeune pour s'apercevoir, c'était qu'Anne-Marie n'était guère qu'une collégienne écervelée ne voyant en lui que le pourvoyeur d'avantages divers : la dignité attachée au titre de milady, des vêtements, des bijoux… Elle était par ailleurs totalement ignorante de ses devoirs d'épouse et, une fois enceinte, prit sa présence en horreur et passa ses journées à se goinfrer de sucreries. Comment aurait-on pu dès lors lui reprocher d'avoir décidé de mener sa propre vie et d'être parti servir en Inde sous le commandement de Sir Arthur Wellesley ? A la suite de cette première campagne et après un bref détour par la maison, il avait suivi ce dernier en Espagne, y partageant ses revers comme ses victoires. Sir Arthur en avait retiré gloire et honneurs et avait été nommé d'abord vicomte, puis marquis et enfin duc de Wellington. Stacey, lui, n'avait reçu pour récompense, à son retour, qu'une enfant rebelle.

Anne-Marie aurait-elle mûri si elle avait survécu à l'accouchement de cette dernière ? Auraient-ils réussi à s'accommoder l'un à l'autre ? Il en doutait. Cependant elle lui avait laissé Julia et c'était à lui seul qu'incombait la responsabilité d'élever cet enfant, non à son père. Il l'avait trop longtemps négligée, au point de s'aliéner son affection, et cela, jamais il n'aurait dû le permettre. Lui imposer une belle-mère lui semblait toutefois une erreur car, en ce cas, Julia se retrouverait confrontée à deux étrangers au lieu d'un seul et, comme elle lui en voulait déjà, il était craindre qu'elle détestât encore plus sa marâtre.

Non, conclut-il, il lui fallait simplement rentrer à la maison au plus tôt et reprendre seul sa fille en main. Ou du moins s'y efforcer.

Le temps froid et pluvieux qui avait prévalu au cours des dernières semaines devint plus clément au cours de la nuit et, le lendemain à l'aube, le soleil réapparaissait au-dessus de Londres. De la brume s'attardait cependant encore dans les rues et les piétons devaient prendre garde aux nombreuses flaques qui parsemaient la chaussée s'ils ne voulaient être copieusement arrosés au passage des voitures.

Pendant la matinée, Stacey s'entraîna au Gentleman Jackson's Emporium, la salle de boxe de Bond Street, puis, l'après-midi venu, alla visiter les haras de Tattersalls dans l'intention d'acheter une jument pour Ivor, son étalon. A 6 heures du soir, il revint dans la maison de Duke Street, enfila un habit de voyage et s'octroya un dîner solitaire avant de se faire conduire en fiacre à la messagerie du Spread Eagle, dans Gracechurch Street, pour y prendre la diligence à destination de Norwich. Il ne fut que modérément surpris de découvrir, parmi ses compagnons de voyage, les joueurs de cartes du White's. Il se rappelait en effet que celui d'entre eux qui se prénommait Cecil avait évoqué son intention de se rendre dans le Suffolk pour y réclamer son héritage, or ce comté était plus ou moins dans la même direction que Norwich.

Les trois compères paraissaient beaucoup moins exhubérants que la veille. A dire vrai, ils avaient le visage bien pâle et leurs yeux au regard morne étaient bordés de rouge. Stacey fut heureux de constater qu'ils semblaient peu enclins au bavardage. Aussi, dès que les bagages eurent été chargés et que les passagers de l'impériale se furent hissés sur leur perchoir, se rencogna-t-il dans l'angle de l'habitacle en fermant les paupières. Ils sortirent de la ville sans que nul n'eût prononcé un mot. Ce ne fut que lorsqu'ils se furent assez profondément enfoncés dans la campagne que celui que ses camarades appelaient Cecil lui adressa la parole.

— On se connaît, non ? s'enquit-il d'une voix traînante.

Stacey voulut l'ignorer, mais le bonhomme se pencha en avant et lui tapota le genou en répétant sa question. Forcé d'ouvrir les yeux, Stacey réprima à temps un mouvement de recul : le gars était à deux doigts de lui, ses dents noires découvertes en un rictus qui se voulait sans doute aimable, et son haleine empestait l'alcool. Il s'était toutefois acheté un nouveau costume et avait par ailleurs une allure relativement présentable.

— Je vous demande pardon ? repartit Stacey.

— Pas besoin de me demander pardon, l'ami. Je faisais seulement remarquer que nous avions déjà dû nous rencontrer quelque part.

— Tiens donc ?

— Je me présente : Hobart. Lord Hobart d'Easterley Manor.

— Serviteur, le salua Stacey sans enthousiasme.

Sans trop savoir pourquoi, il avait instantanément pris l'individu en grippe. Ce n'était pas tant son faciès peu engageant, dont

Cecil Hobart n'était après tout pas responsable, qui lui répugnait que la grossièreté et la vulgarité de ses manières. En outre, les propos qu'il avait tenus sur sa belle-sœur étaient indignes d'un gentleman. Il ignorait tout de cette dame, mais elle ne méritait certainement pas d'être traitée avec un tel mépris, surtout si elle avait géré le domaine familial en son absence.

— Et vous êtes… ? l'interrogea Cecil.

— Mon nom ne vous dira rien.

— Mais si, voyons, puisqu'on se connaît !

Cecil rejeta soudain la tête en arrière et s'esclaffa.

— J'y suis ! s'écria-t-il. Vous êtes un Malcomby ! Le fils du comte. Je me disais bien que j'avais déjà vu votre tête quelque part.

Stacey gémit *in petto* car, hélas, le bonhomme paraissait effectivement le connaître.

— Stacey Darton, dit-il à contrecœur.

— Le vicomte… Eh bien, ça fait un bail, hein ?

— Je crains de ne pas me souvenir…

— M'étonne pas. Je n'étais qu'un gamin, à l'époque, alors que vous, vous étiez capitaine de hussards et tout et tout. J'aurais pu ensuite prendre moi-même l'épée pour défendre le roi et la patrie si je n'avais alors été occupé dans le sous-continent. Vous ne vous rappelez toujours pas où l'on s'est croisés ?

Stacey secoua la tête. En dépit de son apparente indifférence, il commençait à être intrigué.

— C'était à l'enterrement de ma mère, lui révéla Cecil. Elle s'appelait Madeleine Stacey ; elle était la cousine de votre père. C'est d'elle que vous tenez votre prénom.

— La cousine de mon père, répéta Stacey.

De fait, la mémoire lui revenait maintenant. Madeleine était bien la fille de la tante de son père et comme, au moment de son décès, il était revenu d'Inde et attendait en Angleterre son ordre de mission pour l'Espagne, il s'était rendu avec lui aux funérailles de cette parente éloignée.

Ainsi donc, pensa-t-il, ce rustre était le fils de Madeleine ? C'était à peine croyable. Du reste, il ne *voulait* pas y croire.

— Voilà qui fait de nous des cousins au second degré, non ? suggéra Cecil avant de lui tendre la main. Bien le bonjour, cousin.

En homme courtois, Stacey prit la main de Cecil et serra aussi celle de ses compagnons, qui le dévisageaient avec une franche curiosité.

— Permettez-moi de vous présenter mes amis, reprit Cecil. Voici M. Augustus Spike.

Il désigna l'homme aux sourcils de suie assis à côté de lui.

— Et le grand échalas posé près de vous est Sir Roland Bentwater. Nous nous rendons à Parson's End pour y réclamer mon héritage.

Stacey en déduisit qu'il ne l'avait pas remarqué parmi la clientèle du White's, la veille au soir.

— Mon très cher père vient tout juste de lâcher la rampe, poursuivit Cecil. Il avait sollicité ma présence avant de mourir, mais je suis malheureusement arrivé trop tard.

— Je suis navré de l'apprendre, repartit poliment Stacey.

— Et vous, où vous conduit donc cet équipage ?

— Chez moi, à Malcomby Hall.

— Est-ce la première fois que vous y rentrez, depuis la guerre ?

— Non. J'y ai déjà séjourné il y a six mois de cela.

— Et comment va votre délicieuse épouse ?

— Voilà plusieurs années qu'elle est décédée.

— Désolé de l'apprendre, repartit Cecil sans paraître remarquer la sécheresse des réponses de Stacey. Et comment se portent le comte et la comtesse ?

— Ils vont bien tous les deux.

— Tant mieux, tant mieux. Cela dit, pourquoi diable avez-vous décidé de prendre la diligence ? Malcomby Hall ne doit manquer ni de voitures ni d'attelages.

Stacey commençait à se le demander lui-même. Son père lui aurait certainement prêté leur carrosse, mais il savait que sa mère s'en servait tout le temps et il avait préféré ne pas l'en priver, d'autant plus qu'il ignorait combien de temps il resterait absent. Quant au cabriolet et au phaéton, ils ne convenaient pas pour les longs trajets ni en cas d'intempérie. Le choix de la diligence lui avait donc paru s'imposer — sauf qu'il n'avait pas prévu d'y subir durant plusieurs heures la compagnie de cet être déplaisant.

Fort heureusement, il n'eut pas à répondre à la question de Cecil, car la voiture venait de s'arrêter au premier relais de poste du trajet. Il va sans dire qu'au lieu d'accompagner son importun parent au bar de l'établissement, Stacey préféra demeurer dans la diligence. Une demie-heure plus tard, cette dernière repartait, mais comme de nouveaux passagers étaient montés entre-temps, son cousin put disposer d'autres interlocuteurs et le laisser ainsi tranquille.

Bientôt la nuit tomba et l'on ne distingua plus de la campagne que les vagues taches de bosquets et de haies, rendues floues par la vitesse et la pénombre. La conversation s'étiola et beaucoup de passagers s'assoupirent. Stacey s'appliqua à les imiter.

Il était plus de 3 heures du matin quand les sabots de l'attelage claquèrent sur le pavé de la cour du Great White Horse d'Ipswich.

— C'est là que nos chemins se séparent, cousin, annonça Cecil. Parson's End se trouve à l'écart des routes des messageries. Nous allons donc devoir moisir ici en attendant de trouver un moyen de continuer notre chemin. Mais rien ne nous presse et, qui sait ? peut-être dénicherons-nous dans le coin quelque havre accueillant pour les joueurs égarés que nous sommes.

La diligence ne s'était pas plus tôt immobilisée devant le relais de poste que des garçons d'écurie s'étaient précipités pour changer les chevaux. Cecil Hobart et ses amis s'extirpèrent pesamment de la voiture. Avant d'en refermer la portière, Cecil se retourna vers Stacey.

— Transmettez mes salutations au comte et à la comtesse, voulez-vous ? Il faudra que vous veniez tous les trois à Easterley Manor quand j'aurai fini de m'y installer.

— Ils ne voyagent plus très loin, désormais, vous savez.

— Ah, oui ? Mon père non plus ne quittait guère le domaine, sur la fin. Mais vous, rien ne vous empêche de venir, n'est-ce pas ? On ne devrait jamais se perdre de vue, entre parents. Laissez-moi seulement un jour ou deux pour que je prenne mes marques dans mon nouveau logis.

Stacey se contenta d'un sourire et d'un hochement de tête polis en guise de réponse. Que cet homme pût lui être apparenté était une idée suffisamment répugnante pour lui ôter toute envie de le revoir ou même de repenser jamais à lui. De toute façon, il était habitué à négliger tous les fâcheux qui, par légions entières, se prétendaient ainsi de ses relations ou de sa famille dans le seul but de retirer quelque avantage de son titre ou de sa fortune. Il n'y avait qu'à l'armée, auprès de personnes comme le capitaine Gerard Topham, que son titre était oublié et que seul le distinguait son grade de major, dignité qu'il préférait entre toutes.

De nouvelles bêtes ayant été attelées au timon de la diligence, celle-ci put repartir avec d'autres passagers. Une fois parvenu à Norwich, Stacey descendit au relais de l'Old Ram, où il avait laissé Ivor. Il s'y attarda le temps de prendre son petit déjeuner, puis il monta en selle pour entamer la dernière partie de son trajet.

Heureux de retrouver son étalon, il chevauchait dans la lumière du frais matin, accompagné par les chants des oiseaux qui semblaient célébrer la fin imminente de l'hiver et la venue prochaine du printemps. Son humeur en fut considérablement améliorée, au point qu'il en vint à espérer trouver à la maison une Julia plus accommodante, enfin disposée à l'écouter et à adopter un comportement plus séant à son âge et à son sexe.

Il ne tarda pas à être déçu.

Ayant franchi la grande grille en fer forgé qui défendait l'accès à Malcomby Hall, il décida de couper par les bois au lieu de suivre l'allée gravillonnée dont le sinueux ruban menait jusqu'au perron de la demeure. Arrivé dans une petite clairière, il avisa Ebony, l'étalon de Julia, attaché à un arbre près d'un autre cheval. Il se demandait où était partie sa fille et à qui appartenait la deuxième monture quand il entendit des éclats de rire en provenance du lac. Ayant démonté, il laissa Ivor en compagnie des autres bêtes et se dirigea à pas de loup vers l'étendue d'eau. Quand il parvint sur la berge, il s'arrêta net, saisi par le spectacle qui s'offrait à lui.

Malgré la fraîcheur de l'air, Julia prenait un bain dans le plus simple appareil, ses longs cheveux blonds lui flottant librement sur les épaules. Mais il y avait plus fâcheux encore : ce bain, elle le partageait avec un garçon tout aussi dévêtu qu'elle-même. Et ils riaient, et ils s'aspergeaient l'un l'autre comme des petits enfants. Seulement, ils n'étaient plus des enfants. Julia avait treize ans et son corps était celui d'une jeune femme. Quant à l'anatomie du garçon, il aurait fallu être aveugle pour ne pas voir que c'était celle d'un homme. Stacey demeura comme statufié pendant plusieurs secondes, n'en croyant pas ses yeux. Puis il poussa un cri — ou plutôt un véritable rugissement de fauve blessé. Paralysés d'effroi, le garçon et la fille s'immobilisèrent en regardant autour d'eux, puis pataugèrent précipitamment vers la rive ou leurs vêtements gisaient en tas.

— Julia, reste où tu es ! vociféra Stacey. Quant à toi, mon garçon, rhabille-toi et viens ici.

L'interpellé enfila son pantalon à toute vitesse puis, ayant ramassé chemise et veste, s'empressa de disparaître dans les fourrés. Stacey le laissa filer et reporta son attention sur sa fille. Désobéissant — une fois de plus — à ses ordres, elle était sortie de l'eau et, lui tournant le dos, enfilait une chemise par-dessus sa tête. Aussi furieux fût-il, il ne put s'empêcher d'admirer la ligne gracieuse de sa silhouette juvénile.

— Quand tu seras de nouveau présentable, je te prierais de me rejoindre auprès des chevaux, grommela-t-il avant de rebrousser chemin vers la clairière.

Elle l'y rejoignit deux minutes plus tard, une lueur de défi étincelant dans ses yeux bleus.

— Je ne vois pas pourquoi tu te mets dans un état pareil, articula-t-elle tout en se hissant sur Ebony. Nous ne faisions rien de mal.

Sachant la colère mauvaise inspiratrice, Stacey se garda de répondre et, s'emparant de la bride d'Ebony, tira derrière lui le cheval et sa cavalière. Outrée par cette démonstration d'autoritarisme paternel, Julia tenta à deux reprises de lui arracher la lanière de cuir. Comprenant que c'était peine perdue, elle s'affaissa sur sa selle et se laissa traîner jusqu'à l'écurie dans un silence boudeur.

— Monte dans ta chambre, lui enjoignit Stacey quand ils approchèrent de l'entrée de service située près des écuries. Change d'habits et, quand tu seras vêtue convenablement, retrouve-moi dans la bibliothèque. J'ai deux mots à te dire.

Après son départ, il confia les bêtes aux lads et gagna lentement la maison tout en s'interrogeant avec désarroi sur la suite à donner à cet incident. Comme il se dirigeait vers la bibliothèque, il passa devant le salon dont la porte était ouverte et aperçut ses parents assis de part et d'autre de la cheminée. Sa mère brodait quelque pièce de tissu tandis que son père était plongé dans son journal. A les voir jouir d'une tranquillité si béate, son sang ne fit qu'un tour.

— Est-ce ainsi que vous surveillez ma fille en mon absence ? s'exclama-t-il en se dressant sur le seuil, le regard flamboyant de colère. Vous êtes là à lire et à broder tandis qu'elle court la prétentaine. A cause de vous, me voilà avec une enfant pourrie gâtée sur les bras !

— Oh, mon chéri, qu'a-t-elle donc encore fait ? s'enquit sa mère.

— Je traversais le bois pour rejoindre plus vite la maison quand je l'ai aperçue. Et à quoi s'amusait-elle selon vous ? Elle nageait dans le lac.

— Par ce froid ! l'interrompit Lady Malcomby. Mais cette pauvre enfant va attraper la mort ! J'espère au moins que tu as demandé à Susan de lui couler un bon bain chaud.

— Si elle avait été un garçon, elle n'aurait pas eu besoin de bain, crois-moi. Après la fessée que je lui aurais administrée, son derrière lui aurait cuit pendant une semaine entière !

— Oh, voyons, lui reprocha son père. Tu exagères un peu, tout de même.

— Ah, mais c'est que vous ne connaissez pas la meilleure. Elle était nue comme un ver.

— Nue ! s'écria la comtesse en laissant tomber son ouvrage. Tu veux dire qu'elle n'avait pas de vêtements ?

— C'est aussi ma définition de la nudité. Et, pour couronner le tout, elle n'était pas seule. Il y avait un petit cul-terreux avec elle. Ils riaient et s'aspergeaient…

— Etait-il également… Oh, Seigneur, était-il… ?

Il hocha lentement la tête.

— Comme au jour de sa naissance, confirma-t-il. Alors, maintenant, vous allez peut-être me dire ce que je dois faire, car je ne sais franchement pas comment réagir. En vérité, je crains fort de l'étriper dès qu'elle se représentera devant moi.

— Ce qui n'arrangera rien, énonça son père. Elle n'est qu'une enfant, après tout. Je doute qu'elle considère avoir commis la moindre faute et vouloir lui infliger un châtiment exemplaire risquerait seulement de la braquer.

— Elle n'est plus une enfant ! rétorqua Stacey en se retenant à grand-peine de crier. Elle est presque une femme maintenant. Je viens de m'en rendre compte de visu, figurez-vous. Les enfants grandissent, vous savez, ils ne restent pas des enfants uniquement parce qu'on le désire.

— Hélas, répondirent ses parents en chœur.

— Alors, que me conseillez-vous ?

— Boucle-la dans sa chambre pendant quelques heures, lui proposa son père. Ça suffit, d'ordinaire.

Stacey émit un rire désabusé.

— Parce que vous croyez qu'elle va accepter de rester enfermée ? Je parie qu'elle a pris l'habitude de descendre de sa fenêtre en s'agrippant au lierre de la façade, comme je le faisais moi-même à son âge !

— Tu ne demeurais donc pas dans ta chambre quand nous te punissions ? demanda sa mère en ouvrant de grands yeux candides. Je l'ignorais.

— Qui est le garçon qui se trouvait avec elle ? s'enquit son mari.

— Je n'en ai pas la moindre idée et peu m'importe, au fond : de toute façon, Julia est bien trop jeune pour se marier. Et puis c'est elle qui m'inquiète. Il va falloir l'envoyer en pension pour qu'elle apprenne enfin à se conduire comme une dame digne de ce nom. Il doit quand même exister, quelque part, quelqu'un qui saura s'occuper d'elle !

Sur ce, il tourna les talons pour se rendre dans la bibliothèque. Julia descendait à cet instant l'escalier du hall d'honneur. Elle avait tout l'air d'une jeune fille sage dans sa robe de mousseline de coton à pois rose pâle, avec sa taille serrée dans une large ceinture à nœud bouffant incarnat et ses cheveux retenus par un ruban de même couleur. Elle marchait la tête haute, suivie de Susan Handy, la corpulente femme entre deux âges qui avait jadis élevé son père et qui était maintenant sa gouvernante. Celle-ci avait manifestement estimé nécessaire de la protéger du courroux de son géniteur.

En la voyant, Stacey eut un sourire crispé. Mlle Handy, il s'en rendait bien compte, était incapable d'assumer les devoirs de sa charge. Elle avait pour cela un caractère trop indulgent et un physique qui ne lui permettait guère de rattraper Julia quand celle-ci avait décidé de lui échapper. Mais il n'avait pas eu le cœur de la chasser à son premier retour à la maison, deux ans plus tôt, ne souhaitant pas la priver de ce qui était devenu son foyer.

— Nous n'aurons pas besoin de vous, mademoiselle Handy, lui lança-t-il froidement. Vous pouvez attendre Julia en haut.

— Vous ne serez pas méchant avec elle, n'est-ce pas, maître Stacey ? Je suis certaine qu'elle regrette beaucoup son incartade et qu'elle saura mieux se conduire à l'avenir.

— Cela reste à voir, répliqua-t-il sèchement tout en poussant sa fille dans la bibliothèque.

La colère noire qui s'était emparée de lui l'avait quitté, le laissant d'un calme glacé.

— Papa..., commença à articuler Julia.

— Plus un mot. Tu ne parleras que lorsque je te le demanderai. Je suis très fâché contre toi et si jamais je retrouve ce jeune homme...

— Ce n'était pas sa faute ! Je l'ai juste surpris en train de se baigner dans le lac et cela paraissait si tentant...

— Suffit ! rugit-il. Maintenant, réponds-moi franchement : t'a-t-il touchée ? A-t-il eu envers toi le moindre geste... ?

Il s'interrompit, ne sachant trop comment formuler sa question.

— Bien sûr que non, rétorqua-t-elle avec hauteur. Jamais il n'aurait osé poser la main sur la petite-fille d'un comte.

Stacey poussa un soupir de soulagement.

— Le ciel en soit loué ! Mais cet incident est la goutte d'eau qui fait déborder le vase, Julia. Tu partiras en pension, dussé-je parcourir le pays de long en large pour trouver un établissement qui accepte de te prendre. Ma décision est irrévocable.

Elle ne pleurerait pas. Stacey devinait ce qu'il lui en coûtait de retenir ainsi ses larmes : elle cillait, déglutissait avec peine et relevait encore plus le menton. Il admirait chez elle cette force de caractère — mais il ne faiblirait pas.

— Tu vas maintenant remonter dans ta chambre et y rester jusqu'à ce que je t'autorise à en ressortir. Mlle Handy te trouvera une occupation appropriée. La lecture d'un manuel de bienséances serait tout indiqué, si tant est que nous disposions d'un tel ouvrage.

— Oui, milord.

« Milord », se répéta Stacey. Elle l'avait appelé par son titre, comme s'il n'était pour elle qu'une vague relation. Il en eut le cœur serré mais s'abstint de tout commentaire et la congédia d'un geste de la main, trop ému pour ajouter le moindre mot. Il la regarda s'éloigner, tenaillé par le besoin de lui courir après et de la serrer dans ses bras, de lui assurer qu'il ne lui en voulait pas et que tout finirait par s'arranger. Malheureusement, c'était impossible. Elle ressemblait déjà trop à sa mère pour son propre bien.

Il se promit néanmoins de la placer dans un établissement dirigé par une femme compréhensive qui saurait faire d'elle une vraie dame sans pour autant briser sa personnalité.

Il ne lui restait plus maintenant qu'à trouver cette perle rare.

2.

Charlotte jouait à chat avec des enfants sur la plage quand Stacey la vit pour la première fois. Elle courait sur le sable avec l'exubérance d'une adolescente, les bras grands ouverts, le bonnet de travers, pourchassant les gamins qui piaillaient de bonheur. Il tira sur la bride de son cheval pour profiter du spectacle. Son père lui ayant parlé d'une école d'Ipswich susceptible d'accepter Julia, il avait décidé de s'y rendre à cheval par le chemin côtier plutôt que d'emprunter une nouvelle fois la diligence. Il n'aurait su expliquer ce qui avait motivé cette décision, sinon qu'il espérait jouir ainsi d'une tranquillité propice à la réflexion, son père lui ayant promis de surveiller Julia pendant son absence.

Il souhaitait également pouvoir prendre son temps. Pourquoi ? Il ne savait trop. Il sentait néanmoins en lui une sourde réticence à confier sa fille à des étrangers et n'était pas loin de considérer cette prétendue « solution » comme un moyen inavoué — et inavouable — de se dérober à ses responsabilités parentales.

Il ruminait ces pensées un peu coupables, tout en laissant Ivor suivre au pas le sentier qui s'étirait au sommet de la falaise, quand des éclats de rire enfantins l'avaient brusquement rappelé à la réalité.

« Comme ils semblent heureux », se dit-il en contemplant la petite troupe éparpillée sur la plage. Combien étaient-ils au juste ? Dix, douze ? Ils ne pouvaient quand même pas tous être les rejetons de cette femme. Quel âge avait-elle au juste ? Bien qu'il lui fût malaisé de le déterminer à cette distance, il doutait qu'elle fût assez vieille pour avoir mis au monde une si nombreuse progéniture. Celle-ci présentait en outre des différences notables : certains enfants étaient blonds, d'autres bruns, certains étaient chaudement vêtus et d'autres à peine couverts de misérables haillons. Tous cependant étaient pieds nus et une rangée de petites bottes et de petits souliers montaient la garde le long du raidillon qui descendait vers la grève. La femme, qui avait pour sa part gardé ses chaussures, était habillée avec simplicité d'une robe et d'un collet noirs. Etait-ce parce qu'elle était en deuil ? s'interrogea Stacey. Mais, en ce cas, eût-elle joué et ri si joyeusement ?

Charlotte s'arrêta soudain, le souffle court. Les enfants l'entourèrent aussitôt en babillant avec excitation. Ce fut à ce moment qu'elle l'aperçut à son tour. Il était juché sur un grand étalon blanc et portait un costume d'équitation coupé pour les longs trajets ainsi qu'une grande pèlerine. Il souleva sa haute toque et la salua d'une inclinaison du buste. Gênée, elle détourna les yeux et, tout en renouant les brides de son bonnet qui avait glissé sur sa nuque, se mit à presser les enfants de rassembler les algues et les coquillages qu'ils avaient ramassés. Puis elle leur fit remonter la sente en direction de l'inconnu. Celui-ci n'avait pas bougé. Elle avait d'abord cru qu'il s'agissait de Cecil venu réclamer son héritage, mais en approchant du cavalier, elle vit qu'elle s'était méprise. Cet homme-là était un étranger — fort séduisant, au demeurant. De nouveau il ôta son chapeau, une lueur d'amusement dansant dans ses yeux bruns.

— Bien le bonjour, madame.

— Bonjour, monsieur.

— Vous avez là une fameuse famille.

Stacey se rendit alors compte qu'elle était extraordinairement belle. Elle avait un teint d'une pureté parfaite et des yeux dont la couleur oscillait entre le vert et le bleu. Des yeux qui, pour l'heure, le dévisageaient franchement. Sa remarque, toutefois, suscita un sourire sur les lèvres de la jeune femme.

— Oui, n'est-ce pas ? répondit-elle. Mais ils ne sont pas tous à moi, à part ces deux-là.

Elle attira contre elle Lizzie et Fanny.

— Les autres sont mes élèves, précisa-t-elle.

— Ah, vous êtes donc maîtresse d'école.

Charlotte ouvrit la bouche pour le détromper, puis changea d'avis. Après tout, songea-t-elle, aujourd'hui elle était effectivement une maîtresse d'école. De plus, c'était là un titre dont elle était fière — et le seul qui lui resterait si par malheur Cecil la chassait d'Easterley Manor.

Elle aimait enseigner aux petits du village. Ils étaient extrêmement réceptifs et animés d'une très grande soif de savoir. Au départ, leurs parents, paysans pour la plupart, avaient refusé de les lui confier, ne voyant pas l'utilité de leur donner de l'instruction. Ils s'en étaient eux-mêmes passés, disaient-ils ; elle ne serait pas plus nécessaire à leur fils ou à leur fille. Assistée par le révérend Fuller, Charlotte avaient fini par les persuader d'envoyer leurs enfants en classe les jours où ils n'avaient pas besoin d'eux à la ferme pour enlever les pierres des champs, effrayer les corneilles, surveiller le bétail ou participer aux moissons. Quant au frère ou à la sœur en bas âge qu'il leur fallait parfois garder, il avait été convenu qu'il les amènerait avec eux à l'école. Celle-ci avait été aménagée dans une ancienne remise attenante au presbytère et, chaque après-midi, Charlotte y initiait ses élèves à la lecture et au calcul. Aux plus brillants d'entre eux, elle apprenait également à écrire et à rédiger de courtes histoires dont elle corrigeait avec soin l'orthographe et la grammaire.

Elle s'efforçait aussi de transmettre à sa classe des notions d'histoire et de géographie ainsi que des rudiments de sciences naturelles à l'occasion des sorties qu'elle organisait régulièrement dans la campagne environnante ou sur la plage. En ce domaine, à vrai dire, elle n'avait pas grand-chose de neuf à enseigner à ces rejetons de cultivateurs ou d'éleveurs, mais ils n'en appréciaient pas moins ces joyeuses escapades à laquelle prenaient part les propres filles de leur maîtresse, Lizzie et Fanny.

Avant que la maladie n'altérât ses facultés, Lord Hobart n'avait pas manqué de reprocher à la jeune femme cette promiscuité avec la populace qu'elle imposait ainsi à ses enfants, mais elle avait réussi à lui faire admettre l'innocuité d'une telle fréquentation et même le bénéfice qu'elles pourraient en retirer.

Au début, les autres enfants s'étaient méfiés de ces petites demoiselles chaudement vêtues et solidement chaussées, d'autant que celles-ci, imbues de la supériorité de leur lignage, avaient eu tendance à les traiter de haut. Puis Lizzie et Fanny avaient compris l'inanité d'un tel comportement et, bientôt, elles furent complètement adoptées par leurs petits camarades qui, en retour, ne tardèrent pas à leur prouver qu'ils savaient bien des choses dont Charlotte auraient sans doute préféré qu'elles demeurassent ignorantes !

Ce jour-là, l'esprit accablé par le chagrin d'avoir perdu son beau-père et par les incertitudes qui pesaient sur leur avenir, elle s'était sentie incapable de faire la classe à ses élèves et avait préféré les emmener sur la grève étudier la faune et la flore habitant les flaques laissées par la marée. C'était la première journée réellement douce de l'année. Finies les bourrasques et les averses qui avaient affligé la région depuis les premiers jours de janvier jusqu'aux funérailles de Lord Hobart, le ciel était pur et dégagé. Le long de la côte, la mer roulait ses vaguelettes sur le sable, abandonnant au creux des rochers des petites mares grouillant de toute une vie minuscule. La plage était si agréable par ce temps et les enfants si excités qu'ils avaient fini par oublier anémones et bernard-l'ermite pour jouer à chat et qu'elle-même s'était lancée dans la partie avec l'enthousiasme d'une gamine.

Son chapeau lui était tombé dans le dos et ses épingles s'étaient détachées de ses cheveux, lesquels n'étaient ni blonds ni assez sombres non plus pour être qualifiés d'auburn. A ses yeux, il s'agissait d'une couleur indéfinissable, mais à ceux du cavalier qui la détaillait du haut de son cheval, c'était une teinte délicieusement originale.

Etre ainsi jaugée par cet inconnu au maintien altier qu'elle semblait manifestement amuser était pour le moins déconcertant. Il était cependant trop tard pour qu'elle rendossât son rôle de châtelaine.

— Oui, monsieur, acquiesça-t-elle en souriant, j'enseigne à ces enfants. Nous avons délaissé la classe aujourd'hui pour en apprendre un peu plus sur la mer, les marées et les créatures qui habitent dans les flaques des rochers.

— Ah, je vois, fit-il en affichant de nouveau sa moue narquoise. J'aurais aimé que les leçons qu'on me dispensait à l'école fussent aussi instructives.

Il se raillait d'elle, elle le voyait bien.

— Vous n'aimiez donc pas l'école ? répliqua-t-elle.

Elle prit alors conscience que ses élèves s'étaient rassemblés autour d'elle, comme pour la protéger, et qu'ils considéraient le cavalier avec gravité.

— Rechaussez-vous, les enfants, leur ordonna-t-elle.

L'inconnu laissa son regard errer sur la petite troupe qui obéissait à sa maîtresse, les plus grands aidant les plus petits à remettre leurs souliers — du moins ceux qui avaient des souliers, car il remarqua au moins deux gamins qui allaient pieds nus. Sans doute étaient-ce des enfants du village qui suivaient l'enseignement d'une dame patronnesse, se dit-il. Celle-ci semblait toutefois mieux éduquée que la plupart de ces institutrices improvisées qui sévissaient dans les campagnes avec autant d'incompétence que de générosité. Non seulement elle paraissait soignée de sa personne et s'exprimait avec distinction, mais elle était dotée d'une élégance native qui transfigurait sa simple toilette noire.

— Si, je l'aimais, lui répondit-il. Mais de même qu'on aime le barbier qui vous arrache une dent gâtée : comme un mal nécessaire.

— Comment pouvez-vous appeler l'école un mal ? A l'évidence, vous avez eu le privilège de recevoir le genre d'éducation supérieure dont ces enfants n'auront jamais la chance de bénéficier.

Elle ne savait pourquoi elle se montrait si agressive envers cet inconnu, mais il commençait à la hérisser à la toiser ainsi du haut de son cheval, avec son air condescendant et son petit sourire en coin.

— Comment pourraient-ils l'avoir alors qu'on les laisse se dissiper et courir pieds nus en hurlant à tue-tête ? rétorqua-t-il. Que peuvent-ils donc espérer apprendre de la sorte ?

— A être heureux, au premier chef, et à se rendre compte qu'il y a autre chose dans la vie que le labeur. Cela leur apprend aussi à s'écouter et à se respecter les uns les autres.

— Et vous estimez que ces leçons leurs sont nécessaires ?

— Absolument, oui.

— Et que leur enseignez-vous d'autre — en classe, s'entend ?

Pourquoi la soumettait-il à cet interrogatoire ? se demanda Charlotte. Pourquoi ne poursuivait-il pas simplement son chemin ? Et que pouvait-il savoir au juste de la pauvreté ? Sans avoir rien de luxueux, ses habits n'étaient pas moins confectionnés dans des étoffes de qualité et coupés avec soin. Quant à sa monture, c'était une bête magnifique aux muscles puissants et au port de tête arrogant. A l'exception d'une liste grise, sa robe luisante était d'un blanc quasi immaculé.

— Je leur enseigne la lecture, l'écriture, le calcul et leur parle un peu du monde qui s'étend au-delà de l'étroit horizon de leur existence quotidienne.

— Leur inculquez-vous aussi les bonnes manières ?

La réponse à sa question se trouvait devant lui : les élèves de la jeune femme s'étaient alignés deux par deux en se tenant par la main et attendaient calmement son signal pour avancer.

— Naturellement, répondit-elle néanmoins à l'étranger. Si toutefois vous entendez par là les simagrées qu'on exige parfois des personnes de leur âge, j'estime que la société leur apprendra bien assez tôt à courber l'échine. Maintenant, si vous voulez bien m'excuser, il commence à faire froid et certains d'entre eux n'ont pas comme vous de vêtements chauds. En avant, les enfants.

Sur ce, elle prit dans ses bras le plus petit des garçons, un bambin qui ne devait pas avoir plus de deux ans, et emboîta le pas à la classe qui s'était ébranlée. Stacey nota que les deux filles qu'elle avait présentées comme ses enfants portaient des habits confortables mais discrets. Etait-elle mariée ? se demanda-t-il. Ou veuve, peut-être, comme il l'avait d'abord songé ? La vie d'une femme, même bien née, n'était pas toujours rose. En tous les cas, elle l'intriguait.

Il relança son cheval sur le sentier côtier et se mit à méditer sur Julia, sur la nécessité de lui trouver une pension et sur l'aisance avec laquelle une belle et intelligente jeune femme venait de le remettre à sa place. Il laissait Ivor aller au pas. A l'horizon, quelques bateaux de pêche tanguaient sur la houle. Un peu plus loin, sur la falaise, se dressait un phare qui rappela Gerry Topham à Stacey. Il voyait bien le douanier patrouiller dans ce genre d'endroit et se prit à envier l'indépendance de son ami qui n'avait à se soucier ni d'une fille rétive ni d'un père le harcelant pour qu'il reprît femme.

Ce que son père ne paraissait malheureusement pas comprendre, c'était que sa précédente expérience du mariage l'avait dissuadé de recommencer. Quant aux enfants, ils les considéraient plus comme une plaie que comme une bénédiction. Maintenant, force lui était d'admettre que les élèves de la jolie maîtresse d'école s'étaient montrés calmes et obéissants quand celle-ci avait mis fin à leur jeu. Ah, si seulement il pouvait trouver quelqu'un pour dompter ainsi Julia…

Un sursaut de sa monture l'arracha brusquement à ses réflexions. Il descendit aussitôt de sa selle pour s'enquérir de la nature du problème et s'aperçut qu'Ivor avait perdu un fer.

— Damnation ! s'exclama-t-il.

Il parcourut des yeux le paysage, à la recherche de quelque signe indiquant la proximité d'un village et donc, l'espérait-il, d'une forge. Devant lui, il n'y avait que le phare et la lande. Derrière, en revanche, par-delà un bosquet de pins, il avisa un filet de fumée provenant sans doute du hameau où l'institutrice avait ramené sa classe. Un léger sourire aux lèvres, il revint à l'endroit où il les avait rencontrés et repéra bientôt un sentier qui s'enfonçait entre les arbres. L'ayant emprunté, il déboucha au bout d'un moment sur la grand-rue du village.

Ce dernier se composait d'une poignée de maisons, d'une église, d'une taverne, de quelques bâtiments agricoles et d'une maréchalerie vers laquelle il se dirigea. Des paysannes en fichu le regardèrent passer avec curiosité, mais il ne vit nulle part la maîtresse et ses élèves. Il en éprouva une certaine déception qui le surprit.

Le forgeron était au travail dans son atelier. Protégé par son épais tablier de cuir, il était occupé à façonner un fer à cheval posé sur son enclume. Les coups chantants de son marteau et les étincelles s'envolant du métal rougi évoquaient un rythme immémorial, en accord avec la succession des jours de la semaine et le cycle des saisons. Derrière lui se tenait un massif Suffolk Punch attendant placidement le nouveau fer. Stacey patienta lui-même, sachant que l'artisan ne pouvait interrompre sa tâche sans dommage. Ce dernier releva la tête vers lui dès qu'il eut terminé de marteler la pièce.

— Besoin de mes services, étranger ? dit-il d'une voix rauque.

— Si fait, acquiesça Stacey. Ma monture vient de perdre un fer. Auriez-vous l'obligeance de le lui remplacer ?

Le forgeron le suivit dehors, où il avait laissé Ivor à l'attache, et inspecta rapidement l'étalon.

— Bel animal que vous avez là, déclara-t-il.

— Il s'appelle Ivor. Je l'ai acheté à un comte russe, en Autriche. Il m'a sauvé la vie dans plus d'une bataille.

— C'est-y donc de là-bas que vous arrivez, à c't'heure ? demanda le bonhomme en gloussant.

Stacey s'esclaffa.

— Oh non. Je viens juste de Norwich. Pourquoi cette question ?

— Parce qu'elle a tous les fers usés, votre bête, voilà pourquoi. Ça servirait à rien de remplacer que celui qui manque.

— En effet, reconnut Stacey. Je le vois bien, maintenant.

— Va d'abord falloir que j'ramène l'autre à sa ferme, là, précisa le forgeron en désignant du menton le Suffolk Punch. Ça va me prendre une bonne heure.

— A ce moment-là, il fera trop sombre pour que je reparte, répondit Stacey.

— Z'avez qu'à aller au Dog and Fox, lui suggéra l'artisan. C'est l'auberge que vous voyez là-bas. Ils vous donneront le gîte, pour sûr. J'aurais ferré votre cheval d'ici à demain matin.

— Je ne suis pas pressé, répliqua Stacey tout en se demandant ce qui le poussait à dire ça.

Il se retourna vers Ivor pour récupérer son sac de voyage dans ses fontes.

— A propos, s'enquit-il, comment s'appelle ce village ?

— Parson's End, sir.

Parson's End — La Valleuse du Prêtre… Quel nom étrange pour un hameau, songea Stacey. Mais il y avait plus étrange encore : ce nom, il l'avait déjà entendu quelque part. Il se souvint alors que c'était dans la bouche de Lord Hobart. Etait-ce donc dans ce coin reculé de la lande qu'était située la demeure de ses ancêtres ? Quelle coïncidence, vraiment !

Il songea un instant rendre visite à son cousin, comme celui-ci l'y avait du reste invité, puis il se ravisa en se rappelant quel individu désagréable était Cecil Hobart et décida que le Dog and Fox lui conviendrait très bien.

Le lendemain matin, Charlotte se trouvait dans le jardin quand le majordome vint la prévenir de l'intrusion d'inconnus dans le manoir.

Le jardinage était une de ses occupations favorites et elle passait souvent des heures à soigner ses fleurs ou à consulter Harman, le jardinier en chef du domaine, sur les emplacements à attribuer à chaque plante, la manière de la multiplier et les soins à lui apporter. Attifée d'une vieille blouse de futaine, coiffée d'un chapeau de paille à larges bords attaché sous le menton par une longueur de ruban et les mains protégées par de gros gants de toile, elle binait, sarclait et taillait ainsi tout son soûl.

— Qui sont donc ces personnes, Foster ? demanda-t-elle avec étonnement.

— Tout ce que je puis vous dire, milady, c'est qu'ils n'ont rien à voir avec vos visiteurs habituels. L'un d'eux s'est rendu directement dans le salon, comme s'il était le maître des lieux…

— Ce qu'il est peut-être, marmonna la jeune femme.

Le domestique eut l'air surpris mais se garda d'interroger sa maîtresse.

— Quant aux deux autres, poursuivit-il, jamais je ne les aurais admis chez vous, si seulement j'en avais eu le pouvoir. J'en suis vraiment désolé, milady.

— Ne vous excusez pas, Foster. Je crois connaître le premier de ces messieurs. Allez commander à l'office qu'on leur apporte des rafraîchissements et prévenez-les de mon arrivée imminente.

Sitôt que le majordome fut reparti exécuter ses ordres, Charlotte rentra dans la demeure par une porte de service et suivit un étroit corridor jusqu'au pied d'un escalier en colimaçon qui la mena à l'étage. Une fois dans sa chambre, elle se lava rapidement et se hâta d'enfiler une robe de soie noire, sa précédente tenue de deuil ayant été salie par le sel marin, au grand dégoût de Joan Quinn. Elle se brossa ensuite les cheveux qu'elle noua en chignon sur sa nuque et enferma dans une résille sombre. Puis elle prit une profonde inspiration et decendit l'escalier d'honneur pour gagner le salon.

Trois hommes se trouvaient dans la pièce. Deux d'entre eux étaient déjà vautrés sur les sofas de brocart vert et jetaient des regards de rapace sur tout ce qui les entourait, depuis les meubles jusqu'aux délicates statuettes en biscuit que la belle-mère de la jeune femme aimait tant collectionner. Le troisième se tenait debout devant l'âtre, un pied posé sur le pare-étincelles. Il affectait un maintien de propriétaire et Charlotte n'eut aucune peine à reconnaître en lui son beau-frère, bien qu'il portât à la joue une cicatrice qu'elle ne lui connaissait pas et que sa silhouette se fut empâtée avec l'âge.

— Cecil ? articula-t-elle.

Il lui adressa un haussement de sourcil moqueur.

— Serviteur, ma sœur. Permettez-moi de vous présenter deux bons amis à moi : Sir Roland Bentwater et M. Augustus Spike.

Les deux personnages en question, l'un aussi grand et maigre qu'une perche, l'autre râblé et le teint mat, se levèrent pour la saluer d'un vague mouvement du buste.

— Messieurs, leur répondit-elle avec un bref signe de tête.

Puis, se retournant vers Cecil :

— J'ignorais que vous deviez venir aujourd'hui, dit-elle.

Si vous m'en aviez avertie, j'aurais été mieux à même de vous recevoir.

— A quoi bon une réception ? Je suis ici chez moi ; j'y passe quand je veux.

— Naturellement, concéda Charlotte. Je suis navrée que vous n'ayez pu arriver à temps pour parler à votre père avant sa mort.

— Ah bon ? Parce qu'il regrettait de m'avoir banni peut-être ? Il souhaitait rattraper son geste ?

— Je le crois en effet.

— Eh bien, moi, je ne le lui avais pas pardonné et je ne lui pardonne toujours pas, alors il est sans doute aussi bien que nous ne nous soyons pas revus.

Quoique choquée par cette sortie, Charlotte décida de passer outre.

— J'ai demandé des rafraîchissements. Pendant qu'on vous les sert, je vais aller faire préparer vos chambres.

— Pour moi ce sera celle de mon père. La chambre de maître.

— Mais c'est qu'elle n'a pas encore été remise à neuf, milord !

La jeune femme vit son beau-frère s'empourprer, tel un gamin coléreux auquel on refuserait un caprice.

— J'ai dit que je voulais la chambre de mon père ! s'écria-t-il. Je vous prierai aussi d'en attribuer une à mes amis ainsi qu'à leurs valets qui devraient arriver avec nos bagages avant la fin de la journée.

Charlotte réprima un soupir.

— A votre guise, milord, répondit-elle. Maintenant, si vous voulez bien m'excuser, j'ai des ordres à donner. Foster sera à votre service en mon absence.

— Foster ? Qui c'est, celui-là ?

— Le majordome. C'est lui qui vous a ouvert.

— Ah, lui, repartit Cecil sur un ton dédaigneux. Où est donc passé Jenkins ?

— Il a décidé de prendre sa retraite. Il habite désormais une maison sur la falaise.

— Je pense qu'il serait avisé de me présenter au personnel du manoir, pour qu'il sache qui est son maître. Je vous serais reconnaissant de rassembler tout le monde dans le hall d'ici à une heure.

Elle inclina docilement la tête et quitta le salon avec autant de dignité qu'elle le put — mais, intérieurement, elle bouillait. Quel toupet de la traiter ainsi, comme si elle n'était qu'une gouvernante ! fulmina-t-elle *in petto*. Et pas un mot de condoléance ni même de chagrin pour la perte de son père, pas un seul remerciement pour avoir géré le domaine pendant la maladie de ce dernier ni encore moins d'allusion à la possibilité, pour elle et ses filles, de rester au manoir ! Du reste s'il le lui proposait, elle n'était plus sûre du tout de l'accepter tant était vive la répulsion que lui inspirait le bonhomme.

Dans le hall, elle croisa Foster qui revenait des cuisines avec la collation de ces messieurs, suivi par des servantes portant gâteaux et sucreries. Elle les pria d'aller servir le thé à Lord Hobart et à ses invités avant de monter demander à Mlle Quinn de garder, jusqu'à nouvel ordre, les enfants enfermées dans leurs appartements.

Elle redescendit ensuite à l'office où les domestiques s'étaient réunis pour s'interroger à voix basse sur leur nouveau maître. Elle les pria de sortir toutes ses affaires de la chambre à coucher qu'elle occupait jusqu'alors au premier étage. Elle s'y était installée au début de la maladie de feu Lord Hobart, afin d'être à sa disposition en cas de besoin, mais comme Cecil Hobart avait choisi de s'installer chez son père, cette proximité ne lui paraissait plus ni décente ni souhaitable.

— Je prendrai la chambre d'amis près des appartements de mes filles, annonça-t-elle aux bonnes. Vous pourrez ainsi donner la mienne à l'un des invités de sa Seigneurie et attribuer au second de ces messieurs une des pièces contiguës.

— Et sa Seigneurie ? s'enquit Betsy, révoltée de voir ainsi sa maîtresse obligée de céder son lit à l'un de ces horribles personnages.

— Il dormira dans la chambre de son père. Je vais vous aider à la remettre en ordre. Quand vous aurez fini, vous vous rassemblerez tous dans le hall pour être présentés à votre nouveau maître.

— Tous ? répéta la cuisinière, Mme Evans.

— Tous, oui, confirma Charlotte. Tom, allez donc prévenir le personnel extérieur.

Elle consulta l'horloge posée sur le manteau de la cheminée.

— On se retrouve donc dans le hall d'ici à trois quarts-d'heure.

Elle marqua une pause, avant d'ajouter :

— Soyez ponctuels.

La domesticité d'Easterley Manor n'était guère nombreuse pour une aussi vaste maison et, lorsque Cecil la passa en revue, un verre de vin à la main, il en fut visiblement surpris.

— Voilà donc tous mes gens ? demanda-t-il à Charlotte.

— Si fait. Quand Lord Hobart est devenu trop malade pour continuer à héberger des invités, nous avons condamné la moitié du manoir et réduit le personnel en conséquence.

— Je veux que l'intégralité de cette demeure soit de nouveau disponible. Je compte donner des réceptions. Quant au nombre de serviteurs requis, voyons déjà comment se comportent ceux-ci avant de songer à en embaucher d'autres.

Il congédia l'assemblée d'un geste de la main.

— Reprenez votre travail, ordonna-t-il. Nous dînerons à 5 heures.

Tandis que les domestiques s'égaillaient, il se tourna vers sa belle-sœur.

— Etes-vous sûre d'avoir bien réuni tout le monde ? Je crois me souvenir que vous aviez deux filles.

— Ce ne sont pas des servantes, milord, je n'avais donc pas à vous les montrer.

— Mais elles vivent ici, non ? Vous ne les avez pas envoyées en pension ?

— Elles sont trop jeunes pour cela. Je veille moi-même à leur éducation avec l'aide de Mlle Quinn, leur gouvernante.

— Qui lui paie ses gages, à celle-là ?

— Naguère, c'était Lord Hobart.

— Hum, fit Cecil en se renfrognant. Je ne suis pas certain de souhaiter prendre sa relève en ce domaine. Après tout, votre descendance n'a aucun droit sur le domaine, n'est-ce pas ? Le salaire de Mlle Quinn pourrait me servir à employer un maître d'hôtel digne de ce nom.

— Mais ces enfants sont également vos nièces, milord, les seules parentes par le sang qui vous restent désormais en ce bas monde.

— J'ai l'intention de me marier et de fonder moi-même une lignée.

Charlotte se rembrunit à son tour.

— Je vois, murmura-t-elle.

— Je n'en doute pas, répliqua-t-il avec un sourire mielleux.

Charlotte se tint coite. La tête lui tournait d'apprendre que son beau-frère n'était disposé à lui témoigner aucune mansuétude, qu''il ne daignerait l'héberger qu'au titre de gouvernante sans gage, que Mlle Quinn risquait fort d'être renvoyée et que ses filles allaient connaître sous peu une existence fort différente de celle dont elles avaient profité jusqu'à présent. Et que leur avenir à toutes les trois serait encore plus compromis quand cet individu odieux aurait pris femme.

— Voilà qui donne à réfléchir, hein ? s'enquit-il.

— Cela ne regarde que vous, rétorqua-t-elle. Puis-je vous demander quand vous comptez vous marier ?

Il éclata de rire.

— Quand j'aurai trouvé une fiancée à ma convenance, quelqu'un qui saura qui est son maître.

Il releva la tête en entendant ses deux comparses descendre l'escalier après être allés inspecter leur chambre à l'étage.

— Nul besoin de rapporter cette conversation à mes amis, ajouta-t-il *mezza-voce* avant de se tourner vers ces derniers et de prendre un ton jovial. Etes-vous donc installés à votre aise ? Tout vous agrée-t-il ?

— Ça ira pour le moment, déclara Sir Roland.

Il désigna les alentours de son lorgnon.

— Mais c'est abominablement sinistre, par ici.

— Je vous avais prévenus, non ? Vous pouvez toujours retourner à Londres.

— Oh, je crois que ça peut attendre encore un peu, n'est-ce pas, Gus ?

— Oui, répondit l'interpellé, nous avons le temps. Cela dit, il me semble que vous nous aviez promis de la distraction, Hobart. Ou, du moins, de la compagnie.

Ce court échange suffit à Charlotte pour comprendre que Cecil n'appréciait guère la présence des deux autres, que ceux-ci s'étaient invités eux-mêmes à Easterley Manor et qu'il devait y avoir une raison pour laquelle son beau-frère avait été contraint de les accepter chez lui. Cette raison, songea la jeune femme, n'était guère difficile à deviner. Et il y avait également fort à parier que Cecil avait scrupuleusement omis de divulguer à ces messieurs les termes exacts du testament de son père…

— Ne vous impatientez pas, gentlemen, repartit ce dernier.

En attendant, permettez-moi de vous faire visiter la maison. Je suis sûr que cela vous intéressera.

Puis, s'adressant à Charlotte :

— Vous serez des nôtres au dîner, décréta-t-il. Et amenez vos filles avec vous.

— Milord, elle n'ont pas l'habitude de prendre leur repas avec des étrangers.

— Mais je ne suis pas un étranger ! rétorqua-t-il avec un frémissement de colère dans la voix. Comme vous venez d'avoir l'amabilité de me le rappeler, je suis leur oncle. Et je souhaite les rencontrer.

— Très bien. Dans ce cas, je demanderai à Mlle Quinn de les amener au moment du dessert.

Sur ce, elle tourna les talons et dépassa les deux amis de Cecil pour monter l'escalier. Consciente du regard des trois hommes braqué sur elle, elle gardait la tête haute — mais son cœur pesait comme un boulet dans sa poitrine, car non seulement elle se trouvait dépossédée de cette maison qui avait été son foyer douze années durant, mais elle n'y était plus qu'à peine tolérée. Elle se hâta de gagner la salle de classe où ses enfants travaillaient sous la direction de Mlle Quinn.

Toutes les trois tournèrent la tête vers elle en l'entendant entrer.

— Maman, que s'est-il passé ? demanda Lizzy. Qui sont ces hommes ?

Charlotte toisa Mlle Quinn d'un regard interrogateur.

— Elles les ont entendus frapper à la porte, milady, lui expliqua la gouvernante. Ils menaient un tel tapage qu'on les aurait crus déterminés à effrayer la maisonnée entière. Elles ont couru sur le palier et ont vu Foster ouvrir à ces messieurs.

— L'un d'eux est votre oncle Cecil, apprit Charlotte aux fillettes. Les deux autres sont ses invités.

— Le nouveau Lord hobart ? s'enquit Lizzie.

— Lui-même.

— Je savais bien que je le détesterais, intervint Fanny. Je voudrais qu'ils repartent tous d'ici !

— Je crains que ce ne soit pas dans leur intention, répliqua Charlotte. Mieux vaut donc s'efforcer de complaire à votre oncle. Qui sait ? Il peut se révéler un être charmant.

Elle n'en croyait naturellement pas un mot, mais préférait ne pas imposer ses préjugés à ses enfants.

— Il a demandé que vous vous joigniez à nous ce soir, au moment du dessert, alors veillez à bien vous tenir. Et, Fanny, je t'en prie, essaie de ne pas être désagréable avec lui et ne parle que si on t'interroge.

— Milady, repartit Mlle Quinn avec indignation, cela ne peut se concevoir : ces demoiselles, en compagnie de ces messieurs…

— Je sais, Quinny, je sais. Cela dit, je serai là et je ne les autoriserai à rester que cinq minutes. Vous les descendrez quand je les enverrai chercher et vous resterez à proximité pour les ramener ensuite.

— Mais où va-t-on ? Où va-t-on ? s'emporta la brave domestique. Moi, je suis d'accord avec Fanny : ces hommes ne m'inspirent rien qui vaille. Devoir endurer Lord Hobart est déjà suffisament pénible sans avoir en plus à subir ces deux individus louches. Ils ont fouillé partout dès leur arrivée. Je les entendais rire et échanger des commentaires sur les meubles, les tapisseries. J'ai même entendu l'un d'eux dire à l'autre : « Avec cette baraque, Gus, nos affaires vont pouvoir repartir ! » Et ils se sont esclaffés. C'était horrible, on aurait cru deux coqs enroués. Combien de temps comptent-ils donc rester ?

— Je l'ignore, répondit Charlotte en soupirant, trop désemparée pour reprocher à la gouvernante son franc-parler.

— Si ces demoiselles n'avaient pas besoin de moi, je m'en irais cette nuit même.

Mlle Quinn se tut soudain en s'apercevant que Lizzie la

regardait avec de grands yeux inquiets et que Fanny s'était mise à pleurer.

— Oh, mes petits amours, reprit-elle en les serrant dans ses bras. Quinny ne parlait pas sérieusement. Jamais elle ne vous quittera, jamais.

Le dîner fut un cauchemar. Charlotte avait beau essayer de soutenir une conversation normale et courtoise avec les autres convives, les amis de Cecil semblaient prendre un malin plaisir à détourner le sens de ses moindres propos. Ils allèrent même jusqu'à lui poser certaines questions si impertinentes qu'elle refusa tout net d'y répondre, au grand amusement de son beau-frère dont le rire, toutefois, lui paraissait sonner creux. Ils voulurent ainsi savoir depuis combien de temps les Hobart résidaient à Easterley Manor et si elle connaissait la valeur de chaque bien du domaine. Quand elle leur eut répondu qu'elle n'en savait rien et qu'il revenait à l'avoué de la famille de procurer un inventaire à sa Seigneurie, ils s'esclaffèrent longuement et bruyamment.

— Je l'ai convoqué pour demain, annonça Cecil. Nous serons fixés à ce moment-là.

Mais le pire restait à venir, car il insista bientôt pour voir ses nièces.

— Je désire les connaître, déclara-t-il. Après tout, elles font partie de mon héritage.

— Permettez-moi de vous corriger sur ce point, milord, repartit-elle tout en se résignant à adresser un signe de tête à Foster pour lui demander d'aller chercher Mlle Quinn et les filles. Ces enfants sont les miens.

— Certes, mais ce matin encore vous me rappeliez que j'avais des devoirs envers elles.

— Je n'entendais nullement par là qu'il fallait les compter dans l'inventaire.

— En d'autres termes, je ne serais pas responsable de leur entretien ? Vous m'en voyez ravi. Pour ce qui est de leurs repas, de leurs vêtements et des gages de cette Mlle… Comment s'appelle-t-elle, déjà ?

— Quinn. Mlle Quinn.

— Oui, eh bien, à partir d'aujourd'hui, c'est vous qui paierez pour le couvert et l'éducation de vos filles.

Charlotte garda le silence. Il était hors de question pour elle de le supplier, même si elle voyait mal comment elle allait pouvoir assumer tous ces frais. Entendant la porte s'ouvrir, elle releva les yeux et vit Mlle Quinn entrer dans la pièce avec Lizzie et Fanny. Les deux fillettes étaient adorables dans leur robe de mousseline blanche avec un gros nœud à la taille. Leurs cheveux, qu'un long brossage avait rendus brillants, étaient attachés par un ruban de satin, bleu pour Lizzie et rose pour Fanny. Quinny leur ayant donné une petite bourrade dans le dos, elles exécutèrent toutes deux une révérence impeccable.

— Charmantes, gloussa Augustus. Hein, Roly, qu'est-ce t'en dis ? Sont mignonnes, les petiotes, non ?

— Oui, vraiment ravissantes, acquiesça son complice en reluquant les enfants à travers son lorgnon. Cecil, mon vieux, je crois que tu devrais être plus généreux envers les enfants de ton regretté frère et les faire porter à l'inventaire.

Cecil feignit l'hilarité.

— Venez ici mes enfants, que je vous voie mieux, dit-il. Allons, n'ayez pas peur. Personne ne vous veut du mal. Je suis votre oncle Cecil, revenu d'Inde pour s'occuper de vous.

Lizzie et Fanny rejoignirent leur mère, répugnant à s'approcher de lui.

— Elles sont timides, crut nécessaire d'expliquer Charlotte. Elles ne sont pas habituées aux étrangers.

— Pour la dernière fois, je vous répète que je ne suis pas un étranger ! hurla-t-il en frappant du poing sur la table, ce qui fit s'entrechoquer les verres et tinter la vaisselle. Je suis le maître du domaine et le seigneur de Parson's End ! Et je suis désormais ici chez moi. *Chez moi,* vous m'entendez ?

— Milord, je vous en prie, ne criez point ! Vous les effrayez.

Cecil prit une voix plus douce, mais non moins menaçante.

— Alors prenez garde de ne plus me traiter comme un indésirable. C'est vous qui êtes mes invitées, ici — vous-même, vos filles et cette autre, là…

Il désigna Mlle Quinn en faction sur le seuil. Puis, reportant son attention sur les fillettes :

— Et si vous vous asseyiez avec nous pour manger un peu de tarte aux pommes ? leur proposa-t-il.

Trop apeurées pour parler, les deux enfants secouèrent la tête. Il fit signe à Mlle Quinn.

— Remportez-les, lui jeta-t-il. Elles ne sont pas aussi amusantes que je le croyais.

Quinn disparut avec Lizzie et Fanny. Quelques minutes plus tard, Charlotte s'excusa auprès des trois hommes et les laissa déguster cigares et liqueurs pour remonter dans sa chambre, où elle s'assit à sa fenêtre, prise de vertige. Le regard perdu sur le paysage crépusculaire, elle se demanda comment elle allait pouvoir supporter plus longtemps cette cohabitation forcée avec son beau-frère — à supposer, toutefois, que ce dernier ne décidât pas de la chasser avec ses filles et Quinny, ainsi qu'il venait de l'en menacer. Cette première journée lui avait amplement suffi pour mesurer l'égoïsme et la brutalité de Cecil. Et elle n'appréciait pas du tout les coups d'œils égrillards avec lesquels ses prétendus amis reluquaient tout ce qui portait jupon. Elle en frémissait encore pour Lizzie et Fanny. Elle allait devoir tenir à l'œil ces deux répugnants personnages, se dit-elle, et, s'ils s'attardaient à Easterley Manor plus d'une semaine ou deux, songer même à déménager — mais avant cela, il lui fallait trouver un emploi.

C'était en de semblables moments qu'elle regrettait d'être seule. Mais elle avait trop aimé puis pleuré Grenville pour imaginer épouser quelqu'un d'autre et la générosité de son défunt beau-père lui avait jusqu'alors épargné tout souci matériel.

— Je me sens bien telle que je suis, avait-elle un jour affirmé à Quinny.

Malheureusement, en l'espace de quelques jours, sa situation avait changé du tout au tout. Et l'absence d'une présence attentive et aimante à ses côtés lui était soudain presque intolérable.

Elle secoua la tête pour repousser ces affligeantes pensées. Il lui fallait se ressaisir, s'admonesta-t-elle, et réagir au plus vite. Ce n'était pas seulement sa sécurité qui était en jeu, mais aussi et surtout celle de ses enfants.

Elle quitta le fauteuil près de la fenêtre pour aller s'installer devant son secrétaire dont elle ouvrit un des tiroirs. Elle en retira une aumônière de velours. Celle-ci contenait quelques guinées, une somme qui leur permettrait peut-être de tenir un jour ou deux avec Quinny, mais qui ne suffirait assurément pas à leur payer le voyage jusque chez son grand-oncle. Et sa fierté lui interdisait d'écrire à son parent pour lui quémander de quoi régler le trajet en diligence ainsi que les nuits dans les relais.

En outre, elle se voyait mal quitter Parson's End. Son foyer était dorénavant ici. Elle avait appris à aimer cette région, ses landes arides, ses falaises et les multiples visages de la mer, qui d'un jour à l'autre pouvait passer de la sérénité à une fureur rageuse. Elle chérissait aussi les pinèdes tapissées d'aiguilles crépitantes et, par-dessus tout, les gens du cru, ces paysans et ces pêcheurs laborieux, austères et courageux dont les enfants étaient devenus sa raison de vivre. Elle s'était donné pour objectif d'aider ses élèves à sortir de leur condition et c'était là une mission qu'elle ne pouvait compromettre sans perdre le respect d'elle-même.

Penser ainsi à sa classe lui rappela la rencontre avec le cavalier inconnu sur la falaise. A ce souvenir, elle eut un sourire amer.

Il l'avait prise pour une simple institutrice de campagne et elle avait alors songé que l'avenir risquait sous peu de lui donner raison…

Elle releva la tête, saisie par une brusque illumination. Voilà la solution ! se dit-elle. Une école ou, plutôt, une pension payante pour jeunes filles de bonnes familles, qui lui permettrait en même temps de rester ici et de continuer à s'occuper des enfants du village, les riches subvenant ainsi à l'éducation des pauvres… Mais avait-elle au moins les qualifications requises pour attirer une clientèle fortunée ? De plus, il lui faudrait embaucher des professeurs, trouver un local, nouer ou renouer des relations dans les milieux aisés — et constituer un capital de départ qui lui faisait pour l'instant totalement défaut.

Elle soupesa les piécettes qu'elle tenait en main et se mit à rire de sa propre naïveté.

Plutôt que de caresser ainsi des rêves creux, elle préféra aller embrasser ses filles pour la nuit. Avant de ressortir de leurs appartements, elle recommanda à Mlle Quinn de bien en verrouiller la porte derrière elle — conseil plus ou moins inutile tant la pauvre femme tremblait déjà pour ses chères protégées.

— Demain nous aviserons, lui promit Charlotte avant de retourner dans sa chambre où elle prit également soin de s'enfermer à double tour.

Elle percevait les rires avinés des trois fêtards qui, deux étages plus bas, avait réclamé un paquet de cartes en plus de nouvelles bouteilles, ce qui tendait à prouver que Cecil n'avait toujours pas renoncé au jeu.

Ce ne fut que longtemps après les avoir entendus s'écrouler enfin dans leur lit respectif, aux petites heures de la nuit, que, dans le silence morne qui succéda à leur beuverie, elle put trouver à son tour un semblant de sommeil.

*
* *

Le lendemain matin, elle s'éclipsa avec les enfants par une porte de service pour se rendre au village. Au moment où elle contournait l'angle de la demeure, elle aperçut un attelage qui se rangeait devant le perron. Supposant qu'il s'agissait de John Hardacre, l'homme d'affaires des Hobart, elle préféra laisser à Foster le soin de réveiller Cecil pour le prévenir de l'arrivée de l'avoué.

Tenant fermement ses filles par la main, elle traversa avec elles la cour des écuries pour s'engager dans le sentier qui menait au potager puis, de là, à une porte latérale, ménagée dans le mur d'enceinte de la propriété, qui donnait sur la route du village.

Les haies bordant la chaussée de terre battue scintillaient de gouttes de rosée qui mouillaient les primevères récemment poussées à leur pied. Dans les prairies, les ramures bourgeonnantes des arbres abritaient les agnelets sous leurs feuilles frémissantes. Une douce brise caressait le paysage. Tous ces signes de renouveau auraient dû réjouir le cœur de Charlotte, mais elle était trop préoccupée pour leur accorder plus qu'une attention distraite.

— Milady, la salua le pasteur sur le seuil de l'église. Je ne vous attendais pas si tôt. D'ordinaire, vous n'êtes jamais là avant midi.

— J'avais besoin de vous parler, révérend.

Ayant demandé à ses filles de l'attendre dans la salle de classe, elle suivit le prêtre à l'intérieur de l'édifice.

— Je ne sais trop par où commencer, lui avoua-t-elle après qu'ils se furent agenouillés devant l'autel et assis sur le banc le plus proche.

Il régnait dans l'église une froideur qui lui semblait répondre à celle qui lui étreignait l'âme.

— Mon existence vient de connaître un tournant dramatique…

— J'ai entendu dire que le nouveau Lord Hobart était arrivé, acquiesça Peter Fuller.

— Décidément, les nouvelles vont vite ! s'étonna la jeune femme. Cecil Hobart s'est en effet présenté à Easterley Manor hier matin et m'a presque aussitôt signifié qu'il n'était pas à mon égard dans les mêmes dispositions que son père. En d'autres termes…

— Vous n'allez plus être en mesure d'enseigner ? suggéra le pasteur. Nous en serons tous fort marris.

— Non, révérend, ça signifie au contraire que je dois continuer à enseigner. Et qu'il faut que je sois payée pour ça.

— Vous savez bien que les parents de nos élèves n'en ont pas les moyens !

— Je pensais en fait à fonder une pension — qui, naturellement, accueillerait plus tard les enfants du village, une fois que j'aurais trouvé suffisamment de clients pour m'assurer des revenus réguliers…

Elle s'interrompit, paralysée par l'ampleur de la tâche.

— Enfin, dans un premier temps, reprit-elle, je cherche une maison…

— Pour y installer votre école ?

— Exactement, approuva-t-elle, soulagée de voir qu'il la comprenait si bien. Elle devra être assez grande pour que je puisse y loger avec mes filles et leur gouvernante.

Le prêtre eut une brève hésitation.

— Vous n'avez quand même pas été sommées toutes les quatre de quitter sur-le-champ le domaine, n'est-ce pas ? s'enquit-il.

— En vérité, répliqua-t-elle, c'est moi qui souhaite en partir au plus vite. Lord Hobart est célibataire. Je ne puis continuer à partager ainsi son toit.

— Je vois… Mais cet oncle dont vous m'avez parlé, ne pourrait-il vous héberger ?

— Je n'en sais rien. Je ne le connais pas et je crains, en cherchant refuge auprès de lui, de me trouver dans une situation plus délicate encore. Et puis j'aime Parson's End, de même que mes filles qui sont nées ici. M'éloigner du village serait un remède pire que le mal.

— Si j'ai bien saisi, milady, vous voici confrontée à un sérieux dilemme, conclut le révérend avant de sourire et de lui tapoter la main. Vous êtes en tout cas la bienvenue au presbytère jusqu'à ce que vous ayez trouvé à vous loger ailleurs. Je suis certain que Mme Fuller n'y verra pas d'objection. Quant à la maison destinée à vous accueillir, vous et vos pensionnaires, je vous promets de ne pas ménager ma peine pour vous la dénicher, car je n'ai vraiment pas envie de vous voir quitter la région — et je ne suis pas le seul à penser ainsi, je puis vous le certifier.

— Merci, murmura-t-elle.

Il se leva. Elle s'agenouilla pour recevoir sa bénédiction. Alors qu'ils quittaient ensemble l'église, elle entendit les enfants du village qui revenaient à l'école pour les cours de l'après-midi.

— Prendrez-vous votre classe aujourd'hui ? s'enquit Peter Fuller.

— Oui, naturellement. Les enfants comptent sur moi et je préfère éviter à Lizzie et Fanny tout bouleversement supplémentaire.

— Dans ce cas, je crois que je vais en profiter pour aller présenter mes respects au nouveau seigneur du village.

Charlotte le regarda s'éloigner sur la route, se demandant quel accueil lui serait réservé au manoir.

Quand elle rentra dans sa classe, les enfants se poursuivaient bruyamment d'un bout à l'autre de la salle. Ils se calmèrent dès qu'ils l'aperçurent sur le seuil.

— Reprenez vos places, leur dit-elle. Et sortez vos ardoises. Lizzie, tu vas aider Josh à faire ses additions et toi, Fanny, tu distrairas les petits pendant la leçon de calcul.

L'atmosphère de labeur paisible qui régna bientôt dans la classe détendit quelque peu la jeune femme.

Ses soucis ne la quittaient pourtant pas. Elle avait bien conscience qu'elle ne pouvait accepter l'offre du pasteur : sa femme et lui étaient trop âgés pour les héberger toutes les trois. Par ailleurs, même si elle s'estimait capable de diriger une institution pour jeunes filles, le problème du financement de ce projet restait entier. Comment allait-elle se procurer le capital de départ ? Sous la forme d'un emprunt remboursable sur les futures pensions ? Elle se promit d'en toucher deux mots à M. Hardacre si ce dernier se trouvait encore au manoir à son retour.

— Madame, l'appela une petite voix tandis qu'on lui tirait sur la jupe.

Baissant les yeux, elle vit que Danny White, un de ses élèves, la considérait avec anxiété.

— Meg veut rentrer, articula-t-il. Elle a mal au ventre.

Charlotte reporta son attention sur la petite sœur de Danny, une enfant à peine sortie du berceau dont la place n'était certes pas à l'école mais que son frère était obligé d'amener avec lui en classe pour y recevoir une instruction que la jeune femme eût jugé presque criminel de ne pas lui donner, tant le jeune garçon était brillant.

Meg, de fait, se tenait l'abdomen en pleurant. Charlotte la prit dans ses bras pour la réconforter. Lui ayant tâté le front, elle constata qu'elle avait de la fièvre et s'alarma aussitôt. Que faire ? Elle ne pouvait laisser cette enfant rentrer seule chez elle ni même la confier à son frère, mais elle répugnait tout autant à abandonner sa classe en l'absence du pasteur.

A la fin, elle comprit qu'elle n'avait pas le choix : elle devait emmener tous ses élèves avec elle.

— Bon, s'exclama-t-elle. Assez de calcul pour aujourd'hui. Etes-vous d'accord pour qu'on raccompagne tous Meg à la maison ?

L'idée, comme il fallait s'y attendre, fut accueillie avec enthousiasme. Charlotte écrivit donc un mot au révérend et la petite troupe quitta l'ancienne remise. La jeune femme marchait en tête, Meg dans les bras et Danny à côté d'elle. Lizzie et Fanny les suivaient avec le reste des élèves qui s'étaient mis en colonne par deux.

La singulière procession fut saluée par les sourires des villageoises qu'ils croisèrent, chacune connaissant Charlotte et appréciant la générosité qu'elle montrait non seulement à l'égard des enfants, mais aussi envers les anciens et les infirmes de Parson's End auxquels, outre de la nourriture et des vêtements, elle apportait cette denrée précieuse entre toutes : l'espoir.

— Bien le bonjour, milady, lui lançaient les passantes.

Charlotte leur répondait avec une courtoisie dénuée de toute affectation, cependant que les enfants derrière elle chantaient avec un bel entrain : « Un kilomètre à pied… »

Décidément inquiète pour la petite fille qui n'avait cessé de geindre depuis le départ de l'école, la jeune femme résolut de l'emmener chez le médecin du village, le Dr Cartwright, tout en sachant fort bien que ce serait à elle de payer ses honoraires, les parents de Meg n'en ayant pas les moyens.

Sitôt qu'elle lui eut présenté l'enfant, le praticien entreprit de lui tâter le ventre tandis que ses camarades attendaient sagement dehors son retour et celui de leur maîtresse.

— Qu'as-tu mangé à midi ? voulut savoir le médecin.

— Rin, babilla Meg avec un accent campagnard déjà très marqué — et fort cocasse dans une bouche aussi menue.

— Oh, si. Tu t'es bourré le bedon avec une saleté, n'est-ce pas ?

— C'étaient des haricots, répondit Danny qui s'était glissé dans le cabinet à l'insu de Charlotte. Je lui avais pourtant dit de ne pas y toucher.

— Des haricots ? répéta le Dr Cartwright. Quels haricots ?

— Ceux qui sont dans des sacs accrochés dans la grange des Brown.

— Ce sont des graines, corrigea le médecin. Et on doit les semer, pas les manger. Tu es assez grand pour comprendre cela, Danny, n'est-ce pas ?

— Bien sûr, mais elle avait déjà avalé une pleine poignée de ces « graines » avant que j'aie pu l'arrêter, rétorqua le garçon dont le menton frémissait de larmes contenues.

— Ne le blâmez pas, docteur, intervint Charlotte. Les enfants de cet âge ont le chic pour s'attirer des ennuis, même quand on les garde constamment à l'œil.

Le praticien soupira.

— C'est bien vrai, admit-il. Je vais donner un laxatif à Meg pour la soulager. Et d'ici à demain matin, cette coquine devrait être fin prête à recommencer !

Rassurée, la jeune femme regarda le médecin pincer le nez de la petite fille pour la forcer à ouvrir la bouche et avaler une pleine cuillérée d'une médication à l'odeur fétide. Elle ressortit ensuite du cabinet avec Meg et son frère et les accompagna avec les autres élèves jusqu'à leur maison, laquelle n'était en réalité qu'une misérable cahute ressemblant à un tas de fagots jetés en vrac sur le bord du chemin.

— Quel pitié de vous avoir dérangée ! s'écria Mme White quand elle lui eut expliqué la raison de sa venue. Alors, Danny, tu étais où quand ta sœur a mangé cette saleté, hein ? Le nez dans tes livres, comme toujours ? Tu vas voir comme ton père va t'frotter les côtes en rentrant !

Charlotte dut servir de médiatrice, redoutant que le garçon fût privé de cours par ses parents. Ayant réussi à calmer Mme White, elle retourna à l'école avec le reste de sa classe. Ce fut à ce moment-là qu'elle aperçut de nouveau l'étranger.

Il se tenait devant la maréchalerie et la toisait de ce même regard amusé qui l'avait tellement déconcertée l'avant-veille.

3.

Stacey s'avança vers la jeune femme et ôta son chapeau.

— Mes hommages, madame, lui dit-il.

Quand, la veille, le maréchal-ferrant lui avait annoncé qu'il lui faudrait plus longtemps que prévu pour s'occuper de son cheval, il n'avait pas été trop contrarié de devoir passer une nuit de plus à Parson's End, songeant qu'il aurait peut-être ainsi la chance de retomber sur la jolie maîtresse d'école.

Ce jour-là, après le déjeuner, pour tuer le temps, il s'était promené jusqu'à Easterley Manor, mais s'était abstenu d'en franchir le portail. Il avait longé le mur d'enceinte et pris ensuite un sentier qui menait à la falaise. Sur la plage, contrairement au vague espoir qu'il avait caressé, il n'avait aperçu ni l'institutrice ni ses élèves, mais deux hommes cheminant au bord de l'eau. Ce n'étaient pas des pêcheurs car, pour se protéger du vent, au lieu de la vareuse traditionnelle, ils portaient des manteaux de ville. Stacey s'était rapidement désintéressé d'eux pour retourner à l'atelier du forgeron. Et c'était là, dans la grand-rue du village, qu'il l'avait enfin revue, marchant en tête de sa petite troupe qui défilait en chantant, tel un tambour-major conduisant une harmonie militaire. Cette comparaison, naturellement, l'avait égayé.

Ignorant le motif de son sourire et entendant ses élèves pouffer derrière elle, Charlotte se sentit rougir jusqu'aux racines de son opulente chevelure châtain clair.

— Bonjour, monsieur, répondit-elle en serrant contre elle les pans de son collet en un geste défensif qui accrut encore l'amusement de Stacey. Je suis surprise de vous croiser de nouveau par ici. Parson's End n'a pas grand-chose à offrir à ses visiteurs.

— Au contraire, je commence à trouver mon séjour extrêmement gratifiant, répliqua-t-il, le regard tout pétillant de lui voir le teint ainsi empourpré. Vous donnez toujours vos leçons dehors, à ce que je constate.

— En fait, il a fallu que je ramène une de mes élèves chez sa mère, elle ne se sentait pas bien et je ne pouvais laisser les autres à l'école, expliqua-t-elle avec un sourire destiné à lui prouver qu'elle maîtrisait la situation.

— Ah, il leur arrive donc de se dissiper quelque peu ! répliqua-t-il. Et moi qui pensais que vous les teniez si bien en main qu'ils n'osaient commettre la moindre bêtise, même en votre absence.

— Vous vous moquez de moi, monsieur. Une fois de plus. Nous ne nous connaissons pourtant toujours pas.

— Vous ne parliez donc pas sérieusement en dénigrant tantôt les bonnes manières — car les convenances vous importent, n'est-ce pas, puisqu'elles vous interdisent de converser avec un homme dont vous ignorez tout ? Supposez cependant qu'un tiers nous ait présentés l'un à l'autre : n'aurais-je pas alors le droit de vous taquiner quelque peu ?

— Votre propre éducation devrait vous permettre de répondre à cette question.

— Sinon, j'aurais besoin d'une bonne leçon en la matière ?

— A vous de le décider, repartit Charlotte.

Elle en avait sincèrement assez des hommes imbus d'eux-mêmes qui croyaient pouvoir la traiter de haut. Cecil Hobart et ses acolytes s'y étaient d'abord mis et voilà que c'était le tour de cet homme qui ne cessait de la toiser avec son petit sourire supérieur. D'ailleurs, réflexion faite, il n'était pas impossible qu'il fût un des invités de son beau-frère, ce qui expliquerait sa présence au village.

— Maintenant, si vous vous voulez bien vous écarter de mon chemin…

— Vous retournez à votre école ?

— En quoi cela vous regarde-t-il ? rétorqua-t-elle en poussant les enfants devant elle.

Il la suivit un moment des yeux, puis résolut de lui emboîter le pas.

— Je serais quand même curieux de le savoir, reprit-il en se portant à sa hauteur. Figurez-vous que rien ne m'intéresse plus que les problèmes d'éducation, en ce moment.

— Dans ce cas, monsieur Je-ne-sais-qui, je vous suggère de consulter sur ce sujet des personnes plus capables que moi de vous renseigner.

— J'aimerais néanmoins connaître votre point de vue.

— Et moi, ce que j'aimerais, ce serait que vous me laissiez tranquille, murmura-t-elle d'une voix sifflante en remarquant que les enfants, et notamment Lizzie et Fanny, suivaient cet échange avec passion. Je n'ai rien à dire aux gens de votre espèce. Alors, au revoir, monsieur. Ou plutôt adieu. Car si vous cherchez des gens appréciant vos petits jeux, ce n'est pas ici que vous les trouverez. Moi, en tout cas, je n'en fais pas partie.

L'âpreté et la virulence de cette réplique abasourdirent Stacey qui se figea au beau milieu de la rue tandis que la jeune femme repartait avec sa classe. Pour qui donc le prenait-elle ? se demanda-t-il. Un débauché ? Oh, il admettait volontiers avoir manqué de courtoisie à son égard, l'avoir plaisantée et s'être refusé à lui donner son nom, mais ses intentions n'avaient rien de malhonnête. Les questions d'éducation le préoccupaient réellement et, quoiqu'il se rendît compte que l'école de Parson's End ne convenait point à Julia, il désirait sincèrement connaître l'avis de l'institutrice sur l'éducation des jeunes filles et lui demander l'adresse d'une pension de qualité où Julia aurait pu recevoir des leçons de maintien et de bonnes manières, en sus de ses cours, et où les professeurs savaient se montrer indulgents envers leurs élèves.

Il s'y était mal pris, c'était l'évidence même. Pourquoi, en premier lieu, ne s'était-il pas présenté à la jeune femme ? Elle ne semblait pas du genre à s'effaroucher de son rang ni de son titre. Du reste, son attachement aux règles de la bienséance indiquait une origine respectable, sinon aristocratique, malgré l'apparente modestie de sa condition actuelle.

Etait-il trop tard pour réparer son impair ?

Et pourquoi s'en serait-il soucié, au demeurant ? Il pouvait en effet interroger d'autres personnes, ainsi qu'elle le lui avait suggéré. Les quelques mots qu'ils avaient échangés lui avaient déjà donné une certaine idée des questions à poser. Alors pourquoi était-il si réticent à la laisser repartir ?

Il regarda s'éloigner la cohorte d'enfants. Puis, au lieu de retourner à la maréchalerie, il se mit à suivre la maîtresse d'école à distance, en veillant à rester hors de sa vue — et en riant de sa propre sottise.

Elle effectua une halte devant plusieurs des maisons du village. A chacun des arrêts, Stacey demeurait caché. Il la vit ainsi déposer ses élèves un à un dans leur foyer respectif. Quand elle n'eut plus auprès d'elle que ses deux filles, elle hâta le pas et gagna bientôt le portail d'Easterley Manor. Stacey demeura à l'extérieur de la propriété et se tapota pensivement la botte avec la cravache qu'il avait gardée à la main en sortant de la forge. Enfin, il tourna les talons pour revenir à Parson's End.

Alors qu'elle s'engageait dans l'allée, Charlotte avisa la berline de M. Hardacre qui s'apprêtait à ressortir du domaine. Elle avait manqué l'avoué, se dit-elle, et cela par la faute de ce poseur qui avait cherché à la retenir au village. Se rangeant sur le côté, elle adressa un signe de la main à l'occupant de la voiture quand celle-ci parvint à sa hauteur. M. Hardacre affichait une mine si renfrognée qu'elle craignit un instant qu'il ne la remarquât même pas : manifestement, l'entretien avec son client ne s'était pas très bien passé.

Elle allait reprendre sa route quand elle entendit l'attelage s'immobiliser derrière elle. Elle pivota sur elle-même et rebroussa chemin tandis que la tête de l'avoué apparaissait à la portière de la berline. Il avait ôté son chapeau, révélant une épaisse tignasse blanche.

— Bonjour, Lady Hobart, la salua-t-il. Mademoiselle Elizabeth, mademoiselle Frances, comme vous avez grandi !

Les deux fillettes le gratifièrent d'une petite révérence et demeurèrent en arrière de leur mère, qui s'approcha de l'avoué pour lui parler.

— Monsieur Hardacre, je suis heureuse que vous vous soyez arrêté. J'aurais besoin de vos conseils.

— Je suis à votre service, milady. Désirez-vous que je retourne avec vous au manoir ?

Elle sourit en notant combien cette éventualité avait peu l'air de le réjouir.

— Non. Il n'est pas nécessaire que sa Seigneurie apprenne que je vous ai consulté.

— Oh, fit-il avant de marquer une pause. Vous vous rendez compte toutefois que, Lord Hobart étant mon client, je ne puis rien entreprendre qui aille contre ses intérêts.

— J'en suis parfaitement consciente. Et le sujet dont je désirerais vous entretenir n'a rien à voir avec Lord Hobart… Même s'il n'est pas sans rapport avec son arrivée.

Elle s'exprimait avec circonspection, ne sachant trop ce que l'avoué savait ni ce qui lui était possible de deviner.

— Malheureusement, précisa-t-elle, je ne puis me rendre à Londres pour vous exposer mon problème.

— Je vois… Dans ce cas, je suppose que je vais passer une nuit supplémentaire au Dog and Fox et ne rentrer que demain.

— Merci, maître. Je préférerais également ne pas vous parler ici. Pourrions-nous nous retrouver à l'église ? On n'y croise guère de monde en semaine.

— Soit. Je vous y attendrai à 10 heures, si cela vous convient.

Cela ressemblait tellement à une proposition galante que tous deux ne purent s'empêcher de sourire : non seulement M. Hardacre était bien plus âgé que Charlotte, mais il servait les Hobart depuis des décennies, tout comme son père avant lui, et la jeune femme avait entièrement confiance en lui.

— Cela me convient parfaitement, lui répondit-elle.

Ils se saluèrent, puis l'avoué héla son cocher qui relança l'attelage.

Revenant sur ses pas, Charlotte prit ses filles par la main et gagna avec elles une des entrées latérales du manoir, n'ayant aucune envie d'attirer l'attention en empruntant la porte principale. Vaine précaution : Cecil la surprit dans un des couloirs qui desservait l'escalier de service. Quoiqu'il fût plus de 3 heures de l'après-midi, il était encore en peignoir — et ce dernier, en outre, était taché.

— D'où rentrez-vous donc, milady, pour vous faufiler ainsi chez moi comme une voleuse, au beau milieu de la nuit ?

— Je ne suis pas une voleuse et ce n'est pas la nuit, protesta-t-elle en relevant le menton. C'est le milieu de l'après-midi et je remonte dans mes appartements après avoir assumé mes responsabilités au village.

Elle poussa ses filles en direction de l'escalier.

— Allez, les enfants, leur dit-elle, filez retrouver Mlle Quinn.

Cecil regarda Lizzie et Fanny le contourner, puis disparaître à l'étage. Il reporta ensuite son attention sur la jeune femme et la toisa d'un air si courroucé que sa cicatrice à la joue en parut plus vilaine encore. Charlotte se demanda vaguement ce qui avait pu le défigurer ainsi — le démon du jeu, peut-être ?

— Des responsabilités au village ? répéta-t-il. De quoi parlez-vous donc ?

— Des enfants de Parson's End auxquels je fais l'école près du presbytère. Il m'arrive également de visiter les malades et de leur apporter quelques victuailles.

— Prises dans mon garde-manger ?

— Eh bien, oui, mais il ne s'agit que de restes. Votre mère procédait de même, jadis.

— C'était un noble cœur, acquiesça-t-il. Je doute néanmoins qu'elle enseignât aux paysans.

— L'éducation ne saurait être un privilège mais un droit. Quant à aider les plus démunis, c'est le devoir de chacun.

— Dois-je comprendre que vous vous considérez vous-mêmes comme une privilégiée et une nantie ? Votre gratitude me touche.

Comprenant qu'il cherchait uniquement à susciter de sa part une réplique inconsidérée, elle s'abstint de relever la pique. Elle aurait bien voulu le planter là et poursuivre son chemin, mais le couloir était étroit et pour atteindre l'escalier, il lui aurait fallu passer bien trop près de lui à son goût.

— Alors ? s'enquit-il.

— Alors quoi ?

— N'êtes-vous point d'accord pour admettre que vous ne restez ici avec vos filles que parce que je le veux bien et qu'en conséquence votre reconnaissance m'est due ?

— Je vous en remercie, articula-t-elle.

La question de Cecil comportait une part d'ambiguïté dont il n'avait sans doute nullement conscience lui-même : ce n'était pas, en effet, le plus intelligent des hommes. La jeune femme s'étonnait d'ailleurs que son regretté beau-père ait pu engendrer deux êtres aussi dissemblables que Grenville et ce lamentable individu — à croire que l'aîné avait reçu à la naissance toute la part de dignité et d'humanité que Lord Hobart était capable de transmettre.

— Cependant ma charité a un prix, précisa-t-il.

— Le contraire m'eût surprise.

— Jusqu'à mon mariage, vous continuerez à remplir auprès de moi les fonctions de gouvernante et à tenir à l'œil les domestiques du domaine. De ma vie je n'ai vu pareil ramassis de loqueteux. Et qui les a autorisés à exprimer leur opinion et à répondre à leur maître ? Si je n'attendais des invités d'ici peu, je m'en serais débarrassé sur l'heure !

— Des invités ?

— Oui, je compte donner une réception digne de ce nom. Aussi veuillez préparer le manoir pour leur arrivée et regarnir le garde-manger ainsi que le cellier.

Charlotte se mit à repenser à l'inconnu croisé sur la falaise, puis au village.

— Fort bien, répondit-elle, mais pour cela, je vais avoir besoin d'argent.

— D'argent ? s'exclama-t-il en affectant un air scandalisé. Mais ce n'est pas là sujet qu'on aborde entre gens de bonne compagnie !

— J'entends bien, concéda-t-elle en se retenant de soupirer, mais il ne va pas moins falloir payer nourriture et vin, sans parler du chauffage, de l'éclairage et des frais de blanchisserie. Les invités salissent beaucoup de linge.

— Mon père n'avait-il pas la confiance des commerçants ?

— Si. Et ce d'autant plus qu'il n'en abusait jamais et réglait toujours ses factures dès réception de la marchandise.

— Ce qui prouve simplement qu'il avait de la fraîche en

réserve, très chère belle-sœur. Or c'est loin d'être mon cas et, tant que je n'aurai pas trouvé le moyen d'annuler ses dernières volontés, je vivrai à crédit. Si mon père était aussi scrupuleux que vous le prétendez, ses fournisseurs habituels ne verront aucune objection à patienter quelque peu.

— Tout de même, monsieur Hardacre…

— Ah, oui, j'oubliais que vous êtes vous-mêmes au fait de cet inepte testament.

— J'en ignore le moindre mot, milord, s'empressa de lui assurer Charlotte, mais j'ai malgré tout du mal à croire que Lord Hobart ne vous ait rien laissé.

— J'étais censé faire fortune en Inde.

— Et vous n'y êtes point parvenu ?

Il eut un geste agacé de la main.

— Mettons que je n'ai pas gagné assez pour pourvoir au train de vie qui sied à un gentleman.

— Je vois, murmura-t-elle, Et si vous repoussiez cette réception jusqu'au jour où les revenus du domaine vous permettront de la financer ? Je crains que la maladie de Lord Hobart ne l'ait progressivement amené à négliger ses affaires, mais celles-ci devraient de nouveau rapporter, pour peu qu'on les reprenne en main.

— Auriez-vous le front de me dicter ma conduite ? Pas étonnant que les domestiques contestent mes ordres quand leur propre maîtresse leur donne l'exemple de l'insoumission ! Mais vous n'êtes plus désormais la châtelaine d'Easterley Manor.

Il se tut soudain pour éclater d'un rire ignoble.

— A moins que vous ne souhaitiez récupérer votre couronne ? suggéra-t-il en lui effleurant la joue.

Elle recula impulsivement la tête.

— Certainement pas, répliqua-t-elle.

Puis, se décidant enfin, elle prit une profonde inspiration, le dépassa et se rendit en cuisine pour y transmettre ses ordres.

Elle put y constater que, si le personnel de la maison n'y chômait pas, il ne manifestait plus l'entrain qu'il montrait naguère, du vivant de feu Lord Hobart. Non seulement elle remarqua nombre de visages fermés mais crut aussi discerner des signes de dissension entre les domestiques eux-mêmes. Sachant qu'une humeur maussade ne pouvait que nuire à leur efficacité, elle adopta un ton vif et enthousiaste pour leur annoncer l'arrivée prochaine des invités de leur maître…

— Et comment allons-nous recevoir tous ces gens-là ? repartit Betsy.

Relativement âgée, replète et le cheveu roux, elle était aussi la servante du manoir qui avait le moins la langue dans sa poche. Charlotte supposait que c'était elle qui avait dû contrarier Cecil.

— Sa Seigneurie pense-t-elle au moins embaucher des extra ? s'enquit Betsy.

— Je le lui demanderai, promit Charlotte.

— Lui, j'ai déjà du mal à le supporter, mais les deux autres… Pouah ! fit la cuisinière tout en jetant sur la table un pâton dans lequel elle enfonça un poing rageur. Ils commandent à manger au beau milieu de la nuit et s'attendent à être servis sur-le-champ ! Il a fallu que je quitte la chaleur de mon lit pour les satisfaire. Et je venais à peine de me rendormir quand Betsy est venue me réveiller pour que je prépare le petit déjeuner.

— Je suis navrée de l'apprendre, madame Evans, lui assura Charlotte. Je vais prier ces messieurs de vous témoigner un peu plus de considération. Peut-être pourriez-vous leur laisser un repas froid sur un plateau que leur valet viendrait chercher ensuite.

Elle marqua une pause pour passer en revue le personnel rassemblé autour d'elle. Certains des domestiques avaient l'air malheureux, d'autres semblaient révoltés, tandis que les plus jeunes retenaient visiblement leurs larmes.

— Je comprend qu'il soit difficile de s'habituer à un nouveau maître, reprit-elle, mais nous devons tous continuer d'œuvrer de notre mieux à la bonne marche de cette maison.

— Oh, on vous reproche rien, milady, répondit Betsy. On sait bien que c'est aussi dur pour vous que pour nous.

Charlotte sourit en songeant que, si elle avait sans doute accordé une trop grande liberté de parole aux serviteurs du manoir, il lui était bien agréable, aujourd'hui, d'avoir ainsi la possibilité de savoir qu'elle bénéficiait de leur soutien. Elle cessa cependant de sourire en se demandant ce qu'il adviendrait d'eux si elle quittait le domaine. Pourraient-ils se placer ailleurs, s'ils décidaient à leur tour de partir ? Et, dans ce cas, Cecil leur paierait-il l'arriéré de leurs gages ? Elle se sentait responsable de leur sort. Elle soupira et se dit qu'elle devrait sans doute inclure dans ses projets les domestiques qui souhaiteraient la suivre, même s'ils représentaient pour elle une charge supplémentaire. Ah, si seulement Cecil se lassait de la campagne et les débarrassait de son importune présence ! Hélas, comme il venait de le lui avouer, il n'avait plus un sou en poche. Il était en outre hautement improbable que Sir Roland et M. Spike fussent ses seuls créanciers et il y avait fort à parier que d'autres ne tarderaient pas à venir le relancer — tel, peut-être, l'inconnu du village. Restait seulement à savoir pourquoi ce dernier s'attardait ainsi à Parson's End au lieu de venir ici réclamer son dû à Cecil… Renonçant à élucider cette énigme, Charlotte ressortit de la cuisine pour monter dans la salle de classe.

Elle retrouva ses filles en train d'étudier — ou du moins de s'y efforcer, car elles semblaient aussi perturbées et incapables de se concentrer sur leur travail que les serviteurs. Mlle Quinn n'avait pas l'air plus serein : elle ne cessait de jeter des coups d'œil vers la porte, comme si elle redoutait d'en voir surgir quelque nouveau malheur. Charlotte leur adressa à toutes trois un sourire rassurant.

— Je serai dans ma chambre si vous avez besoin de moi, les prévint-elle. Je repasserai vous voir avant le dîner.

— Est-ce qu'on sera encore obligées de descendre à la salle à manger ? l'interrogea Lizzie avec inquiétude.

— Non. Votre oncle a déjà pu constater par lui-même qu'on s'occupait bien de vous.

Et voilà qu'à force de vouloir ménager tout le monde, elle devenait une menteuse ! songea la jeune femme. L'esprit las, elle se réfugia dans ses appartements et s'assit à son secrétaire pour dresser une série de listes. Puis il lui fallut endurer un nouveau repas en compagnie d'individus que feu Lord Hobart n'eut pour sa part jamais reçus à sa table. Elle les abandonna ensuite à leur beuverie pour remonter dans sa chambre. Celle-ci n'était pas aussi confortable ni aussi bien aménagée que l'ancienne, mais au moins Charlotte s'y trouvait-elle près de ses filles et loin des importuns ayant envahi le manoir. Elle avait l'impression d'avoir été reléguée au rang de servante et priait le ciel avec ferveur pour que M. Hardacre l'aidât à se tirer de ce mauvais pas.

L'avoué s'entretenait avec le révérend Fuller quand elle arriva à l'église, le lendemain matin, mais le pasteur les quitta presque aussitôt après qu'ils se furent salués.

— Je suis désolée de vous retenir ainsi à Parson's End, dit-elle à M. Hardacre.

Par-dessus son habituelle robe de deuil de soie, elle avait enfilé un manteau de laine noire qui, à défaut d'être un summum d'élégance, la protégeait de la fraîcheur qui régnait toujours en cette fin du mois de mars. Au village, du reste, nul se souciait de mode. Les problèmes y étaient plus prosaïques. Et plus sérieux.

— Il se trouve que je suis dans une situation délicate, précisa-t-elle.

— Je crois que je comprends.

— Vraiment ?

Il s'assit sur un des bancs et l'invita du geste à le rejoindre.

— Je ne puis imaginer que vous souhaitiez rester à Easterley Manor, poursuivit l'avoué. C'était une maison si heureuse du temps de Lady Hobart, quand les garçons n'étaient que des enfants.

— Elle l'était encore il y a peu, repartit-elle. Le décès de mon beau-père a malheureusement tout changé. Je ne pense pas être capable de cohabiter sans peine avec le nouveau Lord Hobart. Nous n'avons pas exactement la même vision du monde. De plus, il m'a exprimé son intention de se marier.

Elle s'exprimait avec diplomatie, soucieuse de ne pas heurter la conscience professionnelle de M. Hardacre dont Cecil était le client.

— Il me faut donc m'arranger autrement, conclut-elle.

— Qu'avez-vous en tête ?

— Une école. Si je disposais d'une maison assez grande pour la transformer en une pension où je pourrais accueillir de jeunes dames à l'année…

— Mais, très chère Lady Hobart, comment pouvez-vous envisager de compromettre ainsi votre nom ? l'interrompit l'avoué. Votre défunt mari était baronnet et vous-même êtes issue d'une noble famille. Vous dérogeriez à votre rang !

— J'aime enseigner.

— Je n'en doute pas et le révérend m'a appris combien vous étiez dévouée à vos élèves, mais charité rétribuée ne serait plus charité.

Elle eut un rire étranglé.

— J'ai l'impression d'entendre Cecil, pour qui parler d'argent est en soi une obscénité — alors qu'en vérité, ce serait plutôt un mal nécessaire, surtout pour ceux qui n'en ont pas.

— En êtes-vous donc réduite à ces extrémités ? N'avez-vous point de parent vers qui vous tourner ?

— Non, personne, répondit-elle catégoriquement, estimant

irréaliste d'attendre un geste de Lord Falconer. Après la disparition de Sir Grenville, je n'ai pu compter que sur Lord Hobart. Grâce à Dieu, c'était plus que suffisant. Lord Hobart était un homme bon. Il savait que j'avais besoin de me sentir libre et m'a laissée vivre à ma guise au manoir, comme si son aîné avait d'ores et déjà repris le titre et qu'en mourant il m'avait légué la direction du domaine. Il se contentait de veiller au grain en coulisses et semblait parfaitement heureux d'avoir ses petits-enfants près de lui. Mes filles et moi avons désormais perdu tout ça.

Elle cilla rapidement pour refouler les larmes qui lui montaient aux yeux.

— Je vois, articula M. Hardacre — ce dont la jeune femme doutait.

— Je puis donc espérer votre aide ? lui demanda-t-elle.

— Pour vous trouver une école ?

— Oui. Et aussi les fonds nécessaires pour l'ouvrir.

— Oh, fit-il, stupéfait. Vous étiez donc sérieuse, tout à l'heure, en affirmant ne pas avoir d'argent ?

— Il ne me reste en tout et pour tout que trois guinées et un peu de menue monnaie. Et encore une partie de cette somme revient-elle au médecin qui a soigné une des mes élèves hier.

L'avoué la dévisagea avec consternation.

— Milady, j'étais loin de me douter… Ne vous reste-t-il pas au moins la rente qui vous a été attribuée aux termes de votre contrat de mariage ? Je sais que ce n'est pas grand-chose — mais, bien évidemment, Sir Genville ne prévoyait pas de vous quitter si jeune. Et puis il devait certainement penser qu'en cas de malheur, son père veillerait sur les siens.

— J'ignorais qu'il me fallait économiser cette pension, monsieur Hardacre. Je l'ai dépensée pour l'école du village, afin de fournir à mes élèves ardoises, craies et livres. Je m'en suis aussi servie pour acheter des vêtements et des remèdes aux plus nécessiteux d'entre eux. Leurs parents n'avaient déjà pas beaucoup avant la guerre ; celle-ci a achevé de les enfoncer dans la misère. Il m'est souvent arrivé de penser que ceux qui font les lois dans ce pays devraient partager pendant un moment l'existence des plus démunis. Ils apprendraient ainsi la vraie signification du mot pauvreté.

Elle s'interrompit pour reprendre son souffle.

— Pour résumer, dit-elle, je n'ai plus rien.

— Je suis… Atterré. Vos filles…

— Elles ne manquent de rien pour l'instant, mais elles ne sont pas heureuses au manoir et je dois trouver un moyen de subvenir à leurs besoins.

— Aucune banque n'acceptera de vous accorder un crédit sans caution, milady, énonça l'avoué sur un ton presque douloureux.

Elle se tut un moment.

— Je possède quelques bijoux, déclara-t-elle enfin. La parure de perles que j'ai reçue de mon père à mon entrée dans le monde, le collier en émeraudes que m'a offert mon époux pour nos fiançailles et les deux petites broches, l'une en améthystes et l'autres en grenats, qu'il m'a données pour la naissance de Lizzie et celle de Fanny. Je n'ai cependant aucune idée de leur valeur. Ils n'ont jamais représenté pour moi des investissements mais des souvenirs.

— Ma chère Lady Hobart, votre situation est-elle donc si désespérée ?

— Je vois bien que je vous embarrasse et j'en suis désolée, mais croyez que je suis plus gênée encore d'avoir à solliciter votre appui.

— Ne vous excusez pas, milady. Ma sympathie vous est acquise.

Il se tut un instant pour réfléchir. On devait l'aider à quitter Easterley Manor, c'était une certitude, pensa-t-il, et qu'elle persistât ou non dans son idée de fonder une école, il lui fallait de l'argent, or Cecil Hobart ne lui céderait jamais le moindre sou.

— Comme vous le savez, reprit-il d'une voix prudente, feu Lord Hobart a constitué un fonds pour vos filles. Il était destiné à leur entrée dans le monde, à leur dot et à tout autre dépense que les fidéicommissaires auraient jugé nécessaire à leur confort matériel et moral. Il me semble que leur situation présente corresponde à ce dernier cas. Je vais en toucher deux mots aux fidéicommissaires et vous communiquerai ensuite leur décision. De combien pensez-vous avoir besoin ?

— Cela dépend du loyer que j'aurais à payer pour la maison ainsi que du temps qui s'écoulera avant l'inscription de mes premières pensionnaires, mais j'ai déjà effectué quelques estimations, répondit-elle avant de sortir de son réticule deux feuilles de papier qu'elle lui tendit. Croyez-vous que les fidéicommissaires donneront leur accord ?

— Ils pourront difficilement vous le refuser quand je leur aurai détaillé vos difficultés. Comme le je soulignais à l'instant, leur mission est précisément de veiller au bien-être de vos enfants, or celui-ci est désormais compromis à Easterley Manor, repartit l'avoué — ce qui était une manière de reconnaître qu'il savait à quoi s'en tenir sur Cecil. Il me faudra cependant au moins une semaine, voire deux avant d'être en mesure de vous rapporter leur réponse. Serez-vous capable de tenir jusque-là ?

— Je ne suis plus une enfant, monsieur Hardacre. Je sais me débrouiller. Et puis il y a, au manoir, plein de gens bons et attentionnés qui m'aideront à protéger mes filles.

Elle s'interrompit un instant.

— Alors, demanda-t-elle, puis-je commencer à chercher une maison ?

— Je ne vois rien qui vous en empêche. N'oubliez pas, toutefois, qu'il ne vous sera loisible de signer un bail que lorsque j'aurai obtenu le consentement des fidéicommissaires.

— J'avais parfaitement compris, acquiesça-t-elle.

Il se leva.

— Si vous voulez bien me raccompagner au Dog and Fox, je vais vous avancer quelques guinées. Je n'emporte jamais beaucoup d'argent en voyage, par crainte des voleurs, mais comme il me faut malgré tout payer ma pension dans les auberges ainsi que l'entretien de mon attelage, je tiens du numéraire enfermé dans un coffre, sous le banc de conduite de ma voiture.

— Merci, monsieur Hardacre. Je vous rembourserai dès que possible.

L'avoué lui tapota affectueusement la main.

— Je vous fais entièrement confiance, milady, répliqua-t-il en souriant.

— Monsieur Hardacre…

— Oui ?

Elle hésita, tortillant nerveusement la bride de son réticule entre ses doigts.

— Lord Hobart m'a prévenue qu'il réclamerait l'annulation du testament de son père. En a-t-il le droit ?

— De fait, il peut toujours entamer une procédure, mais, comme j'ai tenu à le lui souligner, seule une infime partie des actifs de sa famille lui est accessible, le reste étant bloqué sur divers comptes — dont le fonds réservé aux petits-enfants de feu Lord Hobart. Une telle démarche n'enrichirait que les juristes à qui il confierait ce dossier. Je crois qu'il a fini par en mesurer l'inanité.

— Il va donc lui falloir contracter un mariage d'argent et avoir une descendance avec laquelle mes propres filles se verront obligées de partager le legs de leur grand-père.

— Il m'a semblé, en effet, que telle était son intention. A ce propos, il m'a posé des questions sur vous et a voulu savoir s'il lui était légalement possible d'épouser la veuve de son demi-frère.

— Il devait plaisanter ! s'exclama la jeune femme. En tout cas, jamais je ne me marierai avec lui soyez-en assuré.

Rassérénée par cet entretien avec l'avoué, elle se redressa à son tour et suivit ce dernier jusqu'à l'auberge. Comme ils passaient devant la maréchalerie, Charlotte ne put s'empêcher d'y remarquer l'absence du magnifique cheval blanc de l'inconnu et songea qu'il l'avait peut-être prise au mot en quittant Parson's End.

Elle aurait bien aimé pouvoir se débarrasser aussi facilement des deux pique-assiette qui encombraient encore le manoir.

Elle venait de passer la grille du domaine, les cinq guinées empruntées à l'avoué serrées dans son réticule, quand elle dut sauter en arrière pour éviter d'être écrasée par deux attelages qui remontaient l'allée comme si celle-ci leur appartenait. Chacune des voitures était pleine de passagers. La jeune femme compris qu'il s'agissait des premiers invités de Cecil. Quand elle atteignit à son tour la demeure, les véhicules dégorgeaient bagages et voyageurs sur le perron. Cecil serrait la main des nouveaux arrivants que Sir Roland et M. Spike saluaient avec chaleur.

Charlotte aurait préféré éviter ces gens-là, mais les ignorer aurait été aussi dangereux que maladroit : tant qu'elle n'aurait pas eu de nouvelles de M. Hardacre, elle-même et ses enfants, sans parler des domestiques du manoir, étaient à la merci de son beau-frère. Il lui fallait donc le ménager, lui et ses amis. Elle se promit cependant de leur témoigner une courtoisie aussi distante que scrupuleuse — et tant pis s'ils la trouvaient snob. Elle n'avait cure de leur opinion.

Comme elle rejoignait les invités dans le hall, elle s'aperçut parmi eux plusieurs femmes. Tous étaient habillés avec une recherche ostentatoire et s'exprimaient bruyamment. Plusieurs domestiques les accompagnaient, dont les cochers qu'il fallait également loger. Charlotte demanda à Foster de se charger des serviteurs tandis qu'elle s'occupait elle-même des maîtres.

— Ma belle-sœur, lança Cecil à la cantonade en la désignant d'un vague geste de la main. Elle me sert de gouvernante. C'est à elle que vous adresserez vos souhaits et réclamations.

— Mesdames, messieurs, déclara la jeune femme en essuyant sans broncher cet affront, si vous voulez bien me laisser le temps d'ôter manteau et bonnet, je vais vous montrer vos chambres.

Elle confia ses affaires et son réticule à Mlle Quinn qui se tenait postée derrière elle, puis se dirigea vers l'escalier en conviant les autres à la suivre. Une silhouette familière apparut alors sur le seuil du salon. L'homme s'approcha d'elle en souriant.

— Cecil, articula-t-il d'une voix traînante, et si vous me présentiez à madame ?

Sa tenue n'avait plus rien de commun avec les vêtements simples qu'il portait la veille. On eût dit une gravure de mode : le col de sa chemise dardait d'extravagantes pointes, sa cravate amidonnée arborait un nœud d'une savante complication, sa veste de satin épousait ses larges épaules comme si l'habit avait été coulé à même sa peau et son pantalon, dont le bas était masqué par de hautes bottes de cavalerie à gland, soulignait la musculature de ses cuisses fuselées.

— Lady Hobart, énonça Cecil, permettez-moi de vous présenter le vicomte Stacey Darton.

Stacey prit la main de Charlotte et courba le buste.

— Serviteur, milady, dit-il avant de porter les doigts de la jeune femme à ses lèvres.

Puis, s'étant redressé :

— Estimez-vous les exigences de la bienséance désormais satisfaites ? s'enquit-il.

— Milord, le salua Charlotte.

Elle réussit à ployer les genoux et à hocher légèrement la tête sans trahir le malaise qui venait soudain de l'étreindre. A le voir si différent de l'étranger qu'elle avait rencontré sur la falaise, puis au village, elle éprouvait un long frisson intérieur. Elle se le reprocha aussitôt. Après tout, se dit-elle, elle avait déjà deviné qu'il faisait partie des relations de Cecil et qu'il y avait en conséquence peu de chances qu'il fût un vrai gentleman.

Ce constat, néanmoins, ne laissait pas de la décevoir.

— Nous voici entre gens de qualité, déclara Sir Roland en s'esclaffant. Un vicomte, pas moins ! Cecil, tu es un vilain petit cachottier. Pourquoi nous avoir caché que sa Seigneurie devait nous honorer de sa présence ?

— Je désirais vous en faire la surprise, répliqua l'interpellé en grimaçant un sourire avant de présenter ses amis à Stacey.

Charlotte, cependant, ne l'écoutait plus, estimant préférable de ne pas même connaître le nom de ces personnes.

— Etes-vous en galante compagnie, milord ? demanda Augustus.

— Non, monsieur, je suis venu seul. A mon sens, les femmes sont une distraction pour tout joueur qui se respecte.

— Mais une distraction bien agréable tout de même, non ? repartit Cecil en envoyant un coup de coude dans les côtes de son cousin.

Le geste familier suscita chez Stacey un haut-le-corps qu'il s'efforça de réprimer. Les femmes, pour leur part, s'esclaffèrent et l'une d'elles vint se coller contre Stacey en souriant de toutes ses dents. Elle était plutôt dodue et sa poitrine menaçait de s'échapper de l'encolure de sa robe. Elle avait arrangé ses cheveux en un chignon sophistiqué que couronnaient des plumes teintes en bleu et en rose. Elle portait un collier rutilant et des bagues à chaque doigt.

— Moi, en tout cas, susurra-t-elle, je serai ravie de vous distraire, milord — mais seulement après les parties.

Il rit à son tour et lui pinça la joue.

— Je retiens votre proposition… Lady Grey, c'est bien cela ?

— Oh, pas de chichi entre nous, milord. Moi, c'est Adelia et vous pouvez m'appeler par mon prénom.

Il inclina poliment le buste.

— Adelia…

C'en fut trop pour Charlotte qui se sentait à la fois dégoûtée et curieusement abattue, comme si elle avait attendu mieux du vicomte. Elle préférait encore l'étranger qu'elle avait rencontré près de la mer et devant la forge du village, aussi taquin fût-il.

— Mesdames, messieurs, articula-t-elle d'une voix sonore pour couvrir les bavardages et les rodomontades qui s'échangeaient d'une bout à l'autre du hall, si vous voulez bien me suivre, je vais vous conduire à vos appartements. Des rafraîchissements seront servis tout à l'heure dans la salle à manger. Nous dînons à 5 heures.

— 5 heures ! s'écria un de ces messieurs attifé d'une tenue grotesque, composée d'une veste dont le col droit en velours montait jusqu'au-dessus de ses oreilles, d'un gilet à rayures jaunes et brunes et d'une cravate à pois. Seigneur Dieu ! Cela me laissera à peine le temps de sortir du lit. Ce n'est pas une heure civilisée pour manger !

— La ferme, Reggie ! lui lança une de ces dames dont la toilette à décolleté et à manches bouffantes était quasi transparente. Cela nous fera des soirées plus longues et on aura comme ça plus de temps pour plumer notre hôte.

Ainsi donc ils étaient tous venus pour jouer, en déduisit Charlotte. Cela ne la surprenait guère, mais elle était quand même consternée d'apprendre que Cecil, dans son dénuement, songeait encore à confier son destin aux cartes, au risque de perdre son crédit en sus de sa fortune.

Elle se hâta de mener tout ce monde à l'étage et de caser les uns et les autres dans leur chambre respective. Puis vint le tour de Lord Darton. Il s'immobilisa sur le seuil de la pièce dont elle venait de lui ouvrir la porte en silence.

— Maintenant que nous avons été présentés, plus rien ne s'oppose à ce que vous m'adressiez la parole, n'est-ce pas ? s'enquit-il.

Une lueur amusée étincelait toujours dans ses yeux, mais pour la jeune femme elle n'avait plus du tout la même signification qu'auparavant. Elle y lisait désormais moins de la moquerie qu'une provocation lascive, fort semblable à la lubricité qui humectait le regard de Sir Roland Bentwater et M. Augustus Spike — sauf que ces messieurs, parce qu'ils lui inspiraient une franche répulsion, étaient infiniment moins dangereux pour elle que le vicomte Darton lequel, indubitablement, était bel homme. Or elle ne pouvait se permettre de se laisser séduire par ce genre d'individus.

— Je suis votre hôtesse, milord, répondit-elle. Il serait discourtois de ma part de vous ignorer.

— Oui, quel monde étrange, n'est-ce pas ? Nous voici tous rassemblés en un même lieu et contraints, par conséquent, de nous entendre, malgré nos différences.

Charlotte se demanda comment interpréter ces propos. Voulait-il suggérer par là qu'il n'était pas comme les autres invités — et pas seulement à cause de son titre ? Ou bien qu'il avait eu vent de sa situation ?

— Puisque vous le dites, milord, repartit-elle avec circonspection.

— Absolument. Cela me persuaderait presque de croire au destin.

— Je pense plutôt que Lord Hobart vous a transmis une invitation à laquelle vous n'avez su résister, répliqua-t-elle sur un ton détaché.

— Il y a de cela aussi, admit-il. Mais en y répondant, j'ignorais que je vous retrouverais ici.

Charlotte eut aussitôt l'intuition qu'il lui mentait et cela accrut d'autant son malaise.

— Milord, je vis ici depuis plus de douze ans, lui lança-t-elle avec plus de sécheresse qu'elle ne l'eût souhaité. Maintenant, si vous voulez bien m'excuser, j'ai beaucoup à faire.

Sur ce, elle tourna les talons et, d'une démarche posée, rejoignit l'escalier. En cuisine, les domestiques ne savaient plus où donner de la tête et, dans leur affolement, se gênaient les uns les autres. Elle leur prêta main-forte et emporta elle-même un plateau dans la salle à manger où certains des invités s'étaient déjà rassemblés. Parmi eux se trouvait Cecil. Le maître des lieux s'y pavanait comme un coq au milieu de sa basse-cour et, avec une libéralité joviale, pressait ses hôtes de se remplir le ventre et de se mouiller le gosier. Ceux-ci n'avaient nul besoin d'encouragement : ils engloutissaient vins et en-cas avec voracité. Ayant posé son plateau sur un guéridon, la jeune femme s'approcha de son beau-frère.

— Milord, lui murmura-t-elle, il faut que je vous parle. En privé. Dans la bibliothèque, peut-être ?

— Certainement, très chère, trouvons-nous un endroit plus tranquille.

Il s'excusa avec force sourires auprès de la compagnie puis, précédant Charlotte, sortit de la salle à manger et traversa le hall pour se rendre dans la bibliothèque. La jeune femme l'y suivit mais n'en referma pas la porte derrière elle, n'ayant aucune envie de donner un tour trop intime à leur entretien.

— Alors, que vouliez-vous me dire ? lui demanda-t-il en s'appuyant contre le bureau.

Le plateau du meuble était couvert de papiers, sans doute laissés par M. Hardacre. A en jucher par le désordre qui régnait parmi ces documents, leur contenu n'avait pas dû réjouir Cecil.

— Milord, combien de temps vos invités doivent-ils séjourner au manoir ?

— Auriez-vous déjà hâte de les voir repartir ?

— Ils engloutissent nos réserves et les domestiques ne pourront tous les servir si vous n'embauchez du personnel supplémentaire.

— Vous n'avez qu'à les aider.

— C'est ce que je fais, mais je ne peux être partout à la fois.

— Tiens donc ? Et moi qui vous croyais dotée du don d'ubiquité, rétorqua-t-il sur un ton sarcastique. Toujours à courir à droite et à gauche, tantôt dans la maison à donner vos ordres aux serviteurs ou à vous prosterner devant vos chères têtes blondes, tantôt au village à enseigner aux fils de paysans à se considérer meilleurs que leur maître, tantôt sur la plage à folâtrer avec eux…

Il ricana de plus belle en voyant son air stupéfait.

— Parce que vous pensiez réellement que vos singeries passeraient inaperçues ? s'enquit-il. Faites-moi plutôt le plaisir d'oublier ces pécores et de vous arranger pour que les gens de cette maison méritent enfin leurs gages.

Le vicomte Darton était la seule personne qui pouvait lui avoir rapporté les jeux auxquels elle se livrait avec sa classe sur la plage, songea-t-elle, et elle lui en voulait d'en avoir parlé à Cecil, car ce ne pouvait être que pour l'embarrasser qu'il avait commis cette indiscrétion.

— Il nous faudrait au moins deux aides-cuisinières et deux femmes de chambre supplémentaires, ainsi qu'une blanchisseuse de plus à la buanderie, repartit-elle, déterminée à ne pas lâcher pied.

— Eh bien engagez-les donc, mais ne vous avisez pas de me réclamer leurs salaires. Il faut que je retourne auprès de mes invités, maintenant, ou ils vont se sentir négligés et commencer à jaser sur notre compte.

Et il ressortit de la bibliothèque. Elle lui emboîtait le pas quand elle l'entendit pousser une exclamation joyeuse.

— Cousin Stacey ! Vous seriez-vous perdu à l'étage ? Venez donc prendre un rafraîchissement dans la salle à manger. Je vous exposerai ensuite le programme que j'ai prévu pour la soirée.

Debout sur le seuil, elle les vit s'éloigner dans le hall, bras dessus, bras dessous. Quand ils eurent disparu, elle monta dans sa chambre, s'empara de son manteau et redescendit dans la cuisine où l'affolement menaçait de tourner en panique générale.

— Milady, regardez donc ce qu'il a commandé pour le dîner ! vociféra la cuisinière en brandissant une feuille de papier. Je n'arriverai jamais à préparer tout ça. Je n'ai que deux mains, moi ! Idem pour Betsy, qui ne ménage pourtant pas sa peine, la pauvre, pouvez m'en croire.

— Je vais de ce pas au village chercher des extra, lui annonça Charlotte en enfilant son manteau.

— Dieu merci ! repartit Mme Evans en levant les yeux au ciel.

La jeune femme quitta le manoir par la porte de l'office et s'engagea dans le sentier qui menait à la route du village. Elle savait pouvoir trouver à Parson's End des hommes et des femmes qui accepteraient avec gratitude sa proposition d'embauche. Elle ne pouvait toutefois leur demander de travailler pour rien. Oh, même si elle leur avouait être dans l'incapacité de les payer immédiatement, ils viendraient malgré tout — mais quand ils auraient découvert quel genre d'individus ils étaient censés servir et qu'ils auraient appris à leurs dépens que le nouveau Lord Hobart était nettement moins scrupuleux que son père dans le remboursement de ses dettes, ils s'estimeraient grugés, et à juste titre. Ces gens lui faisaient confiance et elle n'avait aucune intention de les décevoir. Elle se promit donc qu'ils recevraient leurs gages, tout comme les serviteurs du manoir, dût-elle sortir cet argent de sa propre poche.

Elle commença par visiter les maisons où elle savait que le mari était au chômage et proposa à deux de ces villageois sans emploi de travailler comme factotum auprès des invités de son beau-frère. Dans deux autres foyers, elle trouva des femmes prêtes à venir assister Mme Evans devant ses fourneaux. Certes, elles n'étaient pas habituées à préparer les mets recherchés qu'affectionnaient les amis de Cecil, mais elles soulageraient au moins Mme Evans de la préparation des ingrédients. Quant à Betsy, Charlotte avait décidé de la promouvoir chambrière en chef : avec sa silhouette massive, elle était tout aussi peu susceptible de susciter les convoitises masculines qu'apte à en protéger les plus jeunes des servantes.

Quand elle revint enfin au manoir, elle eut à peine le temps d'embrasser Lizzie et Fanny et de recommander à Quinny de ne pas les laisser sortir de leurs appartements, avant que ne résonnât le gong du dîner. S'étant rapidement changée, elle descendit rejoindre les invités au moment où ceux-ci évacuaient le salon pour se regrouper dans la salle à manger.

— Ah, vous voici, Charlotte ! s'exclama Cecil. Où étiez-vous donc passée ?

— Je suis allée au village engager des extra.

— Tant mieux, approuva Sir Roland. Il m'a fallu sonner deux fois pour obtenir de l'eau chaude. Ça a failli me mettre en retard pour le dîner.

— Et moi, renchérit un autre, on m'a donné une bouteille de xérès alors que j'avais commandé du cognac. Auriez vous des ignares pour domestiques, Hobart ?

— Veuillez accepter toutes mes excuses, messieurs, repartit Cecil tout en les précédant dans la salle à manger. Cela ne se reproduira plus.

— Moi, c'est ma bonne qui n'a même pas pensé à repasser ma robe après l'avoir sortie de mes bagages, se lamenta Lady Grey. Il a fallu que je la mette toute froissée !

— Je ne m'en serais pas aperçu, milady, lui assura Stacey. Elle est ravissante — comme tout le reste de votre personne.

— Oh, vil flatteur, répliqua-t-elle en lui enfonçant la pointe de son éventail dans les côtes. Pour votre punition, je vous autorise à m'escorter jusqu'à la table.

Il lui présenta galamment son bras, conscient de la présence de Lady Hobart qui, debout près d'eux, attendait le reste des invités pour les suivre à l'intérieur de la salle à manger. En réalité, c'était pour l'escorter, elle, qu'il s'était jusqu'alors attardé dans le hall, mais il ne pouvait que se montrer complaisant avec Adelia Grey s'il ne voulait risquer de s'aliéner sa sympathie et, par contrecoup, celle de leur hôte.

Quoique Lady Hobart parût parfaitement calme, sa pâleur ainsi que la raideur tendue de son maintien indiquaient combien elle se sentait déplacée au milieu de ces viveurs cupides et grossiers. Il la plaignit. Son séjour au village lui avait permis d'apprendre qu'elle était bien la belle-sœur dont il avait entendu Cecil parler au White's et de se rendre compte combien elle était appréciée pour la bonté et la générosité qu'elle témoignait aux plus démunis ainsi que pour son dévouement envers ses élèves, qui l'adoraient. Aux yeux des habitants de Parson's End, Lady Hobart était un parangon de vertu.

Dès leur première rencontre, la jeune femme l'avait intrigué et souvent il s'était pris à penser à elle. Cependant, Ivor ayant été pourvu de fers neufs, il lui avait fallu songer à se remettre en quête d'une institution pour Julia. Il s'apprêtait justement à repartir et prenait son dernier repas à l'auberge, quand John Hardacre y était entré afin de commander à son tour à manger et louer une chambre pour la nuit. Or il se trouvait que Stacey le connaissait bien, puisqu'il était depuis des années l'avoué de sa propre famille.

Ayant achevé de régler les formalités de son inscription auprès du patron de l'établissement, John Hardacre s'était retourné vers la salle pour y choisir une table et l'avait reconnu à son tour.

— Vicomte Darton ! s'était-il exclamé. Jamais je ne me serais attendu à vous croiser dans un endroit aussi isolé.

— En fait, je me rends à Ipswich mais mon cheval a perdu un fer non loin d'ici, expliqua Stacey avant de s'esclaffer. Les gens du cru ont un rythme de vie incroyablement lent. Il a fallu plus d'une journée au maréchal-ferrant pour me forger quatre fers ! J'admets toutefois qu'ils ne doivent pas souvent voir des étalons comme le mien dans le coin. Et puis je ne suis pas vraiment pressé. Et vous, cher monsieur Hardacre, que faites-vous donc ici ?

— Le seigneur de Parson's End, Lord Hobart, est un de mes clients. Il me semble du reste qu'il vous est apparenté, milord.

Stacey tiqua intérieurement.

— En effet, convint-il. J'ai appris récemment qu'il était revenu des Indes pour prendre possession du domaine familial. Ne vous a-t-il donc point offert l'hospitalité ?

John eut un sourire aigre-doux.

— Notre entretien a été de courte durée. Je n'avais nul besoin de m'attarder chez lui.

Stacey fronça les sourcils.

— Pardonnez mon indiscrétion, monsieur Hardacre, mais je viens de vous entendre louer une chambre.

— Lady Hobart a également sollicité mes conseils.

Un serveur apporta à cet instant les plats commandés par Stacey qui, curieux d'en savoir plus, désigna à l'avoué la chaise en face de la sienne.

— Joignez-vous donc à moi. Il est si triste de manger seul.

— Merci, répondit simplement John Hardacre en prenant le siège que Stacey lui proposait.

Tous deux gardèrent ensuite le silence jusqu'à ce que le serveur s'éloignât.

— Lady Hobart, répéta enfin Stacey sur le ton de la conversation. J'ai entendu parler d'elle, et plutôt en bien. Dites-moi, est-elle aussi admirable qu'on le prétend ?

— C'est une vraie dame et je ne la vois pas sans frémir demeurer ainsi chez Cecil Hobart. Je ne devrais sans doute pas m'exprimer ainsi, mais je ne pense pas qu'il soit disposé à la traiter comme elle le mérite. Il y a également au manoir certains individus qui m'inspirent la plus grande méfiance.

— Vous faites allusion à Sir Roland Bentwater et à M. Augustus Spike, je présume ?

— Vous les connaissez ? s'enquit l'avoué avec étonnement.

— Il se trouve que j'ai partagé la diligence de Londres avec ces messieurs et Hobart. Et je mentirais si j'affirmais les apprécier.

— Des parasites professionnels, voilà ce qu'ils sont à mon avis — même si, en l'occurrence, je ne comprends guère ce qui a pu les attirer à Easterley Manor, repartit M. Hardacre avec un rire sec.

Il redevint soudain sérieux, soupira puis considéra Stacey avec gravité.

— Décidément, cette affaire me pèse trop. Je vous connais depuis l'enfance ou presque, milord, et je sais que je peux vous faire confiance.

Il se tut de nouveau.

— Je vous écoute, l'encouragea Stacey.

Et M. Hardacre lui rapporta alors le contenu du testament de feu Lord Hobart.

— En d'autres termes, l'interrogea Stacey, ahuri, Cecil n'aurait hérité que du domaine mais pas de la fortune de son père ?

L'avoué hocha la tête.

— C'est seulement quand il aura des enfants qu'il aura la possibilité d'y toucher. Il souhaitait d'abord que je réclame l'annulation de ce document, mais cette procédure prendrait des mois et son résultat serait des plus incertains. Il s'est donc résigné au mariage.

— Avec Lady Hobart ? demanda Stacey, ébahi.

John laissa échapper une grimace.

— Non, je doute fort qu'il obtienne son consentement. Mais elle n'en dépend pas moins de lui. Sans compter qu'elle a deux enfants à charge, deux petites filles. Ah, si seulement elle avait eu un garçon, son existence aurait été bien plus tranquille ! Il aurait été l'héritier désigné du domaine et elle-même aurait pu, en toute légalité, continuer à en assurer la direction.

Ce fut à ce moment-là que Stacey décida d'accepter l'invitation de Cecil. Il lui fallait se rendre compte sur place de la situation dans laquelle se trouvait Lady Hobart. Après tout, songea-t-il, Julia était heureuse à Malcomby Hall et ses parents la choyaient. Il pouvait bien prolonger son absence de quelques jours.

Il ne tarda pas à se féliciter de son initiative, car il ne s'était pas plus tôt présenté au manoir qu'y débarquaient à leur tour une bande d'écornifleurs dont la seule allure le consterna. Il en fut désolé pour Lady Hobart et se promit de la protéger. Pour cela, cependant, il lui fallait ménager Cecil et feindre de s'entendre avec les autres invités du maître des lieux.

Par ailleurs, il ne pouvait révéler le véritable motif de sa présence à la jeune femme, de crainte qu'elle ne le trahît par mégarde. Et puis, à en juger par le regard acéré dont elle le toisait à l'instant même, elle ne semblait guère disposée à le croire.

Peiné de sa défiance, il lui sourit par-dessus son épaule tout en conduisant Lady Grey dans la salle à manger. Lady Hobart se contenta de redresser encore plus le menton et se détourna de lui.

— Cousin Stacey, pourquoi traînez-vous donc ? le héla Cecil. Vous aurez tout le temps de conter fleurette plus tard !

Une bordée de rires gras salua la pique.

Stacey soupira et rejoignit les autres à table.

4.

Charlotte n'avait plus qu'une envie : que les grossiers invités de Cecil repartissent au plus vite. Car sous leurs tenues extravagantes et leurs airs supérieurs, c'étaient de franches canailles. Même Lady Grey — à supposer qu'elle n'eût pas usurpé son titre — cédait parfois à la tentation d'un langage ordurier et souvent à celle de la boisson. Le seul qui posât au gentleman avec quelque constance était le vicomte Darton, encore qu'il se livrât de temps à autre au passe-temps favori de Cecil : l'asticoter.

— Allons, Lady Hobart, lui lança-t-il un soir au dîner. Ne pouvez-vous au moins gratifier vos convives d'un sourire ?

Et il accompagna cette saillie d'un clin d'œil qui la fit rougir et provoqua l'hilarité générale, en particulier celle de M. Spike, qui se mit à braire comme un âne.

— Vous êtes les invités de Lord Hobart, lui répliqua-t-elle sur un ton pincé. Pas les miens.

— Autrement dit, si ça ne tenait qu'à vous, vous ne nous accueilleriez pas sous votre toit ?

— Je…

Elle s'interrompit brusquement.

— Ce n'est pas mon toit, corrigea-t-elle.

— En effet, approuva Cecil d'une voix mordante. Vous êtes également une invitée, ici, très chère belle-sœur. Et il vous incombe de vous comporter comme telle.

— Si vous entendez par là m'enivrer, jouer et harceler les servantes, je risque de vous décevoir, car ce n'est pas ainsi que j'ai été élevée, rétorqua-t-elle. Ni vous non plus, du reste, à ce qu'il me semble. Votre père…

— Ah, mon père l'interrompit Cecil avec un ricanement froid. Il est vrai que, lui, vous le meniez par le bout du nez — à se demander quels étaient exactement vos rapports avec lui. Si vous souhaitez prolonger votre séjour chez moi, je vous saurai gré de ne plus le citer ainsi à tout bout de champ.

Elle s'apprêtait à lui renvoyer une réplique bien sentie quand, du coin de l'œil, elle aperçut Stacey Darton qui secouait lentement la tête en la sommant du regard de tenir sa langue. Bien qu'il parût se soûler comme les autres, elle remarqua qu'il avait ingéré bien moins d'alcool que ses compagnons de table et qu'il était resté relativement sobre. Loin de la rassurer, toutefois, cette constatation réveilla sa méfiance. A quel jeu jouait-il donc ? s'interrogea-t-elle ?

— Oui, vous avez raison, articula-t-elle, que feu Lord Hobart repose enfin en paix.

Elle se leva.

— Messieurs, je vous laisse à vos digestifs et à vos cigares.

Puis elle quitta la pièce. Les autres dames, cependant, ne la suivirent pas au boudoir, ainsi que le prescrivaient les convenances, mais restèrent à boire avec les hommes. Plus tard, songea Charlotte, après que la table aurait été débarrassée, les convives la feraient recouvrir d'une tapis de feutre et sortirait un jeu de cartes : tel était le rituel qui se répétait invariablement chaque soir depuis leur arrivée à Easterley Manor, il y avait deux semaines de cela.

Depuis lors, la vie au manoir était devenue presque intolérable. Quoique l'embauche d'extra eût quelque peu amélioré la situation, la jeune femme était toujours censée superviser leur travail et s'assurer que les repas fussent servis à l'heure et que, plus généralement, les exigences aussi fréquentes que nombreuses des invités fussent constamment satisfaites. Elle devait aussi vérifier que les chambres étaient bien nettoyées et les draps des lits changés. Cette dernière tâche était de loin la plus rebutante. De fait, Cecil et ses hôtes jouaient et buvaient jusqu'aux premières lueurs du jour, si bien qu'ils se trouvaient encore couchés au moment où les chambrières devaient s'occuper de leur confort intime. En outre, ces messieurs ne se privaient pas d'en profiter pour essayer de tâter de la chair fraîche avant le petit déjeuner. Il n'était pas jusqu'à la robuste Betsy qui, un matin à 11 heures, ne fût sortie en hurlant de chez Sir Roland, la coiffe de travers et le visage écarlate.

Charlotte avait tant à faire au manoir qu'il lui restait bien peu de temps à consacrer à ses filles et encore moins pour continuer à enseigner aux enfants de Parson's End ou reprendre ses visites aux vieillards et aux malades du village. Elle craignait qu'ils ne finissent tous par penser qu'elle les avait abandonnés. Mais ce qui la tourmentait le plus, c'était l'absence de nouvelles de M. Hardacre. Elle redoutait que les gestionnaires du fonds constitué par feu Lord Hobart pour ses petits-enfants n'eussent finalement refusé de lui en confier une partie et que son projet fût voué à l'échec.

Elle était dans le salon, en train de ressasser ces pensées, assise près d'un guéridon sur lequel se trouvait un service à thé — réchaud, bouilloire, théière, tasses et soucoupes —, quand Stacey pénétra dans la pièce et, se dirigeant vers la cheminée où se consumaient lentement quelques bûches, alla se camper dos à l'âtre, les yeux baissés vers la jeune femme. Celle-ci se sentit aussitôt troublée par la présence de cet homme et sa respiration s'accéléra. Une fois de plus, elle ne put s'empêcher de noter combien le vicomte Darton était grand et vigoureux. Le teint hâlé et le coin des yeux étoilé de délicates pattes d'oie, il avait une bouche au dessin ferme, un nez droit et le menton volontaire.

En cet instant, cependant, il semblait légèrement mal à l'aise, comme s'il hésitait à lui parler.

— Seriez-vous las de la compagnie de vos convives, milord ? lui demanda-t-elle en inclinant la tête vers la salle à manger d'où leur provenaient des éclats de rires avinés. Désirez-vous un peu de thé ?

— Du thé ? répéta-t-il, décontenancé.

Le sang-froid de Lady Hobart l'impressionnait, même s'il savait que cette maîtrise apparente servait surtout à masquer la vulnérabilité de son hôtesse.

Il avait encore du mal à se persuader que son défunt beau-père l'eût laissée totalement démunie, à la merci de son vaurien de fils. Mais il se pouvait aussi qu'elle vécût cette dépendance plus sereinement qu'il ne l'imaginait. Après tout, le manoir était une maison vaste et confortable, quoique isolée… Notant qu'elle le considérait d'un regard interrogateur, il prit conscience qu'il n'avait toujours pas répondu à sa question.

— Avec plaisir, milady, articula-t-il avant de relever les basques de son habit et de prendre place sur le sofa en face du sien.

Elle lui remplit une tasse et la lui tendit avec des doigts qui tremblaient un peu.

— Les autres doivent-ils nous rejoindre ? s'enquit-elle.

— J'en doute. Ils se plaisent trop entre eux.

— Pourquoi les avoir quittés, alors ?

— Je me suis proposé pour aller chercher du vin. D'après Cecil, les serviteurs que vous avez engagés ne sauraient même pas différencier un bon bordeaux d'une piquette.

Elle sourit.

— Il n'a pas tort, concéda-t-elle. Ce ne sont que d'humbles fermiers — le reste de l'année, s'entend. Mais l'hiver a été très pluvieux et la terre est encore trop gorgée d'eau pour être labourée.

— Ah, s'exclama Stacey Darton. Si je comprends bien, leur sort passe avant les desiderata de Lord Hobart et de ses invités ?

— On ne peut s'attendre à ce que je déniche des domestiques de qualité dans un endroit aussi reculé que celui-ci et dans un aussi bref laps de temps, riposta-t-elle aigrement. Mon beau-frère devra se contenter des personnes que je lui ai trouvées.

— Je doute que rien le contente.

— Et vous-mêmes, milord, ne seriez-vous point, par hasard, insatisfait de leurs services ? Après tout, vous êtes des amis de mon beau-frère.

Stacey allait ouvrir la bouche pour protester, mais il se ravisa. Il était trop tôt pour lui dire la vérité, estimait-il. Trop tôt pour lui révéler que c'étaient les confidences de John Hardacre qui l'avaient attiré jusqu'ici et que la curiosité l'avait cédé chez lui à la compassion dès qu'il avait vu dans quelle situation se trouvait la jeune femme. Trop tôt pour lui avouer qu'il avait éprouvé le besoin de la protéger. Et trop tôt peut-être, aussi, pour se l'avouer à lui-même.

— Non, répondit-il lentement. Je n'ai rien à reprocher à l'accueil qui m'est fait en cette demeure. Et je mesure les difficultés qui sont actuellement les vôtres.

— Oh, il m'étonnerait que vous en ayez la moindre idée, répliqua-t-elle. Si tel avait été le cas, vous n'auriez pas rapporté à Cecil m'avoir vue en train de jouer avec mes élèves sur la plage. Sans doute y avez-vous trouvé matière à plaisanterie. Vous ne serez donc pas étonné d'apprendre qu'il en a pris prétexte pour se gausser de moi.

— Jamais je n'aurais commis pareille indiscrétion, objecta-t-il avec raideur. Si Lord Hobart en a eu vent, ce ne fut pas par moi. D'autres étrangers ne logeaient-ils déjà pas à l'époque dans ce manoir, qui auraient pu le renseigner à ce sujet ?

Force lui était de reconnaître qu'il avait raison et qu'elle avait été injuste de le soupçonner.

— Je suis désolée, milord, murmura-t-elle sur un ton contrit. Je vous ai accusé à tort.

— Les apparences sont parfois trompeuses, n'est-ce pas ? J'avais moi-même pensé, à la suite de notre première rencontre, que vous étiez institutrice, or je m'étais trompé.

— Pas entièrement, milord. J'enseigne bien à l'école du village. Et c'est là une activité qui me plaît.

Elle se leva.

— Si vous voulez bien me suivre, je vais vous chercher le vin réclamé par mon beau-frère. Et rassurez-vous : je sais, pour ma part, distinguer un bordeaux d'une piquette.

Ayant reposé sa tasse, Stacey lui emboîta le pas. Ils sortirent ensemble de la pièce, traversèrent le hall et empruntèrent un étroit corridor longeant l'escalier. Ils débouchèrent ainsi dans la cuisine où Charlotte prit un bougeoir sur une petite table et en alluma la chandelle avec une brindille plongée dans les braises du foyer. Puis elle ouvrit le porte du cellier et en descendit les degrés de pierre lissés par le frottement des pas. Connaissant les moindres recoins de la demeure, elle aurait presque pu se passer de lumière mais, comme ce n'était pas le cas du vicomte, une fois arrivée au bas des marches, elle alluma avec sa chandelle une lanterne qu'elle lui tendit.

— Allons voir ce qui nous reste, dit-elle en se dirigeant vers l'autre bout de la cave.

Stacey la suivit, les yeux fixés sur sa haute et élégante silhouette. La lueur de la chandelle en soulignait les courbes fermes et nimbait sa chevelure d'un halo mordoré. Si elle avait porté une autre couleur que le noir, songea-t-il, elle aurait presque pu passer pour une jeune fille tant son corps montrait de souplesse et de vigueur. Elle s'immobilisa soudain ; il manqua la percuter. La voyant vaciller, il tendit une main pour la retenir et sentit sous ses doigts la peau nue de son bras. Ce contact doux et tiède le troubla. Elle eut alors comme un sursaut et Stacey comprit qu'elle venait de se rendre compte combien il était dangereux pour elle de se trouver seule, en cet endroit, avec un homme qu'elle connaissait à peine — et qui, manifestement, lui inspirait toujours de la méfiance.

Soucieux de ne pas la gêner, il se recula, bien qu'il fût grandement tenté de la prendre dans ses bras, de la bercer de paroles tendres, de la caresser, de goûter ses lèvres… A cette pensée, il se raidit à son tour, se demandant ce qui avait pu lui mettre cette idée en tête. Il était évident que Lady Hobart n'était pas une femme facile comme Lady Grey, laquelle lui aurait volontiers permis de partager sa couche si seulement il en avait émis le souhait. Non : son hôtesse était une dame du monde. Il la supposait fille de juriste ou d'officier de marine, de quelque bourgeois sans titre, ce qui expliquait qu'elle n'eût aucun scrupule à faire l'école aux miséreux, même si son union avec un baronnet l'avait élevée dans les rangs de la noblesse.

Charlotte n'émit toutefois aucun commentaire sur son geste, qui avait pourtant provoqué en elle de longs frissons, mais se contenta de désigner du doigt les casiers à bouteilles qui garnissaient le mur en face d'eux.

— Il ne reste plus grand-chose, alors que la semaine dernière cette étagère était encore pleine. Je m'étonne que vous puissiez jouer aux cartes avec la quantité de vin et de liqueurs que vous absorbez.

— Moi ?

— Vous et les autres. Je ne vous visais pas particulièrement.

Stacey n'appréciait guère d'être ainsi confondu avec la bande à Cecil, mais n'ayant rien fait jusqu'à présent pour s'en distinguer, il ravala ses protestations.

— On s'y habitue, déclara-t-il. Surtout quand on est en campagne à l'étranger, où il est souvent déconseillé de s'abreuver aux sources du cru.

— Vous étiez dans l'armée ? s'enquit-elle tout en lui tendant deux bouteilles qu'elle venait de retirer des casiers.

— J'ai servi ma patrie pendant des années, en effet.

— Vous me surprenez. N'êtes-vous point l'héritier du comte de Malcomby ?

— Mon père aussi était soldat, lui expliqua-t-il. Ce sont d'ailleurs ses hauts faits d'armes qui lui ont valu son titre. Suivre son exemple m'a paru naturel.

— Et vous n'êtes plus dans l'armée active ?

— Non. Le temps est désormais venu pour moi de mettre un terme à ma carrière militaire pour me consacrer à mes responsabilités familiales.

— A votre épouse, voulez-vous dire ?

— Je suis veuf.

— Oh, désolée.

Elle se tut un moment avant de rebrousser chemin et de redéposer au passage la lanterne sur un tonneau. Ce ne fut que dans l'escalier qu'elle reprit la parole.

— Cecil est réellement votre cousin ? demanda-t-elle.

— C'est en fait le fils d'un cousin de mon père, précisa-t-il avant de laisser échapper un gloussement. Mais lui semble attacher beaucoup d'importance à ce lien de parenté, aussi ténu soit-il.

— Sans doute espère-t-il ainsi vous amadouer pour mieux vous délester de votre fortune.

Stacey s'esclaffa.

— Il peut toujours essayer.

— Vous ne pensez pas qu'il y réussira ?

— Cela me surprendrait fort. Il joue vraiment trop mal.

— Et les autres ?

Ils venaient de remonter dans la cuisine. Charlotte éteignit la chandelle.

— Ils cherchaient un pigeon, répondit-t-il. Ils l'ont trouvé avec Cecil. Et maintenant celui-ci est tellement plumé qu'il n'a plus d'autre choix que la fuite en avant.

Il marqua une pause, avant d'ajouter à voix basse :

— Un homme poussé aux dernières extrémités est un homme dangereux, milady. Soyez prudente.

Elle se retourna d'un bond pour le dévisager, se demandant pourquoi il prenait ainsi la peine de la mettre en garde. Cet avertissement était du reste inutile : elle n'avait déjà que trop conscience de la précarité de sa situation. Tant qu'elle n'aurait pas de nouvelles de M. Hardacre, elle ne pourrait se trouver un nouveau foyer et demeurerait donc coincée ici avec ses filles. Néanmoins le vicomte commençait à l'intriguer et elle aurait voulu lui faire préciser ses intentions.

Cecil choisit ce moment-là pour débarquer à son tour dans la cuisine.

— Stacey, vous seriez-vous égaré dans la cave ? Mes invités réclament leur bordeaux à cors et à cris…

Il s'interrompit subitement en avisant la jeune femme.

— Ah, je vois, s'exclama-t-il. On fricotait avec la gouvernante, hein ? Mais il y a temps pour tout, vous ne croyez pas ? Et l'heure n'est pas à la gaudriole. Si vous ne venez pas immédiatement avec ces bouteilles, mon cousin, vous risquez de vous faire écharper.

Au lieu de relâcher Charlotte, Stacey passa un bras autour de sa taille et la pressa contre lui.

— Voyons, cousin, s'écria-t-il joyeusement, vous gâchez tout !

— Bah, repartit Cecil en lui ôtant les bouteilles des mains, vous perdez votre temps avec elle. Ma belle-sœur est aussi froide que la banquise.

— Pensez-vous ? Elle m'avait pourtant bien semblé se dégeler, avant que vous n'arriviez avec vos gros sabots.

Sentant Charlotte s'agiter et tenter de se dégager, il resserra son étreinte et, pour couper court à d'éventuelles protestations, glissa un doigt sous son menton pour la forcer à lever son visage vers le sien et l'embrassa.

Elle tenta de résister, mais un flot de sensations ne tarda pas à la submerger, des sensations qu'elle n'avait pas éprouvées depuis plus de huit ans. Anéantie, elle se blottit malgré elle contre Stacey et leurs corps lui parurent aussitôt se fondre l'un dans l'autre. Elle n'avait pas oublié Cecil ni sa situation présente, seulement les lèvres de Stacey exerçaient sur elle une magie qui la retenait captive de cet instant. Les membres engourdis et le cœur brûlant de désir, elle se serait écroulée sur place s'il ne l'avait fermement étreinte.

Il releva enfin la tête.

— Par pitié, milady, ne criez pas au scandale, lui chuchota-t-il dans le creux de l'oreille. Rappelez-vous ce que je vous ai dit.

Puis il plaqua un baiser sonore sur sa joue avant de la relâcher.

— Venez, cousin, allons abreuver vos hôtes.

Avant qu'elle ait pu retrouver l'usage de la parole, Stacey avait saisi Cecil par le bras et l'entraînait le long du couloir, la laissant tout essoufflée et tremblante. Et honteuse d'avoir aussi facilement succombé aux avances du vicomte car celui-ci, très vraisemblablement, allait désormais la supposer prête à satisfaire tous ses caprices. Mais quel jeu jouait-il, à la fin ? s'interrogea-t-elle. Pourquoi donc restait-il ici ? Et quel intérêt avait-elle à ses yeux ? D'autres proies, bien plus consentantes encore, s'offraient à lui parmi les invitées de Cecil.

Peut-être comptait-il arrondir son bas de laine en gagnant de l'argent à son cousin ? En ce cas, il risquait d'être déçu. De plus, cela n'expliquait pas pourquoi il était venu lui parler dans le salon ni non plus pourquoi il avait prétendu vouloir la séduire. S'adossant contre la porte du cellier, elle porta une main à sa joue. Celle-ci était encore brûlante du baiser de Stacey. Elle aurait dû le gifler, se dit-elle. Mais non : elle s'était livrée à lui corps et âme. Nul doute qu'il la devait la prendre pour un caractère faible ou s'imaginer qu'elle le craignait. Ce n'était pourtant pas de la peur qu'elle ressentait à son endroit, du moins pas le genre de peur que lui inspiraient Cecil et ses prétendus amis.

Lasse et troublée, elle retourna dans le salon et sonna pour qu'on vint débarrasser le thé auquel nul, à part elle, ne semblait s'être intéressé. Puis elle remonta lentement dans sa chambre. Comme elle passait devant la salle à manger, elle nota distraitement que le plus parfait silence y régnait.

Les convives avaient cessé de rire. L'heure des cartes avait sonné.

Le lendemain matin, elle ouvrait les fenêtres de la salle à manger pour en chasser les remugles d'alcool et la fumée des cigares quand Cecil vint la rejoindre. Coiffé d'un bonnet de nuit blanc, il avait revêtu une robe de chambre capitonnée de couleur bordeaux et enfilé des poulaines par-dessus ses pieds nus.

— Ah, Charlotte, toujours debout aux aurores, à ce que je constate, la salua-t-il avec un entrain forcé.

— Il est 10 h 30, milord.

— Vraiment ? Bon, peu importe. Il faut que je vous parle.

— Je vous écoute.

Il parut hésiter.

— Il se trouve que je suis — comment dire ? Un peu à court, en ce moment. La poisse était avec moi, l'autre nuit. Impossible de m'en défaire. Enfin, bref, il faut aujourd'hui que je rembourse au moins une partie de mes dettes. C'est une question d'honneur, voyez-vous.

Elle resta muette, devinant bien ce qui allait venir mais souhaitant l'entendre de sa propre bouche.

Il eut un rire niais.

— Pour résumer, conclut-il enfin, j'ai besoin de quelques guinées. Pourriez-vous, euh… me les prêter ?

Elle le toisa un instant en silence.

— Et où suis-je censée dénicher ces « quelques » guinées ? demanda-t-elle d'une voix posée. Cela pousse-t-il sur les arbres, comme les pommes ? Ou bien dans le sol, comme les navets ?

— Il n'y a pas là de quoi rire.

— A qui le dites-vous, milord ? Car, malheureusement pour vous, je suis aussi « à court » que vous vous plaignez de l'être vous-mêmes. Mais je ne vous apprends rien, n'est-ce pas ?

Il se rembrunit.

— Je ne vous crois pas, grommela-t-il. Mon père vous portait aux nues, paraît-il. Il vous a forcément laissé quelque chose. Pourquoi, autrement, aurais-je si peu hérité de lui ? Vous l'avez dévalisé, voilà la vérité !

— Moi ? s'écria-t-elle, en colère. Ah, ça, c'est un comble ! La pension qu'il vous avait accordée après votre départ grevait déjà lourdement ses ressources, surtout ces dernières années, à cause de sa maladie qui l'empêchait de gérer correctement les terres du manoir. Je vous l'ai d'ailleurs déjà signalé et vous ai recommandé de reprendre en main le domaine si vous désiriez en retirer un revenu régulier.

— Vous osez me faire la leçon ? répliqua-t-il en avançant sur elle.

Il était si proche que Charlotte sentait son haleine fétide et distinguait la colère qui brillait dans ses yeux — une colère mêlée de peur. Le vicomte Darton avait raison, pensa-t-elle : un homme aux abois était un homme dangereux. Mais elle n'était pas près de plier sous ses menaces.

— Vous n'êtes qu'une garce frigide, éructa-t-il, les muscles crispés de son visage soulignant la longue traînée boursouflée et rosâtre de sa cicatrice. Vous m'avez volé cet argent et vous allez me le rendre !

— Je ne puis vous rendre ce que je n'ai pas, répliqua-t-elle sur un ton glacé. Vous n'ignorez pas les termes du testament de votre père. Il a bloqué tous ses avoirs sur un fonds réservé à ses petits-enfants. A vous, il reste au moins Easterley Manor. Moi, je n'ai rien.

— Ses petits-enfants, ce sont vos propres filles, lui rappela-t-il.

— Certes, mais je n'ai pas le droit de toucher à ce qui leur appartient.

Elle se tut soudain, effarée par ses propres paroles. Car si elle avait raison, si ce fonds lui était tout aussi incessible qu'à son beau-frère, sa propre situation était des plus désespérées. En prétendant pouvoir obtenir pour elle une partie de ce fonds, M. Hardacre souhaitait-il donc seulement la rassurer, voire se débarrasser d'une solliciteuse importune ? Etait-ce là l'explication de son silence ?

Cecil, en tout cas, parut impressionné par son expression défaite. Il fronça les sourcils. Puis son visage s'éclaira soudain.

— Quand même, reprit-il, mon pater a bien dû vous refiler quelques cadeaux avant de casser sa pipe. Des bijoux, de l'argent — que sais-je ?

Elle s'apprêtait à nier farouchement quand elle entendit la porte de la salle à manger s'ouvrir derrière elle. C'était Stacey Darton. Le vicomte pénétra dans la pièce d'une démarche dégagée. A la différence de son hôte, il était correctement vêtu et portait ce jour-là un pantalon couleur café avec une veste de laine marron et une cravate dont le nœud, quoique parfaitement exécuté, était des plus simples. Il avait soigneusement brossé ses cheveux courts.

— Bonjour, Hobart, lança-t-il nonchalamment à son cousin.

Jamais Charlotte n'avait été aussi heureuse de le voir. S'apercevant alors qu'elle retenait toujours son souffle, elle le laissa échapper en un long soupir silencieux. Elle s'écarta ensuite de Cecil et alla inspecter les mets disposés sur le buffet pour le petit déjeuner.

— Oh, c'est vous, Darton, articula Cecil, visiblement contrarié par cette irruption. Vous vous levez diablement tôt, non ?

— Moins tôt que vous, répliqua Stacey tout en détaillant l'accoutrement de son vis-à-vis. Auriez-vous des insomnies, cousin ?

— J'ai dormi mon content, voilà tout.

— Ravi de l'apprendre. Il est toujours dommage de perdre le sommeil quand on a déjà perdu au jeu. Mieux vaut reprendre des forces en espérant se refaire le lendemain. Cela étant, n'est-il point inconvenant de vous montrer à une dame dans une tenue pareille ?

— Mêlez-vous de vos affaires.

— Figurez-vous que ce sont les miennes, étant donné que j'ai des vues sur la dame en question.

Cecil s'esclaffa.

— Des vues, dites-vous ? Je vous répète que vous perdez votre temps avec elle, Darton. Elle n'a rien, elle vient de me le confirmer — et, pour une fois, je serais presque tenté de la croire.

— Mieux vaut que vous la croyiez, en effet, repartit Stacey en s'approchant brusquement pour le saisir par les pans de sa robe de chambre.

Il avait mis une telle énergie dans son geste que Cecil en fut presque soulevé de terre.

— Il est indigne d'un gentleman de mettre en doute la parole d'une lady, énonça-t-il d'une voix sourde avant de reposer son cousin par terre et de s'essuyer les mains. Je vous conseille de remonter vous habiller.

Livide de rage, Cecil sortit de la pièce sans rien ajouter et claqua la porte derrière lui. Stacey ne put s'empêcher de sourire : le bonhomme lui devait désormais tellement d'argent qu'il n'était pas près de le laisser repartir, ni encore moins de le chasser. Sir Roland et Augustus Spike étaient également ses débiteurs et, s'il leur avait moins pris au jeu qu'à leur hôte, ils devaient tenir tout autant que lui à récupérer leur mise.

— Ainsi donc, milord, vous auriez des vues sur moi ? s'enquit Charlotte sur un ton mi-figue, mi-raisin.

— Ce n'étaient que des mots, expliqua-t-il. Je souhaitais uniquement vous délivrer de la présence de votre beau-frère.

— Mais vous, vous êtes toujours là.

— Et à votre service, milady, renchérit-il avec une courbette.

— Je ne vous demande rien, rétorqua-t-elle, reconnaissante pour son intervention mais refusant de lui concéder la moindre privauté en échange.

— Sans doute, admit-il, mais moi… je meurs de faim !

Il avait lâché cette repartie avec ce demi-sourire qui lui était habituel et qu'elle ne savait toujours pas comment interpréter.

— Ne vous gênez pas, répondit-elle en lui désignant le buffet. Tout est là. Je vais vous faire servir du café. A moins que vous ne préfériez du chocolat ou du thé.

— Un café me conviendra très bien. Ça m'aidera à me réveiller.

— Si vous vous couchiez avant le chant du coq, vous trouveriez peut-être plus facile de rester alerte pendant la journée.

— Je ne pouvais pas quitter le jeu, répliqua-t-il avec le plus grand sérieux. Cela aurait été incorrect de ma part.

A cette remarque, la jeune femme s'esclaffa. Stacey sentit un sourire naître en réponse sur ses lèvres.

— Je ne voulais pas mécontenter mon hôte, vous savez, précisa-t-il. Mieux vaut le ménager.

Charlotte nota qu'il avait changé de ton. Il n'y avait plus aucune trace de raillerie dans sa voix. Il s'exprimait au contraire avec calme, comme s'il parlait sérieusement, comme s'il cherchait à lui signifier quelque chose. Entendait-il par là qu'il voulait pouvoir continuer à la courtiser ? Elle doutait pourtant de la sincérité de ses intentions. Il prenait simplement plaisir à la taquiner, tout comme les autres. Pourquoi se serait-il comporté différemment ?

Au fond, elle avait toujours du mal à cerner le personnage. Il passait trop facilement de la courtoisie à la muflerie et vice versa. Tantôt il paraissait s'inquiéter de son bien-être, comme s'il connaissait la nature de ses tourments et y compatissait, tantôt il se montrait aussi abject que ses compagnons de débauche — voire pire encore, car ceux-ci, au moins, n'avaient pas tenté de l'embrasser. A ce souvenir, elle se sentit rougir et se reprocha une nouvelle fois de lui avoir accordé cette liberté.

Alors qu'elle tournait les talons pour le quitter, il la rattrapa par le bras. Et de nouveau, à la grande consternation de la jeune femme, elle fut incapable de lui résister.

— Lady Hobart, murmura-t-il, je vous supplie de ne pas repousser une main secourable. Tout le monde a besoin d'alliés, un jour ou l'autre.

Elle trouva enfin la force de se dégager.

— Cette maison n'est pas un champ de bataille, milord. Vous n'avez pas à prendre parti pour moi.

— A vous d'en décider, milady, dit-il avant d'incliner le buste et de la relâcher.

Stacey avait conscience de marcher sur une corde raide. Au moindre faux pas, Cecil comprendrait qu'il n'était pas venu pour jouer aux cartes ni pour coqueter avec des représentantes du beau sexe. Cependant, à force de singer le comportement odieux des invités de son cousin, il risquait de s'attirer le mépris de Lady Hobart, ce qu'il ne voulait à aucun prix.

Il ne savait si celle-ci était extraordinairement brave ou incroyablement naïve, mais elle avait su gagner son admiration. S'ils s'étaient connus dans un salon londonien ou à un bal, ils auraient d'abord échangé des politesses, puis ils auraient dansé ensemble et, petit à petit, il en aurait appris un peu plus sur ses origines, sa famille, son enfance, son éducation, ses penchants et ses aversions. Il lui aurait lui-même parlé d'Anne-Marie et de Julia ainsi que de Malcomby Hall. Et, au bout du compte, il aurait peut-être été suffisamment séduit par la personnalité de la jeune femme pour envisager de la courtiser. Or leurs rapports n'avaient dorénavant plus aucune chance d'évoluer ainsi. Ils s'étaient retrouvés plongés ensemble dans une situation singulière et ni l'un ni l'autre ne pouvaient revenir en arrière.

Que savait-il au juste d'elle ? Seulement qu'elle avait épousé Sir Grenville Hobart, l'aîné des deux fils de Lord Hobart, qu'il avait été tué à La Coruña, la laissant avec deux filles en bas âge qu'elle avait élevées chez son beau-père, et que la mort de celui-ci l'avait plongée dans un embarras dont John Hardacre n'avait pas précisé la nature mais qu'il n'était guère difficile de deviner. Quant à ses goûts et à ses dégoûts, il avait déjà eu l'occasion de s'apercevoir qu'elle appréciait l'ordre, le respect des bienséances, qu'elle accordait beaucoup d'importance à l'instruction et qu'elle adorait ses filles — mais c'était à peu près tout. Il avait lui-même du mal à croire qu'il ait pu s'éprendre d'elle alors qu'il la connaissait si peu. Et pourtant, il était bel et bien amoureux de Lady Hobart.

Elle avait effacé de son esprit tous ses anciens préjugés sur les femmes et leur frivolité. Mieux encore : grâce à elle, il en venait presque à oublier la promesse qu'il s'était faite de ne plus jamais se remarier ! Et puis il y avait ses filles, qui lui avaient ôté les préventions qu'il pouvait encore avoir contre les enfants et, en particulier, ceux du sexe féminin. Oh, certes, maintenant que son cheval était ferré, il lui était toujours loisible de repartir de Parson's End, de trouver une école pour Julia, de l'y emmener et de retourner ensuite jouir du confort de Malcomby Hall avec la satisfaction du devoir accompli. Mais en avait-il vraiment la possibilité ? Charlotte Hobart l'avait changé en le rendant plus sensible aux désirs et et aux émotions d'autrui, ce qui lui avait permis de mieux comprendre Julia et de reconnaître sa propre responsabilité dans ce qu'elle était devenue. Cela l'avait-il rendu plus faible pour autant ? C'était à craindre car, après avoir appris dans le feu du combat à toujours garder sa lucidité et son sang-froid, voilà que, pour la première fois de sa vie d'adulte, il ne se sentait plus maître de lui-même ni de son destin.

Le dimanche était le seul moment de la semaine où Charlotte pouvait s'affranchir pendant une heure ou deux de la compagnie détestable des invités de son beau-frère. Ce jour-là, Mlle Quinn et elle emmenaient les filles à l'église et, comme Cecil et ses invités n'étaient pas pratiquants, elles s'y trouvaient libres de respirer à leur aise, de jouir de la cérémonie et de prendre ensuite plaisir à bavarder avec les autres paroissiens à la sortie de l'office.

A l'occasion de ces discussions, la jeune femme ne tarda pas à se rendre compte que les réjouissances et les parties de cartes acharnées qui se déroulaient au manoir avaient fini par devenir de notoriété publique. La rumeur en avait été colportée dans tout le village par les extra qu'elle avait embauchés et qui n'avaient naturellement pas manqué d'exagérer les faits. Ceux avec qui elle ne parlait pas, sur le seuil de l'église, l'épiaient à la dérobée tout en s'échangeant des murmures. Elle devinait sans peine leurs propos. Pourquoi, devaient-ils s'interroger, ne condamnait-elle pas la débauche qui régnait au manoir ? En tant que châtelaine d'Easterley Manor, n'avait-elle point le droit et même le devoir de congédier ces vils noceurs du moment qu'elle désapprouvait leur conduite ? Et pourquoi avait-elle cessé de faire la classe aux enfants et de rendre visite aux vieillards et aux malades ? Comment croire qu'une personne jusque-là si estimable eût changé à ce point, en si peu de temps ?

Elle aurait pu, naturellement, réfuter ces insinuations et révéler sa situation, mais cela aurait été admettre son impuissance à la modifier et elle ne se sentait pas la force d'un pareil aveu. Jusqu'alors, c'était toujours elle qui avait apporté soutien et réconfort à autrui, de sorte qu'il lui aurait été insupportable de susciter à son tour la pitié chez son prochain et de bénéficier de sa charité. Du reste, quel avantage en aurait-elle retiré ? Nul à Parson's End n'était en mesure de lui fournir ce dont elle avait besoin, à savoir l'héritage de ses filles ou, tout du moins, une partie de cet héritage.

Et puis les villageois, dans leur simplicité, n'auraient pas compris que, bénéficiant au manoir du vivre et du couvert, elle pût être nécessiteuse.

Elle feignit donc de ne pas prêter attention aux chuchotements dont elle était l'objet et, le dos droit et le menton levé, salua ses coreligionnaires comme à son habitude, avec un sourire, une parole amicale et quelques questions sur la santé du petit dernier, quand il s'agissait d'une famille, ou sur les aléas de la vie quotidienne quand elle avait en face d'elle une dame âgée vivant seule. On lui rendait son salut et on répondait à chacune de ses questions, mais avec une politesse distante.

— Je me sens désormais comme une étrangère parmi eux, se plaignit-elle au révérend Fuller. Et une étrangère dont on se méfie, par-dessus le marché. Peut-être ai-je eu tort de vouloir rester à Parson's End, peut-être aurais-je dû quand même aller chercher refuge chez mon grand-oncle avec mes filles.

— Ils ne comprennent pas vos difficultés, milady, c'est tout, repartit le prêtre. Ils ne peuvent concevoir que vous cessiez de veiller sur eux, comme par le passé. Ils ignorent tout de l'existence des gens de votre classe ainsi que des lois régissant les héritages. A leurs yeux, vous demeurez aussi riche qu'avant la disparition de sa Seigneurie.

— Je sais, murmura-t-elle avec un lourd soupir.

Avisant soudain Stacey qui émergeait de la pénombre de l'église, elle se hâta de saluer le pasteur et de rassembler ses filles et Mlle Quinn.

— Maman, s'enquit Fanny, est-ce qu'il faut vraiment qu'on rentre tout de suite ? Il fait si beau, aujourd'hui. Et puis je n'aime plus le manoir.

— Moi, non plus, intervint Lizzie. Du temps de papi, on pouvait aller partout, jouer à cache-cache dans les chambres, regarder les domestiques travailler ou aller demander des bonbons à la cuisinière. Maintenant, on doit tout le temps rester dans nos chambres, Mme Evans est constamment mal lunée et Betsy m'a même chassée du couloir, l'autre jour, en criant que je n'avais rien à faire là. Moi, j'avais juste envie de voir la dame avec la perruque noire et le carré de soie sur la joue. Je trouvais qu'elle ressemblait à la reine et j'ai vu un matin oncle Cecil sortir de sa chambre en chemise de nuit…

— Lizzie, tu sais bien que je t'ai interdit de descendre sans moi au premier étage ! la réprimanda Mlle Quinn après avoir échangé un coup d'œil affolé avec Charlotte. C'est très vilain de ta part.

— Je voulais seulement savoir ce qui se passait, ajoua la fillette. Si vous voulez mon avis, il s'en déroule de drôles…

— Cesse donc de dire des bêtises, la tança à son tour sa mère tout en s'efforçant de lui cacher le malaise qu'avait provoqué en elle ses confidences.

Le carré de soie, elle s'en doutait, servait à cacher les stigmates de la vérole, maladie honteuse entre toutes — mais pas assez, visiblement, pour rebuter Cecil… On atteignait là le tréfonds de la débauche.

Et ses enfants, ses chères petites, étaient en danger d'être corrompues par son beau-frère ! Elle devait impérativement les emmener loin d'ici, et vite. Malheureusement, il lui avait fallu donner aux extra une avance sur leurs gages pour les persuader de demeurer au manoir, si bien qu'il ne lui restait plus que les cinq guinées prêtées par M. Hardacre. Cela risquait d'être à peine suffisant pour leur payer le voyage jusque chez Lord Falconer, dans le Hertfordshire. Et encore n'était-elle absolument pas sûre qu'elles seraient les bienvenues chez lui. Que deviendraient-elles au cas où son grand-oncle refusait de les héberger ? Ne risquait-elle pas, au final, d'imposer à ses filles une existence encore plus périlleuse que celle qu'elles connaissaient actuellement au manoir ? Ne valait-il pas mieux attendre encore un peu que M. Hardacre l'informât du résultat de sa démarche ?

— Et si on allait se promener sur la plage ? proposa-t-elle.

Elle quitta la grand-rue pour s'engager dans le chemin qui traversait la pinède et menait aux falaises.

Il faisait plus chaud que les jours précédents, le printemps ayant éclaté dans toute sa gloire. Sous le bleu vaporeux du ciel, la mer s'étalait comme un miroir de bronze frangé de vaguelettes écumeuses — image rassurante mais trompeuse : les tempêtes, ici, étaient parfois mortelles. De nombreux débris de bois flotté en attestaient et, deux ans auparavant, parmi ces mêmes vestiges de coques et de mâts poncés par l'eau saumâtre, le corps d'un pauvre marin avait été retrouvé qui n'avait jamais pu être identifié.

Les enfants s'assirent par terre pour enlever chaussures et bas avant de se précipiter vers le sable doré de la grève. Charlotte et Mlle Quinn les suivirent à distance.

— Pauvres petites, déclara Joan. Voilà plus de deux semaines qu'elles sont enfermées dans leur chambre comme des oiseaux en cage.

— Je sais, Quinny, repartit Charlotte, mais nous n'avons pas le choix. Après ce que je viens d'entendre, il est moins question que jamais de les laisser risquer un seul pied hors de leurs appartements.

— Je vous comprends, approuva la gouvernante en hochant

vigoureusement la tête. Combien de temps encore va-t-il nous falloir supporter la promiscuité avec ces ignobles créatures ?

— Je l'ignore.

— Croyez-vous qu'après leur départ, notre vie redeviendra comme avant ?

— Ça aussi, je l'ignore, Quinny.

Elles avaient atteint la limite des flots. Elles se mirent à longer la laisse de la précédente marée. Le bruit de la houle roulant sable et galets venait ponctuer leur conversation avec une régularité métronomique. Un peu plus loin, Lizzie et Fanny s'amusaient à esquiver le ressac et éclataient de rire chaque fois qu'une vague leur léchait les pieds.

— Pour autant, reprit Charlotte, je ne vais pas rester les bras croisés. J'ai des projets. Certaines conditions ne sont pas encore réunies pour que je puisse les réaliser, mais je pense tout de même qu'il serait sage de quitter Easterley Manor.

— Quitter le manoir, milady ? Pour aller où ?

— Je ne l'ai pas encore déterminé. En attendant, je te supplie de ne pas ébruiter mes intentions. Je dois d'abord assurer mes arrières.

— Vous pouvez compter sur ma discrétion, milady. Cependant, si vous partez, qu'allons-nous devenir, les autres serviteurs et moi-même ?

— Pour l'instant, j'ai besoin de toi pour t'occuper des filles, Quinny. Je dois toutefois te prévenir que je ne serai pas en mesure de te payer autant que feu Lord Hobart.

— Peu m'importe, milady. Tout ce qui compte pour moi, c'est de ne pas être séparée de mes angelots.

— Des angelots ? répéta Charlotte en riant. Regarde-les donc, avec leurs jupes mouillées et leurs rubans de travers ! On dirait plutôt deux petites divinités païennes des rivages !

— Oh, milady, je ne faisais pas attention ! Je vais tout de suite…

— Non, Quinny, s'il te plaît, ne les gronde pas. C'est si bon de les voir heureuses.

Joan ne courut pas moins sauver ce qui pouvait l'être des robes des fillettes. Charlotte poursuivit sa promenade, plongée dans ses pensées. Tirer des plans était bel et bon, songea-t-elle, mais comment allait-elle les mettre en œuvre ? Sans nouvelles de M. Hardacre, l'incertitude la minait. Mieux valait qu'elle écrivît à l'avoué, se dit-elle, quitte à lui paraître impatiente — ce qu'elle était, après tout, et non sans raison.

Une ombre s'abattit subitement sur elle. Elle manqua pousser un cri d'effroi.

— Bonjour, milady.

Elle porta un poing à son cœur qu'elle sentit battre follement sous l'épaisseur de ses vêtements.

— Lord… Lord Darton, bredouilla-t-elle.

— Désolé de vous avoir fait peur. Vous ne m'avez pas vu approcher ?

— Non. Je réfléchissais.

— Vous réfléchissiez ? Et à quoi une charmante jeune femme peut-elle bien réfléchir par un temps pareil ? La mer est si belle aujourd'hui — vous ne trouvez pas ?

— Si, si, acquiesça-t-elle distraitement, le sang lui battant encore aux tempes.

Stacey Darton fit la moue.

— Vous me paraissez bien soucieuse. Ce magnifique ciel bleu ne suffirait-il donc pas à vous rendre le sourire ?

— S'il n'y avait que lui…, lâcha-t-elle un peu étourdiment.

— Mais il y a les autres, n'est-ce pas ?

Elle baissa la tête sans répondre ; ce geste à lui seul valait confirmation. Le vicomte se mit à marcher à côté d'elle sans y avoir été invité. Elle se mit à fixer l'horizon maritime pour ne pas avoir à le regarder. Elle le trouvait bien sûr de lui et fort impudent. S'attendait-il donc à ce qu'elle lui tombât dans les bras sur un simple sourire ? Il allait être déçu — même si ce n'était pas la première fois qu'il semblait vouloir être gentil avec elle. Il s'y était déjà risqué un soir, au dîner. Par pur malice, très certainement. Et plus tard, le jour où ils étaient descendus au cellier, il s'était montré avec elle… Quoi, au juste ? Tendre ? Insolent ? Insolent, décida-t-elle. Comment qualifier autrement la manière possessive avec laquelle il l'avait serrée contre lui et l'avait embrassée ? Elle ne lui appartenait pas, tout de même ! Au vrai, elle n'appartenait à personne. Il ne lui restait plus qu'à le prouver en devenant autonome…

— Encore renfrognée ? s'enquit Stacey Darton. Mais qu'est-ce qui peut vous obnubiler au point de vous rendre aussi indifférente à tout ce qui vous entoure ?

Elle s'abstint de lui répondre.

— Et si vous partagiez vos pensées avec moi ? lui proposa-t-il.

— Je doute qu'elles vous intéressent.

— Permettez que j'en juge par moi-même.

Il s'interrompit puis, esquissant un sourire, se corrigea :

— Ou plutôt, non, laissez-moi deviner… Vous craignez de ne pouvoir supporter plus longtemps les invités de votre beau-frère. Vous redoutez que Lord Hobart mise jusqu'au toit qui vous abrite en ce moment, vous et vos filles. Naturellement, vous vous inquiétez de savoir ce que vous deviendriez en ce cas-là. Et vous vous interrogez sur la confiance que vous pouvez m'accorder.

— Pour l'instant, je me demande surtout si, dans votre infinie sagesse, vous ne sauriez me fournir la réponse à toutes ces questions.

Il soupira.

— J'ai bien peur que non, hélas. Je présume seulement que Sir Roland et M. Spike resteront jusqu'à ce que notre hôte leur ait remboursé ce qu'il leur doit.

— Et s'il s'en avère incapable ?

— Alors ils prendront tout ce qui leur tombera sous la main : tableaux, meubles, bibelots…

— Mais pas la maison ?

— Oh, ce n'est certainement pas l'envie qui leur manque, mais ils ne sont pas les seuls joueurs autour de la table.

— J'ai fini par m'en apercevoir. Ce que j'ignore, en revanche, c'est jusqu'à quel point vous êtes vous-même impliqué dans cette partie.

— Assez, je l'espère, pour leur mettre des bâtons dans les roues…

Il marqua une pause.

— Milady, ne pouvez-vous partir ? Ce manoir est votre foyer et je comprends que vous y soyez attachée, mais j'imagine que la situation présente ne saurait vous satisfaire.

— Je n'ai jamais cherché à cacher le déplaisir qu'elle m'inspire. Mais vous-même, que faites-vous encore ici ? Vous ne ressemblez pas aux autres, vous n'avez pas l'air aussi porté qu'eux sur l'alcool et le jeu et vous ne paraissez pas cupide au point de vouloir dépouiller mon beau-frère de tous ses biens.

— Quiconque joue aussi mal que lui a besoin d'une leçon.

— Il perdrait sans vous, de toute façon.

— J'en suis convaincu. En fait, pour être franc, ce qui me retient ici, c'est vous.

Elle releva les yeux vers lui, saisie par cet aveu.

— Pourquoi ?

— Parce que j'estime que le destin vous a mal servie.

Cette allusion aux cartes la fit rire.

— Je ne suis pas joueuse…

— C'est ce que vous croyez. Pour ma part, je pense que nous en venons tous, un jour ou l'autre, à jouer notre vie — peut-être pas sur un tapis vert, mais certaines de nos décisions n'en sont pas moins des formes de pari. Du reste, en ce moment même, rien qu'en persistant à demeurer dans le manoir des Hobart, vous êtes en train de parier que les invités de Cecil ne chercheront pas à se payer sur la maison et son contenu, que votre beau-frère lui-même renoncera à ses vices pour devenir un vrai gentleman et que…

— Cela, Lord Darton, l'interrompit-elle, n'est pas parier. C'est désirer l'impossible.

— Alors que comptez-vous faire ? lui demanda-t-il avec gravité.

Elle s'arrêta et, se tournant vers lui, le dévisagea franchement. Soit le vicomte était un excellent acteur, se dit-elle, soit l'inquiétude qu'elle lisait dans ses yeux bruns était sincère. Se souciait-il réellement de son sort ? Soudain, la réponse à cette question lui parut capitale. Car elle le voulait à ses côtés, elle voulait qu'il la comprît. Elle voulait avoir l'impression de pouvoir compter sur lui comme jadis sur Grenville.

En repensant à son mari, elle s'avisa que c'était la toute première fois, depuis sa disparition, qu'elle aspirait ainsi à la sollicitude d'un homme. Par Dieu, songea-t-elle, était-elle donc en train de tomber amoureuse ? Non : elle se sentait seule, voilà tout. Elle avait simplement besoin d'une épaule sur laquelle pleurer.

Mais elle ne pleurerait pas. Elle se l'était interdit.

Stacey tendit alors un doigt vers sa joue et elle comprit qu'elle avait échoué : des larmes lui étaient malgré tout montées aux yeux et l'une d'elles s'était échappée de ses paupières.

— Milady, murmura Stacey, je déteste vous voir aussi malheureuse.

— Pourquoi donc ? répliqua-t-elle en se ressaisissant aussitôt. N'avez-vous pas contribué à ma détresse ?

— Sans doute, mais je n'avais pas le choix. Je dois jouer mon rôle jusqu'au bout.

— Pourquoi ?

— Eh bien, voyez-vous, je n'en aucune idée. Peut-être parce que je m'ennuyais et que, comme tous les hommes, je ne refuse jamais une partie de cartes. Peut-être aussi parce que j'ai pris en grippe Cecil Hobart et ses comparses. Je n'aime pas qu'on argue de sa parenté avec moi pour essayer de m'entourlouper. Et puis il y a vous. Nous n'avons toujours pas parlé d'éducation.

— D'éducation ?

— Oui. Vous m'avez naguère exposé votre conception de l'enseignement et celle-ci m'a paru pour le moins... originale. D'après vous, les enfants devaient apprendre à être heureux et comprendre que la vie ne se résumait pas au seul travail.

La jeune femme ne put s'empêcher de sourire. Elle se rappelait aussi combien elle avait été offusquée qu'il s'autorisât à lui adresser la parole sans même lui avoir été présenté. Or ce manquement aux convenances lui paraissait désormais une peccadille, comparé à ce qu'elle avait dû endurer depuis.

— Je crois également me souvenir que vous n'étiez pas d'accord avec moi, repartit-elle.

— Je n'approuvais ni ne désapprouvais votre point de vue. Il m'intéressait, c'est tout.

— Pourquoi ?

Il sembla hésiter un instant.

— Il se trouve que j'ai une fille, Lady Hobart, avoua-t-il enfin. Et que ce n'est plus tout à fait une enfant.

— Ah, fit-elle, je vois... Mais je suppose que cette jeune fille dispose à domicile d'une gouvernante, d'un professeur de musique et d'un maître de danse, n'est-ce pas ? Il lui est donc possible de s'initier aux plaisirs de la vie. Mes élèves, eux, n'ont qu'une existence de peine et de labeur en perspective.

— Est-ce pour cela que vous restez ici ? Pour eux ?

— En partie. Je souhaiterais ouvrir une école.

— Je croyais que vous en aviez déjà une.

— Je voulais dire une institution payante. Si Lord Hobart n'était pas revenu d'Inde, j'aurais pu lui demander de convertir une partie du manoir à cet effet et lui proposer de lui verser un loyer en échange. Mais cela ne risque pas d'arriver, maintenant, ajouta-t-elle en soupirant. Et il me faut désormais un autre local.

— Les parents de vos élèves ne pourront jamais vous rétribuer assez pour que vous soyez en mesure de couvrir vos frais, lui fit-il remarquer. A moins, évidemment, que vous n'ayez menti à sa Seigneurie en prétendant être désargentée et que vous comptiez financer cette école de vos propres deniers.

— Par institution payante, j'entendais un établissement à destination des enfants de familles aisées ou, du moins, susceptibles d'acquitter leur pension, précisa-t-elle.

— Et vous avez les compétences requises ?

— Seulement pour faire la classe aux plus jeunes. Pour les élèves plus âgés, je compte embaucher du personnel qualifié.

Stacey Darton hocha lentement la tête.

— Et comptez-vous enseigner également aux fils à papa que la vie n'est pas que souffrance et sueur ? Ce serait pour le moins superflu, vous savez, sinon malavisé. Leur existence quotidienne n'est déjà que jeu et délassement et il n'y a qu'à l'école qu'on exige d'eux quelque effort. Qu'ils perdent seulement de vue l'utilité du travail et ils deviendront des rebelles !

Il s'esclaffa soudain et ce rire acheva de détendre la jeune femme qui oublia pour un temps les préventions qu'elle nourrissait contre lui.

— Ça, au moins, j'en suis certain, conclut-il.

— Il faut alors leur montrer les avantages qu'on peut retirer d'un minimum d'application et leur rendre l'apprentissage attrayant.

— On dirait que vos élèves actuels ont déjà bien retenu cette leçon.

— Le savoir ne les rebute plus, en effet, confirma-t-elle.

Elle se tut un instant, avant d'ajouter :

— Mais je crois me rappeler que vous-même ne vous plaisiez guère à l'école.

— Mettons que j'ai été instruit à la dure. Je ne m'en plains pas, mais je souhaiterais que Julia soit éduquée autrement.

— Julia est le prénom de votre fille ?

— Oui. Elle a treize ans, c'est une gamine gâtée et un vrai garçon manqué. J'espère que l'école la matera.

— Une adolescente n'est pas une bête sauvage, milord.

— Celle-là, si.

— Comment pouvez-vous parler d'elle en ces termes ? Elle est votre chair et votre sang. C'est vous qui l'avez faite ainsi.

— Je n'ai pas eu souvent l'occasion de la voir jusqu'à présent. Ce sont mes parents qui l'ont élevée pendant que j'étais en campagne. Si le comportement de Julia est répréhensible, c'est leur faute, non la mienne.

— Peut-être exigez-vous trop d'eux et d'elle, Lord Darton.

— Comment ça ?

— Si je comprends bien, vous lui êtes pour ainsi dire un inconnu, or vous attendez d'elle qu'elle se soumette d'emblée à votre autorité et qu'elle vous obéisse au doigt et à l'œil, comme un bon soldat.

— Vous exagérez, milady. Vous me critiqueriez sans doute moins si vous étiez à ma place. Ma patience est à bout, voilà le fond de l'affaire.

— Et vous pensez qu'envoyer Julia en pension est la solution qui s'impose ?

— Oui, mais pas dans n'importe quelle pension. J'étais d'ailleurs en train d'en chercher une quand nous nous sommes rencontrés la première fois.

— Vous cherchiez une pension ici même, à Parson's End ? s'enquit-elle avec une incrédulité manifeste. Dans un coin perdu du Suffolk où, par le plus grand des hasards, devait justement avoir lieu une de ces parties de cartes dont vous raffolez tant et pour laquelle vous êtes apparemment prêt à sacrifier le temps que vous pourriez consacrer à une enfant qui a pourtant été privée de votre compagnie la majeure partie de son existence ?

Elle s'interrompit pour le fusiller du regard.

— Je me suis méprise sur votre compte, milord, reprit-elle. Je vous attribuais un peu plus de cœur qu'aux autres invités de mon beau-frère. A l'évidence, je me trompais.

Stacey était furieux. Personne ne lui avait tenu un langage aussi direct depuis qu'il avait atteint l'âge adulte. Mêmes ses supérieurs, à l'armée, s'adressaient à lui avec tout le respect dû à un officier ayant montré au feu sa bravoure et ses capacités de meneur d'hommes. La diatribe de Lady Hobart lui faisait l'effet d'une gifle et meurtrissait son orgueil. Jamais, jusqu'alors il n'avait eu à justifier sa conduite. Il ne voyait donc aucune raison de s'y mettre maintenant. aussi s'immobilisa-t-il et, se tournant vers la jeune femme, la salua-t-il d'une sèche inclinaison du buste.

— Cette conversation n'a plus lieu d'être, milady, déclara-t-il. Je vous souhaite une bonne journée.

Charlotte le regarda s'éloigner. Il arpentait la grève d'un pas martial en soulevant des gerbes de sable et en balançant sa canne comme s'il s'agissait d'un sabre. Elle se rendit alors compte qu'elle était allée trop loin et qu'elle venait peut-être de perdre le seul allié de poids dont elle disposait au manoir. Eût-elle joué plus finement les cartes qu'elle avait entre les mains, elle aurait même pu rafler la première pensionnaire de sa future école ! Cette nouvelle métaphore ludique lui arracha un rire amer.

— Qu'est-ce qu'il y a, maman ? demanda Lizzie en la rejoignant avec sa sœur, Mlle Quinn sur leurs talons. Le vicomte Darton t'a raconté une blague ?

Elle serra ses filles contre elle et sourit.

— Non. Je suis simplement heureuse qu'il fasse si beau. Cela me rend gaie, après toute la pluie de ces derniers jours. Mais il nous faut rentrer, maintenant.

Et retourner dans cet antre de la débauche qu'était devenu leur foyer, songea-t-elle en ramenant les siens vers le sentier qui descendait de la falaise. Seigneur, qu'allaient-elles donc devenir ?

5.

Sa chambre était sens dessus, dessous. Pendant son absence, on l'avait fouillée jusque dans ses moindres recoins. Ses habits avaient été sortis de la penderie et des commodes pour être jetés à terre. On avait défait le lit et repoussé le matelas. Sa petite boîte à bijoux avait été fracturée et son contenu subtilisé. Ses colliers, ses broches et même sa bague de fiançailles — tout avait disparu. Il n'était pas jusqu'aux guinées serrées dans leur bourse de velours qui ne lui eussent été dérobées.

Elle était désormais totalement démunie.

M. Hardacre tardant toujours à se manifester et sa situation au manoir ne cessant d'empirer, elle avait fini par juger plus prudent de renoncer pour le moment à son projet d'école et d'utiliser sans plus tarder les quelques biens qui lui restaient pour emmener ses enfants chez son grand-oncle, aussi risqué ce voyage fût-il. Or maintenant cette possibilité même leur était refusée.

Restait à savoir qui l'avait ainsi volée.

Elle avait confiance dans les domestiques de la maison. En outre, un serviteur indélicat se serait montré plus discret et n'aurait pas laissé derrière lui une preuve aussi flagrante de son forfait. Le coupable, en conséquence, n'avait cure qu'on l'identifiât ou avait trop désespérément besoin d'argent pour s'en soucier.

Son opinion faite, Charlotte tourna les talons et descendit

l'escalier à la recherche de son beau-frère, la colère balayant en elle toute prudence.

On était dimanche après-midi, un temps communément réservé au culte et à la contemplation, mais à Easterley Manor, les invités des deux sexes étaient déjà rassemblés autour de la table de jeu. Comme c'était la première fois que la jeune femme apparaissait dans la salle qui leur servait de tripot, tous relevèrent la tête vers elle et la considérèrent avec étonnement lorsqu'elle déboula auprès d'eux dans une envolée de jupons, le visage blême de rage. Le plateau du meuble était recouvert d'un tapis vert que jonchaient cartes, pièces d'or et d'argent et reconnaissances de dette. Ce qui attira immédiatement l'attention de Charlotte, toutefois, ce ne fut pas l'argent mais les perles posées sur la table. Elle se précipita dessus et s'en saisit.

— Ce collier est à moi ! s'écria-t-elle. Il m'a été dérobé dans ma chambre !

Cecil lui arracha le bijou des mains.

— Après avoir été volé à mon père ! répliqua-t-il. Je ne fais que récupérer ce qui me revient.

Comme elle cherchait à lui reprendre les perles, il leva le bras pour les mettre hors de sa portée et lui ricana au nez.

— Voyons, très chère, cessez de vous donner en spectacle.

— C'est mon père qui m'a offert ce collier, protesta-t-elle, et cela bien avant que je vienne dans cette maison.

— Pourquoi devrais-je vous croire ? Je sais que ma mère avait exactement le même. Du reste, je suis sûr que c'est celui-là. Et si vous nous expliquiez plutôt comment vous avez réussi à persuader mon père de vous le céder ?

Le sous-entendu provoqua le gloussement d'une des invitées. Furieuse, Charlotte se retourna vers la table pour dévisager tous les joueurs. Pas un ne semblait éprouver la moindre compassion pour elle. Même le vicomte Darton, qui avait prétendu se soucier de son sort, affichait un air ennuyé, comme s'il n'avait cure de ces querelles domestiques.

— Moi qui ai poussé la bonté jusqu'à vous donner un toit, à vous et vos gamines, est-ce donc ainsi que vous me remerciez ? poursuivit Cecil. En me cachant le fruit des larcins que vous avez commis à mes dépens ? Allons, disparaissez d'ici, vous gênez la partie.

Elle n'en avait cependant pas fini avec lui.

— Et l'argent ? demanda-t-elle. J'avais cinq guinées…

— Cing guinées, vraiment ? la coupa Cecil. Et vous qui me juriez ne plus rien avoir… Je savais bien que vous mentiez.

— C'était tout ce qui me restait.

— De ce que vous aviez soutiré à mon père sur son lit de mort ? Il fallait vous montrer plus économe, ma chère.

Elle en demeura momentanément interdite, les yeux réduits à deux fentes, les poings serrés.

— C'est moi qui lui ai donné cette somme, intervint alors Stacey en s'efforçant d'adopter un ton détaché pour ne pas trahir le virulent mépris que lui inspirait le bonhomme.

— Pourquoi ça, grands dieux ? s'exclama Augustus Spike. Ne me dites pas que vous espériez dégeler le glaçon ?

— N'est-il pas d'usage d'octroyer des pourboires aux domestiques de ses hôtes ? répliqua-t-il en haussant les épaules, alors même que l'envie le démangeait de décocher une bonne droite à l'ami de Cecil Hobart.

Il n'osait regarder la belle-sœur de ce dernier, mais il imaginait sans peine le regard venimeux dont elle le toisait en cet instant. Oh, se dit-il, comme elle devait le détester ! Hélas, le terme de domestique, aussi insultant fût-il pour elle, était encore le moins injurieux dont il pouvait la qualifier devant ce ramassis de viveurs.

— Eh bien, oui, admit Spike. Mais encore faut-il qu'ils le méritent…

Il souligna ces dernières paroles d'un clin d'œil salace.

— Et vous pensez que je vais avaler ça ? s'enquit Cecil sans prêter attention à la saillie d'Augustus.

Stacey posa son jeu sur la table et croisa posément les bras.

— Peu importe que vous le gobiez ou non. Ce qui me chagrinerait, en revanche, ce serait que vous ne rendiez pas cet argent à madame.

— Vous savez très bien que je ne l'ai plus ! s'emporta Cecil. Je viens de le perdre. Et si nous ne reprenons pas le jeu, je ne le récupérerai jamais. C'était à vous la main, Reggie, il me semble.

Comprenant qu'elle n'obtiendrait jamais gain de cause et ne souhaitant pas prêter le flanc à d'autres insinuations malveillantes, Charlotte pivota sur elle-même et se hâta de quitter la pièce.

Stacey prit aussitôt cinq guinées dans la pile de pièces accumulées près de son coude et se lança à la poursuite de la jeune femme.

— Je porterai ça au compte de ce que vous me devez déjà, Hobart, lança-t-il à son hôte en franchissant le seuil de la pièce.

Il rattrapa Lady Hobart sur le palier du premier étage. Elle marchait d'un pas si vif que, pour l'arrêter, il dut lui saisir le bras et la forcer à se retourner. Il prit ensuite sa main et déposa les pièces dans le creux de sa paume.

— Ceci est à vous, je crois, dit-il.

Charlotte avait diablement envie de lui jeter cet argent à la figure et de l'agonir de tous les noms d'oiseaux qui pourraient lui passer par la tête ! Il ne valait pas mieux que les autres, songea-t-elle. Il l'avait publiquement humiliée en la traitant de servante. Etait-ce donc ainsi qu'il la considérait ? Non comme une vraie dame, mais comme une roturière tirée du ruisseau par son mariage ? Elle aurait pu lui montrer son erreur, lui révéler qu'elle était une Falconer et jouir de sa déconfiture — mais à quoi bon ? Jamais elle n'avait cherché à tirer aucun avantage de son nom et ce n'était pas maintenant qu'elle allait commencer.

Le pire était qu'elle ne pouvait s'accorder le luxe de refuser ces pièces dont elle avait tant besoin. Elle les récupéra donc, mais ne se priva pas de décharger sur le vicomte la rage et la frustration qui bouillonnaient en elle : serrant le poing, elle frappa Stacey Darton d'un crochet au menton qui lui propulsa la tête en arrière.

Il recouvra toutefois bien vite son équilibre.

— Est-ce ainsi que vous exprimez habituellement votre gratitude ? s'enquit-il. Pour vous, je me suis fait un ennemi de Cecil Hobart, voire du reste de la compagnie.

— Je ne vous avais rien demandé, rétorqua-t-elle.

Sa colère, cependant, était retombée et elle regrettait maintenant de l'avoir frappé. L'une des pièces qu'elle tenait à la main devait avoir dépassé de son poing car elle distinguait une marque rouge à l'endroit où le coup avait porté. Jamais jusqu'alors elle ne s'était emportée aussi violemment contre quelqu'un et elle reconnaissait en son for intérieur qu'elle avait eu tort de le choisir pour cible de son ressentiment — d'autant que, malgré tous ses défauts, il avait essayé de l'aider. Néanmoins elle ne pouvait se résoudre à lui présenter des excuses.

Il lui décocha un sourire aigre tout en se frottant le menton.

— Voilà ce qui s'appelle avoir du punch, milady, grommela-t-il. Estimez-vous heureuse que je sois assez galant pour ne pas riposter.

— Allez-vous-en, répliqua-t-elle. Partez donc retrouver vos compagnons de jeu et laissez-moi tranquille.

Toutefois, alors même qu'elle prononçait ces paroles, les larmes lui montaient aux yeux et, bientôt, elle se mettait à sangloter sans pouvoir se retenir. Il lui semblait avoir atteint le fond de la misère et du délaissement. Et à son malheur s'ajoutait encore la honte de s'en être pris à cet homme qui n'y était pour rien. Elle lui tourna le dos pour lui cacher sa détresse.

Stacey, qui éprouvait déjà un tendre penchant pour la jeune femme, sentit son cœur se gonfler de compassion pour elle. Il sut alors qu'aussi nombreuses pussent être leurs disputes et quelles que fussent les origines de Lady Hobart — qu'elle eût été la chambrière ou la gouvernante d'une aristocrate auprès de qui elle aurait acquis sa distinction présente ou qu'elle fût la fille de quelque bourgeois parvenu qui aurait consacré une partie de sa fortune à son éducation — il l'aimait et ne cesserait de la chérir jusqu'à la fin de ses jours. Anne-Marie, aussi bien éduquée et raffinée eût-elle été, n'avait pas la moitié de la noblesse d'âme de cette femme qui lui tournait le dos pour lui cacher ses larmes.

Il tendit les mains vers elle et, la prenant par les épaules, la fit pivoter vers lui. Toute agressivité l'avait quittée ; elle ne lui résista pas.

— Oh, très chère, lui murmura-t-il, ne pleurez pas, je vous en prie. Pour rien au monde je ne voudrais être responsable de vos larmes.

Ces paroles de réconfort signèrent la perte de Charlotte. Elle se laissa aller contre lui. Stacey l'enlaça sans un mot, comprenant que l'heure n'était plus aux paroles. Les pleurs de la jeune femme mouillaient les revers de sa veste mais il n'en avait cure car l'amour qu'il lui vouait s'imposait désormais à lui avec la force d'une évidence. Oui, il l'aimait — pour son tempérament, son altruisme, sa sensibilité, son indépendance d'esprit et son courage. Il l'aimait aussi pour sa beauté, le contact souple et tendre de son corps qu'elle appuyait en cet instant contre le sien, en quête d'un soutien qu'il avait soif de lui apporter. Sortant un mouchoir de sa poche, il s'en servit pour essuyer ses larmes avec douceur.

— Merci, répondit-elle d'une voix réduite à un souffle. Je suis désolée de vous avoir frappé.

— Et moi d'avoir aggravé votre peine. Je n'en avais pas l'intention, je vous l'assure. J'aimerais au contraire vous aider.

Elle eut un sourire tremblant.

— Vous venez de le faire. Vous avez récupéré mon argent.

— Vous n'irez pas très loin avec cinq guinées. Est-ce vraiment tout ce qui vous reste ?

— Oui, en dehors de mes bijoux. Mais ils m'appartiennent, vous savez. Ils me viennent de mon père et de mon mari. Cecil n'a aucun droit sur eux.

— Je n'en doute pas, repartit Stacey. Seulement votre beau-frère est aux abois.

Il souleva son menton d'un doigt, afin de pouvoir la regarder dans les yeux. Ceux-ci étaient encore brillant de larmes.

— Vous sentez-vous mieux, maintenant ? s'enquit-il. Il faut que je retourne au jeu. C'est la seule solution…

Il la relâcha et recula. Il la quittait à contrecœur et aurait bien voulu continuer à la serrer dans ses bras, mais il savait que, s'il ne se dépêchait pas d'aller reprendre la partie en cours, il risquait de perdre tous les gains qu'il avait accumulés jusqu'alors.

— Qu'entendez-vous par « la seule solution » ? lui demanda Charlotte.

Cependant il s'éloignait déjà et disparut bientôt dans l'escalier.

La jeune femme revint dans sa chambre, les traits marqués par une fatigue qui devait autant à ses soucis qu'au manque de sommeil, et rangea les guinées récupérées par Stacey Darton dans la poche de sa jupe, le seul endroit où elle pouvait désormais espérer que cet argent serait en sécurité. Puis, avec des gestes lents et mécaniques, elle entreprit de ranger la pièce en désordre.

Sa situation, dorénavant, lui paraissait sans issue.

*
* *

Les parties de cartes se succédèrent durant toute la journée ainsi qu'une bonne partie de la nuit. Les joueurs ne s'arrêtaient que pour réclamer de la nourriture et des bouteilles de vin supplémentaires, mais ils ne quittaient pas la table, sauf pour se soulager. Plus Cecil perdait, plus il buvait ; plus il buvait, plus ses pensées devenaient confuses… et plus il perdait encore. Stacey, quant à lui, demeurait sobre, concentrant toutes ses facultés sur le jeu et guettant attentivement les réactions de ses adversaires à chaque distribution pour deviner leur main qu'il s'efforçait ensuite de mémoriser. S'il se donnait autant de mal, c'était uniquement pour Charlotte Hobart, la femme qu'il aimait comme il n'en avait jamais aimé aucune autre auparavant. Il espérait, la chance lui souriant, pouvoir amasser de quoi lui permettre d'ouvrir son école. Il comptait y inscrire ensuite Julia et, le temps venu, quand sa fille aurait trouvé bonheur et stabilité, courtiser Charlotte Hobart dans les règles. Peu lui importaient les origines de cette dernière : c'était elle qu'il aimait, non sa famille ni son rang. A cette vision d'un avenir aussi radieux que tranquille, il ne put s'empêcher d'esquisser un discret sourire. Puis la pensée lui vint qu'il risquait aussi de perdre… Préférant chasser cette éventualité de son esprit, il redoubla d'attention.

A minuit, Cecil jeta ses cartes sur la table avec une moue dégoûtée.

— Messieurs, vous m'avez lessivé.

Délesté de tout l'argent et des bijoux qui lui restaient encore, il tendit la main vers la plume, l'encrier et les feuilles de papier disposés sur un coin de la table.

— Ah non ! s'exclama Sir Roland. Plus de reconnaissance de dette.

— Je n'ai rien d'autre, repartit Cecil.

— Et votre héritage ? lui rappela Reginald Comins. Ne nous avez-vous point affirmé qu'il suffisait de quelques formalités légales pour faire de vous un homme riche ?

Stacey s'esclaffa.

— Il est évident que vous ignorez encore la teneur des dernières volontés de Lord Hobart, monsieur Comins.

— Vous parlez trop, Darton, grommela Cecil.

— Moi, je ne trouve pas, intervint une des femmes. J'apprécierais au contraire que sa Seigneurie nous détaille les termes d'un testament sur lequel nous avons tous tellement misé.

— Hobart a reçu en héritage Easterley Manor ainsi que les profits qu'il saura retirer du domaine, expliqua Stacey. Quant à la fortune de son père proprement dite, il n'en touchera pas un sou. Elle est entièrement investie dans un fonds à destination des enfants.

— Les enfants de qui ?

— Ceux de notre hôte et ceux de Lady Hobart.

— Cecil n'a pas d'enfants, fit remarquer Adelia. Du moins pas d'enfant légitime — n'est-ce pas, Cecil ?

— J'ai l'intention de me marier bientôt, répliqua l'nterpellé.

— Félicitations ! Qui est l'heureuse élue ? Et quand aura lieu la cérémonie ?

— Bientôt.

— Autrement dit, c'est encore l'affaire d'une année, au bas mot, lança Henry Corton.

Enrichi par la traite négrière, c'était un homme incroyablement gras. A voir sa bedaine distendre son gilet, chacun pouvait craindre que les boutons d'argent qui le fermait lui sautassent à la figure.

— Vous imaginez-vous que nous aurons la patience d'attendre jusque-là ? s'enquit-il. Et si votre épouse était stérile ?

— Vous savez, mes amis, j'ai bien peur que nous ayons été bernés, énonça Reginald Comins. Pour ce qui me concerne, je préfère m'en tenir là et me retirer du jeu.

Joignant le geste à la parole, il ramassa l'argent qui lui restait et, saluant la compagnie, remonta dans sa chambre. Tous les autres joueurs l'imitèrent l'un après l'autre. Ne restèrent finalement autour de la table que Stacey et Sir Roland — les principaux créanciers de Cecil — ainsi qu'Augustus et Lady Grey.

— Et si vous épousiez notre ami, Adelia, suggéra Sir Roland. Vous pourriez lui donner un héritier…

— Et pourquoi ferais-je ça ?

— Parce que, si le vicomte a raison, c'est la seule manière d'avoir prise sur cet héritage, repartit Sir Roland.

Puis, avec un sourire cynique :

— En tant que mère de l'enfant, vous auriez des droits sur cet argent, précisa-t-il. Je suis certain que vous sauriez bien trouver les moyens de vous l'approprier.

— Pour vous le transmettre ensuite ? Et qu'y gagnerais-je au juste ? Non, non, trouvez-vous une autre poire. Moi, je me couche comme les autres.

Sur ce, elle empocha les dix guinées qu'elle avait gagnées et s'éclipsa de la pièce, laissant Cecil face à ces deux tourmenteurs attitrés et à Stacey Darton qui, sans cesser de sourire, s'amusait à faire tinter ses propres gains sur la table.

— Vous n'avez plus guère le choix, décréta finalement Augustus en ricanant. Il va vous falloir épouser le glaçon. Au moins sait-on qu'elle n'est pas stérile, elle.

— Je ne peux pas me marier avec la femme de mon défunt frère. C'est interdit par la loi.

— Dans ce cas, c'est moi qui me dévouerai, déclara Sir Roland. La réchauffer quelque peu ne sera peut-être pas sans plaisir.

— Vous aurez d'abord besoin de son consentement, le prévint Stacey sur un ton nonchalant pour masquer la fureur que ces propos avaient soulevée en lui.

— Oh, je crois qu'elle se laissera aisément persuader de m'épouser si elle peut ainsi sauver sa précieuse maison et ses non moins précieuses enfants — que je trouve au reste fort charmantes.

Spike émit un caquètement hilare.

— Je ne te vois vraiment pas fonder une famille, mon vieux Roly, même pour palper le gros lot !

— Il n'y a pas de gros lot, articula Stacey, résolu à mentir.

Quoique parfaitement maître de lui-même, il sentait la moutarde lui monter au nez et avait le plus grand mal à réfréner une colère qui, il le savait, ne lui rapporterait que l'inimitié des trois autres. Et si Cecil le chassait du manoir, comment pourrait-il continuer à aider Charlotte et ses filles ?

Son hôte et ses invités se tournèrent vers lui.

— Comment le savez-vous ? l'interrogea Sir Roland.

— Il se trouve que l'avoué de Lord Hobart est aussi le mien et que je l'ai croisé tantôt au village. D'après lui, voilà des années que Cecil a ruiné son père.

Sir Roland et Augustus reportèrent leur attention sur Cecil qui se tassa sous leur regard inquisiteur.

— Est-ce vrai ? demanda Sir Roland.

— Non, bien sûr que non, leur assura Cecil. M. Hardacre a dû mal s'exprimer ou mon cousin mal le comprendre. Mon père était riche. De plus, M. Hardacre m'a certifié que l'annulation de son testament ne poserait aucune difficulté.

Les deux comparses dévisagèrent tour à tour Stacey et leur hôte, se demandant sans doute auquel des deux se fier. Stacey crut opportun de profiter de leur hésitation.

— Je vous rachète les reconnaissances de Hobart, leur lança-t-il. A la moitié de leur valeur nominale.

Augustus Spike s'esclaffa.

— Pourquoi vous accorder ce rabais alors que nous pouvons être intégralement remboursés, voire récolter des intérêts en sus ?

— Parce que vous espérez sérieusement récupérer vos gains ? rétorqua Stacey avec incrédulité.

Il rassembla les pièces amassées devant lui et les poussa vers les amis de Cecil.

— Mettons que c'est mon jour de bonté : je maintiens ma précédente proposition et vous cède en outre mes propres gains de la journée. Allez-vous donc lâcher la proie pour l'ombre, messieurs ?

Augustus secoua la tête avec un air buté.

— Le jeu continue, lâcha-t-il. Il y a encore le domaine à parier.

— Je… Je ne peux pas miser Easterley Manor ! bredouilla Cecil, atterré.

Il avait le visage livide et les yeux hagards. Stacey distinguait de l'affolement dans son regard, une panique qui le rendait plus dangereux que jamais — mais aussi, à sa grande stupéfaction, la flamme toujours vivace de la fièvre du jeu : Cecil était manifestement persuadé qu'il pouvait encore tout regagner.

Stacey étudia les deux amis de son cousin pour jauger leur état d'esprit, sachant fort bien que, s'ils décidaient de s'acharner sur ce dernier, il ne pourrait lui-même quitter la table, car ce serait livrer Charlotte à son destin. Celle-ci refuserait certainement de partir avec lui s'il se risquait à le lui proposer. A ses yeux, il ne valait guère mieux que les autres pique-assiette qui avaient envahi son foyer. Et qu'elle lui eût permis de l'embrasser, qu'elle eût même pleuré dans ses bras indiquait seulement la profondeur de son désarroi. Il aurait été extrêmement présomptueux de sa part d'en déduire que le sentiment qu'il avait conçu pour elle était partagé. D'ailleurs, connaissant sa fierté, il était persuadé qu'elle regrettait déjà ce moment de faiblesse.

— Milady, milady ! Ils ont réclamé leur voiture !

Les rideaux furent tirés et le soleil envahit la chambre. Charlotte s'assit sur le lit en cillant. Elle avait l'impression d'avoir les paupières gonflées et le crâne plein de coton. Le sens des paroles de Mlle Quinn peinait encore à trouver le chemin de son cerveau.

— Quelle heure est-il, Quinny ?

— 10 heures, milady. Et tous ces affreux personnages sont en train de partir. J'ai entendu l'un d'eux demander qu'on leur avance leur attelage.

10 heures ! se répéta la jeune femme, encore désorientée. Elle se souvenait que, la dernière fois qu'elle avait regardé les aiguilles de la pendule posée sur le manteau de la cheminée, elles indiquaient 3 heures du matin. Elle en conclut qu'à force de pleurer de désespoir, elle avait dû finir par s'endormir.

Et voilà que Quinny lui annonçait une des premières bonnes nouvelles qu'il lui était donné d'entendre depuis des semaines ! Elle se hâta de rejeter draps et couvertures.

— Aide-moi donc à m'habiller, demanda-t-elle à la servante. Il faut que je voie ça de mes propres yeux.

Une demi-heure plus tard, après avoir fait sa toilette et revêtu son habituelle robe noir, les cheveux noués en un chignon tenu par une résille en dentelle sombre, Charlotte descendait posément l'escalier d'honneur. La porte d'entrée était ouverte et des domestiques étaient en train de hisser dans deux voitures un amoncellement de sacs et de malles. Les propriétaires de ces bagages se pressaient alentour, gants et chapeaux à la main.

L'apercevant au bas des marches, Lady Grey se porta au devant d'elle.

— Ah, Lady Hobart, s'exclama-t-elle, vous êtes venue nous saluer. Je pars avec M. et Mme Comins. Plus rien ne nous retient ici, après tout.

— Dans ce cas, je vous souhaite un agréable voyage.

— Et bon débarras, hein ? s'enquit Adelia dans un éclat de rire.

Charlotte ne commenta pas.

— Oh, je ne vous en veux pas, tint à lui préciser son interlocutrice. Et je ne vous envie pas non plus. Cecil Hobart est bien la pire canaille que j'aie jamais rencontrée — et, croyez-moi, j'en ai connu beaucoup. Tenez, il a de la chance de vous avoir.

Avisant sa bonne qui approchait, elle se tourna vers elle.

— Tout est chargé ? demanda-t-elle à la servante, qui hocha la tête. Eh bien, allons-y.

Charlotte regarda les invités partir et s'aperçut bientôt que le vicomte Darton ne se trouvait pas parmi eux, non plus que Sir Roland Bentwater et M. Spike. Elle s'adressa à Foster, qui avait supervisé le rangement des bagages dans le coffre et sur la galerie des voitures.

— Les autres invités de sa Seigneurie auraient-ils déjà quitté le manoir ? le questionna-t-elle.

— Non, milady. Ils sont encore au lit. Ils ont joué jusqu'à l'aube.

Ainsi donc ils n'étaient pas tous partis, songea la jeune femme. Elle ne doutait pas un seul instant que les prétendus « amis » de Cecil avaient la plus ferme intention de le dépouiller de tous ses biens, domaine compris. Et ensuite, se demanda-t-elle avec anxiété, que se passerait-il ? Elle n'osait imaginer la maison entre les mains de Sir Roland ou de M. Spike, ni même entre celles du vicomte Darton — encore que, des trois, il serait sans doute le plus disposé à lui laisser du temps pour se retourner.

Ce fut presque en traînant les pieds qu'elle quitta le hall pour se rendre dans le petit salon contigu à la cuisine où, jadis, logeait la gouvernante du manoir et où elle avait désormais l'habitude de se retirer avec Mme Evans pour composer les menus des repas. C'était aussi là qu'elle convoquait les domestiques auxquels elle souhaitait donner des ordres particuliers. La pièce, outre qu'elle était petite et confortable, présentait un autre avantage et non des moindres : Cecil ne s'y aventurait jamais.

Debout près de la fenêtre, regardant sans le voir le marmiton porter un seau d'épluchures aux volailles du poulailler, elle était profondément plongée dans ses pensées quand elle entendit un grattement à la porte.

— Entrez, répondit-elle en croyant qu'il s'agissait de la cuisinière.

Comme elle pivotait vers le seuil du salon, elle s'aperçut que ce n'était pas Mme Evans mais Stacey Darton. Le voyant habillé d'une tenue d'équitation, elle sentit son cœur manquer un battement. Avait-il finalement décidé de partir avec les autres ? s'interrogea-t-elle. Après avoir saigné Cecil à blanc, l'abandonnait-il à son sort ? Etait-il venu pour lui faire ses adieux ?

— Lord Darton, articula-t-elle sans pouvoir empêcher sa voix de trembler.

Ce n'était qu'en cet instant, où il lui semblait qu'elle allait le perdre, qu'elle se rendait compte combien il lui avait été indispensable pour supporter les excès de son beau-frère et de ses compagnons de jeu. S'il la laissait, elle serait totalement à la merci de ces aventuriers sans scrupule.

Elle l'avait mal jugé, c'était certain. Ou plutôt, son sens moral s'était mépris sur la nature du personnage, tandis que son cœur, lui… Mais elle préférait ne pas approfondir cette réflexion. Se ressaisissant, elle redressa le dos et toisa le vicomte d'un regard neutre — ou qu'elle s'efforça du moins de rendre tel.

— Que puis-je pour vous, milord ?

Stacey courba le buste pour la saluer. Elle lui paraissait exéténuée, ce qui ne l'étonnait guère.

— Bonjour, milady, lui dit-il. Veuillez excuser cette intrusion, mais je viens vous rapporter un de vos biens.

Il lui tendit une petite bourse de velours. Comme elle n'esquissait aucun geste pour la prendre, il s'avança vers elle et déversa le contenu du sac sur un guéridon recouvert d'un napperon qui était disposé près de la fenêtre. La jeune femme vit s'en échapper ses colliers, ses broches et sa bague de fiançailles.

Elle en fut tellement abasourdie qu'elle demeura bouche bée. Quoique brûlant d'envie de s'emparer des bijoux, elle ne put s'y résoudre. Son honnêteté foncière l'en empêchait et peut-être, aussi, un reste de fierté.

— Je présume, milord, que ces biens, que vous prétendez miens, vous les avez gagnés aux cartes, murmura-t-elle sur un ton incertain. En conséquence, ils sont désormais vôtres.

— J'ai choisi de vous les rendre, répliqua-t-il. Il me déplairait profondément que vous me croyiez capable de voler une femme ou même enclin à excuser une telle vilenie chez autrui.

— Cette pensée ne m'avait pas effleurée, avoua-t-elle. Et je comprends maintenant ce que vous entendiez, hier, en affirmant que reprendre la partie en cours était « la seule solution ». Vous vouliez dire : pour récupérer mes bijoux, n'est-ce pas ?

Il opina en silence. Elle baissa la tête.

— Cela signifie-t-il… que Cecil est ruiné ? s'enquit-elle d'une voix frémissante.

— Je le crains.

Elle releva les yeux vers lui.

— Vous doit-il beaucoup ?

— Oui, répondit-il franchement. Mais je puis pour ma part me contenter de ces pièces de joaillerie et d'une liasse de reconnaissances de dette — pour le moment.

Il hésita, avant d'ajouter :

— Sir Roland et M. Spike, en revanche, ne me paraissent guère disposés à se montrer aussi patients que moi.

Il n'eut pas besoin d'expliciter son propos. Déjà Charlotte avait pâli.

— Je dois hâter la réalisation de mes plans, conclut-elle en ramassant les colliers, les broches et la bague pour les ranger dans la bourse. Je ne sais comment vous remercier pour votre générosité. Elle va me permettre de payer une avance sur le loyer de ma future pension pour jeunes filles.

— Vous n'avez quand même pas l'intention de sacrifier à votre projet ces souvenirs de votre défunt époux ? Je suppose qu'ils doivent avoir pour vous une grande valeur sentimentale.

— Les sentiments sont un luxe que je ne peux plus me permettre, milord, répliqua-t-elle. Il faut que j'aille vendre ces bijoux à Ipswich. Ils représentent le seul capital dont je dispose pour fonder mon école. Et sans cette école, je ne pourrai fournir un toit à mes filles ni subvenir à leurs besoins.

Stacey la dévisagea attentivement, remarqua l'inquiétude qui voilait ses adorables yeux, la voussure de ses épaules et comprit qu'elle était à bout. Il se demanda si l'heure n'était pas venue de lui ouvrir son cœur. Mais l'oserait-il, seulement ? Oserait-il lui avouer qu'il l'aimait, qu'il avait envie de la protéger, de lui assurer une vie sans plus aucun souci — qu'il désirait, en somme, la conduire devant l'autel ? Car il était encore loin d'être certain de pouvoir la convaincre de sa sincérité. Et puis il restait toujours le problème de sa propre fille, un problème qui avait été précisément la cause de son départ de Malcomby Hall, plus de deux semaines auparavant, un problème qu'il avait depuis repoussé dans le fond de son esprit mais qui persistait désormais à repasser au premier plan de ses préoccupations. Pour le résumer crûment, avait-il le droit, au lieu d'avoir trouvé une école à Julia, de lui imposer une belle-mère ? Aussi agréables fussent la compagnie et la personnalité de Charlotte, nul doute que sa fille détesterait aussitôt la jeune femme.

Non, réfléchit-il, il fallait plutôt essayer de les amener à se connaître l'une l'autre de façon plus graduelle et, surtout, moins contrainte.

— Milady…, dit-il en lui prenant les mains.

Elle se laissa faire : le geste était si naturel.

— Permettez que je m'en charge.

— Que vous vous chargiez de quoi, milord ?

— De négocier pour vous ces bijoux. J'ai un joaillier dans mes relations. Il m'en donnera un prix correct ou, du moins, bien meilleur que celui que vous obtiendriez par vous-même.

Charlotte admit en son for intérieur qu'il avait raison : ne connaissant personne, elle risquait d'avoir affaire à un commerçant indélicat. Cependant elle hésitait encore.

— Je ne sais que vous répondre, milord.

— Dites-moi oui.

Elle plongea son regard dans ses yeux bruns et se rendit compte qu'elle était près de lui céder. Elle se prit même à songer que lui confier cette mission serait un bon moyen d'être assurée de le revoir.

— N'est-ce pas exiger beaucoup de vous ? objecta-t-elle avec précipitation, troublée par ses propres pensées. N'avez-vous point hâte de reprendre le cours de votre existence ? Et puis votre fille doit se demander ce que vous devenez. Je ne comprends d'ailleurs pas ce qui a pu vous retenir ici aussi longtemps.

— Vous ne le comprenez vraiment pas ? s'enquit-il dans un murmure.

Elle détourna les yeux.

— Le jeu ? suggéra-t-elle. Vous m'avez vous-même avoué que vous ne saviez refuser une partie de cartes.

Cette réponse fit comprendre à Stacey qu'il n'avait pas encore complètement gagné sa confiance. Quant à son cœur…

— C'est exact, admit-il, mais je ne vois pas en quoi cela m'empêcherait de prêter assistance à une dame en détresse.

Il marqua une pause.

— Laissez-moi vous rendre ce service, milady. Une femme voyageant seule, avec des objets de valeur sur elle, serait une proie toute désignée pour les bandits de la contrée. Et puis je dois de toute façon me rendre à Ipswich.

— Dans ce cas, je vous remercie du fond du cœur.

La bourse de velours passa des mains de Charlotte à celles de Stacey.

Alors que leurs doigts se touchaient encore, ce dernier se pencha vers la jeune femme pour l'embrasser sur le front.

— Je serai bientôt revenu, très chère. D'ici là, restez sur vos gardes. Et s'il vous faut quitter cette maison dans l'urgence, allez vous installer au presbytère jusqu'à mon retour.

Il l'avait appelée « très chère », pensa Charlotte. Et il l'avait embrassée de nouveau. Oh, cela n'avait été qu'un chaste baiser, sans rien de répréhensible ni de concupiscent, mais elle ne s'en demanda pas moins s'il n'avait été motivé par un tout autre sentiment que la simple compassion.

— Merci encore, murmura-t-elle, confuse.

Le vicomte ressortit de la pièce. Se retournant vers la fenêtre, Charlotte le vit un moment plus tard se diriger vers les écuries et héler un lad. Celui-ci lui apporta son grand étalon blanc, Ivor. Stacey Darton se hissa sur la selle avec l'aisance d'un cavalier accompli et, traversant le terre-plein pavé qui s'arrondissait devant le perron, s'engagea dans l'allée au détour de laquelle il disparut bientôt avec sa monture. Charlotte espérait qu'elle n'aurait pas à attendre trop longtemps son retour, car elle était désormais plus dépendante que jamais de Cecil — ou plutôt de ses amis, à supposer que ceux-ci eussent gagné le manoir, comme Stacey Darton l'avait laissé entendre. Son propre sort, cependant, lui importait bien moins que celui de ses filles.

Prise du brusque désir de les revoir, elle se hâta de gagner la salle de classe où Joann Quinn s'efforçait de les instruire, non sans mal. Lizzie et Fanny avaient en effet deviné que de nouveaux changements venaient de se produire au manoir ; elles avaient entendu les invités quitter en foule la demeure et se demandaient si elles pouvaient espérer reprendre bientôt le cours de leur existence antérieure ou si elles ne devaient pas plutôt redouter qu'une seconde fournée d'indésirables vînt remplacer la première. Elles s'en ouvrirent à leur mère.

— Peu importe, leur repartit cette dernière, résolue à ne pas les laisser sombrer dans la morosité. Mettez plutôt vos manteaux et vos béguins, nous allons au village. Il est temps de retourner à l'école.

Les fillettes lui obéirent avec un soulagement visible et, peu de temps après, toutes trois marchaient d'un pas vif vers Parson's End. Quand elles pénétrèrent dans l'ancienne remise attenante au presbytère, le révérend, qui faisait la classe à la place de la jeune femme, salua leur arrivée avec un sourire ravi.

— Lady Hobart ! s'exclama-t-il. Quel plaisir ! Les enfants, veuillez présenter vos salutations à Lady Hobart.

Les élèves se levèrent.

— Bonjour, milady, déclamèrent-ils.

— Bonjour, répondit-elle en souriant.

Elle avait dû longuement batailler pour les persuader de se montrer plus naturels avec elle. Au début, constatant combien ils étaient effarés d'avoir la châtelaine en personne pour maîtresse, elle avait jugé préférable de les inciter à oublier son titre, mais le pasteur tenait, pour sa part, à ce qu'ils lui témoignassent la déférence due à son rang, et puis elle ne voyait guère comment ils auraient pu l'appeler autrement. Pour sa plus grande joie, cependant, certains, surtout les plus petits, lui donnaient souvent du « madame » ou même du « m'dame » !

— Désirez-vous reprendre votre classe ? s'enquit le révérend Fuller.

— Si cela ne vous dérange pas.

— Nullement. Si vous avez le temps, j'aimerais ensuite vous parler. J'ai des nouvelles à vous communiquer au sujet de la requête que vous m'avez soumise, il y a deux semaines de cela. Je pense qu'elles pourraient vous intéresser.

Charlotte se souvenait seulement de lui avoir demandé de

chercher pour elle le local de sa future pension. L'avait-il donc trouvé ? Elle avait hâte de le savoir, mais elle se força néanmoins à écouter avec attention les enfants qui poursuivaient leur lecture et dont elle se mit à corriger les fautes avec application et douceur.

Charlotte se rendit au presbytère dès qu'elle eut renvoyé ses élèves chez eux. Le pasteur l'y accueillit avec un sourire chaleureux et, tandis que sa femme emmenait Lizzie et Fanny dans la cuisine pour leur montrer des chatons, il la conduisit dans le salon où il la pria de s'asseoir. C'était une pièce vaste et confortable, quoiqu'un peu défraîchie, le révérend n'étant pas attaché au confort matériel et préférant consacrer la majeure partie de ses appointements au soulagement de la misère de son prochain.

— La leçon s'est-elle bien passée ? demanda-t-il en prenant place en face de Charlotte.

— Oui. J'étais contente de retrouver les enfants.

— Dois-je en déduire que les invités de Lord Hobart ont quitté le manoir ?

— Il n'en reste en effet plus que deux, mais j'ai toujours le même problème : il faut que je parte.

— Vous n'avez donc pas changé d'avis ?

— Non. Je suis plus déterminée que jamais.

— Connaissez-vous le capitaine Alexander MacArthur, milady ?

— Celui qui habite cette maison sur la falaise, près du phare, qui s'appelle… le Nid de Corneilles, c'est bien cela ?

— Absolument. J'ai enterré son épouse l'année dernière. La cérémonie a eu lieu ici même.

— Je m'en souviens, acquiesça Charlotte. Mais comme il est souvent en mer, je ne peux pas dire qu'il me soit familier.

— Malgré ses manières carrées, c'est un homme bon et vertueux.

Le pasteur s'interrompit en voyant sa femme apporter le plateau du thé qu'elle déposa sur une table, dans l'embrasure de la fenêtre.

— Les enfants s'amusent avec les chatons, annonça-t-elle tout en remplissant la tasse de la visiteuse avant de lui couper une part de cake. Elles sont adorables comme tout, ces petites.

— Merci, articula Charlotte.

Elle avait bien conscience que ces trois dernières semaines avaient été pour Lizzie et Fanny aussi pénibles que pour elle-même. Leur taciturnité actuelle indiquait suffisamment la profondeur de leur angoisse et elle aurait nettement mieux aimé qu'elles fussent bruyantes et dissipées.

— Je préfère avoir réglé tous les détails de notre prochain déménagement avant de leur annoncer ce nouveau bouleversement dans leur existence, dit-elle.

— Voilà qui est fort avisé, approuva le révérend Fuller. A ce propos…

— Vous me parliez du capitaine MacArthur.

— En effet. Il m'a confié tantôt qu'il avait reçu un ordre de mission pour l'océan Indien et qu'il souhaitait louer sa maison en son absence. Je l'ai informé que vous recherchiez vous-même un logement et il m'a semblé prêt à vous accorder sa confiance.

Le prêtre marqua une pause.

— Ce ne serait que pour un an, précisa-t-il, mais cela vous donnera le temps de trouver un autre local.

— L'avez-vous informé de mes projets, révérend ? Sait-il que je souhaite fonder une école ?

— Oui, je lui en ai parlé. Cette perspective, je vous l'avoue, l'a quelque peu effarouché au début, mais je lui ai fait valoir que vos pensionnaires seraient peu nombreuses, qu'elles seraient issues des meilleures familles et que vous ne procéderiez qu'aux aménagements strictement nécessaires pour les héberger. Il a fini par donner son accord de principe.

— Vous ne lui avez pas dit que je souhaitais également recevoir dans cette école les enfants du village ?

— Non, avoua le pasteur cependant qu'une lueur malicieuse s'allumait dans ses prunelles grises, le rajeunissant de plusieurs années. Ce que l'œil ignore, le cœur ne peut le pleurer. Et puis le cottage est flanqué d'une vaste écurie qui pourra accueillir nos petits protégés. Comme ça, ils n'auront pas besoin de se mêler à vos pensionnaires.

Cette forme d'ostracisme répugnait fortement à la jeune femme, mais elle s'abstint de le faire remarquer au révérend, ne souhaitant pas compromettre son projet alors même qu'il semblait avoir une chance de se réaliser.

— Le capitaine MacArthur a-t-il évoqué le montant du loyer ? s'enquit-elle.

— Non. Vous le négocierez avec lui. Mais, je le répète, c'est un homme généreux et un vrai chrétien. Je ne pense pas que l'argent soit au premier rang de ses préoccupations.

— Il faut alors que j'aille lui rendre visite sans plus tarder ! déclara Charlotte avec enthousiasme.

— Hélas, il vient de partir à Londres, répondit le pasteur. Il a été convoqué à l'amirauté. Ensuite, si j'ai bien compris, il doit superviser l'armement de son futur bateau. Mais il compte repasser par ici avant d'embarquer. Vous pourrez le voir à ce moment-là.

La jeune femme s'efforça de dissimuler la déception que lui causait ce contretemps. Elle se leva pour saluer son hôte.

— Merci, révérend, lui dit-elle. Je compte sur vous pour m'avertir du retour du capitaine MacArthur.

Il se redressa à son tour et la précéda dans la cuisine où Mme Fuller était occupée à préparer du pain. Charlotte remarqua qu'elle en avait cuit une quantité bien plus grande que n'en pouvait consommer leur couple. Elle en déduisit que le surplus était destiné aux miséreux et s'aperçut soudain que cela faisait plus de deux semaines qu'elle n'avait elle-même apporté de la nourriture aux pauvres de Parson's End. Elle se promit de leur en donner bientôt. Mais pour cela, songea-t-elle, il lui faudrait en dérober à l'insu de Cecil, ou de ses invité, si c'étaient eux qui possédaient désormais le manoir et son garde-manger. A cette pensée, elle eut un sourire amer — mais un sourire quand même, ce qui prouvait à l'évidence qu'elle avait retrouvé une partie de son optimisme.

Les filles rechignèrent à s'éloigner des chatons. Elles finirent toutefois par s'y résigner après avoir arraché à leur mère la promesse de pouvoir revenir les voir dès le lendemain ou le surlendemain.

Sur le chemin du retour, Charlotte se mit à réfléchir. Puisqu'elle ne pouvait partir immédiatement d'Easterley Manor, elle allait devoir, pour un temps encore, éviter de contrarier le maître des lieux, quel qu'il fût. Elle se demanda quel loyer exigerait le capitaine MacArthur, combien le vicomte Darton obtiendrait des bijoux et lequel des deux reviendrait en premier à Parson's End. Elle se dit aussi qu'il valait mieux écrire à M. Hardacre pour l'informer de l'évolution de sa situation. Comme il était son avoué, sa signature serait requise sur le bail. Elle ne perdait pas non plus l'espoir d'apprendre qu'il avait réussi à débloquer pour elle, à titre de prêt, une partie du fonds constitué par son beau-père au bénéfice de Lizzie et de Fanny. Cette somme lui serait utile si le produit de la vente des bijoux se révélait insuffisant. Et dès que sa pension deviendrait une affaire profitable, elle rembourserait cet emprunt avec intérêt. C'était pour elle plus qu'une question d'honneur. Elle ne pouvait tout simplement imaginer entamer le legs de son défunt beau-père, car c'était aussi la seule dot dont ses filles disposeraient peut-être jamais.

— Est-ce qu'on peut aller se promener sur la plage ? proposa Fanny. Je n'ai pas envie de rentrer tout de suite à la maison.

— Oui, répondit Charlotte. Pourquoi pas ?

Elle non plus n'éprouvait aucun désir de hâter son retour au manoir. De plus, songea-t-elle, une fois sur la falaise, elle pourrait en profiter pour aller jeter un œil au Nid de Corneilles.

Le pavillon du capitaine MacArthur était situé un peu à l'écart du village, sur la bordure sud du domaine des Hobart. Il avait été construit presque au ras de la falaise et la jeune femme nota dans sa mémoire qu'il faudrait édifier à cet endroit une palissade pour prévenir les accidents. Les enfants à sa suite, elle fit le tour du terrain occupé par le cottage. C'était une vaste demeure à l'angle de laquelle se dressait une haute tourelle percée d'une ouverture donnant sur le rivage. Charlotte pensa que, de là-haut, le regard devait porter sur des kilomètres à la ronde et qu'il n'était guère étonnant que la capitaine eût appelé cette singulière bâtisse le Nid de Corneilles.

Quoiqu'elle fût de dimensions plus modestes qu'Easterley Manor, Charlotte put constater, en jetant un œil par les fenêtres que n'occultaient pas des volets, que son rez-de-chaussée comportait plusieurs salons, dont deux lui parurent assez grands pour servir de salles de classe. Outre la maison proprement dite, le Nid de Corneilles comportait également une remise, une écurie et un jardin. Son seul inconvénient était son isolement. Aucun autre édifice n'était visible alentour, hormis le phare et le cottage occupé par Jenkins, l'ancien majordome du manoir. La jeune femme songea qu'elle pourrait aller lui rendre visite et lui proposer un poste de factotum dans sa future pension. Nul doute que le vieil homme serait heureux d'augmenter de quelques shillings la maigre pension que feu Lord Hobart lui avait octroyée à sa retraite.

Ayant vu tout ce qu'elle pouvait voir, Charlotte donna à ses filles l'autorisation d'emprunter le sentier qui descendait à la plage. Alors qu'elle les surveillait de loin en marchant le long de la mer, il lui revint à l'esprit sa dernière promenade sur la grève, quand elle avait été abordée par Stacey Darton. Elle lui prêtait alors des desseins peu avouables et éprouvait à son endroit une méfiance proche de l'animosité. Il était vrai aussi que le vicomte donnait de lui-même une image peu attrayante. Non seulement il se montrait souvent fort discourtois, mais il semblait tout aussi mordu par le jeu que son cousin Cecil — à cette différence près, toutefois, qu'il gagnait plus que lui. Avait-il eu réellement l'intention de l'aider depuis le début, tel un chevalier se portant au secours de sa dame en détresse ? Ou n'était-ce pas plutôt une fable qu'il avait inventée par la suite, dans le seul but de la séduire ? Que pouvait-il en effet savoir sur elle avant d'arriver au manoir ?

Néanmoins il lui avait bel et bien restitué ses bijoux — avant de les lui reprendre, avec sa bénédiction. Et s'il ne revenait pas ? Et s'il s'était simplement moqué d'elle, poussant la perversité jusqu'à lui donner de faux espoirs ? Après tout, elle n'avait que sa parole. Il pouvait très bien décider de vendre à son seul profit les derniers biens qui lui restaient. Si tel était le cas, comme il devait, en ce moment même, rire de sa naïveté ! A cette pensée, elle blêmit d'humiliation et trébucha sur le sable.

Non, se morigéna-t-elle aussitôt en recouvrant son équilibre, Stacey Darton n'était pas comme ça. Elle l'avait regardé dans le fond des yeux, avait senti sa compassion, en avait éprouvé l'authenticité. Il l'avait serrée dans ses bras, il l'avait réconfortée. Et dans sa voix, elle en était sûre, quand il lui avait proposé de négocier pour elle ses bijoux à Ipswich, ne vibraient que les accents de la plus parfaite sincérité.

Alors pourquoi se mettait-elle subitement à douter de lui ?

— Seigneur Dieu, murmura-t-elle, faites que je ne me sois pas trompée en lui accordant ma confiance. Si je me suis méprise sur son compte, alors nous sommes définitivement perdues.

La voix de ses filles vint opportunément la distraire de ses angoisses. Debout à la limite du ressac, Lizzie et Fanny contemplaient un navire à l'ancre dans la baie et essayaient de deviner sa provenance.

— Il arrive d'Orient, décréta Lizzie. Il est chargé de soieries, de feuilles de thé et d'épices qui seront vendus à Ipswich.

— Non, c'est un bateau pirate, riposta Fanny qui raffolait des romans d'aventures où corsaires, flibustiers et princesses enlevées avaient la part belle.

— Ou un navire de contrebandiers, suggéra Lizzie. Ils attendent la nuit pour débarquer sur la plage leur cargaison.

Charlotte sourit, heureuse d'entendre de nouveau ses filles bavarder gaiement. « Bientôt », se dit-elle, « si Dieu le veut, ces trois semaines passées ne seront plus qu'un mauvais souvenir. »

— Allons, les enfants, venez, il est l'heure de rentrer, déclara-t-elle en leur tendant les mains. La mer monte et, si nous nous attardons ici, nous risquons d'y rester coincées.

« Oui, si Dieu le veut », se répéta-t-elle en montant avec ses filles le sentier qui les ramenaient à Easterley Manor, cette maison où elle étaient toujours logées et nourries mais qu'elles ne pouvaient plus désormais considérer comme leur foyer, « si Dieu le veut, ce cauchemar sera bientôt terminé…

« Stacey Darton, si vous avez une once de compassion, ne m'abandonnez pas. Vous nc m'aimez peut-être pas, mais ayez au moins pitié de mes enfants. »

Stacey comptait bien retourner à Parson's End au plus tôt — mais il n'avait nullement l'intention de vendre les bijoux de Charlotte. Il avait su qu'il en serait incapable dès l'instant où il en avait émis la proposition. Aussi ne fut-ce pas chez le joaillier qu'il se rendit une fois parvenu à Ipswich, mais au Great White Horse où il prit la malle de Londres après avoir confié Ivor aux bons soins des garçons d'écurie de l'auberge.

Par chance, le voyage se déroula sans incident. Ni bandit, ni roue cassée ni arbre tombé en travers de la voie n'arrêtèrent la diligence, si bien que, les changements d'attelages s'effectuant eux-mêmes sans anicroche à chaque relais, Stacey et ses compagnons de route arrivèrent au Spread Eagle, dans Gracechurch Street, juste avant 7 heures le lendemain matin. S'il avait eu envie de dormir, la vitesse avec laquelle la voiture avalait les kilomètres l'en aurait empêché, mais il avait l'esprit tellement en ébullition qu'il se contenta de somnoler entre deux étapes et que, sitôt arrivé à destination, il sauta de la malle et courut dans la rue héler le premier fiacre venu pour se faire conduire chez John Hardacre, à Piccadilly.

— Milord ! le salua l'avoué quand il eut été introduit dans la salle à manger où ce dernier dégustait un petit déjeuner composé d'œufs au bacon arrosés de café. J'ignorais que vous fussiez en ville.

— Je ne fais que passer. Croyez bien que je suis navré de vous déranger à une heure aussi matinale.

— Oh, vous ne me dérangez pas du tout. Joignez-vous plutôt à moi, proposa-t-il avant d'appeler une servante pour lui demander d'apporter un couvert supplémentaire. Alors, quoi de neuf à Malcomby Hall ?

— Je n'en sais rien, avoua Stacey. Je n'y suis pas retourné depuis le dernière fois où nous nous sommes vus. Je loge depuis à Easterley Manor.

— Bonté divine ! Mais pourquoi donc ?

— J'ai pris cette décision après que vous n'avez appris l'embarras dans lequel se trouvait Lady Hobart et confié les craintes qu'il vous inspirait. J'ai voulu m'enquérir personnellement de sa situation, déclara-t-il en récitant la réponse qu'il avait préparée durant le voyage. Hobart est un mien cousin au second degré et, bien qu'à ce titre nous ne soyons parents que de loin, je n'envisageais pas sans déplaisir qu'il pût entacher l'honneur de la famille par ses écarts de conduite. Ajoutez à cela le devoir, pour tout gentleman digne de ce nom, de sauver une dame en détresse…

Il haussa les épaules.

— Il m'était tout bonnement impossible de continuer mon chemin comme si de rien n'était, conclut-il.

John sourit, heureux de constater que ses confidences avaient précisément eu le résultat qu'il escomptait. Il avait bien lu le jeune homme : soldat endurci, peu enclin à la mièvrerie, Stacey Darton était également un cœur brave et généreux, tout pétri d'idéal chevaleresque — et un esprit curieux. Il s'était contenté de l'intriguer, de réveiller sa pitié… et son noble caractère l'avait entraîné sur la voie qu'il espérait le voir suivre.

— Racontez-moi tout, l'encouragea-t-il.

La domestique revint à ce moment-là avec les couverts demandés ainsi qu'un nouveau plat d'œufs au bacon et une cafetière fumante. Stacey attendit qu'elle fût ressortie de la pièce pour répondre à son hôte.

— Cecil a rassemblé chez lui la plus belle brochettes de canailles et de débauchés qu'il m'ait jamais été donné de rencontrer, lâcha-t-il enfin. Pour son malheur, ce sont tous des joueurs chevronnés et, comme il est incapable de dissimuler ses émotions, ils n'ont eut que trop de facilités pour le plumer.

— En somme, il n'a pas changé, repartit John en hochant lugubrement la tête. A la vérité, le contraire m'aurait étonné. A-t-il perdu beaucoup ?

— Tout. Y compris, je le crains, le manoir seigneurial, que ses adversaires doivent dépouiller en ce moment même de ses objets de valeur.

— Ah, misère ! C'était ce que je redoutais depuis le début… Et Lady Hobart, comment vit-elle tout cela ?

— Mal. Elle est presque au bord du gouffre. Cecil a poussé l'infamie jusqu'à la spolier de ses bijoux ainsi que des quelques guinées qui lui restaient encore pour achever de se ruiner sur le tapis vert.

— Seigneur Dieu ! s'exclama l'avoué en se redressant à demi. Mais il faut au plus vite la sortir de ce mauvais pas ! Je vais écrire sur-le-champ à Lord Falconer !

— Lord Falconer ? Vous voulez parler de Facolner père, de Rickmansworth ?

— Lui-même, confirma John Hardacre. C'est le frère cadet de la grand-mère maternelle de Lady Hobart — en d'autres termes, son grand-oncle. Le titre lui est échu à la mort du grand-père de Lady Hobart, lequel n'avait pas de descendance. Vous l'ignoriez donc ?

Stacey en demeura interdit. Que Charlotte fût une vraie dame était pour lui une évidence, mais il était loin d'imaginer qu'elle pût venir d'une famille aussi illustre. Et dire qu'il l'avait supposée fille de quelque bourgeois parvenu… Ah, comme il s'était trompé sur son compte ! Et comme il regrettait maintenant de s'être montré si condescendant, si présomptueux, si impudent avec elle ! Mais pourquoi, aussi, lui avait-elle caché son passé ?

— Oui, oui, bredouilla-t-il, je l'ignorais. Je savais bien que c'était une dame du monde — on pouvait, du reste, le deviner sans peine —, mais je ne me doutais pas qu'elle fût aussi bien née.

— Je suis surpris de vous l'apprendre. Ce n'est pas vraiment un secret.

« Sauf pour moi », songea Stacey, perplexe.

— Et pourquoi donc n'a-t-elle pas sollicité elle-même l'aide de ce parent ?

— Il m'a semblé comprendre qu'il avait plus ou moins renié sa mère. Lord Falconer est très attaché à l'étiquette, voyez-vous, et fier d'avoir un arbre généalogique qui remonte jusqu'à Henri VIII au moins. Il n'a pas toléré que sa nièce se mésalliât avec le capitaine Delaney — ce « bon à rien de marin irlandais », pour reprendre ses propres termes.

— Ce qu'il était ?

— Certainement pas, protesta John Hardacre. Le capitaine Delaney était au contraire un homme honorable, un baronnet. Il a, hélas, coulé avec son navire à Trafalgar. Son épouse, la mère de Lady Hobart, est décédée d'une mauvaise fièvre peu de temps après, si bien que, lorsque Lady Hobart a perdu son mari à son tour, elle s'est retrouvée pratiquement seule au monde.

— La pauvre, articula Stacey d'une voix songeuse. Je suis étonné que, dans ces conditions, la disparition de Lord Hobart père ne l'ait pas totalement accablée de chagrin…

— Elle avait ses enfants.

— En effet. Et vous pensez que Lord Falconer pourrait refuser de l'aider ?

— Il a affirmé qu'il ne voulait plus jamais revoir sa nièce. Peut-être se montrera-t-il plus indulgent envers sa fille, même si dans les veines de cette dernière coule un sang moins pur.

Stacey était fortement tenté d'aller de ce pas rappeler le vieil aristocrate à ses devoirs familiaux, mais il avait conscience de la vanité d'une telle démarche. Lord Falconer pouvait très bien lui répliquer que cette histoire ne le regardait aucunement ni même accepter de le recevoir. Mieux valait qu'il s'en tînt à son premier plan.

— Nous ne pouvons attendre le bon vouloir de ce monsieur, répliqua-t-il. J'ai réussi à obtenir la confiance de Lady Hobart, ce qui n'a pas été facile, étant donné que je n'étais à ses yeux qu'un joueur comme les autres. Je lui ai récupéré ses bijoux aux cartes et lui ai proposé ensuite de les vendre pour elle, afin qu'elle puisse louer une maison. Elle souhaite fonder une école.

— Oui, elle m'en a parlé, mais j'ai bien peur que quelques bijoux ne suffisent à lui fournir le capital de départ.

— C'est aussi mon opinion. J'ai donc décidé de procéder autrement.

L'avoué le dévisagea d'un air intrigué.

— Je lui garde les bijoux, expliqua Stacey, et je m'arrange entre-temps pour qu'elle obtienne l'argent nécessaire à la réalisation de son projet.

— C'est très généreux de votre part, milord, admit John Hardacre, mais estimez-vous réellement lui rendre service en l'encourageant dans cette voie ? Vous conviendrez quand même que l'enseignement n'est guère une occupation appropriée pour une lady.

Stacey n'eut pas besoin de réfléchir longtemps avant de répondre.

— Je ne partage pas cet avis, pas plus que Lady Hobart elle-même. Ce n'est pas seulement pour ses filles qu'elle a enduré les insultes des invités de son beau-frère, vous savez, mais aussi pour ses élèves. Apprendre, surtout aux plus démunis, est chez elle une vocation.

— Cela n'en reste pas moins une activité indigne d'une dame du monde si, cessant d'être un acte de charité, elle devient une source de revenus.

— Justement, c'est pour lui permettre d'assurer un toit à ses filles sans déchoir que je suis venu vous voir. A cette fin, j'aimerais que l'aide que je compte lui apporter paraisse venir de vous. Vous êtes bien l'un des exécuteurs testamentaires de feu Lord Hobart, n'est-ce pas ? Ne pourriez-vous lui transmettre la somme que je vais vous donner pour elle en prétendant qu'il s'agit d'un legs dont l'existence vous aurait jusqu'alors échappé ?

— Je lui ai déjà promis de demander aux fidéicommissaires chargés de gérer le fonds constitué pour ses filles par son défunt beau-père d'en libérer une partie à son bénéfice.

— Et ?

— Malheureusement, je n'ai pas encore réussi à tous les joindre, or il me faut leur consentement unanime pour effectuer une telle opération. Dans mon esprit, cependant, cet argent n'était pas censé financer une pension, mais permettre à Lady Hobart d'assurer le bien-être de ses filles jusqu'à leur mariage. Je ne puis croire que l'idée d'ouvrir une école lui serait venue si sa situation n'avait été aussi précaire.

— C'est que vous ne l'avez pas vue comme moi au milieu de ses élèves, répliqua Stacey. Elle mène sa classe avec autant d'aisance que d'autorité. Elle use avec ses élèves d'une persuasion douce mais ferme qui lui vaut à la fois obéissance et affection. Elle serait tout à fait le genre de professeur auquel je confierais volontiers ma propre fille.

John se mit à pouffer.

— Oh, je vois : vous avez un intérêt personnel dans cette affaire.

Stacey le gratifia d'un sourire complaisant, se souciant fort peu des intentions que lui prêtait l'avoué du moment que, grâce à lui, il pouvait aider Charlotte.

— En tout cas, reprit-il, l'heure n'est plus aux tergiversations. Jusqu'à présent, elle et ses filles n'étaient que tolérées à Easterley Manor. Cecil ruiné, elles risquent de se retrouver à la rue d'un jour à l'autre. Le temps presse, je vous propose une solution, saisissez-la.

John Hardacre cligna des yeux, visiblement impressionné par la force de persuasion que Stacey avait mise dans ces paroles. Il sourit de nouveau, puis soupira.

— Bon, dit-il, très bien. Dès que vous aurez terminé votre petit déjeuner, nous irons étudier le détail de la transaction dans la bibliothèque. Je présume que vous désirez retourner là-bas au plus vite ?

— Oui. Ce soir même, si je le puis. J'ai fait promettre à Char…

à Lady Hobart d'aller se réfugier avec Elizabeth et Frances au presbytère du village si jamais l'atmosphère au manoir devenait trop irrespirable, mais je préférerais les laisser seules le moins longtemps possible.

John hocha la tête, définitivement convaincu : à l'évidence, Stacey Darton était amoureux et cette raison seule suffisait à le persuader de lui apporter son soutien.

6.

Charlotte avait espéré que Stacey reviendrait le lendemain soir de son départ ou, au plus tard, le surlendemain, Ipswich n'étant somme toute qu'à une journée de cheval de Parson's End. Trois jours s'écoulèrent cependant sans qu'elle eût de nouvelles de sa part et elle commença à regretter de lui avoir accordé sa confiance — car il ne fallait quand même pas tout ce temps-là pour vendre deux colliers, deux broches et une bague !

Jusqu'alors, malgré toutes ses avanies, elle n'avait cessé de croire en la bonté foncière de l'homme. Elle avait même réussi à trouver des excuses à Cecil quand son père avait été contraint de rembourser ses dettes de jeu. Et si elle se rendait compte, aujourd'hui, de la faiblesse de son beau-frère ainsi que de la cupidité de ses amis, elle refusait de croire que le vicomte Darton pût leur ressembler. Stacey avait été gentil avec elle, il l'avait embrassée, lui avait récupéré son argent, ses bijoux, lui avait proposé de l'aider et elle, en retour… Eh bien, elle s'était éprise de lui.

Oui, l'incertitude même dans laquelle elle se trouvait l'obligeait à sonder son cœur et à reconnaître qu'elle se languissait des étreintes du vicomte, qu'elle aspirait à la protection de ses bras, qu'elle brûlait de découvrir chez lui la réciproque des tendres sentiments qu'elle lui vouait. Certes, il l'avait déjà appelée « très chère », mais cela ne lui suffisait pas, ne lui suffisait plus. Un manque se creusait en elle qu'elle n'avait plus éprouvé depuis le départ de Grenville à la guerre. L'affection de son regretté beau-père, la tendresse de ses enfants, le respect des domestiques, l'admiration du pasteur, tout cela la soutenait, bien sûr, mais ne la comblait pas comme seul en était capable l'amour d'un homme.

Avait-elle maintenant si peu de discernement qu'elle se serait éprise d'un voyou ? Etait-ce pour cela qu'il ne revenait pas ? Parce qu'il l'avait trompée ? Parce qu'elle s'était trompée elle-même à son sujet ?

Plus que l'attente, le doute la rongeait.

Fort heureusement, le départ de la plupart des invités de Cecil lui avait permis de reprendre ses cours au village et de trouver ainsi, auprès de ses élèves, un dérivatif à son anxiété. Le soir venu, tandis que son beau-frère continuait à perdre aux cartes des mises dont elle préférait ne pas même connaître la nature, elle se réfugiait dans sa chambre pour réfléchir à sa future pension, tout en sachant que celle-ci risquait de ne jamais voir le jour. Car louer la maison n'était qu'une première étape : il lui faudrait ensuite l'aménager, acheter l'équipement nécessaire et embaucher du personnel, c'est-à-dire non seulement des domestiques, mais aussi des professeurs spécialisés, lesquels exigeraient, comme il se devait, un salaire à la hauteur de leurs compétences.

Quand elle en était là de ses réflexions, elle se demandait souvent si elle n'était pas trop ambitieuse — avant de se rappeler qu'elle n'avait pas vraiment le choix : si elle désirait que sa pension fût une affaire rentable, il lui fallait pour élèves des filles de familles aisées et elle ne pouvait songer appâter ce genre de clientèle avec des prestations de qualité médiocre. Ce qui lui faisait penser qu'elle aurait également besoin d'annoncer la création de son école et qu'elle ne saurait compter pour cela sur le seul bouche-à-oreille, mais qu'elle devrait financer une campagne de publicité.

En résumé, pour attirer l'argent, elle avait besoin d'argent. Et aussi de temps. Or c'était peut-être ce qui lui manquait le plus.

Ce soir-là, le troisième depuis le départ du vicomte, alors qu'elle méditait à son secrétaire, elle reposa soudain sa plume, le regard fixe, tétanisée par une éventualité qui venait de lui traverser l'esprit : et si un malheur était arrivé à Stacey ? Les journaux rapportaient souvent les forfaits de bandits de grands chemins, de détrousseurs et autres coupe-jarrets qui agressaient et parfois tuaient d'infortunés voyageurs pour les délester de leur bourse. Cecil lui-même ne serait-il pas capable, poussé par le désespoir, de s'en prendre à son cousin s'il apprenait la mission dont celui-ci s'était chargé pour elle ? Ne lui avait-il pas *déjà* dérobé ses bijoux, ce qui expliquerait pourquoi il pouvait continuer à jouer avec les autres ? Mais, dans ce cas, nul doute que Stacey serait revenu pour se venger de lui. A moins, bien sûr, que Cecil l'eût blessé… ou laissé pour mort sur la route. A cette pensée, la jeune femme porta une main à sa bouche pour étouffer un gémissement d'horreur — avant de se reprocher vertement de s'être ainsi laissé égarer par son imagination.

Incapable de demeurer en place, elle se mit à arpenter le plancher de sa chambre. Puis, constatant qu'elle ne parvenait toujours pas à se calmer, elle décida d'aller apporter du vin aux joueurs afin de découvrir ce que Cecil était en train de miser — car elle se doutait bien que les deux adversaires de son beau-frère devaient désormais rechigner à accepter ses reconnaissances de dette.

Elle descendit donc dans le cellier où elle prit deux bouteilles de bourgogne et se rendit ensuite dans la salle à manger où les trois hommes étaient enfermés depuis le dîner. Arrivée devant la porte, toutefois, elle hésita à frapper, se demandant si, après tout, c'était une aussi bonne idée que ça.

— Hobart, mon vieux, tu es rincé, s'exclama alors Augustus Spike. Reconnais-le, au moins.

— Encore un tour…

Sir Roland s'esclaffa.

— Avec toi, c'est toujours « encore », hein, Cecil ? Mais c'est fini, mon gars. Tu n'as plus rien. Cette maison est à nous, dorénavant, avec tout ce qui s'y trouve — chevaux, cocher et châtelaine.

Réprimant un hoquet de stupeur, la jeune femme se rapprocha du battant pour mieux entendre.

— Châtelaine ? répéta Cecil. Roly, mon vieux, tu ne penses tout de même pas sérieusement l'épouser ?

— Pourquoi pas ? Tu as bien joué — et perdu — l'héritage de ses filles en sus du tien. Comment veux-tu que je puisse mettre la main dessus autrement ?

— On ne le lui donnera jamais.

— Comment comptes-tu rembourser tes dettes, alors ?

— Je ne sais pas. Je trouverai bien de la fraîche quelque part.

— Et si notre hôtesse connaissait une fin prématurée ? suggéra Augustus. Ne deviendrais-tu pas le tuteur des gamines ?

— Sans doute, mais c'est une issue peu probable. Charlotte est jeune, ou du moins n'a-t-elle pas l'air de souffrir de problèmes de santé. Et puis que ferais-je d'une paire de mioches ?

— Eh bien, tu t'en occuperais pendant quelque temps avec toute l'affection d'un tonton gâteau. Et ensuite… Nul n'est à l'abri d'un accident, n'est-ce pas ?

L'oreille collée à la porte, Charlotte dut se mordre la langue pour étouffer le cri de rage et d'angoisse qui lui montait à la gorge. Elle et ses filles couraient un terrible danger en restant ici, se dit-elle, encore plus terrible qu'elle ne l'aurait jamais imaginé. Elle fut tentée de surgir dans la pièce pour confondre ces ignobles personnages, leur crier à la face qu'elle avait tout entendu, mais elle s'en retint à temps, devinant qu'en ce cas ils n'hésiteraient plus à se débarrasser d'elle — et qu'adviendrait-il ensuite de ses enfants ?

— Non, protesta Cecil avec une vigueur qui la surprit. Je ne suis peut-être qu'un joueur de seconde zone, un peu roublard sur les bords, mais je ne me vois pas risquer la corde pour de l'argent.

Puis, avec des accents rauques dans la voix :

— En plus, avoua-t-il, Darton avait raison : mon père n'avait plus grand-chose.

Un ange passa. Au bout d'un moment, Augustus reprit la parole.

— Il y aurait bien une autre solution, énonça-t-il sur un ton si posé que la jeune femme elle-même le trouva faux.

Cecil, cependant, était trop aux abois pour y prêter garde.

— Laquelle ? s'enquit-il d'une voix fiévreuse.

— Eh bien, il se trouva que Roly et moi avons des intérêts dans un navire… marchand, dirons-nous. Il va et vient entre ici et ailleurs et quoiqu'il arrive toujours sur nos côtes avec les cales pleines, il ne les décharge jamais dans les ports.

Il s'interrompit un instant pour donner à son interlocuteur le temps de s'imprégner du sens de ses propos.

— Tu me suis ? s'enquit-il enfin.

— Vous faites de la contrebande, articula Cecil.

— Tout juste ! s'écria Augustus avec entrain. Mais le métier est devenu difficile. Les gardes-côtes ont décidé, ces derniers temps, de mettre les bouchées doubles. Ils ont découvert notre ancien site de débarquement à Dungeness. Ce manoir est idéalement situé pour le remplacer. Et ses caves pourraient nous servir d'entrepôt.

Sans avoir besoin de voir Cecil, Charlotte devina qu'il hochait lentement la tête : lui aussi devait avoir compris.

— C'était votre but depuis le départ, murmura-t-il, comme pour confirmer l'intuition de sa belle-sœur. Dès l'instant où je vous ai parlé de la mort de mon père, vous avez vu là une occasion à saisir.

— Tu tombais pile au bon moment, mon ami. Ta naïveté, tes piètres qualités de joueur de cartes — tout servait notre dessein, à croire que tu nous avais été envoyé par la Providence !

— Mais nous ne voulons pas te priver de ton foyer, crut alors bon de préciser Sir Roland. Tout ce que nous exigeons de toi, c'est ta coopération. Et ton silence, bien entendu.

— Et Lady Hobart ?

— Elle ne craint rien tant que tu feras ce qu'on te dira. En revanche, si tu bronches...

Il y eut un bruit de chaises qu'on tirait. Charlotte se hâta de prendre la fuite et, les bouteilles de vin serrées contre son ventre, courut se réfugier à l'intérieur de sa chambre dont elle s'empressa de verrouiller la porte. Que faire, Seigneur ? s'interrogea-t-elle. Vers qui se tourner ?

— Oh, Stacey, Stacey, se lamenta-t-elle, où êtes-vous alors que j'ai tant besoin de vous ?

Seul le silence de ses appartements lui répondit. Elle comprit qu'elle était livrée à elle-même et qu'il lui fallait partir au plus vite du manoir avec ses filles. Maintenant. Et pour de bon.

Posant les bouteilles de bourgogne sur une commode, elle sortit une malle d'un placard et commença à y entasser des vêtements avant de s'immobiliser soudain. Fuir n'était pas une solution, pensa-t-elle. Si Cecil et ses complices la surprenaient en train de quitter le domaine avec ses enfants et une pleine brouette de bagages, ils en concluraient aussitôt qu'elle connaissait leur secret et la retiendraient prisonnière à Easterley Manor. Elle devait se montrer plus subtile que ça.

Elle ressortit ses affaires et les rangea, puis, allongée sur son lit, elle passa les heures qui suivirent à essayer de trouver une échappatoire au piège qui la menaçait.

Elle finit par s'assoupir sans avoir rien décidé.

*
* *

Le lendemain matin, le ciel était clair et dégagé, le soleil brillait et les hirondelles gazouillaient sous les avant-toits, mais Charlotte, les yeux cernés et le cœur lourd de chagrin et d'amertume, ne se sentait pas d'humeur à se lever. Il le fallait pourtant, songea-t-elle. Peut-être était-ce aujourd'hui que Stacey reviendrait. Dans le cas contraire, elle se retrouverait complètement seule et bien plus démunie qu'elle ne l'avait jamais été de toute son existence.

— Qu'est-il arrivé à vos habits ? demanda Betsy.

La servante, qui lui avait monté son chocolat chaud avant de tirer les rideaux de la chambre, contemplait avec consternation les tiroirs de la commode où, la veille, la jeune femme avait remis en vrac ses vêtements.

— Ils n'ont tout de même pas osé revenir fouiller vos affaires ? s'enquit-elle.

Ainsi donc, se dit Charlotte, même les domestiques étaient au courant de cet affront... Cela ne l'étonnait guère.

— Non, Betsy, répondit-elle. C'est moi qui ai mal rangé le contenu de cette commode. Je cherchais quelque chose. Je suis désolée de t'imposer ce travail supplémentaire.

— Ne vous excusez pas, milady, repartit Betsy. Avec tout ce que vous devez supporter, c'est déjà un miracle que vous arriviez à sortir de votre lit le matin. Moi, à votre place, je ne sais pas si j'aurais le courage, chaque jour que Dieu fait, de revoir les deux invités de sa Seigneurie. J'étais bien contente de voir les autres partir, mais ceux-là sont les pires.

— Il faut parfois savoir se résigner, Betsy.

— C'est vrai que sa Seigneurie a perdu la maison ?

— Je l'ignore. J'espère cependant qu'il a su s'arrêter avant.

— Si vous n'aviez pas besoin de moi, milady, je partirais sur l'heure, vous pouvez me croire. Et les autres, pareils. On en a parlé et on a finalement décidé de rester, pour pas que vous soyez toute seule ici. Maintenant, milady, un mot de vous et on vous suit ailleurs !

Charlotte sourit, mais d'un sourire tremblant que les larmes menaçaient d'embuer. La loyauté des serviteurs du manoir était touchante et, dans l'état d'abattement où elle se trouvait, elle lui donnait presque envie de pleurer.

— Les autres vous auraient-ils désignée pour être leur porte-parole, Betsy ?

— Oui, milady, admit cette dernière en toute simplicité. C'est normal, vu que je suis votre chambrière et qu'on peut discuter ensemble discrètement.

La jeune femme dut reconnaître en son for intérieur la sagesse d'une telle précaution.

— Je ne ne sais pas encore ce que je vais faire, avoua-t-elle, mais soyez sûre que je vous en tiendrai informée. Bon, et si vous me donniez ma toilette la moins froissée ? Il faut que je rejoigne ces messieurs pour continuer à jouer auprès d'eux mon rôle de maîtresse de maison, quand bien même je n'aurais à leurs yeux plus aucun droit à ce titre.

Habillée et le maintien aussi digne qu'à l'ordinaire, malgré l'angoisse qui lui nouait le ventre, Charlotte descendit prendre son petit déjeuner pour découvrir que, contrairement à leurs habitudes, les trois hommes s'étaient levés avant elle et étaient sortis à pied, ainsi que le lui rapporta Foster. Heureuse de ce répit, elle se força à avaler quelques toasts, puis monta voir ses filles qui venaient d'entamer leur leçon sous la houlette de Mlle Quinn. Ayant constaté qu'elles étudiaient sagement, elle retourna dans sa chambre pour rédiger une lettre à l'intention de M. Hardacre. Quoique n'osant lui décrire sa situation, elle ne lui en demanda pas moins s'il avait été en mesure de régler son « petit problème ». Cet euphémisme la fit presque sourire.

Elle écrivit ensuite à son grand-oncle. Même si elle pensait ne jamais recevoir une réponse de sa part, elle estimait n'avoir déjà que trop tardé à solliciter son soutien. Sans doute était-elle trop attachée à ses rêves, se dit-elle avec un soupir. Ou bien c'était la rencontre avec Stacey Darton qui lui avait donné espoir…

Elle coupa court à ces réflexions. Mieux valait ne pas s'appesantir sur ce qui aurait pu être, se tança-t-elle. De telles songeries étaient stériles.

Ayant cacheté les deux plis, elle s'enveloppa dans un mantelet, enfila son bonnet noir sur ses cheveux bouclés et partit pour Parson's End dans l'intention de demander au révérend de déposer ces lettres dans la voiture postale qui passait chaque après-midi en direction d'Ipswich et qui en revenait chaque matin avec le courrier adressé aux habitants du village. Elle préférait procéder ainsi plutôt que de s'en remettre au valet du manoir qui s'occupait ordinairement de porter les missives à la malle, craignant que Cecil, intrigué, n'eût l'idée d'intercepter les plis.

Quand elle arriva en vue du presbytère, Peter Fuller en franchissait le seuil.

— Bien le bonjour, Lady Hobart, la salua-t-il cordialement. Je m'apprêtais justement à me rendre au manoir pour vous annoncer le retour du capitaine MacArthur. Il ne reste malheureusement que jusqu'à demain, aussi vous faudra-t-il lui rendre visite dès aujourd'hui si vous souhaitez toujours louer sa maison.

Charlotte hésita. Devait-elle poursuivre malgré tout la réalisation de son plan ? Aurait-elle cette audace ? Le cottage du capitaine serait libre dès le lendemain. Ce dernier l'autoriserait-il à y emménager dès avant la signature du bail ? Mais avait-elle *vraiment* besoin de sa permission pour cela ? Après tout, s'il l'acceptait pour locataire, il allait bien être obligé de lui fournir immédiatement les clés du Nid de Corneilles… Elle sourit en se rappelant ce que Stacey lui avait dit au sujet de certaines décisions qui ressemblaient à des paris. Celle qu'elle s'apprêtait à prendre en était manifestement un, et de taille, puisqu'elle espérait gagner bientôt de quoi payer le loyer du pavillon et subvenir aux besoins de ses enfants jusqu'à l'ouverture de l'école et l'encaissement des pensions de ses premières élèves.

— Dans ce cas, repartit-elle en renfonçant les lettres dans le fond de sa poche, je ferais peut-être mieux d'aller voir tout de suite le capitaine MacArthur.

— Désirez-vous que je vous accompagne ? lui proposa le pasteur.

— Non, je vous remercie. Je crois que je peux me débrouiller seule. Et puis il faut bien que quelqu'un s'occupe de ma classe. Cela vous dérangerait-il de la surveiller en mon absence ?

Le capitaine Alexander MacArthur était un homme entre deux âges au manières bourrues et au visage tanné par les intempéries. Il avait les cheveux et la barbe blancs comme neige, les mains bistres et tendineuses. Quand cependant il prit celle de la jeune femme avant de s'incliner devant elle, ce fut avec une très grande douceur.

— Entrez donc, milady, lui dit-il. Et veuillez excuser le désordre.

Il lui désigna d'un geste vague le tas de sacs, de coffres et de malles qui encombraient l'entrée et débordaient jusque dans le salon.

— Coppins, ajouta-t-il à l'adresse de son valet, préparez donc un peu de thé pour Lady Hobart, voulez-vous ?

Puis, se retournant vers cette dernière :

— Allons dans le salon à l'arrière, lui suggéra-t-il. Nous y serons plus à l'aise.

Une fois qu'ils furent l'un et l'autre confortablement installés dans un fauteuil, il se mit à commenter le temps en des termes qui ne laissaient aucun doute sur sa profession : dans ses propos, il n'était question que de vents, de marées et de phases de la lune.

— Faut que je reparte dès demain pour profiter de la syzygie de vive-eau, expliqua-t-il à Charlotte qui n'y comprenait goutte.

Il marqua une pause pour laisser au domestique le temps de servir le thé, puis le congédia.

— Je pensais embaucher un gardien à demeure, reprit-il. Bien sûr, du temps de Mme MacArthur — Dieu ait son âme —, ce n'était pas nécessaire…

— Toutes mes condoléances, capitaine.

— Merci. Je disais donc que je pensais employer un gardien pour ne pas laisser la maison vide, quand le révérend Fuller m'a cité votre nom. Il m'a appris que vous étiez la fille du capitaine Delaney. Un sacré marin, votre père, et un compagnon d'armes sur qui on pouvait compter. L'est tombé à Trafalgar, n'est-ce pas ?

— En effet.

— Et maintenant que Lord Hobart est décédé à son tour, vous désirez quitter Easterley Manor ?

— Mettons que vivre avec mon beau-frère n'était pas un choix délibéré de ma part.

— Compris. Pas besoin d'en rajouter. Parlez-moi plutôt de cette histoire d'école. J'ai besoin d'en savoir plus.

Elle lui fit part de ses intentions en termes aussi succincts que possible, son enthousiasme pour ce projet lui permettant de surmonter la gêne que lui procurait l'incertitude sur les moyens de son financement. Elle pensait aussi que le capitaine, connaissant son passé, la supposerait dotée des fonds nécessaires et que, par ailleurs, comme il venait d'évoquer son père avec affection et respect, il nourrirait d'emblée un préjugé favorable à l'égard de la fille de celui-ci.

— Et vos élèves ? s'enquit-il à la fin de son exposé. C'est que je ne veux pas retrouver un capharnaüm en rentrant !

— Mes pensionnaires seront issues des meilleurs familles, lui assura-t-elle. J'ai des relations…

Elle s'interrompit un bref moment.

— Et j'ai déjà ma première élève, précisa-t-elle. Le vicomte Darton, un parent éloigné de mon défunt mari, s'est déclaré prêt à me confier sa fille.

Elle espérait que Stacey lui pardonnerait cette petite supercherie — si du moins elle le revoyait jamais. « Oh, Stacey, mon amour, pria-t-elle dans le secret de son cœur, ne m'abandonnez pas, pas maintenant. »

— Bon, fit le capitaine en se levant, venez visiter la maison. Mieux vaut vérifier tout de suite si elle vous convient.

Quoique qu'elle fût déjà certaine de ne pouvoir se permettre de laisser passer cette aubaine, la jeune femme ne l'en suivit pas moins docilement de pièce en pièce, en profitant au passage pour opérer mentalement un premier partage entre les espaces d'enseignement et ceux d'habitation. La demeure était ancienne et, à l'origine, de dimensions réduites. Elle avait été agrandie au fil des ans jusqu'à devenir la résidence typique d'un capitaine au long cours, son mobilier, lourd et fonctionnel, étant composé de pièces disparates dont le maître des lieux avait dû rapporter la majeure partie de ses voyages autour du monde. Cet intérieur sans élégance mais confortable rappela à la jeune femme la maison de son enfance, à Portsmouth ; elle savait d'expérience que ces commodes trapues et ces bahuts massifs pouvaient endurer sans dommage les débordements de l'exubérance juvénile. Quant aux bibelots de valeur qu'elle apercevait ici ou là, elle veillerait à les mettre à l'abri jusqu'au retour du capitaine.

D'une des chambres de l'étage, on apercevait la toiture du manoir, d'une autre la pinède qui protégeait le village du gros des tempêtes et d'une autre encore la baie où quelques bateaux de pêche étaient à l'ancre.

— Je comprends pourquoi cette demeure s'appelle le Nid de Corneilles, murmura-t-elle.

— Oh, la vue est encore plus belle de la tour, repartit le capitaine. Désirez-vous y monter ?

— Oui, s'il vous plaît.

On grimpait là-haut par un escalier en vis aux marches hautes et étroites. Charlotte dut retrousser ses jupons sur ses chevilles pour ne pas y être distancée par son hôte. Au sommet de l'édifice, une grande fenêtre s'ouvrait dans le mur circulaire, devant laquelle avait été installé un télescope sur trépied. Le capitaine colla son œil à l'oculaire, effectua un ou deux réglages, puis se recula.

— Regardez donc, milady, suggéra-t-il.

Elle prit sa place devant l'appareil.

— Bonté divine ! s'exclama-t-elle avec ravissement. Je peux voir les pêcheurs manœuvrer leurs filets sur les chalutiers ! A quelle distance se trouvent-ils donc de nous ?

— A quatre ou cinq miles nautiques, je dirais, soit huit kilomètres environ.

Ebahie, Charlotte abaissa l'objectif du télescope pour contempler le rivage. Elle avisa bientôt trois hommes qui cheminaient le long de la falaise et reconnut sans peine Cecil et ses deux comparses. Ils discutaient tout en désignant la mer. D'où elle se trouvait, elle pouvait ainsi surveiller l'intégralité de la baie, à l'exception de la plage et la falaise immédiatement en contrebas de son poste d'observation, faute de pouvoir incliner plus l'appareil sur son trépied.

— Vous devez être au courant de toutes les allées et venues sur cette partie de la côte, déclara-t-elle.

— En effet, reconnut le capitaine. Cependant, si vous prenez cette maison à bail, je dois vous prier d'interdire l'accès à cette tourelle. Cette longue-vue est un instrument très sensible et fort onéreux.

— Oui, bien sûr, acquiesça-t-elle, je comprends.

— Parfait. Dans ce cas, redescendons pour convenir des termes du contrat.

Une fois qu'ils furent revenus dans le salon — qu'elle avait déjà secrètement choisi pour boudoir —, il l'informa qu'il serait absent une année entière et qu'il était disposé à lui accorder sur le loyer un rabais correspondant au salaire qu'il était prêt à verser au gardien qu'il songeait d'abord engager, mais qu'elle devrait payer de sa propre poche toutes les modifications requises pour transformer le cottage en pension et qu'à son retour elle devrait restituer le Nid de Corneilles dans l'état où elle l'avait trouvé en y emménageant. Charlotte, qui n'aurait pu rêver de conditions plus avantageuses, ne manqua pas de remercier son hôte pour sa générosité.

— Je vais envoyer dès aujourd'hui un pli à M. Hardacre, mon avoué, pour lui notifier ces détails et le prier de transcrire notre accord, repartit-elle en s'efforçant d'adopter le ton austère qui seyait à ce genre de transactions, alors même qu'elle sentait son enthousiasme illuminer tous ses traits.

Elle avait l'impression de flotter sur un nuage et se demanda si telle n'était pas la sensation qu'éprouvait justement un joueur en passe de réussir son pari. Elle se força néanmoins au calme, car tout n'était pas encore gagné.

— Il reste un dernier détail à régler, ajouta-t-elle. Quand puis-je m'installer ici ?

Le capitaine MacArthur sourit, montrant par là que, comme le reste des habitants de Parson's End, il était au fait des abominations qui se déroulaient au manoir, et qu'il ne pouvait en conséquence lui reprocher sa hâte de le quitter.

— Quand vous le voudrez, milady, répondit-il. Je m'en vais demain et il me faudra bien laisser d'ici là les clés de la maison à quelqu'un. Alors pourquoi pas à vous ? Pour ce qui est de la signature d'un bail en bonne et due forme, cela attendra mon retour. D'ici là, un simple accord verbal me suffira. J'ai confiance en vous.

— Merci, dit-elle, soulagée. Quand souhaitez-vous que je vienne prendre les clés ?

— Je pars demain à midi. Mais si vous préférez, je peux les confier pour vous au révérend Fuller.

— Ça m'arrangerait, oui. J'ai classe tous les jours au presbytère.

Elle ressortit du Nid de Corneilles avec le cœur léger, léger… Mais il ne lui fallut pas plus de dix pas pour retomber brutalement sur terre — car elle n'avait toujours pas de quoi payer le loyer, aussi modique fût-il. Heureusement, le capitaine n'avait pas exigé d'avance. Il avait confiance en elle, disait-il. Or il avait peut-être tort. N'avait-elle pas l'intention de s'installer chez lui tout en sachant fort bien qu'elle n'en avait pas les moyens ? Si une telle effronterie n'était pas illégale, elle n'avait rien d'honnête non plus. A cette pensée, elle fut envahie par le remords, mais également par la colère. Elle en voulait à Stacey. N'était-ce pas lui qui, en la délaissant, la poussait à de telles extrémités ? Mais que faisait-il, à la fin ? Où était-il ? Pourquoi tardait-il tant ?

Il lui vint aussi à l'esprit qu'il lui faudrait circonvenir Cecil. Comment réagirait-il lorsqu'elle lui annoncerait son déménagement ? Sir Roland et M. Spike l'avaient prise en otage pour le forcer à se rendre complice de leurs agissements. Insisteraient-ils pour qu'elle demeurât au manoir ? Au moins jusqu'à l'arrivée du vaisseau de contrebande ? Là-haut, dans le Nid de Corneilles, elle serait aux premières loges pour assister à son déchargement. Elle le savait et cela ne leur échapperait pas non plus. Toutefois, comme ils ignoraient qu'elle avait épié leur conversation et découvert leurs manigances, elle n'avait probablement rien à craindre d'eux. Dans l'immédiat, du moins.

Elle devrait en tout cas se montrer plus prudente que jamais : dorénavant, elle marchait sur la corde raide.

*
* *

Le révérend était en train de faire la leçon à sa classe quand elle le rejoignit. Elle attendit qu'il eut renvoyé les élèves chez eux avant de lui adresser la parole.

— C'est arrangé, lui apprit-elle enfin. Le capitaine me remettra les clés de chez lui par votre intermédiaire. Je peux emménager là-bas dès que je le souhaite.

Le prêtre sourit.

— Parfait. Je savais qu'il serait d'accord pour vous louer le Nid de Corneilles. Je suis heureux que vous soyez repassée me voir, ajouta-t-il, car cela m'évitera d'aller jusqu'au manoir : je viens de recevoir un pli pour vous. La malle-poste l'a apporté il y a une demi-heure à peine.

Il inspecta rapidement la salle pour vérifier que tout était en ordre, puis il entraîna la jeune femme dehors avant de refermer la porte de la remise.

— Accompagnez-moi au presbytère, lui dit-il. J'y ai laissé la lettre. Comme elle était affranchie, je n'ai pas eu à en payer le port.

Quand elle eut pris connaissance du contenu de la missive, la jeune femme ne put s'empêcher de penser que la roue de la fortune avait bel et bien tourné en sa faveur. Au lieu de venir de Stacey, comme elle l'avait un instant espéré, le pli en question lui avait été adressé par M. Hardacre. L'avoué lui annonçait qu'en reprenant le dossier de Sir Grenville, il était tombé sur un document qui lui avait échappé au moment de l'inventaire de ses biens : le récépissé d'un placement que le militaire avait effectué au début de sa carrière et qui n'avait cessé de grossir en intérêts depuis. Comme cette somme était sans aucun rapport avec la succession de feu Lord Hobart, elle était libre de toute charge et lui appartenait en propre. « Je suis confus de ne pas avoir remarqué ce papier plus tôt et je vous prie humblement, milady, de bien vouloir m'en excuser », concluait John Hardacre.

« Si vous avez trouvé un local à votre convenance, informez-m'en au plus tôt. Je m'occuperai de tous les détails afférents à la rédaction du bail. »

Quand elle eut fini de lire la lettre, la jeune femme était en larmes. Elle avait été sauvée, oui, se dit-elle, mais pas par le vicomte Stacey Darton : par son regretté mari.

— Oh, Grenville, murmura-t-elle avec émotion tandis que lui revenait à la mémoire le sourire en coin qui se dessinait sur ses lèvres chaque fois qu'il voulait lui faire plaisir en lui offrant un petit cadeau ou en lui accordant une faveur inattendue.

— Ce ne sont pas de mauvaises nouvelles, j'espère ? s'enquit Peter Fuller en la dévisageant avec appréhension.

— Non, au contraire, tout va bien. Je n'ai plus de soucis à me faire pour mon école, révérend. Je vais pouvoir m'installer avec mes filles au Nid de Corneilles dès après-demain.

Le pasteur poussa un énorme soupir de soulagement : comme tout le monde au village, il avait été malade d'inquiétude pour la châtelaine de Parson's End. Il avait cependant conscience qu'elle avait encore besoin d'être entourée et protégée. Il se promit d'en toucher deux mots à certains de ses paroissiens, mais s'abstint d'en parler à la jeune femme pour ne pas heurter sa susceptibilité.

— Je serais bien tentée de vous demander du papier, une plume et de l'encre pour écrire tout de suite ma réponse, reprit-elle, estimant préférable que nul au manoir n'apprît l'existence de cet héritage inopiné. Je pourrais ensuite vous la confier pour que vous la remettiez cet après-midi à la malle-poste. Ce serait autant de temps de gagné.

— Naturellement, acquiesça le prêtre.

Il la conduisit dans son bureau où il la laissa ensuite rédiger son courrier. Quand elle eut terminé, elle revint dans le salon pour lui donner la lettre.

— Merci, lui dit-elle. Il faut maintenant que je retourne à la maison pour annoncer la nouvelle aux enfants.

Il se proposa de l'escorter jusqu'au manoir, ce qu'elle refusa poliment en lui rappelant que ce dernier n'était pas loin et en lui assurant qu'elle n'éprouvait aucune crainte à arpenter seule les rues du village. De fait, songea-t-elle en ressortant de chez le pasteur, ce n'était pas à Parson's End qu'elle avait le plus à craindre, mais bien à Easterley Manor — quoique plus pour très longtemps, grâce à Dieu.

Tout en se hâtant vers le domaine, elle énuméra dans son esprit les tâches à effectuer. En premier lieu, évidemment, elle parlerait aux filles et à Mlle Quinn, puis aux servantes. Betsy, elle en était certaine, la suivrait au Nid de Corneilles. Et Mme Evans ? Elle aurait besoin là-bas d'une bonne cuisinière, peut-être pas au début car elle pouvait elle-même préparer les repas, mais plus tard, quand les parents de ses futures pensionnaires voudraient, avant de lui confier leur fille, vérifier qu'elle jouirait chez elle de toutes les commodités. Cela lui rappela qu'il lui restait toujours à rédiger des prospectus ainsi qu'une annonce à insérer dans les journaux. Elle allait également devoir commander livres de classe, matériel scolaire, lits… Oh, la liste n'en finissait pas !

Et puis il allait lui falloir prévenir Cecil. Cette obligation ne l'enchantait guère, car elle connaissait le tempérament de son beau-frère, mais elle était décidée à lui tenir tête et à ne pas se laisser intimider par lui. En tout cas, quelle que fût sa réaction, la moindre allusion au trafic organisé par ses amis était à proscrire : sa vie même en dépendait.

Elle regrettait maintenant le départ de Stacey Darton, puisqu'elle n'avait désormais plus besoin du produit de la vente de ses bijoux. Mais il était trop tard. De nouveau, elle se demanda où il était. Elle savait du moins que Cecil ne l'avait pas détroussé, car autrement il n'aurait pas été forcé de devenir le complice de ses invités. Sans doute, pensa-t-elle, le vicomte se trouvait-il à

Ipswich, en train de jouer l'argent de ses colliers, de ses bracelets et de sa bague, totalement oublieux de la mission qu'elle lui avait confiée.

Mieux valait ne plus songer à lui, décida-t-elle en s'engageant dans l'allée du domaine. Mieux valait rayer de sa mémoire le souvenir de sa voix tendre, de ses bras accueillants, de ses baisers, de ses serments… On ne pouvait pas plus compter sur lui que sur Sir Roland ou M. Spike. Et encore ceux-ci se cachaient-ils à peine d'être voyous, alors que Stacey Darton, lui, ajoutait l'hypocrisie à la bassesse.

Curieusement, Cecil n'émit aucune objection à son départ. Il lui permit même d'emmener avec elle Mlle Quinn. Quant à Betsy, il la lui céda d'autant plus volontiers que la chambrière était presque en état de guerre ouverte contre lui. Il refusa néanmoins tout net de lui laisser Mme Evans.

— Je ne peux me priver de cuisinière, déclara-t-il.

Et pour s'attacher celle-ci, il l'éleva aussitôt au rang de gouvernante et augmenta ses gages en conséquence, promotion que Mme Evans ne put refuser, même si Charlotte ne voyait guère comment il comptait la payer. Elle en déduisit que les marchandises de contrebande attendues devaient avoir beaucoup de valeur et que ses comparses avaient achevé de s'assurer sa complicité en lui promettant une part conséquente de leurs gains. Ce qui expliquait aussi sans doute pourquoi il n'avait pas essayé de la retenir au manoir, puisque, ainsi, il se débarrassait d'un témoin gênant.

Plus rien ne retenait donc Charlotte à Easterley Manor et elle s'occupa aussitôt de faire ses bagages tout en s'efforçant d'oublier Cecil, ses invités, leur trafic et de ne plus repenser au vicomte Darton.

*
* *

Par bonheur, durant les jours qui suivirent, la jeune femme fut trop occupée par son déménagement pour songer à broyer du noir. Tout son passé — son enfance choyée, son mariage et son veuvage —, elle l'abandonnait derrière elle, déterminée à se construire une vie nouvelle et à en profiter avec ses enfants.

L'intérieur du Nid de Corneilles n'avait pas besoin d'être beaucoup transformé pour accueillir une école. Il s'agissait surtout d'évacuer les meubles du capitaine de deux grandes pièces du rez-de-chaussée et d'y installer des pupitres, des chaises et des casiers à livres. A l'étage se trouvait par ailleurs une chambre assez vaste pour être aménagée en dortoir. Il suffisait pour cela d'en enlever l'énorme lit à baldaquin qui l'encombrait et de le remplacer par six petits couchages, puisque tel était le nombre de pensionnaires payantes que Charlotte avait l'objectif d'accueillir au départ, les enfants du village pouvant quant à eux rentrer dormir chez leurs parents chaque soir. Enfin, il était prévu que Lizzie et Fanny occupent l'une des petites chambres contiguës au futur dortoir.

Mais il manquait encore à la jeune femme le nerf de toute entreprise commerciale : l'argent.

Un beau matin, donc, après avoir dressé la liste de ses besoins et s'être nantie de la lettre de M. Hardacre pour persuader les banquiers d'Ipswich de lui avancer l'argent de l'héritage, elle alla emprunter au pasteur son cabriolet et partit pour la ville avec ses deux filles. L'idée l'effleura bien qu'elle risquait d'y croiser Stacey, mais comme deux semaines s'étaient déjà écoulées depuis qu'il avait quitté Parson's End avec ses bijoux, elle pensait qu'il avait dû aller chercher ailleurs une autre proie. Elle s'efforçait de ne pas éprouver de l'amertume à son encontre, mais rancune et colère lui montaient parfois à la gorge. Ce jour-là, néanmoins, elle chassa résolument le vicomte de ses préoccupations.

— Bon, les filles, lança-t-elle après avoir laissé leur voiture dans la cour du Great White Horse, nous devons d'abord passer à la banque, trouver ensuite un imprimeur et effectuer enfin quelques achats pour l'école. Après quoi, ce sera quartier libre !

— Je veux aller voir les bateaux ! s'exclama Lizzie qui avait pris goût à contempler, depuis sa chambre du Nid de Corneilles, les navires qui traversaient la baie, leurs voiles gonflées par le vent.

En petite-fille de capitaine de vaisseaux, elle aimait à s'interroger sur leur provenance, leur destination, la nature de leur cargaison, sa mère lui ayant souvent narré les exploits de son aïeul.

— Et moi, je veux des gâteaux au miel avec du jus de raisin chaud, déclara Fanny.

Charlotte sourit : Fanny avait toujours faim.

— Eh bien, nous ferons les deux, dit-elle.

Leur expédition fut en tout point un succès. Le meilleur moment, pour les filles, fut sans doute celui où elles visitèrent les chantiers navals. On y construisait justement un bateau et les deux enfants suivirent avec une attention fascinée le ballet bruyant et joyeux des charpentiers jouant du marteau, du ciseau et de la scie d'un bout à l'autre de la structure de bois cintré.

Lorsqu'elles retournèrent enfin au Great White Horse, elles étaient épuisées. En pénétrant dans la cour de l'auberge, elles s'aperçurent qu'une diligence venait d'y arriver. Des passagers sortaient de la voiture, d'autres y montaient, l'attelage était changé, certains bagages descendus de la galerie, aussitôt remplacés par un surcroît de malles et de sacs. Prenant Lizzie et Fanny par la main, Charlotte fendit la cohue pour gagner les écuries et demander qu'on lui préparât le cabriolet. Elle alla d'abord vérifier que le poney du révérend Fuller avait été correctement traité. Le voyant mâchonner tranquillement le foin qu'on avait disposé devant lui, elle s'apprêtait à héler un lad occupé à nettoyer une stalle, quand elle s'arrêta net en avisant le grand étalon blanc près du poney. Il avait, sur le chanfrein, une liste grise et hennit doucement en avisant la jeune femme, comme s'il la reconnaissait également.

— Ivor ? s'enquit-elle en se rapprochant de lui pour lui caresser la tête. Que fais-tu donc ici ?

Elle se tourna vers le garçon d'écurie.

— C'est bien la monture du vicomte Darton, n'est-ce pas ? le questionna-t-elle.

— Oui, m'dame, répondit-il en la rejoignant, visiblement heureux de cette occasion de s'accorder une pause.

— Sa Seigneurie loge-t-elle à l'auberge ?

— Non, m'dame. Il nous a juste confié son cheval.

— Mais quand ? Il y a combien de temps de cela ? Et pour aller où ? interrogea Charlotte sans pouvoir masquer son impatience.

Une expression soupçonneuse passa sur le visage du lad, surpris par l'insistance de cette dame — car c'était bien une dame, on ne pouvait en douter. Et puis, songea-t-il, sa Seigneurie n'avait pas semblé voyager incognito ni tenir à ce que sa destination restât secrète. Pour autant…

— Et pourquoi vous voulez savoir ça ? répliqua-t-il.

— Je suis Lady Hobart. J'attends depuis plusieurs jours monsieur le vicomte chez moi, à Easterley Manor, et son retard commence à m'inquiéter. Je vous serais reconnaissante de tout renseignement que vous pourriez me donner à son sujet.

Pour appuyer sa requête, elle ouvrit son réticule et en sortit une poignée de pièces qu'elle lui tendit.

— Eh bien, milady, articula le garçon en empochant l'argent, à franchement parler, je peux pas vous dire grand-chose… Je me rappelle seulement que sa Seigneurie a laissé l'étalon ici il y a une quinzaine environ. Je crois bien qu'il a pris ensuite la malle pour

Londres. Il est revenu deux jours après et il est reparti aussitôt en prévenant qu'il ne savait pas quand il repasserait la prochaine fois, mais qu'il enverrait chercher son cheval s'il en avait besoin. Voilà, c'est tout. On n'a pas eu de ses nouvelles depuis.

— Allait-il bien, au moins ? Ne vous a-t-il point paru troublé, anxieux ou particulièrement pressé ?

— Oh, si, il était pressé, et anxieux aussi.

— Et où s'est-il rendu après être revenu de Londres ?

— Ça, je l'ignore, milady, et je vous avouerais que…

Il s'interrompit soudain en apercevant son chef qui se dirigeait vers eux.

— Mille excuses, milady, mais j'ai du travail qui m'attend.

Charlotte le remercia et demanda qu'on lui avançât le cabriolet. Dix minutes plus tard, ayant réglé son dû, elle reprenait avec ses filles le chemin de Parson's End, n'en sachant pas vraiment plus qu'auparavant sur ce qui pouvait retarder le vicomte — à supposer qu'il ne l'eût pas purement et simplement abandonnée. Au vrai, le mystère lui semblait s'être encore épaissi. Pourquoi, d'abord, s'était-il rendu à Londres sitôt arrivé à Ipswhich ? Ensuite, où était-il reparti après son retour de la capitale ? Avait-il l'intention de retourner à Easterley Manor ? Mais dans ce cas, n'aurait-il pas repris Ivor ?

Elle n'arrivait pas à imaginer un commencement d'explication qui pût lui permettre de répondre à toutes ces questions.

Mais le pire, c'était qu'elle avait perdu la sérénité péniblement conquise depuis son installation au Nid de Corneilles. Elle se sentait de nouveau angoissée, nerveuse.

Le poney dut percevoir cette altération de son humeur, car il coucha brusquement les oreilles et se lança au galop sur la route.

— Maman ! hurla Lizzie. Arrête-le ! On va verser !

Tirant sur les rênes, Charlotte força l'animal à ralentir et veilla à demeurer concentrée sur la conduite du cabriolet jusqu'à la fin du trajet.

Finalement, se dit-elle alors que l'attelage traversait au pas les paysages du Suffolk, rien n'avait changé. Absolument rien. Elle était toujours aussi seule. Oh, bien sûr, elle aurait pu laisser à l'auberge un mot à l'intention du vicomte — mais pour lui dire quoi ? Elle avait bien trop de fierté pour lui avouer qu'il lui manquait. Quant à ses bijoux, pouvait-elle exiger de savoir ce qu'il en avait fait alors qu'ils les avaient gagnés sur le tapis vert ?

Ah, grands dieux, pourquoi n'arriverait-elle pas tout bonnement à l'oublier ?

Assis au chevet de sa fille, Stacey la regardait s'agiter dans son lit et essayer de repousser les couvertures qui l'enserraient étroitement. Une fièvre cérébrale, avait diagnostiqué le médecin, causée par une trop longue exposition à l'humidité de l'air nocturne. Il avait prononcé ce verdict avec une nuance de reproche dans la voix qui n'avait pas échappé à Stacey. Si Julia était devenue aussi rétive à toute forme d'autorité, il le savait, c'était surtout sa faute. Ses parents étaient désormais trop vieux pour s'occuper d'elle. Il aurait dû remédier à ce problème dès son retour de la guerre. Malheureusement, toutes ces années passées loin de chez lui à donner et recevoir des ordres ne l'avaient pas vraiment préparé à élever une enfant sans mère. C'était Charlotte Hobart qui avait commencé à lui ouvrir les yeux à ce sujet et l'aveuglement qu'il avait montré jusqu'alors accroissait encore sa détresse présente.

Charlotte…, songea-t-il. Comment s'en sortait-elle ? Elle avait déjà dû recevoir depuis longtemps la lettre de John Hardacre — une lettre que l'avoué n'avait pas écrite sans réticence.

— Elle va me prendre pour un incompétent, s'était-il lamenté.

Jamais, de toute ma carrière, je n'ai omis le moindre legs dans aucune succession.

— Nous lui dirons la vérité plus tard, avait répliqué Stacey. En attendant, qu'est-ce qui est le plus important à vos yeux : votre fierté ou son bien-être ?

M. Hardacre avait fini par céder et, sitôt après avoir signé un ordre de virement au bénéfice de l'avoué, Stacey avait quitté ce dernier pour regagner Ipswich. Il avait hâte de retrouver Charlotte, hâte de voir sa joie quand il lui annoncerait qu'il lui rapportait ses bijoux. Il pouvait en effet prétendre les avoir monnayés contre un crédit auprès d'un prêteur sur gages et avoir suffisamment gagné au jeu avec cet argent pour se permettre ensuite de les racheter. Il lui tendrait la bourse de velours et les adorables yeux de la jeune femme s'illumineraient de bonheur. Il lui proposerait alors de l'aider à financer son école et de lui confier Julia pour première pensionnaire.

Flottant sur les ailes de ce doux rêve, il était arrivé dans Gracechurch Street pour apprendre que la prochaine voiture pour Ipswich ne partait pas avant 7 heures du soir. Profitant de ce répit, il alla au White's s'octroyer un solide repas ainsi qu'une sieste dans un des fauteuils du club. Puis il retourna au Spread Eagle et embarqua dans la diligence. Le trajet de retour lui parut plus long que l'aller. Toutefois, quand il consulta le cadran de la grande pendule à balancier trônant dans la réception du Great White Horse, il s'aperçut que ce retard n'était que de cinq petites minutes, puisqu'il était seulement 3 h 15 du matin.

Malgré son impatience, il ne pouvait galoper jusqu'à Parson's End sans se rendre auparavant à l'école qu'il était censé visiter avant de rencontrer Charlotte. La courtoisie lui imposait en effet d'en informer la directrice qu'il avait changé d'avis et ne souhaitait plus y inscrire sa fille. Comme il était encore bien trop tôt pour effectuer cette démarche et qu'il était en outre au bord de l'épuisement, il prit une chambre à l'auberge et se coucha aussitôt après avoir prié le personnel de l'établissement de le réveiller à 8 heures.

La servante dut le secouer sans ménagement pour l'arracher au sommeil. Dès qu'il eut rouvert les yeux, cependant, il se hâta de procéder à de rapides ablutions et de s'habiller avant de descendre dans la salle de restaurant.

— Darton ! le héla-t-on sitôt qu'il eut pénétré dans la pièce.

Il reconnut Gerard Topham assis à une des tables près des fenêtres qui donnaient sur la cour. Il le rejoignit et lui serra la main.

— Que fais-tu donc ici, Gerry ? lui demanda-t-il.

— Mon travail de douanier, lui répondit son ami avec un grand sourire.

— Ah, oui, je me souviens. Alors, ton enquête a été fructueuse ?

— Pas encore. Tu prends ton petit déjeuner avec moi ? lui suggéra Gerard en lui indiquant la chaise en face de la sienne.

Stacey accepta l'invitation et appela le serveur pour lui commander du café, du pain et du beurre.

— Je n'ai pas le temps de manger plus, expliqua-t-il à son ami.

— Toi, déclara ce dernier en plissant les paupières, tu as la mine du fantassin qui a marché durant toute la nuit.

— C'est à peu près ça, convint Stacey.

Il rapporta alors à Gerard les événements survenus depuis leur dernière entrevue. Celui-ci lui confia en retour ses difficultés à attraper les contrebandiers qui hantaient les côtes.

— Ils sont aussi rusés que des renards et aussi insaisissables que des anguilles, pesta-t-il. D'autant que la moitié des habitants du littoral est prête à les couvrir. Ils y trouvent leur compte, tu comprends. Ce qu'ils ne voient pas — ou qu'ils refusent de voir —, c'est la violence à l'œuvre dans ce trafic et les dégâts qu'il cause à l'économie nationale. Car c'est par cargaisons entières que les marchandises débarquent illégalement par ici. Hélas, tout ce que j'ai réussi à savoir, pour l'instant, c'est qu'un gros coup se préparait, mais j'ignore quand et où.

— Tu es sûr que ça doit se passer par ici ?

Gerard soupira.

— Je ne sais plus. Nous avions déjà repéré des planques dans le secteur, mais voilà déjà plusieurs semaines qu'elles n'ont pas été visitées. J'ai l'intention de remonter un peu plus vers le nord — sait-on jamais ? Si ça te dit, je peux t'accompagner jusqu'à Parson's End.

— Avec plaisir, repartit Stacey. Mais j'ai d'abord un rendez-vous à honorer. Je te rattraperai peut-être sur le chemin.

— Entendu… Bon, il faut que je file.

Le garde-côte se leva, déployant son impressionnante carrure. A le voir aussi grand et massif, Stacey en aurait presque plaint les contrebandiers qu'il traquait.

— Signale-moi tout ce que tu pourrais apprendre de ton côté, d'accord ? ajouta Gerard. Il te suffira pour cela de m'adresser une lettre ici même, à l'Office des douanes. Elle me sera transmise.

Ils s'étaient ensuite serré la main et séparés, Stacey s'attendant à rejoindre avant peu son ami sur la route de Parson's End.

Il se trompait : à l'école, une lettre de son père l'attendait. « Rentre sans tarder », lui avait écrit celui-ci. « Julia très malade. » Et rien d'autre. Aucune explication.

Il avait d'abord songé reprendre Ivor puis s'était ravisé en estimant qu'il irait trop lentement ainsi. Il avait donc laissé l'étalon aux bons soins des garçons d'écurie du Great White Horse et sauté dans la diligence à destination de Norwich. Une fois là-bas, il avait loué un fiacre et gagné Malcomby Hall, le cœur rongé par l'inquiétude et le remords.

— Ce qu'il faut à cet enfant, c'est une mère ! lui avait lancé son père sitôt qu'il eut pénétré dans la chambre de Julia où le comte veillait sa petite-fille. Tu devrais plutôt te trouver une femme au lieu de courir ainsi le pays sur ton grand cheval, sous prétexte de chercher une pension pour la petite. Voilà plus d'une semaine que j'ai envoyé un pli à cette école d'Ipswich où tu étais censé te rendre. J'ai fini par y dépêcher un de nos gens qui est revenu en m'affirmant que personne ne t'avait vu là-bas. Mais où avais-tu donc disparu ?

Stacey avait bien conscience que l'angoisse seule lui dictait ces propos acrimonieux. Ceux-ci ne l'irritèrent pas moins, car tout ce qu'il désirait savoir, pour sa part, c'était ce qui avait pu arriver à Julia.

— J'ai découvert un établissement cent fois préférable à cette institution d'Ipswich, rétorqua-t-il sur un ton cassant.

Il était las, soucieux et partagé entre son devoir — ou plutôt son amour — à l'égard de sa fille et son affection envers Charlotte, qu'il savait toujours à la merci des trois gredins ayant pris possession de son foyer. Il priait le ciel pour que la lettre de l'avoué lui parvînt dans les plus brefs délais, lui permettant ainsi de solliciter une avance d'une banque d'Ipswich et de quitter enfin Easterley Manor. Il se demandait seulement où elle irait ensuite. Et si elle daignerait lui communiquer sa nouvelle adresse.

Pour l'instant, cependant, l'essentiel était de savoir si Julia était saine et sauve. Le reste, hélas, devrait attendre.

— Qu'est-ce qu'elle a ? s'enquit-il en regardant une infirmière rafraîchir le front de l'adolescente avec un linge humide.

— Elle a passé tout la nuit dehors, sous la pluie, lui répondit le comte.

— Toute la nuit sous la pluie ? répéta Stacey d'une voix qui s'enfla avant de se réduire à un murmure courroucé. Pourquoi ? Où étais-tu ? Pourquoi l'as-tu laissée sortir ?

— Milord, protesta l'infirmière, veuillez parler moins fort ou quitter cette pièce !

— Allons poursuivre cette conversation en bas, lui suggéra

son père. L'infirmière descendra nous prévenir s'il y a le moindre changement dans l'état de Julia.

Stacey l'avait suivi jusque dans le vaste salon du rez-de-chaussée où sa mère brodait en les attendant.

— Alors, comment va-t-elle ? avait-elle demandé en relevant les yeux de son ouvrage.

— Comme avant, avait reparti son mari en haussant les épaules. Il n'y a rien d'autre à faire qu'attendre que la fièvre retombe.

— Assieds-toi, Stacey, avait reprit la comtesse à l'adresse de son fils qui s'était campé devant la cheminée, le dos tourné vers l'âtre où brillait une flambée, comme dans à peu près toutes les pièces de l'immense et glaciale demeure. Tu n'arrangeras rien en t'agitant ainsi.

Obtempérant à l'injonction maternelle, il s'était affalé dans un des fauteuils disposés devant le feu. Il se sentait encore anxieux et coupable, mais sa colère s'était quelque peu apaisée. Il se rendait bien compte qu'il ne servait à rien de jeter le blâme sur ses parents.

— Vas-tu enfin me dire ce qui est arrivé ? lança-t-il à son père avec impatience. Comment se fait-il que Julia ait passé une nuit entière dehors ?

— C'est à cause d'un pauvre chiot, lui rapporta le comte. Tu sais comme ta fille adore les animaux…

Il l'ignorait, mais s'abstint de corriger son père.

— Je lui avais pourtant expliqué qu'il valait mieux s'en débarrasser et que, si on le laissait grandir, il risquait d'affaiblir toute la meute.

— Parce que c'était un petit de notre chenil ?

— Naturellement, répondit le comte avec humeur. Tu me connais d'autres chiens ? Toujours est-il qu'elle s'est mis en tête de sauver le chiot quand même et qu'elle s'est enfuie avec lui alors que Bolton s'apprêtait à le tuer. Il a bien essayé de la rattraper, mais avec ses rhumatismes, c'était perdu d'avance. Nous avons d'abord pensé que la faim la pousserait à revenir. Et puis, ne la voyant toujours pas réapparaître, j'ai demandé à tous nos gens valides de fouiller les environs. Elle n'était pas cachée dans le domaine, ni au village. Nous avions commencé à ratisser la lande quand la nuit est tombée. Comme il faisait trop sombre pour la retrouver, j'ai arrêté les recherches en espérant qu'elle avait réussi à dénicher un abri et qu'elle reprendrait le chemin de la maison le lendemain matin…

— Et où se trouvait-elle ? s'enquit Stacey, agacé par les lenteurs de ce récit.

— Eh bien, sur la lande, justement, déclara son père, mais sacrément loin, presque au bord des marais. Têtue comme elle est, elle avait décidé de ne retourner à Malcomby Hall que lorsqu'elle serait sûre que nous aurions renoncé à éliminer le chiot. Le matin suivant, quand nous avons repris la battue, une brume épaisse s'était abattue sur la campagne. On voyait à peine nos propres mains au bout de nos bras. Nous avons quand même continué à l'appeler et c'est finalement le chiot qui l'a trahie — ou plutôt sauvée. La pauvrette s'était réfugiée avec lui au pied d'un buisson qui la protégeait à peine de la rosée et du brouillard. Inutile de te préciser qu'elle n'avait pas songé à enfiler un manteau avant de partir. Le chien était recroquevillé contre son ventre et a dû lui donner un peu de sa chaleur. Elle avait sombré dans une sorte de semi-conscience dont elle n'est pas sortie depuis.

— Où étais-tu donc, mon petit ? articula alors sa mère. Cela ne te ressemble pas, de négliger ainsi ton devoir.

Cette remarque recoupait si pertinemment ses réflexions précédentes que Stacey laissa échapper un sourire amer. De fait, pensa-t-il, faute d'avoir su concilier devoir et amour, il avait sacrifié le premier au second. Etait-ce parce qu'il estimait que l'éducation des jeunes filles n'était pas une tâche dévolue aux hommes ? Ou parce qu'il en voulait à sa femme d'avoir donné naissance à Julia, alors qu'il souhaitait un héritier mâle ? Si telle était la raison profonde de sa conduite, alors celle-ci était doublement condamnable et il devait tout faire pour la corriger. Si du moins il en avait encore la possibilité. Julia était entre la vie et la mort et c'était seulement maintenant qu'il se rendait compte combien il tenait à elle.

— Je vous raconterai tout plus tard, promit-il à ses parents avant de remonter au chevet de sa fille.

Il s'y trouvait encore vingt-quatre heures plus tard, quand Julia ouvrit enfin les yeux. Non qu'il assistât à son réveil : il s'était alors assoupi dans le fauteuil qu'il avait tiré près du lit, les cheveux ébouriffés et les joues bleuies par une barbe de trois jours.

— Papa, murmura Julia d'une voix qui, aussi cassée fût-elle, le sortit aussitôt du sommeil. C'est toi ?

Il se redressa, s'étira et se pencha vers sa fille pur lui prendre la main.

— Oui, mon cœur, c'est moi, répondit-il.

Il constata qu'elle avait les yeux toujours brillants mais les doigts frais et que seule une vague rougeur lui colorait encore les pommettes.

— Comment te sens-tu ?

— Bizarre. J'ai soif.

Il l'aida à boire au gobelet que l'infirmière avait laissé sur la table de chevet et la reposa ensuite doucement contre l'oreiller.

— Qu'est-ce que tu fais là ? s'enquit-elle avec un air si étonné qu'il en eut les tripes nouées par le remords.

— Je veille sur toi. Nous avons tous eu très peur, tu sais.

Il allait lui demander ce qui lui avait pris de s'enfuir ainsi, au risque de donner une attaque à ses grands-parents, quand il crut entendre dans sa tête la voix de Charlotte, aussi clairement que si elle s'était tenue dans la chambre à côté de lui. « A quoi bon gronder cette pauvre enfant ? Malgré le froid et sa frayeur, elle s'est accrochée aux principes que lui dictait sa conscience. C'était très courageux de sa part. Vous devriez plutôt la réconforter au lieu de la sermonner. »

Il sourit.

— Mais bon, ajouta-t-il, tu vas mieux et c'est l'essentiel.

— Le chiot… On me l'a pris.

— Tu étais malade. Il a fallu te mettre au lit. Mais ne t'inquiète pas : il va bien également et on s'occupe de lui.

Sur ce, il se leva, lui tapota la main, quitta la pièce et y retourna cinq minutes plus tard avec l'objet du délit dans le creux de ses bras.

Avisant le chiot, l'infirmière, qui était entre-temps revenue auprès de Julia, se hissa immédiatement sur ses grands chevaux.

— Milord, vous ne pouvez introduire ainsi un animal dans la chambre d'une malade !

— Oh, que si, je le peux, répliqua-t-il. Ma fille a failli mourir en voulant le protéger et il lui a sauvé la vie en retour. De plus, je suis sûr qu'elle se rétablira plus vite si elle le garde près d'elle.

Et, ignorant souverainement les protestations outragées de l'infirmière, il déposa le chiot sur le lit. Julia le serra aussitôt contre son cœur.

— Oh, merci, papa.

Elle lui adressa un sourire chaleureux, le premier dont elle l'eût peut-être jamais gratifié. Stacey sentit une onde de pur bonheur se répandre dans tout son être.

— Tu as été très brave, ma chérie, lui dit-il. Mais maintenant il faut que tu te reposes. Nous reparlerons de tout ça plus tard. En attendant, je crois que je vais prendre un bon bain, me raser et changer d'habits. Je me sens aussi sale qu'un clochard.

Julia se mit à pouffer.

— Tu *as* une tête de clochard, lâcha-t-elle.

Elle s'interrompit soudain pour bâiller.

— Mais je te préfère encore comme ça que lorsque tu es

impeccable et que tu fais ton scrogneugneu, murmura-t-elle avant de s'endormir, le chiot dans les bras.

Ce fut à grand-peine qu'il retint ses larmes quand il retourna dans sa chambre. Il avait hâte de raconter tout ça à Charlotte. Certes, il lui faudrait attendre encore un peu avant de pouvoir repartir à Parson's End, mais il savait que la jeune femme en comprendrait la raison mieux que personne.

7.

Sitôt que la voiture s'immobilisa devant le Nid de Corneilles, Stacey en sortit sans attendre que Jem descendît du banc de conduite pour lui déplier le marchepied.

— Attends-moi là, ordonna-t-il à Julia avant d'aller frapper à la porte du cottage.

Il avait écrit à Charlotte à Easterley Manor dès qu'il avait été certain que Julia ne risquait pas une rechute. Ne recevant aucune réponse de la jeune femme, il s'était demandé si elle n'était pas déjà partie sans laisser d'adresse… ou si elle n'était pas plutôt prisonnière de son beau-frère qui, par un moyen ou par un autre, avait fini par apprendre qu'elle avait de nouveau de l'argent et décidé de se l'approprier.

Il brûlait d'envie d'aller s'en enquérir sur place, mais comme il s'était juré de plus négliger sa fille, il avait ravalé ses craintes et suivi patiemment le lent rétablissement de Julia.

Le jour vint enfin où elle eut repris assez de forces pour être habillée et quitter sa chambre.

Il avait toujours des rapports un peu contraints avec elle et, dans son ignorance des sujets susceptibles de l'intéresser, se surprenait parfois à lui tenir des propos qui n'étaient pas franchement de son âge.

Il en vint néanmoins à s'apercevoir qu'à part ses leçons qui l'ennuyaient, la mode qui lui était indifférente et les potins mondains qui la laissaient de marbre, sa grande passion, ainsi que son grand-père avait pu le remarquer, était bien les animaux. Stacey eut même la surprise de constater qu'elle leur vouait un attachement tendre qui lui parut typiquement féminin et que, dans ce domaine-là du moins, elle n'avait rien d'un garçon manqué. Il apprit notamment qu'elle avait failli se faire déchirer par la meute de Malcomby Hall pour sauver un renardeau que les chiens avaient acculé dans un fourré. Et également qu'elle adorait le cheval, tout comme lui. Aussi, dès qu'elle fut rétablie, l'emmena-t-il dans de longues balades à travers la campagne environnante.

Ainsi, petit à petit, à mesure que Julia s'ouvrait à lui, finit-il par se rendre compte qu'elle était en vérité une jeune fille intelligente et fort agréable à côtoyer, que si elle était pratiquement nulle en littérature, en mathématiques, en histoire et en géographie, elle connaissait en revanche mieux que lui la faune et la flore de la région et qu'à défaut d'apprécier les travaux d'aiguille ordinairement prisés par son sexe, elle était une dessinatrice remarquablement douée qui savait saisir en quelques coups de fusain la silhouette des animaux domestiques et des bêtes sauvages qui vivaient sur le domaine.

Un seul trait de son caractère le chiffonnait : elle ne supportait aucune forme d'autorité et lui-même n'avait plus envie de vouloir la mener à la baguette comme jadis. Il regrettait de n'avoir à ses côtés une présence féminine, à la fois attentive et ferme, qui pût l'aider à discipliner cette enfant dont il était venu à apprécier et à chérir la personnalité. Sa mère était trop âgée pour se montrer assez vigilante avec elle et, plus que jamais, Charlotte lui manquait.

Le silence de la jeune femme l'alarmait, non pas tant parce qu'il pouvait laisser craindre le pire — car il savait que Cecil, malgré tous ses défauts, empêcherait qu'on attentât jamais à sa vie ou même à son honneur — que parce qu'il avait la tenace impression d'avoir, en la quittant, laissé échapper une occasion qui ne se représenterait peut-être plus. Charlotte Hobart, il s'en rendait bien compte désormais, était la chance de sa vie. Il la désirait, la chérissait, la trouvait parfaite pour sa fille... En bref, elle était devenue indispensable à son existence.

Seulement, s'interrogeait-il sans cesse avec angoisse, quand il retournerait à Easterley Manor, serait-elle encore là ? Et accepterait-elle de renoncer à ses grands projets pour l'épouser ? Il ne doutait plus vraiment que Julia et elle finiraient par bien s'entendre. Il avait vu combien Charlotte était adorée et respectée de ses élèves. Et il avait sondé la nature bonne et compatissante de Julia.

Non, la vraie question était : la jeune femme l'aimait-elle en retour ? Il avait cru comprendre qu'il ne lui était pas indifférent. Cependant il avait été retenu loin d'elle, alors même qu'il lui avait promis de revenir au plus vite pour lui rapporter le produit de la vente de ses bijoux. Certes, elle disposait désormais d'un viatique pour échapper à l'emprise de Cecil, mais ne lui en voudrait-elle pas de cet abandon ? N'était-ce pas l'explication de son silence ?

Et puis, un beau jour de la fin du mois d'avril, alors qu'il feuilletait le journal que son père se faisait envoyer tous les jours à Malcomby Hall, il tomba sur l'annonce suivante : « L'Ecole de jeunes filles Sir Grenville Hobart se propose d'accueillir en nombre limité les enfants des meilleures familles. Idéalement située dans un cadre sain et bucolique, elle offre toutes les commodités pour l'éducation des demoiselles de la bonne société. » Venait ensuite l'adresse à laquelle les parents intéressés étaient invités à écrire. Il s'agissait de l'étude de John Hardacre.

Stacey avait aussitôt envoyé une missive à l'avoué pour obtenir plus de détails.

— Cela te dirait-il de partir en voyage avec moi ? demanda-t-il à Julia dès que Hardacre lui eut répondu.

Elle s'était entre-temps complètement rétablie. Mais comme il s'était juré de ne plus jamais se séparer d'elle, il ne voyait d'autre solution que de l'emmener avec lui.

A son grand soulagement, Julia se déclara ravie de pouvoir sortir des limites du domaine.

Et voilà qu'il se tenait maintenant devant la porte du Nid de Corneilles, ne sachant trop à quelle réception s'attendre, aussi fébrile qu'un collégien à la rentrée des classes. Charlotte avait-elle reçu sa lettre ? s'interrogeait-il. L'avait-elle jetée aux ordures sans même l'ouvrir ? Le détestait-elle pour avoir failli à sa parole ? Le considérait-elle comme un voleur ? A cette pensée, il se mit à tâter la petite bourse en velours serrée dans sa poche et se prit à douter qu'elle suffît à convaincre la jeune femme de son honnêteté.

Enfin, la porte s'ouvrit et Stacey se trouva face à l'une des servantes qu'il avait déjà vue à Easterley Manor — une certaine Betsy, si son souvenir était bon. Elle le toisait avec un air méfiant, l'ayant sans doute rangé dans la même catégorie que Cecil et ses acolytes. Lui adressant son plus beau sourire, il porta une main à son chapeau.

— Lady Hobart est-elle chez elle ? s'enquit-il.

— Non, milord, repartit-elle avec fermeté.

— Quand rentrera-t-elle ? Je viens de loin avec ma fille, précisa-t-il en désignant du menton la voiture par la portière de laquelle Julia, le bonnet de travers, avait passé la tête pour dévisager Betsy. Serait-il possible que nous l'attendions à l'intérieur ?

— Il n'y a personne ici, répliqua l'intraitable domestique en occupant presque tout l'encadrement de la porte. Repassez plus tard.

— Ce bâtiment est bien une école, n'est-ce pas ? Comment pourrait-il n'y avoir personne à l'intérieur ? lui fit-il remarquer, non sans quelque impatience.

Mais il se reprocha aussitôt son irritation : Betsy désirait seulement protéger sa maîtresse, pensa-t-il, et il était probable qu'elle avait reçu l'ordre de n'accueillir aucun des invités ou des ex-invités de Cecil Hobart.

Pourtant, à sa grande surprise, Betsy parut s'adoucir soudain.

— Ils sont tous descendus à la plage, déclara-t-elle.

— Ah, dit-il. Bon, très bien. Merci.

Puis il tourna les talons et rejoignit la voiture qu'il avait louée pour la journée, un fiacre léger que Jem pouvait conduire tout seul.

— Viens Julia, murmura-t-il à sa fille en lui ouvrant la portière. Nous allons nous promener.

Pour l'instant, Charlotte n'avait pas encore de pensionnaires payantes, mais elle savait qu'il lui fallait se montrer patiente et que, ses méthodes d'éducation étant un tantinet excentriques, elle devrait d'abord administrer la preuve de leur efficacité. M. Hardacre lui avait promis de parler de son école à un couple de ses relations qui serait peut-être intéressé d'y inscrire sa fille. Elle n'avait cependant pas encore reçu de leurs nouvelles.

En attendant, les enfants de Parson's End montaient chaque jour au Nid de Corneilles pour y suivre ses cours avec Lizzie et Fanny. Ils arrivaient du village à 9 heures et y repartaient à 14 heures. En somme, rien n'avait changé à sa routine d'institutrice, sinon le lieu où elle enseignait, et elle pouvait toujours compter sur le révérend pour initier ses élèves aux disciplines qu'elle maîtrisait peu ou mal. Elle s'efforçait toutefois de restreindre autant que possible ses dépenses, ne sachant quand elle pourrait enfin compter sur un revenu régulier.

Son existence, autrement, suivait un cours tranquille — extérieurement, du moins. Car au fond d'elle-même, elle était moins sereine que jamais. Quoique ayant été profondément déçue par

Stacey Darton, elle ne pouvait le bannir de ses pensées. Il la poursuivait jusque dans ses rêves et dans ses prières. Surtout dans ses prières.

Il avait été naguère la seule lueur à dissiper un tant soit peu l'atmosphère sombre et étouffante qu'elle avait dû endurer au manoir depuis que Cecil et ses amis s'y étaient installés. Elle ne pouvait croire qu'il eût une âme aussi noire et perverse que la leur. Elle se rappelait encore sa gentillesse, son habileté à détourner d'elle l'hostilité des autres joueurs. Elle n'avait pas oublié non plus qu'il lui avait rendu les cinq guinées que lui avait dérobées son beau-frère et qu'il lui avait regagné ses bijoux. Elle se rappelait encore le contact de ses lèvres contre les siennes et la confiance qu'elle avait eue en lui lorsqu'il lui avait promis de revenir.

Mais il n'était pas revenu. Ah, comme il devait se moquer d'elle, en ce moment même !

A moins qu'il lui fût arrivé malheur, comme elle l'avait craint à un moment. Avait-il été agressé à Ipswich même, au détour de quelque ténébreuse ruelle ? Ou sur le port, le soir, alors qu'il sortait peut-être d'un tripot ? Cela expliquerait pourquoi, la dernière fois qu'elle s'était rendue là-bas, son bel étalon se trouvait toujours au Great White Horse.

Il lui répugnait de l'imaginer blessé, sinon mort — mais préférait-elle pour autant qu'il l'eût trompée ?

Souvent, lasse de se torturer sans cesse avec ces questions sans réponses, elle s'obligeait à ne plus y penser, et y arrivait parfois, même si le souvenir du vicomte colorait chaque instant de sa vie, telle une obscure vigie dans les profondeurs de son cœur. Ce jour-là, néanmoins, ces interrogations l'obsédaient, au point qu'elle renonça à faire classe pour emmener ses élèves se défouler un peu sur la plage.

Elle comprit cependant bien vite son erreur.

Tout ici lui rappelait Stacey et leur première rencontre. Elle avait l'impression de le sentir partout : dans le vent qui soufflait sur la mer, dans les vagues qui s'écrasaient sur les sables du rivage, dans l'air même qu'elle inspirait à pleins poumons en longeant la laisse de la précédente marée.

Elle tenta de se persuader qu'elle était seulement victime de son imagination ; l'illusion demeurait. Une illusion d'une telle réalité qu'à la fin la silhouette de l'absent se profila devant ses yeux. Il avançait lentement vers elle, si lentement qu'elle pouvait le détailler à loisir : il portait un manteau vert sombre à haut col, une culotte brun clair et des bottes lustrées. Il avait ôté son chapeau qu'il avait coincé sous son bras pour l'empêcher de s'envoler, offrant aux bourrasques iodées les mèches sombres de sa chevelure. Ce dernier détail fut pour Charlotte comme un déclic. Elle comprit soudain qu'elle ne rêvait pas, quelle ne rêvait plus. Stacey était là, devant elle ! Il était revenu.

Saisie d'émotion, elle se figea sur place. Le ressac lui léchait les chaussures et les enfants avaient cessé de se poursuivre en criant pour contempler l'élégant étranger — mais elle était toujours incapable de bouger. Amour et ressentiment se disputaient son esprit et son cœur. Elle ne savait plus comment réagir. Elle aurait voulu tout à la fois se jeter dans les bras de Stacey en hurlant de joie et lui marteler la poitrine de coups de poing rageurs en le traitant de voleur, d'hypocrite et de séducteur. Comme elle n'avait plus de voix non plus, elle dut se contenter de le regarder approcher.

Il s'arrêta à trois pas d'elle et riva ses yeux dans les siens.

— Lady Hobart, mes hommages…

Il avait prononcé ces mots avec un tel détachement, une telle assurance dans le ton qu'elle en fut presque irritée. S'attendait-il donc à ce qu'elle se prosternât à ses pieds ?

— Milord, parvint-elle enfin à articuler. Je ne m'attendais guère à vous revoir.

Son propre calme la surprit.

— Je vous avais pourtant promis de revenir, répliqua-t-il.

Il reporta son attention sur le groupe d'enfants, curieux de connaître ses pensionnaires, mais ne distingua que ses deux filles ainsi que les enfants du village. Il pensait pourtant que son école avait déjà ouvert.

— En effet, concéda-t-elle, mais il y a parfois loin d'une promesse à sa réalisation. Très loin. En l'occurrence, six semaines.

— J'en suis désolé, murmura-t-il avant de se tourner vers une tierce personne que la jeune femme n'avait même pas encore remarquée.

C'était une adolescente revêtue d'une toilette de mousseline rose pâle et d'un mantelet de soie. Ses cheveux, qui dépassaient par endroits de son bonnet en paille tressée, étaient aussi bruns que ceux de Stacey et ses yeux avaient la même nuance mordorée que les siens. Leur expression était toutefois différente : si Stacey semblait contrit, la jeune fille affichait pour sa part un air buté. Il lui saisit la main et l'amena devant Charlotte.

— Milady, voici ma fille, Julia. Julia, Lady Hobart.

Charlotte sourit à l'adolescente.

— Enchantée, Julia. J'ai beaucoup entendu parler de vous. Je suis contente de pouvoir enfin vous rencontrer.

Stacey poussa sa fille du coude.

— Milady, répondit-elle en esquissant, avec mauvaise grâce, un semblant de révérence.

— Venez donc dire bonjour à toute ma petite tribu, lui proposa Charlotte en lui prenant la main sans façon. Là, c'est Elizabeth et là Frances — Lizzie et Fanny de leur petit nom. Ce grand costaud, c'est Danny et la coquine qui se cache derrière son dos, sa sœur Meg…

Elle lui présenta ainsi tous les enfants l'un après l'autre.

— Nous étions en train de ramasser un exemplaire de chacun des coquillages de cette plage pour essayer ensuite de les identifier dans les livres que nous avons à l'école. Est-ce que vous voulez bien nous aider dans notre cueillette ?

Les enfants du village la contemplaient avec un mutisme qui, sans être hostile, n'en était pas moins circonspect. Lizzie, qui était la plus proche d'elle en âge, décida alors de rompre la glace et lui tendit le panier en osier où elle avait rangé ses propres trouvailles qu'elle se mit bientôt à commenter avec volubilité.

Charlotte reporta son attention sur Stacey, décidé à lui opposer une attitude réservée et distante.

— Eh bien, milord, dit-elle, qu'est-ce qui vous ramène à Parson's End ?

Frappé par la froideur de son accueil, Stacey se crispa involontairement.

— Comme vous vous en souvenez peut-être, la première fois que nous vîmes, je cherchais une pension pour ma fille, répondit-il avec une raideur qui le navra lui-même.

— Oui, mais nous avions convenu que vous aviez peu de chances de la trouver ici.

— Je ne me rappelle pas avoir émis cette opinion-là, répliqua-t-il avant de marquer un temps pour se forcer à prendre un ton moins guindé. Au contraire, j'étais très intéressé par vos idées en matière d'éducation. Or il se trouve que je suis tombé dernièrement sur votre annonce. J'en ai déduit que vous aviez finalement ouvert votre école.

— Vous avez bien déduit, riposta-t-elle sans pouvoir se retenir d'adopter un ton cassant.

Après tout, songea-t-elle, c'était lui qui était en tort et elle n'avait nullement l'intention de s'humilier en lui révélant combien elle avait été blessée par son silence.

— C'est d'ailleurs un miracle que cette pension existe aujourd'hui. Si j'avais dû compter sur vous pour m'apporter l'argent nécessaire à son ouverture — je veux dire : la valeur de mes colliers, de mes bracelets et de ma bague de fiançailles —, je serais encore coincée au manoir avec mes filles, obligée de supporter les grossièretés et les sous-entendus graveleux des prétendus amis de mon beau-frère. Du reste, j'ai du mal à comprendre pourquoi vous êtes revenu.

— Vous croyez donc que je n'étais pas sincère quand je vous ai proposé de négocier pour vous ces bijoux ?

— Que vouliez-vous que je croie au juste en ne vous voyant pas revenir ?

— Vous auriez pu me faire confiance.

— Je vous *ai* fait confiance, milord, et n'ait cessé de me reprocher ma naïveté depuis. Encore heureux que M. Hardacre ait découvert trace d'un investissement qu'avait effectué mon très regretté mari et qui lui avait échappé au règlement de sa succession.

Stacey faillit grimacer en l'entendant évoquer en termes si tendres son défunt époux et comprit que le moment aurait été fort mal choisi pour lui révéler qui était réellement à l'origine de ce « legs ».

— Et vous avez donc décidé d'utiliser cet argent pour fonder votre école ?

— Naturellement. Pourquoi m'en serais-je privée ?

— Si votre mari vous a laissé de quoi vivre, vous n'aviez aucun besoin…

— Non, je n'en avais effectivement pas *besoin*, le coupa-t-elle d'une voix presque hargneuse. Mais j'en avais *envie* depuis très longtemps. J'avais cru que vous l'aviez compris, mais j'ai dû me tromper sur vous à ce sujet-là aussi…

Tout en proférant ces accusations, Charlotte ne pouvait s'empêcher de dévorer Stacey des yeux. Comme il lui avait manqué ! Et comme elle était malheureuse du tour qu'avait pris leur conversation ! Si seulement il lui avait présenté d'emblée ses excuses, si seulement il avait paru sincèrement attaché à lui prouver qu'elle s'était méprise sur son compte — mais non, à part une brève, trop brève lueur de contrition dans son regard, il l'avait toisée de haut, comme jadis, comme toujours. Et elle, pauvre idiote, elle s'était aussitôt sentie fondre, la langue sèche et les genoux tremblants.

La gorge serrée par une impression de gâchis d'autant plus insupportable qu'elle aurait souhaité la trouver absurde, elle ne s'était pas aperçue que la mer avait commencé à monter et que le vent avait fraîchi. Stacey, qui faisait face aux flots, vit à cet instant, une lame qui déferlait vers eux et, sans réfléchir, mu par ses réflexes de soldat, souleva la jeune femme pour l'emporter en lieu sûr.

Alors qu'il la tenait toujours suspendue en l'air, il se tourna vers les enfants pour s'assurer qu'ils avaient eux-mêmes réagi à la menace. Il les vit s'égailler devant le rouleau avec des petits couinements excités… et s'immobiliser soudain en avisant leur maîtresse dans ses bras.

— Reposez-moi à terre, milord, lui souffla Charlotte.

— Puisque vous y tenez, répondit-il avec un soupir et un sourire malicieux.

— Bien sûr que j'y tiens. Nous ne sommes pas seuls. Les enfants…

Ah, oui, songea Stacey avec regret, les enfants… Mais quand donc auraient-ils tous deux l'occasion de se parler enfin à cœur ouvert — à supposer toutefois que son cœur à elle battît à l'unisson du sien ? Car à en juger par l'animosité avec laquelle elle venait de lui parler, il devait bien admettre que ses sentiments à l'endroit de Lady Hobart n'étaient peut-être pas partagés.

Il la reposa donc. Mais il ne lui lâcha pas la main, car une nouvelle lame de fond se précipitait vers la grève, encore plus grosse que la première.

— Courez, les enfants, courez ! s'écria-t-il tout en ramassant la petite Meg de son bras libre pour aller se réfugier avec elle et Charlotte au pied de la falaise.

La vague mourut doucettement à un mètre d'eux. Finalement, il dut relâcher la sœur de Danny et, à contrecœur, sa maîtresse.

Comme les élèves de la jeune femme remettaient leurs chaussures, il remarqua que Julia se tenait un peu à l'écart et l'observait en silence. Il comprit que son échange avec Charlotte l'avait perturbée. Voulant éviter à tout prix qu'elle en éprouvât du ressentiment à l'égard de la jeune femme, il alla passer un bras autour de ses épaules et remonta avec elle jusqu'au Nid de Corneilles, précédant les autres de quelques pas.

La bourse de velours était toujours dans sa poche, Charlotte et lui avaient encore beaucoup à s'expliquer, mais il se résigna à attendre un moment plus favorable pour cela. Rassurer Julia était prioritaire à ses yeux.

— Lady Hobart dirige ici une école, lui apprit-il tout en marchant. Mais ce n'est pas une école habituelle.

— Je vois ça, repartit la jeune fille avec un rien de morgue dans le ton. C'est une école pour vagabonds et paysans...

— Et aussi pour des jeunes dames comme Elizabeth, Frances ou toi.

— Lizzie et Fanny sont gentilles, admit Julia. Mais les autres sont tellement sales et mal habillés...

— Ils sont pauvres, ma fille, la corrigea-t-il, satisfait néanmoins de l'avoir entendue appeler les filles de Charlotte par le diminutif de leur prénom. Sois plutôt heureuse d'être née toi-même dans un milieu privilégié — mais que cela ne t'empêche pas de montrer indulgence et compassion à ceux qui sont moins favorisés que toi.

— Papa, s'enquit la jeune fille en lui jetant un regard de côté, tu ne penses quand même pas me mettre dans cette pension ?

— Pourquoi ? Tu ne crois pas que tu t'y plairais ?

— Pas plus que dans les autres. Tu m'y laisseras comme un bagage à la consigne, tu t'en iras et après on me forcera à rester assise des heures durant à ingurgiter des leçons indigestes et je n'aurais d'autre choix que de fuguer.

— Ecris-moi plutôt pour que je vienne te chercher. T'enfuir serait une grosse bêtise, répondit-il, déçu de constater qu'elle n'avait pas été conquise comme lui par l'ambiance de liberté et de respect mutuel que Charlotte s'évertuait à entretenir parmi ses élèves ainsi que dans leurs rapports avec elle.

— En fait, lui avoua-t-elle, je ne comprends pas pourquoi je devrais aller à l'école. Je peux très bien apprendre à la maison avec des précepteurs.

— Tu sais très bien pourquoi, objecta-t-il avec agacement.

Il avait tellement espéré que Charlotte saurait charmer Julia — et réciproquement. Sans oser se l'avouer, il comptait même un peu là-dessus pour amadouer la jeune femme et obtenir son pardon pour avoir tant tardé à lui donner de ses nouvelles. Et voilà que tout semblait tomber à l'eau. Ah, pourquoi était-il donc si compliqué d'être père ? se lamenta-t-il *in petto*. Pourquoi était-il si compliqué d'aimer et d'être aimé ? Tout s'était passé beaucoup plus simplement avec Anne-Marie… sauf qu'ils ne s'aimaient pas et qu'à la fin, c'était sans doute cela qui avait tout gâché.

— Tu ne sais pas te tenir quand tu es à la maison, lui rappela-t-il. Ce ne sont pas seulement les mathématiques et les règles de la grammaire que tu as besoin d'apprendre, mais aussi à te comporter comme une vraie dame.

— En frayant avec des rustres ? Oh, papa, si tu pouvais être un peu plus cohérent avec toi-même ! Tu ne voulais pas que je fréquente ce garçon du village, à Malcomby, et voilà maintenant que tu me jettes en pâture à la plèbe, rétorqua-t-elle avec un sourire moqueur tout en désignant du menton les enfants derrière elle. Certes, Lady Hobart est une « vraie dame », pour reprendre ton expression, mais je trouve pour le moins curieux que tu aies pris la liberté de soulever dans tes bras une personne aussi distinguée comme si elle n'était qu'une…

— Ça suffit, Julia ! l'interrompit sèchement Stacey en réprimant à grand-peine le courroux qu'avait suscité en lui cette avalanche de propos impertinents.

— Mademoiselle Darton, intervint alors Charlotte qui les avait rejoints à leur insu. Ce ne serait pas en tant qu'élève que j'aimerais vous garder ici, mais en tant que professeur pour les plus petits. Votre aide me serait extrêmement précieuse, vous savez.

Stacey manqua en béer de stupéfaction. Julia ne fut pas moins étonnée.

— Pourquoi moi ? Je suis la dernière des ignorantes, ainsi que papa me le répète sans cesse. Ne craignez-vous pas que j'enseigne n'importe quoi à vos élèves ? Je suis aussi très méchante, vous savez.

A l'entendre, on aurait presque pu croire qu'elle s'en vantait.

— Méchante ? répéta Charlotte en paraissant sur le point de s'esclaffer. Mais qui a dit ça ?

— Tout le monde, en passant par grand-mère et papa.

Charlotte décocha à Stacey un regard qui, s'il avait été une balle, l'aurait perforé de part en part.

— Mais vous-même ? reprit-elle à l'adresse de Julia. Qu'en pensez-vous ? Vous trouvez-vous méchante ?

L'adolescente soupira.

— Je dois l'être, pour que tout le monde me déteste autant.

— Eh bien, moi, je suis certaine que vous ne l'êtes pas, décréta Charlotte. Et je pense que vous en seriez rapidement convaincue à votre tour s'il vous était précisément donné l'occasion de vous éloigner un peu de tous ceux qui semblent prendre un malin plaisir à chercher constamment la paille dans l'œil de leur voisin !

Stacey se retint de grimacer sous l'attaque : en un sens, il estimait l'avoir bien mérité.

— Ecoutez, insista Charlotte, j'ai vraiment besoin qu'un deuxième professeur s'occupe des petits.

— Vous êtes sérieuse ?

— Et comment ! Donnez-moi un coup de main et moi, je vous refais une réputation en airain !

Julia ne put s'empêcher de rire.

— Bon, je vous propose un marché, suggéra Charlotte. Vous travaillez un mois ici, et si vous ne vous y plaisez pas, je demanderai à votre papa de revenir vous chercher.

Elle s'interrompit soudain et saisit le bras de la jeune fille, comme frappée par une soudaine révélation.

— Mais, j'y pense, vous n'avez pas encore visité l'école ! Bonté divine, comment pourriez-vous prendre une décision aussi importante sans avoir d'abord inspecté nos locaux ? Venez, c'est tout près. Vous déciderez ensuite.

Confier ainsi à l'adolescente elle-même la responsabilité de trancher eut un effet spectaculaire sur elle, puisque ce fut en souriant qu'elle emboîta le pas à Charlotte, suivie par la ribambelle des élèves de l'Ecole pour jeunes filles Sir Grenville Hobart.

Stacey, quant à lui, fermait la marche, plongé dans un silence pensif.

Charlotte renvoya dans leur foyer les enfants du village tandis que Jenkins — qui, comme elle l'avait prévu, était très content de venir travailler pour elle quelques heures par jour —, montrait à Jem où ranger l'attelage de Stacey avant de le conduire dans la cuisine afin que Betsy lui y servît un repas. Puis la jeune femme fit visiter le Nid de Corneilles à Julia. Ensuite Stacey et elle laissèrent l'adolescente bavarder avec Lizzie et Fanny dans la salle de classe et se retirèrent dans le boudoir de Charlotte où Betsy leur apporta le thé. Ils n'avaient échangé que peu de mots depuis qu'ils étaient dans la maison, éprouvant l'un comme l'autre une gêne qui les incitait à la plus grande prudence. Pour masquer son embarras, Charlotte s'occupa de préparer le thé.

— L'établissement vous convient-il ? s'enquit-elle au bout d'un moment tout en levant la tête pour croiser son regard.

Elle regretta aussitôt ce geste, car Stacey la dévisageait alors avec une intensité presque douloureuse, ses yeux bruns fouillant ses traits comme s'il voulait deviner ses pensées. La jeune femme réprima un mouvement de recul. Oh, songea-t-elle, pourquoi était-il revenu bouleverser l'équilibre qu'elle avait eu tant de peine à reconquérir depuis son départ ? Pourquoi ne la laissait-il pas tranquille ? Pourquoi, tout à l'heure encore, avait-elle si intensément désiré le revoir ?

Elle redoutait qu'il ne connût d'ores et déjà la réponse à cette question.

— Vous voulez dire pour Julia ? demanda-t-il.

— Evidemment. C'est bien d'elle que nous parlons, n'est-ce pas ?

— Oui, oui, en effet, acquiesça-t-il. Cette école sera parfaite. Mais pourquoi avez-vous dit à Julia que vous aviez besoin de son aide ? Comment pourrait-elle enseigner aux enfants ? Elle est…

— La fille d'un vicomte et la petite-fille d'un comte, le coupa Charlotte. Et ce genre d'activité est indigne d'elle, je sais.

Stacey s'abstint de lui révéler qu'il connaissait ses propres origines : comme elle n'y avait jamais fait allusion devant lui, elle voudrait savoir qui les lui avaient apprises et il serait alors obligé de lui parler de sa visite à John Hardacre.

— Ce n'est pas du tout ce que j'entendais, milady, protesta-t-il. Je me demandais simplement ce que ma fille pourrait apprendre à vos élèves. Elle vous a elle-même avoué qu'elle risquait de leur enseigner n'importe quoi !

— Elle n'a rien dit de la sorte. Elle a seulement suggéré que je risquais de le penser, ce qui est tout différent. Et puis soyez assuré que je superviserai son travail.

Elle lui tendit une tasse après l'avoir déposée dans une soucoupe à hauts bords.

— Julia a besoin de voir ses qualités reconnues, milord, et c'est précisément dans ce but que lui ai proposé de m'assister.

Stacey sourit subitement.

— Fin de la leçon numéro deux — c'est bien cela ?

— Veuillez m'excuser, milord, je ne souhaitais pas vous sermonner.

Elle lui présenta une assiette de biscuits. Il en prit un.

— Sans indiscrétion, reprit-elle, quelle fut la première leçon ?

— Que je devais passer plus de temps avec ma fille, ce qui explique du reste pourquoi je suis resté si longtemps loin de Parson's End.

— Oh, murmura-t-elle, décontenancée.

Puis elle redressa l'échine.

— Et pourquoi n'êtes-vous pas repassé par ici avant de rentrer chez vous ?

— Parce que j'ai reçu à Ipswich un courrier urgent de mon père m'informant que Julia était très malade. Je vous ai écrit à Easterley Manor pour vous en avertir, mais je n'ai effectivement pas eu le temps de revenir ici. Je n'ai pas eu le temps non plus de négocier vos bijoux comme je vous l'avais promis. Je comptais me rendre plus tard chez un joaillier de Norwich et vous envoyer le produit de la vente par courrier. Cependant Julia était très malade. Je n'ai pas quitté son chevet pendant deux semaines d'affilée et j'ai préféré ensuite attendre qu'elle fût en état de supporter le voyage jusqu'ici.

Charlotte regretta aussitôt de lui en avoir voulu et en oublia son animosité.

— Oh, très cher, murmura-t-elle je suis désolée. Veuillez me pardonner.

Stacey ne manqua pas de remarquer le changement de ton et se mit à sourire.

— Vous êtes toute pardonnée, milady, d'autant que je n'étais pas fier moi-même d'avoir dû faillir à ma parole. Alors imaginez quel fut mon soulagement quand votre annonce dans le journal m'a appris que vous aviez malgré tout réussi à ouvrir votre pension ! Vous n'aviez plus besoin que je vendisse vos bijoux. En conséquence, ajouta-t-il en sortant la bourse de velours de la poche de sa veste, je vous les ai rapportés.

— Oh, milord ! s'exclama-t-elle en versant avec des yeux ravis le contenu du sac dans le creux de sa paume. C'est merveilleux ! Je n'espérais plus jamais les revoir. Ah, comme j'ai honte, maintenant, d'avoir pu douter de vous !

Tout en sirotant son thé, Stacey la regardait manipuler les joyaux avec une infinie tendresse. Sachant qu'ils étaient des souvenirs de son mari et de leur vie de couple, il en éprouva un pincement au cœur et cela, non pas tant par ce qu'il était jaloux du défunt, que parce qu'il était loin d'avoir eu lui-même une expérience aussi heureuse et épanouissante du mariage.

— Il m'a semblé comprendre que le fonds qui vous a permis de vous installer ici provenait de votre époux, articula-t-il, jugeant nécessaire de feindre quelque curiosité pour ne pas éveiller ses soupçons. Sa succession n'était donc toujours pas réglée ?

— Si, répondit-elle en remettant les bijoux dans leur bourse. En théorie, du moins. Alors qu'il vérifiait l'inventaire du dossier, M. Hardacre a découvert un document qui lui avait d'abord échappé. Apparemment, Sir Grenville avait pris la précaution de placer une partie de notre argent avant de partir pour l'Espagne.

Elle s'interrompit un instant, le regard absent. Stacey respecta son silence.

— Enfin, continua-t-elle, ce legs est tombé à point nommé. Je n'aurais pu endurer une nuit de plus au manoir.

— Cecil y héberge toujours ses invités ?

— Sir Roland et M. Spike, oui.

— Tant mieux. Je dois aller leur rendre visite.

Charlotte eut un haussement de sourcil.

— Pourquoi donc ?

— Je n'en ai pas entièrement fini avec eux.

— Vous me décevez, milord, déclara la jeune femme avant d'agiter une petit clochette posée sur le plateau du thé. Vous m'aviez pourtant donné l'impression de vous être amendé.

Il éclata de rire.

— Ah, oui. Leçon numéro trois : ne jamais risquer son argent au jeu. Mais, très chère Lady Hobart, le risque n'est-il point permis quand le jeu en vaut la chandelle ?

— Vous ne pouvez gagner tout le temps.

— Non, admit-il en redevant subitement sérieux. Mais on a quand même le droit de continuer à rêver.

Il s'interrompit en voyant Betsy se présenter à sa maîtresse en réponse à la sonnerie.

— Nous avons terminé le thé, l'informa Charlotte.

Elle et Stacey gardèrent ensuite le silence jusqu'à ce que la servante fût ressortie de la pièce avec le plateau.

— Acceptez-vous de prendre Julia, milady ? demanda Stacey tout en espérant que la jeune femme avait saisi le sens de sa dernière remarque.

— Si elle le désire elle-même, repartit Charlotte.

— J'hésite encore à la laisser ici, lui confia-t-il.

Puis, notant son sourire :

— Oh, je sais bien ce que vous pensez, ajouta-t-il. Il est vrai que je l'avais plus ou moins abandonnée jusqu'à présent, mais ça va changer. Sa maladie m'aura donné au moins la possibilité de mieux la connaître. Et de l'apprécier.

— Cependant le chemin est encore long, n'est-ce pas ?

Il hocha lentement la tête.

— Je suis heureux que vous me compreniez, milady.

— Malheureusement, vous ne pouvez demeurer ici, milord. Ce serait…

— Inconvenant ?

Elle s'esclaffa.

— Mettons que cela pourrait me valoir quelques froncements de sourcils, or, actuellement, je ne puis me le permettre. La réputation de cette école est en jeu, milord, et le legs de mon mari ne durera pas éternellement. En outre, votre présence entre ces murs perturberait la routine quotidienne à laquelle sont habitués mes élèves et dont ils ont le plus grand besoin pour trouver leur équilibre.

— Je comprends bien. C'est d'ailleurs pour ça que je préfère m'installer au manoir. Ce sera mieux pour vos élèves, mieux pour Julia et, ainsi, je pourrai quand même venir lui rendre visite de temps en temps.

— Euh, oui, approuva Charlotte, désappointée malgré tout de ne pas l'entendre dire qu'il souhaitait également la voir, *elle*.

A l'évidence, se dit-elle, il n'était effectivement plus le même homme depuis qu'il avait quitté Easterley Manor. En tout cas, il ne semblait plus vouloir la séduire. Il aimait mieux désormais s'occuper de sa fille — ce qu'elle n'aurait guère pu lui reprocher. La consternation que cette découverte provoquait en elle n'en était pas moins vive.

Elle se leva en tremblant.

— Je vais chercher Julia.

Il se redressa à son tour et vint se camper devant l'âtre, les mains posées sur le manteau de la cheminée, désespéré de n'avoir su exprimer ses sentiments à la jeune femme. Maintenant qu'il l'avait retrouvée, il était plus sûr que jamais de l'aimer et d'avoir envie de l'épouser. Or, après s'être adoucie au cours de la conversation, elle avait paru se fermer de nouveau, ne parlant que de son école et de son mari, comme si elle ne souhaitait pas recevoir ses confidences.

Il alla à la fenêtre et contempla la mer. Le temps s'était gâté. Les vagues claquaient désormais sur le rivage en un va-et-vient incessant. Charlotte leur ressemblait, pensa-t-il avec humeur, à lui donner constamment de faux espoirs pour le repousser l'instant d'après, quand elle n'avait plus besoin de lui. Comment réagirait-elle s'il lui apprenait que c'était lui-même qui avait financé le prétendu « legs » de son regretté mari ? Il était presque tenté de le lui jeter à la face, rien que pour lui donner à son tour une bonne leçon. Il savait cependant qu'il n'en ferait rien. Il tenait trop à elle.

Il se retourna, entendant la porte s'ouvrir. Charlotte revenait dans le boudoir avec Julia.

— Alors ? demanda-t-il à sa fille. Tu restes ?

— Ai-je le choix ?

Il poussa un soupir.

— Oui, tu as le choix.

Elle éclata soudain de rire.

— C'est tout ce que je voulais entendre, répliqua-t-elle avant de recouvrer promptement son sérieux en voyant de sombres nuées s'amonceler dans le regard de son père. Oui, papa, je reste. Lady Hobart m'a persuadée qu'elle avait besoin de moi et tu conviendras qu'il n'y a rien de meilleur que de se croire nécessaire.

— Leçon numéro quatre, marmonna-t-il trop bas pour que les autres pussent l'entendre.

Laissant ensuite la voiture dans la remise du Nid de Corneilles, il se rendit à pied à Easterley Manor.

— Tiens, tiens, mais c'est le cousin Darton ! s'exclama Cecil en voyant Foster lui amener Stacey.

Le beau-frère de Charlotte était assis avec ses deux amis à une table du salon situé à l'arrière de la demeure. Curieusement, les trois hommes ne jouaient pas aux cartes. Un verre de cognac près du coude, ils étaient en train de consulter des papiers que Sir Roland s'empressa de ranger à l'arrivée de Stacey.

— Que nous vaut l'honneur de cette visite, cousin ?

— Une simple formalité, repartit Stacey sans s'embarrasser de politesse. J'ai ici une pile de reconnaissances de dette…

— Trop tard, l'interrompit Augustus en ricanant. Il n'a plus rien.

— Vous n'auriez pas dû continuer à jouer, sachant que mes titres avaient la primauté sur les leurs, reprocha Stacey à Cecil avec une froideur menaçante dans la voix.

— Vous étiez parti, lui rappela ce dernier.

— J'avais d'autres affaires à régler.

— Ah, oui, les bijoux de ma belle-sœur. Je parie qu'ils vous ont rapporté moins que vous l'escomptiez et que c'est pour ça que vous êtes ici. Je me trompe ?

Stacey le toisa avec une fureur qu'il n'eut guère besoin de feindre : le bonhomme lui inspirait un souverain mépris.

— Votre signature est au bas de ces papiers, gronda-t-il, et vous me rembourserez d'une manière ou d'une autre.

Avant qu'il ne quittât le Nid de Corneilles, Charlotte lui avait rapporté la conversation qu'elle avait surprise entre les trois hommes. Que Sir Roland et M. Spike fussent des contrebandiers l'avait profondément alarmé, autant pour la jeune femme que pour Julia. Il se rappelait les mises en garde de Gerard : ces hors-la-loi ne reculaient devant rien. Ils étaient impitoyables et violents. Il avait d'abord songé écrire sur-le-champ à son ami, puis il avait réfléchi qu'il valait mieux essayer de récolter auparavant le plus de renseignements possible sur ce trafic — car Gerard s'était aussi plaint de la ruse de ces gredins. Il avait donc décidé de lui servir en quelque sorte d'agent double… et d'en profiter pour faire payer à Cecil son comportement envers Charlotte.

— Oubliez ces titres, vicomte, intervint Sir Roland. Cecil est fini.

— Pas tout à fait, protesta ce dernier, plus que jamais dominé par le démon du jeu. Je suis prêt à vous jouer ces papiers, Darton. Si je gagne, ils iront au feu.

— Et si vous perdez ? s'enquit Stacey.

— Je vous les rembourserai à une fois et demie leur valeur.

— Et avec quoi ? Ce manoir ?

— Pas de blague, Hobart, murmura Spike. Nous avons besoin de cette baraque.

— Ah bon ? fit Stacey en simulant la surprise. Que lui trouvez-vous donc ? Elle est vieille, battue par les vents et à des kilomètres de toute compagnie digne de ce nom.

— C'est justement ce qui la rend si intéressante, rétorqua Cecil avec un rire finaud.

— Tu parles trop, Hobart ! l'avertit Augustus.

— Alors, milord ? demanda Cecil à Stacey.

— C'est entendu, nous jouerons. Je vous pose une condition, toutefois : je ne veux plus de titres, cette fois-ci. Ce sera de l'argent ou rien, précisa Stacey, désireux de savoir quand et comment son cousin allait pouvoir se procurer des espèces. Ce sera mes reconnaissances de dette contre de l'or — à moins que vous soyez incapable de vous en procurer.

— Ne vous inquiétez pas pour ça, lui assura Cecil. Il faudra cependant me laisser le temps de prendre certaines dispositions. Disons… Dans trois jours ici ? Dimanche, après le déjeuner ? Je vous laisse le choix : craps ou piquet.

— Piquet, s'empressa de répondre Stacey, ne souhaitant pas que sa réussite dépendît du seul hasard. Je présume que je peux loger ici en attendant ?

— Bien sûr, mais je dois vous prévenir que ma belle-sœur a déménagé et que vous n'aurez plus que les servantes pour vous distraire.

— Dommage, repartit-t-il laconiquement tout en s'efforçant de maîtriser sa colère. Où est-elle partie ?

— Oh, à deux pas d'ici. Elle s'est installée dans une sorte de cottage sur la falaise. Elle y vit entourée par toute une marmaille constamment pendue à ses jupes. Que voulez-vous ? Ma belle-sœur a toujours préféré les petits garçons aux hommes faits. Compteriez-vous lui rendre visite, cousin.

— Peut-être, lâcha Stacey entre ses dents.

Il s'efforça au calme : s'aliéner son parent aurait pour seul résultat de compromettre ses plans.

— Je n'aurai rien à faire d'ici à la partie, continua-t-il sur un ton plus dégagé. A moins que vous n'ayez vous-même prévu quelque distraction...

Comme il s'y attendait, Cecil émit un gloussement niais avant qu'Augustus lui imposât le silence d'un coup d'œil féroce.

Mme Evans arriva à ce moment-là pour annoncer que le repas était servi et demander s'il fallait ajouter un couvert pour Lord Darton.

— Oui, oui, acquiesça Cecil. Et qu'on lui prépare également une chambre.

La cuisinière ayant trop de conscience professionnelle pour servir un repas aussi médiocre que l'opinion qu'elle avait de son employeur, les quatre hommes eurent droit à une côte de bœuf braisée à cœur et une tarte au citron délicieusement fondante. Après quoi, ils jouèrent au whist en misant les écales des fruits secs qui leur avaient été servis avec le café. Stacey s'arrangea pour perdre les siennes le plus vite possible, puis, avec un bâillement sonore, exprima son souhait d'aller se coucher.

Laissant Cecil et ses complices se disputer pour savoir qui avait commencé avec le plus gros tas et s'il fallait attribuer à chaque coquille une valeur proportionnelle à sa grosseur, il rejoignit le couloir du premier étage et gagna directement sa chambre. Après y avoir patienté quelques minutes, il redescendit à pas de loup au rez-de-chaussée et colla son oreille à la porte de la salle à manger. Hélas, le battant de celle-ci était si épais qu'il ne put saisir que des bribes de la conversation qui se déroulait de l'autre côté. Il entendit les mots « lune », « marée » et « débardeurs ». Il en déduisit que la cargaison qu'ils attendaient serait débarquée sur la plage avant d'être transférée dans les caves du manoir et que, de plus, elle serait importante puisqu'ils allaient avoir besoin de personnel pour la décharger du navire.

Les « débardeurs » en question, il n'en doutait pas, désignaient des habitants du village. Si donc il avertissait maintenant Gerard Topham, ses collègues de la douane et lui risquaient d'arrêter avec les trafiquants des parents des élèves de Charlotte, qui auraient eu le seul tort de n'avoir su résister à cette possibilité de se sortir pour un temps de leur misère.

Indécis, il retourna dans sa chambre pour méditer la question.

Le lendemain matin, après un solide petit déjeuner, il se rendit d'un pas nonchalant au Nid de Corneilles pour s'entendre dire par Betsy que Lady Hobart faisait la leçon aux enfants et qu'elle ne verrait pas d'un bon œil son intrusion.

— Je n'ai nullement l'intention de la déranger, répliqua-t-il en ôtant son chapeau. Je me contenterai de l'attendre sur ce siège.

Et, avant que l'irascible servante pût protester, il inséra son imposante carcasse dans un petit fauteuil disposé à côté de la porte de la salle de classe.

— A votre aise, grommela Betsy avant de tourner les talons en bougonnant. Mais où va-t-on si même un gentleman ne sait pas quand il est indésirable ?

Puis elle disparut dans la cuisine dont s'échappa un bref instant le fumet des tourtes au jambon qu'elle avait préparées pour le déjeuner.

A travers le battant de la porte, Stacey entendait la voix claire et nette de Charlotte poser des questions à ses élèves qui lui chantonnaient en chœur les réponses. C'était un cours d'histoire. La jeune femme racontait aux enfants la colonisation de l'Amérique et la guerre d'Indépendance que ce pays avait livrée au siècle dernier contre l'Angleterre. Au bout d'un moment, Stacey ne put résister à la tentation de jeter un coup d'œil par le trou de la serrure.

Charlotte se trouvait face à la porte, revêtue de son habituelle tenue de deuil. Celle-ci était si dépourvue d'ornements et de fanfreluches qu'elle ne cachait rien des courbes de la jeune femme et mettait en valeur la finesse de sa taille. Stacey se la représenta dans une toilette plus à la mode. Il la voyait très bien dans une robe couleur cerise foncée, ou bleue, peut-être, comme le ciel de printemps, ou encore citron. Oh, oui, pensa-t-il, une teinte à la fois acide et douce serait parfaite, un beau jaune vif et frais, ourlé de vert pâle et de crème. Dans son imagination, son sévère chignon de maîtresse d'école se dévergondait en anglaises et sa résille noire devenait un petit béguin dont le bord arqué soulignait la courbe gracieuse de ses sourcils et approfondissait encore l'intensité de son ensorcelant regard.

— Qui peut me dire combien il faut de temps à un navire pour arriver à Ipswich depuis l'Amérique ? lança-t-elle à la cantonade en passant de l'histoire à la géographie.

Elle montra le trajet que devrait suivre le bateau sur un globe posé sur son bureau.

— Ça dépend du vent et de la marée, m'dame, repartit Danny White.

— En effet, approuva Charlotte sans relever la manière dont il s'était adressé à elle. Supposons donc que l'un comme l'autre soient favorables : quelle serait la durée de ce voyage ?

— Huit semaines, milady, répondit un autre élève que Stacey ne pouvait voir, sa fille lui étant également invisible. C'est ce que dit mon papa, en tout cas, et il est bien placé pour le savoir, vu qu'il est marin.

Stacey vit Charlotte sourire à l'enfant et ce fut comme un rayon de soleil après la pluie. Si seulement elle lui souriait ainsi ! songea-t-il. Mais non : sa bonne humeur, apparemment, elle la réservait à ses élèves, tandis qu'avec lui elle paraissait toujours en colère ou au bord des larmes.

Percevant des bruits de pas dans son dos, il ôta à contrecœur son œil du trou de la serrure et, se redressant, entreprit de lisser le dessus son chapeau pour se donner une contenance. Une domestique passa devant lui, les bras chargés de draps, et lui adressa un bref salut de la tête avant de s'éclipser dans l'escalier. La porte de la classe s'ouvrit alors derrière lui et dégorgea un flot d'enfants. Charlotte et Julia les suivaient en devisant, tellement absorbées dans leur conversation qu'elles ne le remarquèrent tout d'abord pas.

— Et si nous allions nous promener un plus tard, en fin de journée ? proposait Charlotte à la jeune fille. Tu pourrais ainsi me parler un peu de toi.

— Je croyais que papa vous avait déjà tout dit.

— Oh, non. Et puis je préférerais l'entendre de ta propre bouche, précisa Charlotte avant de se mettre à rire. Les papas ne savent pas tout, tu sais. Ce sont des hommes, et les hommes ont parfois du mal à comprendre ce que ressent le sexe opposé — quand ils le comprennent…

Elle s'interrompit net en apercevant Stacey qui se levait de son fauteuil pour la saluer et rougit aussitôt.

— Milord, j'ignorais que vous étiez ici.

— C'est ce que je constate, répliqua-t-il en feignant l'irritation. Alors, comme ça, on encourage la rébellion chez ma fille ?

— Pas du tout, milord, protesta Charlotte en devenant cramoisie, cependant que Julia réprimait un gloussement. Ce n'était qu'une causerie entre femmes.

— Mais qu'est-ce que tu fais là ? s'enquit Julia. Voudrais-tu déjà me retirer de cette école ?

— Non. J'honore simplement la promesse que je me suis faite de ne plus t'abandonner.

— Nous allions déjeuner, poursuivit Charlotte qui s'était ressaisie. Je sais qu'il est déjà 1 h 30, mais je tiens à nourrir les enfants de Parson's End avant de les renvoyer dans leur foyer. Désirez-vous vous joindre à nous ?

— Vous voulez dire s'asseoir et manger avec eux ? demanda-t-il avec stupéfaction.

— Oui, confirma-t-elle. J'estime qu'il est également de mon devoir de leur enseigner les manières de table. Et le mieux, dans ce cas, c'est encore de leur montrer l'exemple. Je m'efforce d'ailleurs d'appliquer systématiquement ce principe dans tout mon enseignement.

— Je comprends que cela soit utile à des filles de bonne famille, milady, mais à des paysans…

— Ils ne le seront peut-être pas toujours, rétorqua-t-elle. Les plus intelligents d'entre eux pourraient aspirer à une meilleure position — et qui oserait leur reprocher d'avoir de l'ambition ?

Julia se remit à rire, ce qui acheva d'exaspérer son père.

— Que trouvez donc si amusant, jeune fille ?

— L'idée de te voir assis au milieu des petits. Tu sais, papa, quand nous nous sommes arrêtés à cette auberge hier, en venant ici, c'était la première fois que je mangeais avec toi. A Malcomby Hall, tu ne m'as jamais autorisée à prendre mes repas avec toi et les grands-parents…

— Les enfants n'ont pas à…

— Importuner les adultes, c'est certain, intervint Charlotte pour éviter une altercation entre le père et sa fille de peur qu'elle ne se soldât par la punition de cette dernière. Si vous tenez à votre tranquillité, milord, vous pouvez toujours déjeuner ailleurs et revenir ici plus tard. Le révérend doit passer cet après-midi pour donner une leçon de latin aux plus âgés. Je serai libre à ce moment-là et nous pourrons parler ensemble, si tel est le but de votre visite.

— Volontiers, répondit-il avec un sourire satisfait.

Puis, soucieux de la maintenir dans d'aussi bonnes dispositions à son égard :

— Mais je puis vous aider à faire la discipline pendant le repas, si vous le souhaitez.

Il ne sut quel démon avait pu le pousser à émettre une suggestion pareille, mais il ne tarda pas à penser qu'il devait s'agir d'un ange quand Charlotte, affichant d'abord un air contrarié, le gratifia enfin d'un franc sourire.

— A votre guise, dit-elle avant de se tourner vers les enfants pour leur rappeler de se mettre en rang par deux.

Elle tendit ensuite son bras à Stacey.

— Ouvrons la marche, voulez-vous ?

Tout le monde se rassembla dans la salle à manger et Stacey manqua éclater de rire en voyant les mines affectées avec lesquelles les petits garçons présentaient leur chaise aux petites filles avant de prendre place eux-mêmes autour de la table. Betsy apporta bientôt les tourtes fumantes dont elle servit une part à chaque convive. Puis Charlotte, sous les regards attentifs de l'assemblée, saisit son couteau dans la main droite et sa fourchette dans la main gauche. Les enfants l'imitèrent, avec une lenteur pleine de componction, avant de s'attaquer au contenu de leur assiette. Certains se jetèrent littéralement dessus, de crainte sans doute qu'on ne le leur dérobât. Charlotte ne leur adressa aucune remarque.

— Ils prendront plus de temps pour manger quand ils s'apercevront qu'ils auront la même ration demain et après-demain, chuchota-t-elle à Stacey qui, assis à sa droite, contemplait ce spectacle avec ahurissement, se sentant à la fois déplacé au milieu de cette marmaille vorace et bizarrement heureux.

Les petits, eux, semblaient manifestement intimidés par ce grand et bel homme portant un costume de prix et exhibant des mains blanches. Hormis le tintement des couverts contre les assiettes et les bruits de mastication, un silence insolite régnait dans la salle.

— Et si vous leur faisiez un peu la conversation, pour les mettre à l'aise ? lui proposa alors Charlotte.

— Hein ? proféra-t-il d'une voix blanche. Mais de quoi leur parlerais-je, grands dieux ?

— Je ne sais pas. Du temps, par exemple. La plupart d'entre eux ont un père marin ou fermier. Ils ont appris dès le plus jeune âge à se soucier du climat. Vous pourriez aussi leur raconter des souvenirs de vos campagnes — en leur épargnant les détails sanglants ou scabreux, bien entendu.

Sur ce, elle lui sourit de nouveau, avant de hausser la voix pour reprendre la parole.

— Je crois savoir, milord, que vous avez voyagé sur le Continent. Est-ce si différent de l'Angleterre qu'on le prétend ?

Pour lui faire plaisir, Stacey se lança dans une description des paysages européens. Peu après, un joyeux brouhaha s'élevait autour de la table.

Puis arriva l'heure pour les enfants de rentrer au village et pour Julia, Lizzie et Fanny de retourner en classe pour la leçon de latin.

Et Stacey se retrouva enfin seul avec Charlotte.

8.

— Et si nous allions nous promener sur la falaise ? proposa Stacey. Nous y serons plus tranquilles pour discuter.

Charlotte sentit son cœur manquer un battement. Puis elle se ressaisit en se rappelant qu'elle devait prendre garde à ne pas attribuer au vicomte des pensées qu'il n'avait peut-être pas. Lui avait-il jamais parlé d'amour ? Elle n'était pas naïve au point de croire qu'un simple baiser signifiait grand-chose pour un homme comme lui. Jusqu'à plus ample informé, c'était un joueur, voire un viveur, même s'il paraissait enfin prêt à assumer ses responsabilités de père à l'égard de Julia. Et puis il était douteux qu'un homme de son rang désirât jamais pour épouse une simple maîtresse d'école. Il lui faudrait pourtant bien l'accepter pour ce qu'elle était, pensa-t-elle, ou alors il valait mieux qu'elle renonçât à lui. C'était là une position de principe qu'elle devait tenir coûte que coûte.

S'étant fait cette promesse, elle se sentit prête à écouter ce qu'il avait lui dire.

— Entendu, répondit-elle. Je vais chercher mon bonnet et mon manteau. Le vent souffle fort, aujourd'hui.

Il l'attendit dans l'entrée tandis qu'elle montait à l'étage. Cinq minutes plus tard, elle redescendait habillée de pied en cap et, le précédant dehors, s'engagea avec lui sur le sentier qui longeait le sommet de la falaise.

Ils observèrent d'abord un silence gêné que ni l'un ni l'autre n'osèrent rompre. La regardant à la dérobée, Stacey lui vit un air soucieux, ce qu'à la réflexion il ne trouva guère étonnant, considérant les problèmes auxquels elle se trouvait confrontée. De plus il venait de s'apercevoir combien il était usant de s'occuper d'une douzaine d'enfants de tous âges. Le déjeuner l'avait laissé épuisé et il n'était pas sûr de digérer aussi bien qu'il l'eût souhaité la tourte pourtant délicieuse qu'avait préparée pour eux l'impressionnante cuisinière du Nid de Corneilles. Il aurait encore préféré mener tout un régiment de bleusaille à l'assaut d'un bataillon ennemi !

Se tournant vers lui, Charlotte s'aperçut qu'il l'épiait et détourna aussitôt les yeux.

— Vous avez dormi au manoir, je suppose ? articula-t-elle tout en gardant les yeux fixés droit devant elle.

— Oui.

— Mon beau-frère était-il content de votre visite ? Vous a-t-il bien reçu ?

— Il a surtout été surpris de me revoir. Quant à m'inviter chez lui, il pouvait difficilement me le refuser : je possède encore un beau paquet de reconnaissances de dette signées de sa main qu'il brûle de récupérer. Il m'a proposé une dernière partie, une sorte de quitte ou double.

La jeune femme secoua la tête.

— Je ne comprends vraiment pas ce qui peut pousser un homme à jouer encore alors qu'il a déjà tout perdu.

— C'est plus fort que lui. Les vrais joueurs, au fond, ne cherchent pas à gagner. Ils perdent, et c'est dans l'ivresse de la dépossession qu'ils espèrent secrètement se retrouver eux-mêmes.

— Vous en parlez avec une telle fièvre ! constata Charlotte. Partagez-vous donc cette fascination pour le désastre ?

— Non, répliqua-t-il avec un sourire. Si je respecte la passion, aussi morbide soit-elle, je suis trop militaire dans l'âme pour ne pas mépriser la défaite. Moi, quand je joue, c'est pour gagner.

Elle resta muette un instant, comme si elle soupesait ces paroles.

— Vous m'avez soutenu un jour que certaines de nos décisions ressemblaient parfois à des paris, poursuivit-elle. Je crains bien que ce soit ce genre de décision que j'ai prise en louant le Nid de Corneilles. J'ignorais alors l'existence du legs de mon mari. Ça m'a donné des insomnies, vous pouvez me croire ! Jamais je n'ai ressenti un tel soulagement ni un tel sentiment de gratitude que lorsque M. Hardacre m'a appris que j'aurais finalement de quoi réaliser ce rêve. Je me suis juré, depuis, de ne plus me lancer dans aucune aventure qui fût aussi risquée.

Il sourit, se demandant de nouveau comment elle réagirait s'il lui révélait qui elle devait réellement remercier pour cet argent.

— Cela prouve seulement que vous n'êtes pas une vraie joueuse, milady.

— J'ai toujours considéré Cecil comme un être faible et aisément manipulable qui aurait pu guérir de son vice si seulement il avait été mieux entouré.

— Vous avez peut-être raison, admit-il prudemment.

Ils continuèrent à marcher, désormais plus à l'aise l'un avec l'autre.

— Combien de temps comptez-vous rester au manoir ?

— Je l'ignore. Cela dépend…

Il s'interrompit. Allait-il oser sauter le pas ?

— De quoi, milord ? voulut-elle savoir.

Le vent plaquait son manteau contre ses jambes. Une mèche de cheveux échappée de son bonnet lui fouettait les joues. Elle la repoussa machinalement d'un doigt ganté. Ce n'était qu'un simple geste, presque un réflexe, mais il remua profondément Stacey et raviva en lui le désir qu'il éprouvait envers la jeune femme. Plus que jamais il avait envie de la protéger, de l'aimer, de partager sa vie avec elle.

— De vous, répondit-il.

— De moi ? répéta-t-elle en s'immobilisant soudain.

Elle le dévisagea. Il souriait et la couvait d'un regard si intense qu'elle dut une nouvelle fois détourner les yeux.

— Ah, oui, je vois, articula-t-elle. Vous voulez dire des compétences que je montrerais dans l'éducation de votre fille.

Ce n'était pas du tout ce qu'il entendait par là, mais il se retint de préciser sa pensée.

— Entre autres, oui… A propos, comment trouvez-vous Julia ?

— Il est encore trop tôt pour que je puisse me prononcer, repartit-elle avec circonspection.

Elle se remit à marcher.

— J'imagine cependant que vous devez déjà avoir une certaine opinion d'elle, insista-t-il. Apparemment, vous avez déjà sympathisé. Vous commencez donc à mieux la connaître. N'ayez pas peur d'être franche avec moi. Vous êtes son professeur et son mentor ; j'attends de vous la plus parfaite sincérité.

— Loin de moi l'idée de vous mentir, répliqua-t-elle sèchement. D'après ce que j'ai pu constater jusqu'à présent, Julia est une jeune dame intelligente et vive, mais je devine qu'elle doit se braquer facilement.

— Il ne faut effectivement pas longtemps pour s'en rendre compte, acquiesça Stacey. Vous aurait-elle tenu tête ?

Charlotte sourit.

— Oui, reconnut-elle, mais ce n'était pas grave. Elle a seulement refusé de se coucher hier soir en même temps que Lizzie et Fanny, prétendant qu'on lui avait toujours permis de veiller aussi tard qu'elle le désirait et qu'elle était de toute façon bien assez grande pour savoir si elle avait besoin de se reposer ou non.

— C'est la faute de mon père, expliqua Stacey. Il apprécie sa compagnie et l'a obligée durant des soirées entières à écouter ses histoires de batailles. Ma mère y aurait bien mis le holà, mais c'est une femme trop douce et trop indulgente. D'ailleurs, les voir si bien s'entendre la ravissait. Comment avez-vous surmonté le problème ?

— Je lui ai fait valoir que, si elle était assez grande et intelligente pour décider par elle-même du moment où il lui fallait se coucher, elle l'était aussi pour se rendre compte qu'il n'y avait rien de plus harassant que de voyager une journée entière pour se retrouver ensuite plongée dans un environnement inhabituel, au milieu de gens inconnus.

— Et elle a été d'accord ?

Charlotte s'esclaffa.

— Elle était visiblement morte de fatigue, mais elle a relevé fièrement la tête en me réclamant une chandelle pour lire au lit. Avec la chandelle, elle m'a emprunté un volume de Walter Scott. Cinq minutes à peine plus tard, quand je suis montée dans sa chambre lui dire bonsoir, elle somnolait avec béatitude, le livre confortablement calé contre sa poitrine.

— Et aujourd'hui ?

— Elle a exécuté toutes les tâches que je lui ai assignées.

— Sans se plaindre ?

— Et pourquoi se plaindrait-elle alors qu'elle veut tellement vous contenter ? Elle pense que, si elle est sage avec moi, vous serez assez satisfaite d'elle pour la ramener à la maison.

— C'est ce qu'elle vous a dit ?

— Non, bien sûr, mais il n'est pas difficile de le deviner. Toutes les petites filles ont soif de l'approbation de leur papa.

Elle marqua une pause, avant d'ajouter en riant :

— Les petits garçons aussi. Ne quêtiez-vous pas vous-même les éloges de votre père, jadis ? Et n'aviez-vous pas l'impression d'être le prince de la terre quand il vous adressait des compliments ?

Il hocha la tête en souriant à son tour.

— C'est vrai, murmura-t-il.

Ils avaient rejoint le sentier qui menait à la grève. Stacey inspecta les alentours pour savoir quel chemin emprunteraient les contrebandiers pour emmener leur cargaison au manoir. Sans doute celui qui passait par la pinède, décida-t-il. Ce n'était pas le plus court, mais certainement le plus discret.

— Pourrions-nous descendre à la plage ? s'enquit-il. J'aimerais vérifier quelque chose.

Il lui prit le bras pour l'aider à garder son équilibre sur le sentier. A ce contact, Charlotte se sentit près de capituler. Elle avait jusqu'à présent réussi à exercer un contrôle strict sur ses émotions. Se cantonner dans son rôle d'institutrice et parler de Julia l'y avait aidée, mais elle avait peur de ne pouvoir continuer à taire ses sentiments s'il voulait aborder avec elle des sujets plus personnels, plus intimes.

Non qu'il lui en eût donné l'impression, d'ailleurs.

Paradoxalement, elle en était un peu déçue, car elle aurait au moins aimé savoir ce qu'il avait éprouvé en l'abandonnant à son sort pour aller s'occuper de sa fille malade. Elle ne lui en voulait pas, car elle n'aurait pas agi autrement à sa place, et comme il affirmait lui avoir écrit pour s'excuser de son retard, elle n'avait nul lieu de s'en plaindre, mais elle aurait tout de même apprécié qu'il lui avouât en avoir conçu quelque scrupule et n'avoir cessé de penser à elle depuis. Certes, il était revenu, ce qui était presque un aveu en soi, mais ne cherchait-il pas avant tout à caser sa fille dans sa pension, et cela afin de pouvoir retourner jouir en paix de l'ivresse de l'alcool et du jeu ?

Elle s'écarta de lui dès qu'ils eurent atteint le sable. Elle vit sa main retomber le long de son flanc et en regretta presque la tiédeur contre son coude. Pour dissiper cette sensation, elle se força à reprendre la parole.

— Avez-vous appris du nouveau sur les activités des amis

contrebandiers de mon beau-frère pendant que vous étiez au manoir, milord ?

— Pas vraiment. Ils se méfient de moi, ce qui est normal. En laissant traîner mes oreilles, cependant, et moyennant quelques déductions, j'ai fini par comprendre qu'ils attendaient la cargaison pour dans trois jours, c'est-à-dire au moment où la lune, les vents et la marée seront les plus favorables à un débarquement nocturne.

Il reporta son attention sur l'horizon.

Plusieurs bateaux naviguaient alors dans la baie, poussés par une brise orientée au nord-est. L'un d'entre eux était peut-être le bâtiment de contrebande guetté par Sir Roland et M. Spike, songea-t-il. Mais lequel ?

— Qu'allez-vous faire ? demanda Charlotte. Les dénoncer aux autorités ?

— Je l'ignore encore. Il ne s'agit pas seulement d'arrêter trois malfrats. L'un d'entre eux est également votre beau-frère et le scandale que provoquerait son arrestation rejaillirait forcément sur vous-même et votre école.

— Je n'habite plus au manoir, lui rappela-t-elle.

— Certes, mais le Nid de Corneilles est un site d'observation idéal pour surveiller la côte. On risquerait de vous accuser de vous y être installée sur la demande de Cecil, pour faire le guet pendant les opérations de déchargement.

— Quiconque me connaît ne saurait prêter foi à de telles sornettes et je m'étonne que vous ayez pu y songer vous-même.

— Ai-je seulement laissé entendre que j'y croyais, milady ? Je me contente d'imaginer ce qu'on dirait de vous en pareil cas. Mais je ne crains pas que le scandale, se hâta-t-il d'ajouter. Je redoute aussi qu'une initiative inconsidérée de ma part ne vous mette en danger, vous-même et les enfants.

— En danger ? s'exclama la jeune femme. Et pourquoi mon beau-frère et ses amis se soucieraient-ils de nous ?

— Parce que ce sont des hommes cupides, milady, cupides et redoutables.

— Cupides, je m'en doute. Quant à trembler devant eux…

Elle émit un rire crâne et incrédule, mais celui-ci sonna faux, même à ses propres oreilles. En vérité, elle savait depuis longtemps à quoi s'en tenir sur les amis de Cecil et n'était plus aussi sûre qu'avant que son beau-frère daignerait ou oserait la protéger si jamais ils s'en prenaient à elles.

— Il n'y pas qu'eux, insista Stacey. Toute une bande œuvre clandestinement sous leurs ordres, des coupe-jarrets sans foi ni loi, d'anciens soldats habiles au maniement des armes et des explosifs. Ces gens-là sont déjà au ban de la société et n'hésiteront pas à tuer pour échapper à la justice.

— A tuer ?

Elle s'arrêta soudain et leva vers lui un regard si désemparé qu'il lui prit les mains et les serra entre les siennes.

— Ce sont des criminels, milady. Tant qu'ils seront dans les parages, cette plage et ces falaises ne seront pas sûres et je vous conjure d'empêcher les enfants de s'y aventurer. Je crains également qu'ayant besoin de bras pour le débarquement, ils ne cherchent à corrompre des villageois et que certains d'entre eux, réduits au chômage et à la misère, se soient que trop tentés de les aider pour quelques shillings. Or, s'ils sont arrêtés eux aussi, ce sont leurs familles qui en souffriront — vos propres élèves, milady.

Elle l'étudia attentivement, regrettant de n'avoir la capacité de lire dans ses pensées. En lui parlant des enfants, il avait touché un point sensible en elle. Nul doute qu'il l'avait fait à dessein. Mais dans quel but ? Pour l'inciter elle-même à ne pas dénoncer Cecil et ses comparses ? Parce qu'il estimait que la meilleure solution, en somme, était de laisser les gardes-côte dans l'ignorance de ce trafic ? Ou peut-être parce qu'il espérait en retirer lui aussi quelque profit ?

— Vous allez donc fermer les yeux et ne pas intervenir ? s'enquit-elle finalement.

— Je ne sais pas, lui avoua-t-il avec franchise, mais je puis vous assurer que je ne commettrai aucun geste susceptible de vous nuire, à vous-même, aux enfants ou à Julia.

Ils reprirent leur promenade. Stacey tenait la main de Charlotte serrée dans le creux de son coude. Des nuages de pluie se levaient à l'horizon et le vent hérissait les vagues de crêtes écumeuses.

— En tout cas, murmura-t-il, ce ne sera pas pour ce soir. Le temps est trop mauvais.

— Vous savez, dit-elle, vous avez raison au sujet du point de vue qu'offre le Nid de Corneilles. Le capitaine MacArthur a même installé un télescope en haut de la tourelle qui permet de voir très loin sur la mer. On peut aussi s'en servir pour surveiller les sentiers le long de la falaise. Le capitaine m'a demandé de ne laisser aucun enfant monter là-haut, mais il ne me l'a pas interdit, à moi.

Stacey la considéra avec un sourire indulgent et pressa sa main contre son bras.

— Où voulez-vous en venir, milady ?

— Et si je sous servais de vigie ? Dès que j'aperçois un mouvement suspect près de la côte, je vous en avertis. Je n'aurais même pas besoin de me rendre au manoir pour cela. Il suffirait que nous convenions à l'avance d'un signal — avec une bougie, par exemple.

— Les autres pourraient également l'apercevoir et penser que vous collaborez avec les autorités, repartit Stacey. Quant aux douaniers, s'ils patrouillaient dans les parages et voyaient à leur tour ce signal, ils vous soupçonneraient à l'inverse d'être de mèche avec les contrebandiers. Non, non, vous devez rester en dehors de tout ça. Je vous défends de prendre le moindre risque.

— Vous me le *défendez*, milord ? répéta-t-elle sèchement.

Vous n'avez pas d'ordre à me donner. Je ne suis pas un de vos subordonnés et je n'ai pas de compte à vous rendre.

— Oh, si, vous avez…

Stacey se tut brusquement, comprenant qu'il avait commis une grave erreur. Mais comment pouvait-il se faire comprendre de la jeune femme ? Comment abattre la muraille dont elle s'était entourée ? Elle avait changé depuis qu'il était parti d'Easterley Manor. A ce moment-là, elle avait le dos au mur et il l'avait admirée pour son courage ; il l'avait aimée, embrassée et elle ne l'avait pas repoussé ni ne lui avait opposé de refus indigné. Il s'était alors complu à imaginer et à espérer qu'il ne lui était pas indifférent. N'avait-elle pas accepté son aide ? Ne lui avait-elle pas accordé sa confiance ? Or, maintenant qu'elle n'avait plus besoin de lui, sa présence paraissait l'importuner et elle gardait à son endroit une attitude distante. Certes, il l'avait abandonnée, mais il l'avait admis lui-même et lui avait présenté des excuses qu'elle semblait avoir acceptées. Pourquoi, en ce cas, étaient-ils impuissants à renouer leurs rapports de naguère ?

Il se rendit compte qu'elle le regardait, la tête penchée de côté, attendant la fin de sa phrase.

— Je vous demande pardon, murmura-t-il en courbant cérémonieusement le buste. C'était présomptueux de ma part. Je tiens cependant à ce que vous soyez persuadée que votre sécurité, votre bonheur ainsi que ceux de votre entourage sont importants pour moi et que je me considérerais comme la pire des canailles si je vous laissais exposée à un danger dont j'aurais les moyens de vous protéger.

Son ton guindé l'agaça lui-même.

— Je vois, fit-elle.

Il souhaitait vivement que ce ne fût pas qu'une formule de politesse, car sa réputation, sa fierté et le bien-être de sa fille étaient en jeu.

— Soyez assuré, milord, continua-t-elle, piquée au vif par

ce qu'elle prenait pour de la condescendance, que je ne ferai rien moi-même qui puisse nuire à Julia, à mes enfants ou à mes élèves.

Ils reprirent leur marche le long de l'eau. Stacey regardait droit devant lui, le dos rigide, le corps tendu. Charlotte, abattue et malheureuse, s'efforçait de repousser les larmes qui lui montaient aux yeux. Ils s'arrêtèrent devant la barre rocheuse qui fermait la plage et contemplèrent en silence les rouleaux qui couraient vers le sable, telles deux statues plantées devant la mer. La tension qui régnait entre eux leur était presque insupportable.

— Rentrons-nous ? s'enquit-il.

— Je croyais que vous désiriez vérifier quelque chose ?

— J'ai vu tout ce que j'avais à voir, répliqua-t-il d'une voix saccadée.

— Et dit tout ce que vous aviez à dire, compléta-t-elle avec aigreur. En avez-vous terminé maintenant avec votre sermon ?

— Non, mais comme vous n'êtes pas disposée à m'écouter, il est inutile que je persiste à gaspiller ma salive.

Comment avaient-ils pu en arriver là ? se demanda-t-il tandis qu'ils rebroussaient chemin. Rien ne s'était passé comme il l'avait prévu. Il avait été stupide de penser qu'elle lui tomberait dans les bras simplement parce qu'il lui rapportait ses bijoux. Il regrettait presque d'être revenu à Parson's End. Il aurait très bien pu trouver ailleurs une pension pour Julia, s'il s'en était donné la peine, et se contenter d'adresser la bourse et son contenu à Charlotte par la poste.

A cette idée, il esquissa un sourire amer. Qui croyait-il tromper ? En fait, qu'il le souhaitât ou non, son existence était irrévocablement liée à celle de le jeune femme. Et, tôt ou tard, il faudrait bien qu'elle en prît conscience à son tour.

*
* *

Les enfants du village n'étaient pas qu'un peu impressionnés par l'« honorable Julia Darton ».

Tel était en effet son vrai titre, leur signifia-t-elle avec hauteur. Et quand son père deviendrait comte de Malcomby, il faudrait l'appeler Lady Julia.

Ses bagages consistaient en deux malles et un énorme coffre que Jenkins et Jem avaient eu le plus grand mal à décharger de la voiture et à monter ensuite dans sa chambre. Jamais les élèves de Lady Hobart n'avaient vu quelqu'un posséder ni encore moins *voyager* avec autant de vêtements. Même Lizzie et Fanny en furent ébahies.

— Je suis là pour vous faire la leçon, déclara-t-elle aux enfants rassemblés autour d'elle, le lendemain, juste avant que ne commence la classe. Et vous devez tous m'obéir.

Charlotte, les bras chargés de livres, franchit à cet instant le seuil de la salle et surprit ces dernières paroles. Elle se demanda si elles devaient les relever ou non. Julia arborait un petit air satisfait, cependant que les autres gagnaient précipitamment leur pupitre avec une expression coupable.

— Bonjour, les enfants, les salua la jeune femme.

Danny s'avança aussitôt vers elle.

— Je peux vous prendre les livres, m'dame ?

— « M'dame », répéta Julia avec dédain en imitant le parler campagnard du gamin avec un réalisme surprenant. Ne sais-tu donc pas comment il faut s'adresser à une vraie dame ? Tu aurais dû dire : « Puis-je vous prendre les livres, milady ? »

Il fronça les sourcils, perplexe, mais son visage s'éclaira derechef lorsque Charlotte lui tendit son fardeau en souriant.

— Merci, Danny, articula-t-elle.

Il l'avait toujours appelé madame — ou « m'dame », comme maintenant — et elle ne l'avait jamais corrigé. Néanmoins elle avait désormais des pensionnaires payantes dont les papas désapprouveraient certainement ces manières familières. Il était de son devoir de leur apprendre à s'exprimer correctement et à donner à chacun le titre qui lui était propre. D'un autre côté, toutefois, la morgue de Julia ne laissait pas de l'irriter.

Danny, le rouge aux joues, alla déposer les livres sur le bureau de Charlotte avant de rejoindre sa place. Celle-ci se rapprocha du meuble puis se retourna vers la classe. A l'exception de Julia et de ses filles, ses élèves étaient pauvrement habillés, mal nourris et ne pouvaient guère espérer qu'une vie de dur labeur agrémentée de peu de joies. Charlotte avait d'abord cru de tout son cœur qu'une bonne éducation leur garantirait un avenir plus riant, mais elle commençait désormais à en douter. S'était-elle trompée en pensant que ses pensionnaires payantes, issues de milieux plus favorisés, les aideraient à s'élever à leur tour dans la société ? Jusqu'alors, seul le pasteur l'avait encouragée dans cette voie. Cecil, pour sa part, s'était moqué de ses projets et elle soupçonnait fort le vicomte Darton ne lui avoir confié sa fille que par commodité, afin de l'avoir constamment sous la main pendant qu'il se livrerait à sa passion du jeu au manoir.

— Julia, Lizzie, Fanny, dit-elle. Je crois que le révérend Fuller vous a donné des exercices de latin pour aujourd'hui. Vous pouvez aller les faire dans la salle à manger.

— Maintenant ? s'enquit Lizzie, surprise.

— Oui, maintenant.

— Mais vous m'avez demandé de m'occuper des petits, lui rappela Julia.

— Je ne l'ai pas oublié. Nous en rediscuterons après le déjeuner.

Les filles quittèrent donc la classe. Charlotte se retourna ensuite vers les autres élèves.

— L'un de vous connaît-il le nom du roi d'Angleterre ? questionna-t-elle.

— George, répondit l'un d'eux. Mais d'après mon papa, il est fou.

— Malade, rectifia-t-elle, et il n'en reste pas moins notre roi. Si vous le rencontriez, comment vous adresseriez-vous à lui ?

Cette idée leur parut si incongrue qu'ils éclatèrent de rire.

— Monsieur le roi ? suggéra Meg d'une toute petite voix.

Charlotte sourit, la corrigea et poursuivit son cours en leur énumérant les différents titres de noblesse par ordre décroissant de préséance : roi, duc, marquis, comte, vicomte, baron et baronnet. Elle leur expliqua ensuite comment il fallait les appeler au cours d'une conversation. Elle ne s'attarda guère sur le sujet, sachant qu'ils oublieraient bien vite cet enseignement, qui risquait en outre de ne leur être d'aucune utilité, et passa bientôt à une autre leçon.

D'ordinaire, les institutrices de campagne choisissaient la Bible comme livre de classe, afin d'inculquer les valeurs chrétiennes à leurs élèves, mais Charlotte trouvait le langage des Saintes Ecritures trop ardu à comprendre pour des enfants et donc peu susceptible de retenir leur attention. Elle avait prévu de leur donner plutôt à lire le *Waverley* de Walter Scott, un roman d'action plein de rebondissements qui, espérait-elle, saurait les captiver.

Elle prit l'ouvrage et l'ouvrit sur son bureau.

— Viens par ici, Danny, lança-t-elle au garçon, désireuse de rattraper l'humiliation que lui avait infligée Julia. Voyons comment tu te débrouilles avec ce texte.

Il s'en sortit fort honorablement, ânonnant d'abord les phrases avec lenteur, puis gagnant peu à peu en assurance. Charlotte invita ensuite ses camarades à prendre sa relève, jusqu'à ce que chacun ait au moins lu un paragraphe du roman. Elle mit ensuite un terme au cours et rejoignit avec eux les trois filles dans la salle à manger, où ils déjeunèrent tous ensemble.

Pendant le repas, la jeune femme ne put s'empêcher de repenser aux contrebandiers et de songer que les parents de ses élèves étaient peut-être en ce moment même en train de recevoir leurs instructions de Sir Roland et de M. Spike. Ce qu'elle redoutait par-dessus tout, c'était que certains d'entre eux, ralliés à la cause de leurs employeurs et, par ignorance ou par bêtise, n'y voyant pas malice, n'exigeassent l'aide de leurs rejetons. Elle se demanda quelle serait l'importance de la cargaison : quelques tonnelets d'alcool avec deux ou trois barils de tabac ou bien un plein chargement de marchandises ? Si elle était conséquente, Stacey hésiterait-il encore à prévenir les douaniers ? Et dans cette éventualité, le pire ne serait-il pas à craindre ?

— Rentrez directement chez vous, recommanda-t-elle aux enfants du village après le déjeuner. Si des étrangers vous accostent, ne leur répondez pas.

— Pourquoi, madame, euh… milady ? s'enquit Danny en se corrigeant lui-même, ce qui fit pouffer les autres. On ne vient ici que si on habite Parson's End ou si on s'est perdu. Et dans ce cas, il faut bien aider les gens à retrouver leur chemin.

— Oui, c'est vrai, convint-elle.

Et, faute de savoir comment les inciter à la prudence sans les alarmer ni risquer de se trahir elle-même auprès de Cecil et de ses amis, elle se contenta de hocher la tête et de les laisser repartir.

— Si seulement j'avais mon cheval, se plaignait Julia quand elle rejoignit les filles dans le boudoir où elles étaient occupées à coudre.

Lizzie était en train de repriser des bas, Fanny de broder une housse de coussin et Julia de contempler fixement, les yeux dans le vague, son aiguille et sa toile à cannevas.

— J'aimerais bien galoper sur la plage avec Ebony, poursuivit-elle. Je crois que je vais demander à papa de me l'envoyer.

— Il me semble me souvenir que le vicomte montait ici un grand étalon blanc, déclara Charlotte.

— Ah oui, acquiesça l'adolescente, Ivor. Papa lui a donné le nom du comte russe auquel il l'a acheté.

— Je ne crois pas l'avoir vu avec vous quand vous êtes arrivés.

— Non, en effet, reconnut Julia. Je suppose qu'il doit être resté là où papa l'a laissé avant de revenir à Malcomby Hall. Il m'a raconté qu'il avait eu tellement peur pour moi qu'il avait décidé de prendre la diligence. J'ai été très malade, vous savez.

— Oui, je sais. Mais tu as l'air de t'en être totalement remise.

— Oh, je vais mieux, maintenant. Je n'avais jamais été malade auparavant, voyez-vous, et pourtant j'avais l'habitude de sortir par tous les temps. Le médecin pense d'ailleurs que c'est grâce à cette résistante naturelle que j'ai pu guérir.

— J'en suis contente pour toi.

— A défaut de monter, ne pourrait-on aller se promener sur la plage ?

— Non, pas aujourd'hui. Il faut d'abord que nous parlions ensemble du programme des cours que je souhaiterais te voir donner aux petits — tu te rappelles ? Cela risque d'être un peu délicat, car il ne faut pas oublier que tu es également là pour apprendre.

— Comment peut-on apprendre et enseigner à la fois ?

— Oh, c'est facile. C'est ce que je fais tout le temps.

— Vous ? s'enquit Julia avec un rire incrédule.

— La vie entière est une grande leçon, repartit Charlotte. De la naissance à la mort, nous ne cessons d'acquérir de l'expérience et de connaître de nouveaux lieux, de nouvelles personnes — de les comprendre aussi, si du moins nous en avons la sagesse. Certes, chacun d'entre nous est différent des autres, mais nous sommes tous des êtres humains, avec nos forces et nos faiblesses, et cela quelle que soit notre situation ou notre rang. Et nous méritons tous qu'on se comporte avec nous avec un minimum de tact.

— Oh, je vois : c'est une remontrance.

— Estimerais-tu en avoir besoin ? l'interrogea Charlotte en la dévisageant attentivement.

— Pourquoi ? Je le devrais ? répliqua avec humeur la jeune fille. Si celui qui a commis un impair ne supporte pas d'être rappelé à l'ordre…

Elle s'arrêta brusquement.

— Pourquoi souriez-vous ? Je ne vois vraiment pas ce qu'il y a de drôle là-dedans ! s'exclama-t-elle, vexée.

— Tu ne le vois pas, vraiment ?

— Non.

— Ce que maman veut te dire, lui expliqua patiemment Lizzie, c'est qu'il faut savoir balayer devant sa porte. Tu as corrigé Danny, alors elle te corrige à ton tour.

— Et ça ne te dérange pas que ce petit morveux ait appelé ta maman « m'dame » ? répliqua Julia.

— Non, si ça ne dérange pas maman non plus. Danny ne voulait pas se montrer malpoli envers elle. Toi, par contre, tu as été méchante avec lui. Ne t'étonne pas, après, s'il refuse de se plier à tes caprices et ne te donne pas ce prétendu titre auquel tu parais si fort tenir.

— Lizzie ! protesta Charlotte.

— Ce titre est le *mien* et ce n'est pas toi qui me le retireras, espèce de sale petite parvenue prétentieuse !

— Ça suffit ! s'exclama la jeune femme en frappant dans ses mains.

Les deux filles se tinrent coites et reportèrent leur attention sur leur ouvrage respectif. Au bout d'un moment, alors que Lizzie entreprenait de massacrer consciencieusement son bas à coups d'aiguilles rageurs, Julia se leva et jeta son canevas dans la boîte à couture.

— Il n'y a pas de raison que je reste ici à me faire insulter ! décréta-t-elle avant de quitter la pièce comme une furie.

Charlotte lui courut après et la retrouva dans sa chambre, assise sur son lit, en train de contempler le mur d'un air buté. Cependant ses yeux étaient remplis de larmes qui, malgré ses efforts héroïques pour les refouler, ne tardèrent pas à dévaler le long de ses joues.

— Oh, Julia, ne pleure pas, chuchota Charlotte en s'installant à côté d'elle pour la prendre par les épaules. Lizzie ne pensait pas ce qu'elle disait.

— Je ne pleure pas ! hurla Julia. Je…

Et elle cacha son visage contre la poitrine de la jeune femme.

— Ce n'est pas à cause de Lizzie, marmonna-t-elle.

— C'est à cause de qui, alors ?

— C'est… Oh, je ne sais pas. Papi, mamie et tout le monde à Malcomby Hall me manque, et mes animaux aussi. Je veux rentrer à la maison. Je déteste être enfermée comme ça, mais je l'ai accepté pour faire plaisir à papa et maintenant il va être très en colère contre moi.

— Et pourquoi serait-il en colère ?

— Parce que vous lui direz que je me suis mal comportée et il me battra.

— Il te battra ? s'écria Charlotte qui ne pouvait croire le vicomte capable de porter la main sur sa fille, même au comble de la fureur. Celui est-il déjà arrivé ?

— Non, mais il a menacé de me passer par les armes si je ne me tenais pas bien avec vous.

La jeune femme leva les yeux au ciel.

— Je suis certaine que ce n'était qu'une image.

— Mais une image parlante, non ? murmura Julia d'une voix étouffée.

— Alors nous devons tout faire pour lui éviter d'en venir à de telles extrémités. Allons, sèche tes yeux et redescends avec moi. Nous avons toujours à mettre au point le programme de tes cours.

Julia se ressaisit bien vite et retourna avec Charlotte dans la salle à manger où la jeune femme lui expliqua ce qu'elle attendait d'elle. Il ne fallut pas longtemps à cette dernière pour s'apercevoir que la fille de Stacey avait une solide connaissance de la nature — des fleurs sauvages, des animaux de la ferme et des bois, du climat et du cycle des saisons — et, comme les enfants du village baignaient eux-mêmes dans cet univers à longueur de temps, elle décida de lui confier les leçons de choses et de voir ce qui en ressortirait. Quand arriva l'heure du thé, Julia montrait un réel enthousiasme pour son futur rôle de maîtresse assistante et se plongea immédiatement dans la lecture d'un livre sur l'art d'identifier les oiseaux afin de préparer son cours du lendemain. Soulagée, Charlotte estima inutile de rapporter à son père sa conduite à l'égard de Danny White et la dispute qui s'en était suivie avec Lizzie, laquelle avait du reste exprimé ses regrets à Julia qui lui avait en retour grommelé de vagues excuses.

Le lendemain matin, constatant que les plus jeunes s'étaient rassemblés autour de Julia pour regarder avec elle les gravures de son ouvrage sur les oiseaux et que Lizzie et Fanny étaient absorbées dans la rédaction qu'elle leur avait demandée sur la révolte jacobite de 1745, Charlotte estima quelle pouvait laisser tout son petit monde aux soins de Betsy, de Joann Quinn et de Jenkins pour se rendre à Parson's End. Elle avait besoin d'effectuer quelques courses et voulait en profiter pour glaner des renseignements sur le prochain débarquement du navire de contrebande. Elle n'avait pas oublié que Stacey l'avait instamment priée de rester à l'écart des manigances de son beau-frère et de ses amis, mais il ne lui semblait pas qu'il l'eût également sommée de rompre tout contact avec les villageois. Au reste, que pouvait-elle craindre de ses derniers ?

Il ne lui fallut pas longtemps pour s'apercevoir que dans le hameau régnait une atmosphère d'excitation contenue. Chacun vaquait à ses occupations comme à l'ordinaire — l'un travaillant ses terres, l'autre s'occupant de ses bêtes, l'une étendant sa lessive et l'autre battant ses tapis —, mais tous montraient un entrain inaccoutumé dans ces diverses activités. Il n'était pas jusqu'à Mme White qui ne chantonnât tout en balayant le seuil de son taudis. Charlotte eût tôt fait d'en conclure que nul n'ignorait l'imminence du coup fomenté dans les salons de l'Easterley Manor. Devait-elle leur en parler ? s'interrogea-t-elle. Devait-elle les informer des peines prévues par la loi pour punir les complices de trafiquants ? Elle doutait que ce fût vraiment utile : probablement les connaissaient-ils déjà.

— Bonjour, milady, la salua Stacey en venant se camper devant elle, son chapeau à la main.

Ses cheveux bruns frisottaient autour de ses oreilles, ses sourcils sombres s'arquaient sur son front en une mimique contrariée et ses iris mordorés dardaient sur elle l'éclat inquisiteur de leur prunelle ténébreuse.

Elle se sentit pâlir mais réussit toutefois à soutenir son regard avec toute la candeur de ses yeux aigue-marine.

— Bonjour, milord, articula-t-elle.

— Tout va bien au Nid de Corneilles ? s'enquit-il.

La voyant toujours habillée de son collet et de son bonnet noirs, il se demanda combien de temps encore elle prolongerait son deuil. Il espérait seulement qu'elle pleurait son beau-père et non son mari mort depuis huit ans. Il ne pouvait concevoir qu'une aussi jolie femme s'imposât une tenue aussi sinistre jusqu'à la fin de ses jours.

— Oui, milord, répondit-elle. Je suis venue faire quelques courses au village.

Elle lui montra son panier en osier, lequel contenait pour l'heure une tourte au jambon que n'avaient pas mangée ses élèves et qu'elle avait décidé d'apporter à une vieille dame bloquée chez elle par ses rhumatismes.

— Etes-vous réellement obligée de vous en charger vous-même ? la questionna-t-il. Ne pourriez-vous envoyer une de vos servantes à votre place ?

— Mais c'est un plaisir pour moi, milord, protesta-t-elle. J'aime visiter les malades et les aider de mon mieux. De toute façon, les enfants n'avaient pas besoin de moi et Mlle Quinn et Betsy suffisaient amplement pour les surveiller.

— Et que vous faut-il comme provisions ?

— Eh bien, des œufs frais ainsi qu'un poulet plumé que Betsy m'a réclamé pour le souper.

Elle lui montra la direction de la ferme à laquelle elle souhaitait se rendre et se remit en route. La soulageant de son panier, il marcha à côté d'elle. Mme White s'arrêta de chanter pour les regarder passer.

— Le temps est plus calme aujourd'hui, déclara-t-il.

— Oui... Pensez-vous que c'est pour ce soir ? s'enquit-elle en se surprenant à adopter un ton de conspirateur — précaution bien inutile puisqu'ils étaient alors seuls au milieu de la rue.

— Non. D'après ce que j'ai pu comprendre, ils ont besoin d'un délai pour distraire l'attention des douaniers avec une manœuvre de diversion.

— Parce que les douaniers sont sur leur piste ?

— Je l'ignore, lâcha-t-il avec un haussement d'épaules avant de changer de sujet. N'obtiendriez-vous pas des denrées de meilleure qualité et à plus bas prix à Ipswich ?

— C'est possible, mais je tiens à encourager la production locale tant que je le peux. Et puis je suis gênée d'avoir à emprunter au révérend son cabriolet chaque fois que je dois aller au chef-lieu du comté. Il va cependant falloir que je m'y résigne bientôt, car j'ai besoin de fournitures scolaires que je ne puis trouver ici. J'ai appris aujourd'hui qu'un couple du nom de Tyler songeait à m'envoyer leur fille.

— Je serais heureux de vous emmener dans mon fiacre. J'ai moi-même une course à effectuer à Ipswich.

— Oh, ce n'est pas pour ça que… Je ne voulais pas…, bredouilla la jeune femme, confuse.

— Je sais bien, la rassura Stacey, mais comme vous devez vous y rendre et moi aussi, pourquoi ne pas y aller ensemble ?

Il s'interrompit un instant, avant d'ajouter :

— Je vous promets de ne pas vous sermonner pendant le trajet.

Charlotte admettait en son for intérieur que l'idée était tentante. Toutefois l'ambiance fébrile régnant au village semblait bien indiquer qu'il y avait anguille sous roche et elle répugnait à laisser ses élèves seuls, alors que les parents de certains d'entre eux projetaient peut-être d'aider les contrebandiers. Pour un peu, elle aurait presque souhaité que le débarquement fût déjà de l'histoire ancienne et qu'ils eussent tous repris le cours de leur existence quotidienne.

— C'est très aimable de votre part, milord, mais je ne puis abandonner les enfants.

— Je suis certain que le révérend accepterait de prendre votre classe pendant une journée et de demander à sa femme de veiller sur nos filles en notre absence.

Cependant Charlotte hésitait encore. D'un autre côté, il lui fallait réellement aller à Ipswich et la perspective de s'y faire transporter dans une voiture confortable était attirante.

— Et si nous emmenions les filles avec nous ? suggéra-t-elle. Je suis sûre qu'elles seraient contentes de cette sortie. Et puis Lizzie a besoin d'une nouvelle paire de chaussures. Elle se plaint constamment d'être trop serrée dans celles qu'elle porte actuellement.

Stacey n'avait pas du tout prévu cela, mais il trouva que c'était mieux que rien et pensa en outre qu'il aurait ainsi l'occasion de voir comment s'entendaient la jeune femme et Julia.

— Nous risquons d'être un peu à l'étroit dans le fiacre, l'avertit-il néanmoins. Il n'est conçu que pour quatre passagers.

— Bah, les enfants se tasseront.

— Bon, soit. Nous partirons demain.

— Vous ne craignez pas qu'il se passe quelque chose d'ici là ?

— Non, et encore moins en pleine journée.

— Dans ce cas, je vais aller prévenir le révérend sitôt que j'aurai fini mes courses.

A la surprise de la jeune femme, au lieu de la quitter, Stacey resta avec elle et l'accompagna jusque chez la vieille Mlle Warton. Il l'attendit dehors qu'elle lui eût remis la tourte, puis se rendit avec elle à la ferme pour acheter les œufs et le poulet. Il lui porta ensuite son panier jusque chez le pasteur, apparemment déterminé à ne pas la lâcher d'une semelle.

— Naturellement, milady, je vous rendrai volontiers ce service, répondit Peter Fuller à sa requête.

Il les avait conviés à s'installer dans son salon et avait prié son épouse de leur apporter du thé et des petits gâteaux.

— Allez-vous au bal du 1er mai ?

— Au bal ? répéta-t-elle, étonnée.

Bals et autres mondanités lui étaient demeurés étrangers au cours des deux dernières années, Lord Hobart nécessitant de sa part des soins constants. Jadis, toutefois, il arrivait à Grenville de l'emmener danser. C'était d'ailleurs à un bal donné à Portsmouth par l'amirauté, auquel sa mère et elle avaient été invitées avec son père, qu'ils s'étaient connus tous deux. Elle était si heureuse alors, songea-t-elle avec nostalgie. Mais c'était du passé. Elle était seulement un peu triste de penser qu'elle risquait de ne plus jamais danser. Ah, si seulement elle avait rencontré le vicomte Stacey Darton à l'une des nombreuses réceptions de la capitale, comme leurs relations auraient pu être différentes !

— Vous savez bien, reprit le pasteur, l'arrachant à ses rêveries. Il a lieu chaque année dans la salle des fêtes.

— Oui, oui, je m'en souviens, acquiesça-t-elle. Malheureusement, révérend, ce genre de distraction n'est plus pour moi. D'abord parce que je suis en deuil et ensuite parce que cela nous obligerait à passer la nuit là-bas.

Le prêtre se mit alors à sourire à Stacey qui, assis sur un sofa, sa tasse de thé à la main, suivait l'échange sans dire mot.

— Voilà autant d'obstacles qui peuvent être aisément surmontés, n'est-ce pas, milord ?

Un peu interloqué, Stacey se rendit compte que le pasteur poussait presque la jeune châtelaine dans ses bras. Il ne put toutefois s'empêcher de lui rendre son sourire.

— Si Lady Hobart a envie d'assister à un bal à Ipswich, je serai ravi de l'y escorter, répondit-il. Quant à la nuit que nous devrons passer là-bas, si la gouvernante de Frances et d'Elizabeth peut nous accompagner, il suffira de trouver un hôtel pour Lady Hobart et elles et de choisir pour moi-même un autre établissement.

— Je suis certain que, dans ces conditions, feu Lord Hobart lui-même n'y aurait trouvé rien à redire, approuva Peter Fuller en hochant vigoureusement la tête avant de se tourner de nouveau vers la jeune femme. Si sa Seigneurie était encore de ce monde, il serait assurément le premier à convenir que vous méritez un brin de distraction.

Charlotte les dévisagea tour à tour. L'un comme l'autre la regardaient en souriant.

— C'est un coup monté, protesta-t-elle, mais sans trop de conviction, sachant que le pasteur ne pensait pas à mal.

— Du tout, répliqua-t-il. Vous avez simplement besoin de vous reposer un peu et de vous changer les idées, milady. Je prendrai vos élèves en charge demain et, comme après-demain est un samedi, ils ne viendront pas en classe de toute façon.

— Mais il n'y aura pas assez de place dans la voiture pour Mlle Quinn, les filles et moi !

— Je peux m'installer près de mon cocher, proposa Stacey. Avez-vous encore d'autres objections à formuler ?

— Non. J'accepte votre invitation.

Ce fut seulement quand ils eurent organisé leur voyage et repris ensemble le chemin du Nid de Corneilles que Charlotte songea que le pasteur avait sans doute eu vent lui-même du débarquement prévu par les contrebandiers et qu'en accord avec le vicomte, il avait souhaité l'éloigner du village à l'approche de la date fatidique.

Il y avait à craindre, en somme, qu'ils l'eussent manipulée et elle n'était pas du tout sûre d'apprécier cela.

Stacey vint les chercher le lendemain, après le petit déjeuner.

Ces dames, qui étaient prêtes depuis une bonne heure, s'empressèrent de monter dans le fiacre que Jem avait amené de l'écurie. Julia et Mlle Quinn prirent place sur une des banquettes et Fanny, qui était la plus menue, s'installa entre Lizzie et Charlotte sur l'autre. Toutes les cinq discutaient avec animation des emplettes qu'elles comptaient effectuer au chef-lieu du comté.

Après avoir rangé la petite malle de Charlotte à côté de la sienne, sous le banc du cocher, Stacey grimpa près de Jem qui lui tendit les rênes. Il aimait en effet conduire quand l'occasion s'en présentait et, bientôt, la voiture cahotait sur les chemins de campagne qui menaient à Ipswich.

Par chance, le temps était beau, quoiqu'un peu venteux ; ils arrivèrent en ville dès le début de l'après-midi. Charlotte, qui avait craint un moment qu'ils ne réussissent pas à trouver à se loger — le bal du 1er mai étant en effet très couru —, ne tarda point à être rassurée, puisque le nom et la prestance de Stacey, ainsi que quelques pièces d'or glissées dans les bonnes mains, leur obtinrent rapidement, à l'auberge du Great White Horse, une suite composée de deux chambres et d'un salon attenant.

— A moins que vous ayez encore besoin de moi, milady, déclara ensuite Stacey à la jeune femme, je vais vous laisser faire vos achats, ayant de mon côté une affaire à régler. Je viendrai vous chercher ce soir à 8 heures pour vous accompagner au bal.

— Je vous attendrai, milord, répondit-elle sur le même ton compassé.

— Un bal, maman ? s'enquit Lizzie dès qu'il fut parti. Je ne savais pas que tu allais à un bal.

— C'est une idée du révérend, repartit-elle avec un sourire rassurant. Il a estimé que j'avais trop travaillé et que j'avais besoin de me distraire. Il a demandé à Lord Darton de me servir de cavalier. Etant un gentleman, sa Seigneurie pouvait difficilement refuser. Ça ne te dérange pas trop, n'est-ce pas ? On va passer tout l'après-midi ensemble et ensuite on dînera ici. Quinny veillera sur vous jusqu'à mon retour, cette nuit.

Tout en parlant à sa fille, Charlotte guettait du coin de l'œil la réaction de Julia. Celle-ci ne manifesta aucune émotion.

— J'ai faim, lança Fanny que ces explications ennuyaient.

— Alors commandons une collation avant de sortir, proposa sa mère. Après avoir fait nos courses, nous irons nous promener. Et ce soir, si ça vous dit, vous pourrez m'aider à m'habiller.

Elle espérait que la visite de la ville et de ses magasins ainsi que la compagnie des enfants la tiendraient trop occupée, jusqu'à l'heure où il lui faudrait se préparer pour le bal, pour qu'elle eût le temps de se demander si la robe qu'elle avait emmenée dans ses bagages conviendrait pour l'occasion, quelle tenue Lord

Darton porterait lui-même et si leurs rapports prendraient ou non une tournure différente de celle qu'ils avaient connus à Parson's End.

Sans la présence des filles, elle se serait presque sentie dans la peau d'une adolescente de dix-sept ans s'apprêtant à sortir pour la première fois dans le monde — sentiment qu'elle ne manqua évidemment pas de se reprocher, le jugeant absurde. Pourquoi ; en effet, la perspective d'être ainsi accompagnée par le vicomte Stacey Darton au bal devrait-il la rendre aussi fébrile ? Néanmoins, elle ne parvenait pas à se calmer… Car, au fond, elle savait très bien pourquoi.

Sitôt redescendu dans la cour de l'auberge, Stacey alla retrouver Ivor dans l'écurie.

— Il a pris du poids, dit-il au palefrenier qui l'avait rejoint près du grand étalon blanc.

— Sauf votre respect, milord, c'est parce qu'il n'a pas eu d'exercice, lui repartit le bonhomme Le garçon d'écurie a bien essayé de le monter, mais ce cheval est trop costaud pour lui. Il l'a désarçonné en cinq sec.

— Il ne s'est pas blessé, au moins ?

— Non, du tout. L'a atterri sur un tas de paille.

— Je vais partir avec lui sitôt que je me serais restauré, reprit Stacey. Sellez-le pour dans une heure, voulez-vous ?

Puis il se rendit dans la salle à manger du Great White Horse où il partagea un solide déjeuner avec Jem. il envoya ensuite ce dernier réserver pour lui une chambre au Lion and the Lamb avant de prendre avec Ivor la direction des quais et de l'Office des douanes. Il avait mis le cheval au pas, soucieux de ne pas le brusquer après ces longues semaines d'inactivité.

Tout en chevauchant, il réfléchissait à sa démarche, serrant à peine la bride d'Ivor qui poussait de petits hennissements de plaisir, heureux de porter de nouveau son maître et d'échapper enfin à l'espace confiné du box qu'on lui avait alloué dans l'écurie de l'auberge.

Au vrai, Stacey hésitait à laisser un message à Gerard si celui-ci était en mission. La situation, en effet, était délicate et il ne voulait pas voir débarquer sur la plage de Parson's End une escouade de gardes-côtes mal informés qui risquaient de n'arrêter que des lampistes et de laisser s'échapper les chefs des contrebandiers, ces sinistres canailles dont Cecil Hobart avait eu la bêtise de se rendre dépendant. D'un autre côté, se taire lui répugnait.

Certes, il ne doutait pas que se présenterait avant peu une autre occasion d'appréhender Sir Roland et Augustus Spike. Easterley Manor était trop idéalement situé pour qu'ils se résignassent à ne l'utiliser qu'une seule fois, d'autant que, d'après Gerard, ils avaient abandonné leurs autres entrepôts clandestins. Cependant les villageois aggraveraient leur cas aux yeux de la justice à chaque débarquement clandestin dont ils se rendraient ainsi les complices. En outre, Charlotte et les enfants seraient eux-mêmes de plus en plus en danger au Nid de Corneilles. Si d'ailleurs il avait eu vent du trafic avant de retourner voir la jeune femme, jamais il ne lui aurait confié Julia mais aurait au contraire tenté de la persuader de se choisir un autre local pour son école. Malheureusement, le mal était fait et il ne lui restait plus qu'à essayer de protéger tout le monde au mieux.

Il s'arracha à ses pensées en approchant du port.

Quoique n'étant plus un aussi grand centre commercial que jadis, Ipswich n'en demeurait pas moins une ville active et plusieurs bateaux étaient ce jour-là amarrés aux quais. L'un d'entre eux, fraîchement sorti des chantiers navals, retint particulièrement l'attention de Stacey.

— Oui, sir, c'est un fameux navire que voilà, lui répondit avec une fierté manifeste un des charpentiers qui en exécutaient les finitions. Vous n'en trouverez pas de plus grands dans sa catégorie. Il ne mesure pas moins de quarante-six mètres de l'étrave à la poupe. Seriez-vous marin, sir ?

— Non, soldat. Je cherche l'Office des douanes, mon brave. Pourriez-vous me l'indiquer ?

Le charpentier s'exécuta de bonne grâce et Stacey atteignit bientôt le quartier général des gardes-côtes où, à son grand soulagement, il tomba sur Gerard en train de s'entretenir avec un collègue. Son ami le salua avec enthousiasme.

— Alors, que deviens-tu, mon vieux ? lui demanda Gerard après l'avoir présenté à son interlocuteur, un certain lieutenant Tarrent. Je croyais que tu devais me rejoindre sur la route, l'autre jour.

— Un contretemps m'en a empêché, s'excusa Stacey.

Il lui expliqua alors ce qui s'était passé depuis leur dernière rencontre.

— J'arrive à l'instant de Parson's End, conclut-il.

— Eh bien, articula Gerard d'une voix songeuse, elle doit être sacrément belle pour t'avoir incité à revenir dans un pareil trou perdu.

— Ce n'est pas exactement un trou perdu, répliqua Stacey en ignorant le ton gentiment moqueur de son ancien compagnon d'armes. Et toi, comment t'en sors-tu avec tes contrebandiers ?

Gerard ne parut pas surpris par cet apparent changement de sujet.

— Mieux que je ne l'avais craint. La population, soit parce qu'elle approuve les trafiquants, soit parce qu'elle les craint, est toujours aussi réticente à livrer des renseignements sur eux, mais nous progressons malgré tout. D'après l'un de nos informateurs les plus sûrs, il semblerait qu'un navire chargé à ras bord de marchandises illicites ait récemment quitté la France et vogue en ce moment même vers nos côtes. Hélas, nous ignorons encore où il doit débarquer sa cargaison.

— Moi, je le sais, déclara posément Stacey.

— Tu le sais ? s'écria Gerard, ébahi. Mais qu'attends-tu donc pour me le dire ?

— C'est que la situation un peu délicate, vois-tu.

— Elle l'est toujours. Serais-tu mouillé dans cette affaire ?

— Non, bien sûr que non, mais je n'en fraie pas moins avec les chefs de la bande. En vérité, je crains surtout que des innocents ne paient à leur place.

— Estimes-tu donc mes hommes incompétents au point de les confondre avec les coupables ?

— Le risque est là, Gerard, insista Stacey en dévisageant son ami.

Puis, se décidant brusquement :

— Bon, lâcha-t-il, je vais te raconter toute l'histoire. Nous verrons après, si tu le veux bien, comment nous pouvons nous débrouiller pour arrêter les vilains tout en renvoyant chez eux ceux qu'ils auront sorti du droit chemin et qui, je le souhaite, apprendront par là même tout l'intérêt qu'il y a parfois à résister à la tentation.

Ce fut avec la plus profonde attention que Gerard et le lieutenant écoutèrent le récit qu'il leur fit ensuite et, quand il ressortit de l'Office des douanes, ils avaient convenu tous trois d'un plan d'action propre à satisfaire tout le monde.

Il était 6 heures quand Stacey gagna enfin l'auberge du Lion and the Lamb pour se changer. Il ne savait trop ce qui avait pu le pousser à emporter un habit de soirée en quittant Malcomby Hall. Il se félicitait néanmoins d'avoir eu cette idée et se promit, en l'enfilant, de ne plus songer, au moins pour un temps, aux contrebandiers ni à ses difficultés avec sa fille, mais de tout faire pour rendre cette nuit mémorable.

9.

Dès avant 8 heures, Charlotte se trouva plongée dans un état d'excitation fébrile et d'appréhension contenue. La perspective de revêtir une autre tenue que son habituelle toilette de deuil et d'aller danser avec un bel homme contredisait l'image qu'elle avait toujours eue d'elle-même depuis la mort de Grenville : celle de la veuve rangée pour qui ce genre de plaisirs n'auraient plus dû être que des souvenirs. Elle en vint même à se demander si elle n'avait pas eu tort, finalement, d'accepter l'invitation de Stacey Darton — ou, plus exactement, la proposition du révérend Fuller car, après tout, il semblait bien que ce dernier lui eût également forcé la main, à lui aussi.

Ils s'étaient disputés deux jours à peine auparavant, quand il lui avait interdit de l'aider à confondre les contrebandiers. Nul doute que sa compagnie devait plus lui être un fardeau qu'un agrément, d'autant plus qu'elle n'avait jamais vraiment cessé de le traiter comme un des compagnons de débauche de Cecil. Mais avait-elle le choix ? Que savait-elle au juste de lui ? N'était-ce pas justement afin de laisser à ses comparses le champ libre pour le débarquement des marchandises de contrebande qu'il l'avait emmenée loin de Parson's End avec ses filles ? Dans ce cas, pouvait-elle lui être reconnaissante de les avoir soustraites à un danger dont il était en partie responsable ? Au lieu de le plaindre d'avoir été, tout comme elle, manipulé par le révérend

Fuller, ne fallait-il pas plutôt le soupçonner de s'être assuré la complicité du pasteur qui préférait peut-être voir ses paroissiens violer la loi que continuer à sombrer dans une misère qui lui serrait le cœur ?

Cependant, alors même que toutes ces interrogations bourdonnaient dans son esprit, elle se tenait sagement sur une chaise, en chemise et en jupon, et se laissait brosser les cheveux par Mlle Quinn sous les regards fascinés des enfants qui, assises sur son lit, assistaient à ces préparatifs avec presque autant d'excitation qu'elle en ressentait elle-même.

— Papa allait au bal pratiquement chaque semaine, la première fois qu'il est revenu de la guerre, déclarait Julia tout en penchant la tête pour étudier le reflet de Charlotte dans le miroir de la coiffeuse. J'ai entendu papi dire un jour à mamie qu'il avait enfin accepté de se chercher une nouvelle femme et que Lady Hortensia Carstairs lui conviendrait à merveille, parce que c'était la fille d'un marquis et qu'elle pourrait lui donner un héritier.

— Et qu'est-il arrivé ? s'enquit Lizzie, formulant ainsi la question que Charlotte brûlait elle-même de poser.

Les propos de Julia lui avait donné conscience de l'impératif dynastique qui pesait sur le vicomte Darton. Or, à presque trente ans, elle pouvait difficilement se prétendre la meilleure candidate à l'enfantement d'un descendant mâle. Son âge était un défaut quasi rédhibitoire que même son appartenance à la prestigieuse famille des Falconer ne saurait, sans doute, contrebalancer dans l'esprit de Stacey — à supposer qu'elle l'informât jamais de son lignage.

— Elle est venue séjourner à Malcomby Hall, répondit Julia. Mais je ne l'aimais pas et elle ne m'aimait pas non plus, alors le projet est tombé à l'eau.

— Et pourquoi tu ne l'aimais pas ? voulut savoir Fanny. Elle était laide ?

— Oh, oui, au dernier degré. Et affreusement pimbêche,

aussi. Elle avait un très long nez qu'elle pointait de haut sur moi, comme ça, pour me lancer qu'on ne devrait pas me laisser sans arrêt la bride sur le cou et que, si je lui étais confiée, elle veillerait à ce que je ne quitte jamais la nursery.

Elle s'esclaffa soudain.

— Je crois que papa n'a pas apprécié d'être critiqué de la sorte, même s'il n'en a rien montré. Il m'a envoyée dans ma chambre et ça m'a mise en colère.

— Et qu'est-ce que tu as fait ?

— Je me suis échappée par la fenêtre, en me raccrochant au lierre de la façade, et je suis allée dans la remise où j'ai jeté du crottin de cheval partout sur les belles banquettes en velours du carrosse de Lady Castairs.

— Non ? Ce n'est pas vrai ? s'exclama Lizzie en échangeant un regard incertain avec sa sœur, ne sachant visiblement pas si elle devait en rire ou en être scandalisée.

— Si, c'est vrai, confirma benoîtement Julia. Ah, si vous l'aviez entendue quand son cocher lui a appris la nouvelle ! Elle a poussé des cris de harpie, bouclé ses bagages et décampé de Malcomby Hall dès que nos gens ont eu fini de nettoyer sa voiture. Papa a accusé du coup un des garçons d'écurie.

— C'était malhonnête de ta part de laisser un innocent être puni à ta place, protesta Lizzie.

— Oh, mais je me suis dénoncée. Sitôt après le départ de Lady Castairs, papa est venu dans ma chambre. Je lui ai avoué tout de suite que c'était moi la responsable. Il m'a répondu qu'en fait, il s'en doutait déjà et qu'il n'avait pas puni Saul, le lad en question. Il m'a ensuite tenue enfermée à la maison pendant une semaine entière, même si, à mon avis, il n'était pas mécontent que je l'aie débarrassé de l'autre crampon.

— Il n'y pas là de quoi être fière, Julia, objecta Charlotte sur un ton aigre-doux.

— Je me contente de rapporter les faits, c'est tout.

La jeune femme crut discerner une menace voilée dans les propos de l'adolescente, comme si elle voulait la dissuader de continuer à fréquenter son père. Charlotte en fut peinée pour elle, car elle comprenait que derrière sa jalousie et ses écarts de conduite se cachait en vérité le manque d'assurance d'une enfant en mal d'amour.

— Message reçu, répliqua-t-elle à Julia. Et si nous passions à un autre sujet ? Que désirez-vous à dîner, les enfants ?

Toutes émirent un vœu différent. Mlle Quinn fut dépêchée à l'office pour commander les plats et prier qu'on les montât dans leur suite. Pendant son absence, Charlotte enfila sa robe de bal.

Celle-ci était déjà ancienne mais elle avait toujours eu sa préférence du temps où elle se rendait encore à des réceptions. Elle était confectionnée dans une gaze turquoise pâle et brodée au fil argenté d'un semis de petites fleurs. Un jupon de soie bleue la complétait. L'ensemble donnait une impression de luminosité scintillante : on eût dit un lever de lune sur les eaux limpides d'un lac de montagne. La taille, située assez haut, était soulignée d'un ruban bleu nuit et l'ourlet de la jupe festonné pour découvrir le bas du jupon. L'encolure arrondie du corsage était plus échancrée que dans son souvenir, mais la toilette était agrémentée d'une longue étole de la même étoffe bleu turquoise dont elle pouvait éventuellement se draper le buste si la pudeur ou la fraîcheur du soir l'exigeait.

— Oh, maman, comme tu es belle ! s'extasia Fanny, aussitôt imitée par sa sœur.

— Tu vas avoir du mal à choisir entre tous ceux qui voudront danser avec toi, renchérit Lizzie.

— Non, car c'est mon papa qui sera son cavalier attitré, rétorqua Julia.

La réplique de l'adolescente rappela à Charlotte que Stacey

risquait d'arriver d'un instant à l'autre et elle se sentit de nouveau nerveuse et angoissée.

Mlle Quinn revint peu après. Avisant Charlotte en tenue de bal, elle demeura un instant sur le seuil de la pièce et détailla sa maîtresse de la tête aux pieds.

— Comme c'est bon de ne plus vous voir en noir, dit-elle enfin. Et cette robe… Je ne l'ai pas oubliée, vous savez. Vous la portiez quand Lord Hobart vous a emmenée au bal donné à Londres pour célébrer la première défaite de Napoléon. Je trouvais déjà à l'époque que sa couleur allait merveilleusement bien avec celle de vos yeux.

Charlotte se souvenait pour sa part que ce moment d'allégresse nationale avait été de courte durée, l'empereur déchu ayant réussi à reprendre le pouvoir moins d'un an plus tard. Il avait ensuite fallu Wellington et la bataille de Waterloo pour le forcer à abdiquer définitivement. Cette deuxième victoire des Alliés, elle ne l'avait pas fêtée avec ses compatriotes, car déjà la santé de Lord Hobart s'était mise à décliner. Elle ne voulait pas songer alors que le vieil homme était sur une pente fatale et n'imaginait guère les bouleversements que connaîtrait son existence après son décès.

Ses yeux se posant sur les enfants qui l'entouraient, elle éprouva pour toutes trois un brusque élan d'amour et les serra l'une après l'autre dans ses bras, y compris l'inquiète Julia. Puis, s'étant rassise devant la coiffeuse, elle prit dans un coffret le collier d'émeraudes et le tendit en souriant à la fille du vicomte Darton.

— Pourrais-tu me l'accrocher, ma chérie ?

L'adolescente bondit aussitôt du lit avec une expression surprise et ravie. Elle n'avait pas plus tôt effectué la tâche que lui avait confiée la jeune femme qu'un coup fut frappé à la porte de la suite. Charlotte et les enfants se rassemblèrent dans le salon attenant tandis que Mlle Quinn allait ouvrir à Stacey.

Ce dernier pénétra dans la pièce et s'immobilisa devant le spectacle qui s'offrait à ses yeux. Charlotte avait quitté ses habits de deuil pour revêtir une toilette ondoyante et vaporeuse qui épousait les contours de sa silhouette et semblait tourbillonner à ses pieds. Il s'aperçut brusquement qu'en dehors de leur première rencontre sur la plage, il n'avait jamais vraiment eu l'occasion de contempler ses cheveux, qu'elle cachait toujours sous un bonnet ou une résille. Or voici qu'il lui était donné de les admirer dans toute leur gloire, artistement relevés en un chignon dont s'échappaient quelques mèches folles, longues boucles soyeuses qui mettaient en valeur l'élégance et la blancheur de son cou. Il prit alors conscience que ce n'était plus l'institutrice de campagne qu'il avait ce soir-là en face de lui, mais la plus belle et la plus majestueuse des femmes qu'il avait jamais eu le privilège de contempler de toute son existence.

Comme il se rapprochait d'elle, fasciné, il se rendit soudain compte qu'ils avaient un public et que Mlle Quinn et les trois enfants ne les quittaient pas des yeux. Il ne s'était pas attendu à un tel comité d'accueil mais, à la réflexion, il ne fut pas étonné que Charlotte leur eût permis d'être présentes en cet instant. Le sourire aux lèvres, il ploya cérémonieusement le buste pour saluer la reine de la soirée.

— Milady, mes hommages, dit-il.

Charlotte exécuta en retour une brève révérence, subitement intimidée. Le vicomte s'était habillé pour l'occasion d'un frac noir, d'un gilet blanc à coupe droite, d'une culotte noire et de bas blancs. Il portait une cravate immaculée, au nœud si impeccable que la jeune femme se demanda distraitement si c'était lui qui l'avait exécuté ou si Jem, parmi ses autres fonctions, ne remplissait pas également celle de valet auprès de son maître. Quant à ses cheveux, moyennement longs, ils avaient été brossés avec soin et ondulaient légèrement autour de ses oreilles et de son front.

— Milord, murmura-t-elle.

— La voiture de milady est avancée.

A cette réplique, Julia gloussa. Les filles de Charlotte l'imitèrent bientôt et Mlle Quinn ne put elle-même se retenir de sourire, ce qui eut tôt fait de détendre la jeune femme qui, contaminée par cette bonne humeur, sourit à son tour à son obséquieux cavalier.

— Je suis prête, milord, répondit-elle en tendant sa main à Stacey qui la déposa sur son bras.

— Si vous êtes sages en notre absence, reprit-il en s'adressant aux enfants, je vous emmènerai demain au port voir un navire tout neuf.

Cette proposition le surprit lui-même. Lui qui n'avait jamais de temps à consacrer aux enfants, voilà qu'il s'offrait spontanément pour en distraire trois d'entre eux !

Décidément, songea-t-il, c'était la soirée de toutes les surprises…

— N'avez-vous point hâte d'être à demain pour pouvoir regagner Parson's End ? lui demanda Charlotte tandis qu'il l'accompagnait dehors jusqu'à la voiture.

— Non, répondit-il en se tournant vers elle.

Il la regarda à la lumière de la lampe située au-dessus de la porte de l'hôtel. Les yeux de la jeune femme étincelaient, ses joues étaient un peu roses et elle paraissait dix ans de moins que dans sa sempiternelle robe noire.

— Au vrai, enchaîna-t-il, je trouve ce séjour à Ipswich de plus en plus captivant.

Ne sachant trop comment interpréter cette repartie, Charlotte estima plus sage de n'y voir qu'un effort de galanterie de sa part.

— La perspective de ce bal vous séduirait-elle donc ? s'enquit-elle. Cela n'a rien de comparable avec les grands raouts de la capitale, vous savez.

Jem surgit à cet instant de l'obscurité pour ouvrir la portière de la voiture et en déplier le marchepied. Puis, un grand sourire aux lèvres, il s'écarta pour laisser Stacey aider Charlotte à monter dans l'habitacle.

— Le plaisir de vous avoir pour cavalière y remédiera largement, répliqua ce dernier en prenant place à côté d'elle sur la banquette tandis que l'attelage s'ébranlait sans heurt.

— Monsieur, seriez-vous en train de me courtiser ?

Stacey ne put s'empêcher de tendre une main vers une des boucles de cheveux de la jeune femme. Elle lui parut d'une douceur de soie.

— Pourquoi pas ?

— Je pourrais m'y opposer.

— Mais vous ne vous y opposez pas, chuchota-t-il. Et cela parce que vous me savez sincère. Vous êtes magnifique et l'éclat de votre beauté éclipse à mes yeux toutes les autres femmes. Vous êtes la lumière qui me rend ce monde aimable.

— Cessez, monsieur, je vous en supplie, répliqua-t-elle avec un petit rire, prouvant ainsi qu'elle n'avait pas oublié elle-même toutes les règles du jeu de la séduction. Vous allez finir par me faire rougir.

— Tant mieux ! Car cela vous va à ravir.

Ce marivaudage donna le ton de la soirée. Charlotte comme Stacey était déterminée à laisser pour un temps soucis et différends de côté et ce fut en souriant qu'ils pénétrèrent ensemble dans la salle de bal.

Celle-ci était décorée de fleurs et de branchages printaniers. Son parquet avait été amoureusement ciré et, sur une estrade disposée à l'une de ses extrémités, un orchestre amateur jouait des airs dansants avec un enthousiasme qui compensait amplement son manque de professionnalisme. Tout le personnel de la fête, depuis le maître de cérémonie jusqu'au simple portier, semblait fermement résolu à rendre la soirée inoubliable.

Stacey et Charlotte se lancèrent aussitôt dans le quadrille en cours, puis enchaînèrent avec les danses campagnardes, les galops et les valses exécutés tour à tour par l'orchestre. Quoique Stacey dût par moments confier la jeune femme à d'autres cavaliers, il ne la quitta guère de la soirée, ignorant allègrement la tradition interdisant à tout homme de danser plus de deux fois avec la même dame célibataire s'il ne souhaitait l'épouser. Ou plutôt la connaissait-il très bien, mais il estimait qu'étant tous deux adultes et veufs, ils avaient le droit de ne pas se sentir concernés par ce point de l'étiquette. Et puis, de toute façon, il avait bien l'intention de demander la jeune femme en mariage. Il attendait seulement pour cela le moment opportun, craignant par-dessus tout d'essuyer un refus de la part de Charlotte.

— On nous regarde, lui murmura-t-elle tandis qu'ils dansaient la dernière valse avant l'intermède dînatoire.

— Dites plutôt qu'on n'a d'yeux que pour vous, répondit-il sur le même ton. Vous êtes la reine de ce bal et je dois constamment me battre contre les godelureaux qui veulent vous voler à moi.

Elle s'esclaffa.

— Taratata ! Je suis bien trop vieille pour de telles frivolités.

Son rire enchanta Stacey. Léger et joyeux, il lui indiquait qu'elle était enfin détendue.

— Trop vieille ? répéta-t-il. Vous vivez au contraire votre plein été. Finies la verdeur et l'inconséquence des premiers âges. Aujourd'hui, vous rayonnez de beauté, d'intelligence et de sagesse. D'ailleurs, je crois bien… Non : je suis *sûr* que…

Il se tut soudain pour plonger son regard dans celui de la jeune femme.

— Je vous aime.

Ces mots, que Charlotte rêvait d'entendre depuis si longtemps, produisirent sur elle un tel choc qu'elle manqua trébucher. Stacey en profita pour la serrer plus étroitement contre lui.

— Milord…, commença-t-elle à articuler.

— Mon prénom est Stacey, la coupa-t-il. Et je vous serais infiniment reconnaissant de m'appeler ainsi à l'avenir — en privé, s'entend.

— Justement, lui rappela-t-elle, nous ne sommes pas seuls. Et nous sommes en train d'attirer l'attention des autres couples.

— Eh bien, dans ce cas, trouvons-nous un endroit plus discret.

Lui prenant la main, il l'entraîna vers la porte la plus proche. Charlotte tenta d'abord de lui résister puis, sous les regards intrigués de la foule, préféra le suivre sans broncher.

— On va croire que nous avons une querelle d'amants, lui fit-elle néanmoins remarquer quand ils se furent retrouvés dans un couloir désert de la salle des fêtes.

— Cela nous serait difficile puisque nous ne sommes pas amants.

Il l'entraîna dans un recoin obscur puis, se retournant vers elle, la prit par les épaules. Ses mains tombèrent sur une partie de peau nue découverte par l'étole et il dut effectuer un effort héroïque sur lui-même pour ne pas y déposer un baiser.

— Du moins ne le sommes-nous pas encore, ajouta-t-il.

Cette dernière repartie fut pour Charlotte comme une note discordante dans un concert par ailleurs parfait. Elle laissait entendre que Stacey avait envie d'avoir une simple aventure avec elle, sans plus. Elle n'aurait pourtant pas dû en être ni peinée ni surprise. Avait-elle donc supposé qu'il était différent de Sir Roland ou de l'odieux M. Spike ? La réponse, hélas, était oui et sa déception était maintenant si vive qu'elle sentit les larmes lui monter aux yeux.

— Milord, ce n'est pas parce que je me suis mise au diapason de l'ambiance de cette soirée et que je vous ai autorisé à me courtiser que vous devez prendre des libertés avec moi.

— Cela dépend de ce que vous entendez par ce terme, rétorqua-t-il en la pressant contre lui et en lui prenant le menton entre ses doigts pour l'obliger à lever son visage vers le sien. Voulez-vous parler de cette liberté-ci ?

Et avant qu'elle pût protester, il l'embrassa. Charlotte en prit d'abord ombrage, irritée d'être ainsi réduite au silence. Puis, comme Stacey devenait moins insistant et plus tendre, son irritation ne tarda pas à s'envoler. Encouragé, il quitta sa bouche pour déposer des baisers le long de son cou et sur son épaule nue. La jeune femme ne put alors réprimer un soupir, qui arracha Stacey à son enchantement.

Redressant vivement la tête, il s'aperçut que les yeux de Charlotte étaient brillant de larmes.

— Oh, mon Dieu, je suis désolé, dit-il d'une voix rauque. Veuillez me pardonner.

Mais la jeune femme n'avait rien à lui pardonner, car elle n'avait rien non plus à lui reprocher. Elle aurait en effet fort bien pu le planter là pour aller se réfugier sous les lumières de la salle de bal. Loin de la retenir de force dans ce corridor obscur, Stacey s'était au contraire montré courtois avec elle et elle se prenait maintenant à espérer de tout son cœur que ce baiser eût autant signifié pour lui que pour elle-même. Tout son corps aspirait désormais à la prolongation de cette étreinte, à la transformation de ces préliminaires en apothéose. Voilà des années qu'elle n'avait éprouvé de désir charnel pour un homme. Stacey avait bouleversé tout cela et, s'ils ne s'étaient alors trouvé dans un lieu public, elle lui aurait accordé de bien plus grandes privautés encore.

Non, se dit-elle, ce baiser, elle ne pouvait le lui reprocher.

Comment aurait-elle pu en vouloir à l'homme qu'elle aimait de l'avoir embrassée ?

— Charlotte ? murmura Stacey, troublé par son silence.

Elle déglutit avec difficulté, peinant à retrouver l'usage de la parole, et, quand elle répondit, ce fut d'une voix blanche et heurtée.

— Monsieur, je ne vous ai pas donné la permission de m'appeler par mon prénom, répliqua-t-elle avec une raideur qui l'effara elle-même.

Pourquoi cette colère ? se demanda-t-elle avec consternation. Pourquoi cette sécheresse de ton ?

Mais elle connaissait déjà la réponse à ces questions : si elle était en colère, c'était avant tout contre sa propre naïveté, parce qu'elle avait eu l'ingénuité de s'imaginer qu'un simple flirt ne pouvait prêter à conséquence et la bêtise d'oublier que cela dépendait avant tout de la personne avec qui on s'y livrait.

— Je vous prie, en ce cas, de bien vouloir m'en excuser, milady, repartit Stacey avec une froideur qui donna à Charlotte envie de pleurer.

— Je… Je crois que l'orchestre a fini de jouer, bredouilla-t-elle en voyant la porte du corridor s'ouvrir pour libérer un flot de danseurs qui rejoignaient le buffet et qui ne parurent point remarquer le couple dans son alcôve.

— Oui, acquiesça un peu bêtement Stacey. Et si nous allions nous restaurer ?

Que pouvait-il lui dire d'autre ? songea-t-il. S'il s'obstinait, elle ne l'écouterait pas. Il avait tout simplement mal choisi son moment pour lui exprimer ses sentiments — exactement comme il l'avait redouté.

En désespoir de cause, ils suivirent donc la foule, sans plus s'adresser la parole. Leur ayant trouvé des places, Stacey alla ensuite leur garnir deux assiettes au buffet. Comme il retournait à leur table, un serveur vint leur proposer des verres contenant un vin clairet.

— Merci, souffla Charlotte quand Stacey eut déposé devant elle nourriture et boisson.

Incapable d'avaler rien de solide, elle se contenta de vider le verre. Il le lui prit aussitôt pour aller le remplir.

En la voyant ingurgiter aussi avidement le vin, Stacey sentit son cœur se serrer de compassion pour elle. Il se maudit derechef pour sa maladresse, convaincu d'avoir tout gâché par son impulsivité, et se garda bien d'émettre le moindre commentaire de peur de rendre leur situation plus pénible encore.

Le souper achevé, il lui tendit le bras pour l'inviter à rejoindre la salle de bal. L'orchestre s'était remis à jouer. Cette fois-ci, cependant, Stacey s'effaça devant les autres hommes qui souhaitaient danser avec elle et alla s'adosser à un pilier pour contempler les évolutions de la jeune femme sur la piste. Le regard vif et le sourire aux lèvres, elle répondait aux remarques de ses partenaires tout en suivant le mouvement, sans jamais trahir la moindre hésitation ni commettre un seul faux pas, alors que Stacey la savait pourtant légèrement ivre.

Juste avant la dernière danse, qui était une valse, il estima de son devoir d'essayer de rattraper son impair, ne fût-ce que pour redevenir à ses yeux ce qu'il était auparavant — à savoir, au mieux, le père de sa première élève, sinon un protecteur, ou, au pire, un débauché qui s'était amusé à lui rendre service dans le seul but de la séduire.

Sitôt que son précédent partenaire l'eut relâchée, il s'avança sur le parquet luisant et alla s'incliner devant elle.

— Milady, me ferez-vous l'honneur de m'accorder cette valse ? lui demanda-t-il sur un ton poli et humble tout en lui présentant sa main.

Charlotte la prit et lui adressa un sourire, le même sourire éclatant dont elle avait déjà gratifié tous ses autres cavaliers et qui n'était qu'un masque destiné à cacher sa détresse. Rien de ce qui l'entourait ne lui paraissait plus réel. Les silhouettes des gens autour d'eux se fondaient dans une brume indistincte et le visage de Stacey lui-même lui était devenu indéchiffrable. Elle avait l'impression de n'avoir jusqu'alors vécu qu'un rêve, comme si, depuis l'instant où elle avait quitté sa tenue de deuil pour enfiler cette vaporeuse robe de bal, elle avait cessé d'être Charlotte Hobart, veuve et mère respectable, pour se transformer en une créature qui n'était pas elle, une coquette impudique, sans conscience ni mémoire, ni scrupules. L'espace d'une soirée, elle avait oublié Parson's End, Easterley Manor, son école et même ses enfants. Elle avait oublié non seulement le présent, mais aussi le passé, son rang et jusqu'à son défunt mari, pour ne plus être qu'une femme éperdument amoureuse d'un homme qui semblait prendre un malin plaisir à la tourmenter.

Or voilà que, pour comble de malheur, son persécuteur paraissait exercer sur elle une emprise dont elle était impuissante à se libérer ! Car dès qu'elle toucha sa main, un flot de sensations l'envahit, aussi brutales que confuses, à tel point qu'elle eut un instant l'impression que la musique entonnée par l'orchestre provenait de l'intérieur d'elle-même.

Elle se laissa emporter.

Ils dansèrent à la perfection.

Sa main droite dans la main gauche de Stacey, la main droite de ce dernier posée dans le creux de ses reins, Charlotte percevait la chaleur de son corps et n'avait qu'une envie : réduire autant que faire se pouvait les douze centimètres imposés par la bienséance entre son cavalier et elle.

Naturellement, elle en conçut aussitôt un surcroît de honte et se traita mentalement de fille perdue.

A la fin de la valse, il la salua profondément. Elle lui répondit par une révérence.

— Merci, milady, articula-t-il en lui tendant la main pour l'inciter à se relever.

Elle esquissa un pâle sourire et se retira dans le vestiaire des dames pour y récupérer son manteau avant de rejoindre Stacey dans la file des couples qui regagnaient la sortie.

Jem les attendait avec le fiacre au milieu d'une longue file de voitures qui s'étirait devant la salle des fêtes. Sitôt qu'il les aperçut, il bondit de son siège pour leur ouvrir la portière et en déplier le marchepied. Lady Hobart et son maître montèrent dans l'habitacle sans dire un mot. Intrigué, il jeta un coup d'œil à ce dernier qui, au lieu de lui sourire, comme à l'accoutumée, lui jeta un regard absent et tendu avant de refermer lui-même la portière et de lui ordonner sèchement de les ramener au Great White Horse.

— Milady, déclara Stacey quand le fiacre se fut engagé dans la circulation et qu'il eut pris la direction de l'auberge, je vous ai présenté mes excuses. Ne puis-je espérer votre pardon ?

— Je vous l'accorde, milord. Nous attribuerons votre geste à la fièvre du moment et nous en resterons là.

Stacey aurait au contraire désiré s'étendre sur le sujet et lui expliquer que, s'il l'avait embrassée, c'était uniquement parce qu'il l'aimait, mais il était sûr qu'une telle déclaration ne serait pas la bienvenue. Le silence réprobateur de la jeune femme n'en demeurait pas moins intolérable. Pour un peu, on aurait cru qu'il avait tenté de la violer !

— Ne pourriez-vous au moins me donner un peu plus l'impression que vous ne m'en tenez *réellement* pas rigueur ? reprit-il. Après tout, vous n'êtes plus une ingénue, vous avez déjà donné et reçu des baisers auparavant — *de ma part,* notamment…

Il s'interrompit un instant.

— Tant que tout ceci ne sera pas terminé, nous devrons bien

nous supporter l'un l'autre, ajouta-t-il. Ne vaut-il pas mieux que ce soit dans un esprit d'amitié ?

— Tout ceci ? répéta-t-elle. Vous voulez dire ce séjour à Ipswich ?

— Pas seulement. Je pensais aussi aux contrebandiers, à Julia, à l'école, à Lord Hobart…

— Ah, oui : la partie de cartes qu'il vous doit. J'avais pourtant espéré que, le temps d'une soirée au moins, vous l'auriez oubliée.

— Mais je l'ai oubliée ! protesta-t-il. Pas une seule fois je n'y ai repensé depuis notre départ de Parson's End. J'étais trop occupé…

— A essayer de me séduire ?

Il soupira.

— Si vous m'avez pardonné, pourquoi êtes-vous encore si prompte à monter sur vos grands chevaux ?

— Je ne suis pas sur un cheval. Je suis ici, assise à côté de vous, parfaitement calme.

Il émit un grognement incrédule. Calme, se dit-il, elle ne l'était certainement pas. Il pouvait sentir la nervosité qui émanait d'elle, alors même qu'ils ne se touchaient pas. C'était comme une tension dans l'air, autour d'elle, une aura palpable, menaçante.

— Je vois que je vous amuse.

— Enormément, ne put-il s'empêcher de lui répliquer.

Charlotte détourna aussitôt la tête pour regarder par la vitre de la portière — quoiqu'il n'y eût rien à voir de ce côté-là, sinon des rues vides et pauvrement éclairées. Comment la soirée avait-elle pu tourner si mal ? se demanda-t-elle. Et qu'en avait-elle attendu au juste ? Le vicomte était un homme, non ? Un personnage dans la force de l'âge, viril et en pleine santé. Elle aurait été franchement plus avisée d'ignorer ses avances. Mais, hélas, elle y avait cédé et, qui plus était, avec joie. Alors pourquoi ne pas l'admettre ?

Elle laissa soudain échapper un rire amer.

— Votre fille n'aura pas besoin de vous débarrasser de moi, déclara-t-elle. Vous y êtes arrivé tout seul.

— Que voulez-vous dire ? Et que vient faire Julia là-dedans ?

— Elle nous a confié le traitement qu'elle réservait aux dames aspirant à devenir votre épouse. Elle nous a notamment raconté une certaine histoire de crottin de cheval…

Stacey éclata de rire, ce qui incita la jeune femme à se retourner vers lui.

— Je dois avouer qu'elle m'a rendu un fier service ce jour-là ! Cette demoiselle était un vrai poison. Mais cela ne signifie pas pour autant que j'ai permis à Julia de décider de ma vie. J'espère que vous avez pris ses propos avec la distance qui s'impose.

— Qu'importe, puisque je ne partage pas l'ambition de cette prétendante éconduite ?

— Oh, murmura-t-il tout en lustrant son chapeau du plat de la main.

C'était là un tic qu'il avait contracté pour se calmer. En l'occurrence, cela lui occupait également les mains et l'empêchait de basculer Charlotte sur ses genoux pour lui administrer une bonne fessée. Son attitude l'agaçait. Pourquoi diable insinuait-elle ainsi qu'il risquait d'avoir peur de déchoir en l'épousant ? Pourquoi persistait-elle à lui dissimuler ses origines ? Etait-ce par pure perversité ? Ou bien, tout simplement, parce qu'elle n'était pas aussi attachée à lui qu'il s'était complu à l'imaginer ?

— Et qu'entendez-vous en suggérant que l'école puisse être terminée ? s'enquit-elle brusquement. Croyez-vous qu'il ne s'agisse que d'un caprice, d'une toquade qui me passera avec le temps ou dont je me désintéresserai sitôt que je me serai trouvé une activité ou un statut plus gratifiant ?

— Non, du tout. Je sais bien que le professorat signifie pour vous bien plus que cela. Mais il m'avait semblé comprendre que le bail du Nid de Corneilles courait sur un an au plus. Il vous faudra ensuite chercher un autre local.

— Que je trouverai, n'en doutez pas.

— Oh, je vous fais confiance sur ce point-là.

Le fiacre venait alors de s'arrêter dans la cour du Great White Horse. Sans attendre que Jem fût descendu de son siège, Stacey sauta à terre et contourna la voiture pour aller ouvrir lui-même la portière de la jeune femme et en déplier le marchepied.

Prenant la main qu'il lui tendait, Charlotte descendit à son tour. Pendant un moment, ils se dévisagèrent mutuellement sans rien dire, hésitants et confus. A la fin, la jeune femme ne put endurer plus longtemps ce silence qui s'éternisait.

— Bonne nuit, milord, dit-elle.

Il porta sa main à ses lèvres.

— Bonne nuit, milady. Je passerai demain vous prendre à 11 heures. Il serait dommage de tromper les attentes de nos enfants, même si nous nous sommes déçus l'un l'autre.

Sans rien ajouter, Charlotte tourna les talons pour gagner la réception de l'auberge. Quoique consciente du regard de Stacey qui la suivait des yeux, elle parvint à garder le dos droit jusqu'à ce qu'elle fût réfugiée à l'intérieur du bâtiment. Là, tout son maintien s'effondra. Les dernières paroles du vicomte résonnaient encore dans son esprit. Oui, convint-elle *in petto*, elle était bel et bien déçue et elle supposait que c'était également son cas. Cette soirée, qui promettait tant, s'était achevée par un désastre.

Se rendant compte que le portier de nuit la considérait avec perplexité, elle se ressaisit et s'engagea dans l'escalier menant aux chambres de l'étage. Comment était-ce arrivé ? s'interrogea-t-elle. Comment un moment aussi magique avait-il pu tourner aussi mal ? Stacey et elle s'étaient échangé des paroles acrimonieuses, des paroles inspirées par la rancœur, le remords et, elle devait bien le reconnaître, par un souci un peu trop machinal, voire hypocrite, des convenances. Elle était toutefois trop épuisée pour y réfléchir maintenant et tenter de trouver une solution à cette situation — si tant était qu'elle en eût une. Tout ce qu'elle désirait, en cet instant, c'était son lit.

Joann Quinn l'attendait dans sa chambre pour l'aider à se déshabiller, un grand sourire aux lèvres.

— Vous êtes-vous bien amusée, milady ? demanda-t-elle tout en lui ôtant son manteau, avant de la pousser vers un fauteuil afin de pouvoir lui enlever ses chaussures.

— Oui, merci, Quinny, répondit Charlotte. Ce fut une charmante soirée.

« Du moins jusqu'au souper », ajouta-t-elle en elle-même.

— Les filles voulaient veiller jusqu'à votre retour pour que vous leur racontiez le bal, mais je les ai prévenues que vous seriez sans doute fatiguée et que, si elles ne se couchaient pas tôt, elles ne pourraient sortir avec sa Seigneurie demain matin.

— Vous avez bien fait, Quinny. Je suis en effet éreintée.

— Vous n'avez manqué aucune danse, n'est-ce pas ? s'enquit la servante tout en lui retirant sa robe.

— Non, aucune.

— Oh, je suis tellement contente. Le vicomte est un bien digne gentleman. Je ne m'en serais pas doutée la première fois que je l'ai vu au manoir, mais il ne ressemble pas du tout aux autres.

— Non, pas du tout.

Ayant fini de la déshabiller, Mlle Quinn lui enfila ensuite sa chemise de nuit.

— Bonne nuit, milady, lui dit-elle. Demain, il fera jour.

Oui, songea la jeune femme en s'écroulant sur son lit dont Mlle Quinn rabattit sur elle la couverture avant de la quitter, demain il fera jour, et le lendemain aussi, et le surlendemain…

Stacey se présenta à l'auberge à 11 heures tapantes, revêtu d'un costume marron composé d'une redingote et d'un pantalon à pattes. Il avait l'œil vif, le verbe haut et le geste plein d'entrain, à tel point que nul n'aurait pu soupçonner qu'il n'avait pas dormi de la nuit.

Il salua Charlotte avec une politesse nonchalante, comme s'il ne s'était rien passé entre eux la veille au soir. Il espérait sincèrement que la jeune femme s'était remise de leur brouille et que, surtout, leur baiser n'avait pas eu de témoins.

Il s'était mal conduit avec elle, il en avait conscience. Il bénéficiait cependant de circonstances atténuantes. Isolée à Parson's End, auprès de deux filles en bas âge et d'un vieillard malade, Charlotte avait tout simplement perdu l'habitude des règles du jeu mondain de la séduction. Si elle n'avait résisté à ses avances, c'était à cause de cette sorte d'innocence retrouvée. Son seul tort, sans doute, était d'avoir interprété cette absence de réactions comme une forme d'acquiescement.

Aujourd'hui, cependant, il ne pouvait guère commettre la même erreur, car elle avait remis sa tenue de deuil et caché ses cheveux sous un bonnet noir.

— Bonjour, milady, la salua-t-il. Comment allez-vous ?

— Très bien, milord, merci, repartit-elle, l'air pâle mais digne.

Stacey se tourna vers les trois filles. Les enfants de Charlotte portaient la même toilette bleu pâle à pois, tandis que Julia avait choisi pour l'occasion une robe en jaconas.

— Bonté divine ! s'exclama-t-il. Vous êtes aussi belles que les trois Grâces. Tout le monde va être jaloux de moi.

Les filles gloussèrent — sauf Julia. Stacey en conclut qu'il allait devoir lui toucher deux mots en privé, pour lui expliquer qu'il comptait bien, avec son accord ou non, épouser Lady Hobart, mais qu'il préférait quand même qu'elle s'entendît avec sa future belle-mère, voire qu'elle s'efforçât de l'aimer car, pour sa part, il n'était pas près de renoncer à elle. De cela, au moins, il était désormais convaincu. Il ne lui restait plus maintenant qu'à en persuader l'adolescente.

— Etes-vous prêtes ? lança-t-il à la cantonade.

— Oh, oui, lui répondit-on en chœur.

Le temps était magnifique et se prêtait merveilleusement à la promenade. Stacey ne put s'empêcher de sourire en guidant sa petite troupe le long d'Upper Brook Street, en direction des docks : il avait l'impression d'être un berger surveillant des brebis ne songeant qu'à musarder et à s'égarer en chemin. Pour un homme qui prétendait ne pas aimer les enfants, pensa-t-il, il avait un comportement pour le moins paradoxal. Et tout cela au nom de l'amour !

Le charpentier auquel il s'était adressé la veille les rejoignit sur le quai quand il les vit admirer le navire sur lequel il travaillait. Il les salua en ôtant son chapeau.

— Ces demoiselles aimeraient-elles monter à bord ? proposa-t-il.

Les trois jeunes filles acquiescèrent avec enthousiasme et l'artisan les précéda sur la passerelle. Lizzie, Fanny et Julia lui emboîtèrent le pas, suivies par Charlotte dont Stacey avait pris le bras pour l'aider à conserver son équilibre sur la planche à traverses.

Le charpentier leur fit visiter tout le bateau, depuis les cabines du capitaine et les quartiers de l'équipage jusqu'à la cambuse, puis, tandis qu'ils levaient des yeux éberlués vers les hauts mâts aux vergues desquelles étaient ferlées les voiles, il leur rapporta que le bâtiment avait été construit dans le temps record de quinze mois et que sa coque seule avait nécessité le bois de deux cents chênes du Suffolk.

Après avoir rétribué le bonhomme d'une demi-guinée, ils reprirent le chemin de l'auberge, extrêmement satisfaits de leur promenade. Stacey sentait qu'on lui en était très reconnaissant et en retira un sentiment de plénitude qui lui était inconnu jusqu'alors.

Finalement, se dit-il, les petites filles pouvaient être des créatures adorables. Même Charlotte lui souriait de nouveau.

Ils s'apprêtaient à s'éloigner des docks quand ils rencontrèrent Gerard Topham. L'imposant douanier se figea de stupeur en avisant les enfants.

— Darton ! s'exclama-t-il de sa voix de stentor. Je n'aurais jamais cru que tu avais une vocation de nourrice !

Stacey faillit lui décocher une réplique bien sentie, mais il se ravisa et, avec un grand sourire, se tourna vers Charlotte qui s'était arrêtée près de lui.

— Milady, articula-t-il, permettez-moi de vous présenter mon ami et ex-compagnon d'armes, le capitaine Gerard Topham. Capitaine, Lady Hobart de Parson's End.

— Mes respects, milady, répliqua le militaire en claquant des talons.

— Et voici ma fille, Julia, poursuivit Stacey en poussant l'adolescente devant lui. Quant à ces demoiselles, ce sont Elizabeth et Frances, les enfants de Lady Hobart.

Avec le plus parfait sérieux, Gerard inclina son impressionnante carrure devant chacune des trois jeunes filles.

— J'allais justement te voir, reprit-il à l'adresse de son ami. J'ai des nouvelles.

Charlotte les regarda tour à tour. L'un comme l'autre affichaient un air réservé et semblaient manifestement réticents à s'entretenir en sa présence.

— Allons, les enfants, dit-elle en poussant les filles devant elle. Laissons Lord Darton parler avec le capitaine Topham.

Gerard attendit qu'elles soient hors de portée pour reprendre la parole.

— Le navire des contrebandiers n'est qu'à quelques miles de nos côtes, annonça-t-il à Stacey. Nous pensions au début qu'il se dirigeait vers le Kent mais, par un coup de chance, une de nos vedettes en provenance de Felixstowe l'a aperçu qui virait au nord, c'est-à-dire en direction de Parson's End. Vu qu'il a désormais vent debout, il ne devrait pas atteindre le village avant les premières heures de la matinée.

— Demain, c'est dimanche. Tu crois qu'ils déchargeraient un dimanche ?

— Pourquoi pas ? Si le vent et la marée s'y prêtent et que la lune reste discrète, ils ne vont pas remettre le débarquement simplement pour respecter le repas dominical. Maintenant, il se peut qu'ils arrivent trop tard pour vider entièrement les cales et qu'ils préfèrent attendre pour cela la nuit suivante.

— Il faut que je retourne à Parson's End m'assurer que les villageois resteront chez eux demain soir. De combien d'hommes disposes-tu ?

— Suffisamment.

— Veille à ce qu'ils ne s'approchent pas de la maison sur la falaise, veux-tu ?

— Je leur donnerai des ordres en conséquence.

— Bien. A propos, où comptes-tu arrêter les trafiquants ? Sur la plage ou au manoir, après qu'ils y auront entreposé les marchandises ?

— Sur la plage, je pense. Je ne veux pas leur laisser la moindre chance de disparaître avec la cargaison, car alors j'aurai le plus grand mal à la retrouver et plus de difficulté encore, si jamais je lui remets quand même la main dessus, à démontrer qu'il s'agit bien de produits de contrebande, vu qu'ils l'auront entre-temps dissimulée au milieu d'autres articles dûment taxés, ainsi qu'ils en ont l'habitude.

— Il se peut que Bentwater et Spike ne descendent pas eux-mêmes sur la plage et, dans ce cas, il te sera tout aussi malaisé de prouver leur responsabilité dans cette opération.

— A toi de les en persuader, mon vieux — si du moins tu acceptes de me donner ce coup de main.

— Bien sûr. Cela ne devrait d'ailleurs pas poser trop de

problèmes, car on ne manquera pas de leur rapporter l'absence des villageois et je me doute qu'ils désireront en connaître la raison.

— Parfait. On se revoit plus tard.

Comme Gerard retournait à l'Office des douanes, Stacey rejoignit Charlotte et les filles et se remit à les flatter et les taquiner comme s'il n'avait aucun souci en ce bas monde.

Sitôt terminé le déjeuner qui leur fut servi en avance au Great White Horse, Stacey se hâta de regagner le Lion and the Lamb pour échanger redingote et pantalon contre un costume d'équitation, confiant à Jem le soin de demander aux palefreniers du relais de poste de préparer leur fiacre et de seller Ivor.

Moins d'une heure plus tard, ils quittaient la ville en direction de Parson's End, Jem conduisant la voiture cependant que Stacey chevauchait à côté du fiacre sur Ivor.

Julia avait été ravie de retrouver le grand étalon blanc de son père et avait tendrement serré sa grosse tête dans ses bras.

— Oh, papa, s'il te plaît, pourquoi n'enverrais-tu pas Jem chercher Ebony à la maison pour je puisse me promener avec toi ? lui suggéra-t-elle. Ce serait tellement merveilleux de galoper ensemble sur la grève, au milieu des embruns.

Stacey avait alors regardé Charlotte, mais celle-ci arborait une expression neutre qu'il ne sut comment interpréter.

— Dois-je comprendre que tu as finalement décidé de rester au Nid de Corneilles ? avait-il alors demandé à sa fille, histoire d'en avoir le cœur net.

— Si j'avais Ebony avec moi, pourquoi pas ?

— C'est du chantage, j'espère que tu t'en rends compte.

— Non, non, c'est une promesse !

— Bon. Je suis prêt à étudier la question — à condition que

Lady Hobart me donne un avis favorable sur toi à la fin de ta période probatoire.

— Mais ce sera dans un mois d'ici !

A l'entendre, on aurait pu penser que cela représentait une éternité.

— Telle est néanmoins ma décision, dit-il, et je n'y reviendrai pas.

Sur ce, il lui avait tourné le dos pour régler auprès du patron de l'auberge la note de Charlotte et des filles. La jeune femme ne l'y avait pas autorisé sans regimber et il commençait à être las de leurs chamailleries perpétuelles. Son besoin de lui prouver son indépendance lui portait sur les nerfs et, plus encore, sa manie de lui rappeler à tout bout de champ que, grâce à la prévoyance de son regretté mari, elle n'était désormais plus dans le besoin.

Il se promit de tout faire pour que cette dispute soit la dernière et pour que leurs rapports trouvent enfin la sérénité à laquelle il aspirait.

La nuit était presque tombée quand ils eurent regagné le Nid de Corneilles. Jenkins, qui les attendait, aida Jem à dételer les chevaux du fiacre et à ranger la voiture dans la remise. Stacey accompagna Charlotte et les enfants à l'intérieur du cottage où ils furent accueillis par Betsy et Mlle Quinn. Celle-ci emmena immédiatement les filles se coucher. Elles étaient si fatiguées qu'elles n'eurent même pas la force de protester.

— Merci de m'avoir escortée au bal, déclara Charlotte à Stacey quand ils se retrouvèrent seuls. Tout le monde a adoré ce séjour à Ipswich.

— Même vous ? osa-t-il lui demander.

— Surtout moi. Je suis désolée de m'être montrée aussi maussade. Vous ne le méritiez pas. Vous avez été si gentil avec moi.

Gentil ? se répéta Stacey. Voilà donc tout ce qu'il était à ses yeux ?

— Le plaisir a été pour moi, milady, répliqua-t-il avec un sourire un peu contraint.

— Ce capitaine Topham, reprit-elle sur un ton hésitant, il vous a parlé des contrebandiers, n'est-ce pas ? Ont-ils essayé de débarquer leur cargaison en notre absence ? Votre ami les a-t-il arrêtés ?

— Non. D'après Gerard, le vent les retarde. Ils ne devraient rien tenter avant demain matin ou même demain soir. Je vous prie donc, plus instamment que jamais, de rester dans cette maison avec les enfants et de ne pas la quitter.

— Je n'en avais aucunement l'intention, rétorqua-t-elle, vexée qu'il pût la juger aussi sotte. Que comptez-vous faire ?

— En tout premier lieu, essayer de convaincre les villageois qu'ils ont tout intérêt à demeurer également calfeutrés chez eux, s'ils tiennent à garder leur liberté.

— Et si vous demandiez au révérend Fuller de leur parler ? Je pense qu'ils l'écouteront plus que vous.

Stacey parut réfléchir un instant.

— C'est une bonne idée, décréta-t-il enfin. Je cours de ce pas lui en toucher deux mots avant de retourner au manoir.

— Croyez-vous que Cecil sache que nous avons éventé les manigances de ses acolytes ?

— Ce n'est pas impossible, admit-il. Je lui laisserai entendre que je n'ai rien contre le libre commerce, comme ça il m'en dira peut-être un peu plus.

— Aimeriez-vous monter en haut de la tour pour examiner les environs avec la longue-vue du capitaine MacArthur ?

Il avait complètement oublié l'existence de ce télescope.

— Oui, acquiesça-t-il. Si leur bateau est déjà à l'ancre dans la baie, ils pourraient se risquer à en vider les cales dès cette nuit.

Elle le mena donc au sommet de la tourelle où il passa plusieurs minutes à scruter la mer et l'horizon.

— Non, murmura-t-il, je ne vois rien. Je ne crois pas que ce sera pour ce soir.

Il rebroussa chemin en la précédant dans l'étroit escalier en colimaçon.

— Où sont les hommes du capitaine Topham ? s'enquit-elle.

— Ils ne devraient plus tarder à arriver.

— Ah, pourvu que le révérend Fuller sache persuader les villageois de rester à l'écart ! S'il arrivait malheur à un seul d'entre eux, j'aurais du mal à me le pardonner.

Ils avaient regagné l'entrée. Stacey dévisagea Charlotte en fronçant les sourcils.

— Pourquoi ? s'enquit-il. Ce ne serait pas votre faute.

— Si, puisque tout est parti de la passion morbide de Cecil pour le jeu et que j'aurais sans doute pu tenter de l'en détourner.

Stacey émit un rire désabusé.

— Rien ni personne ne saurait empêcher un joueur invétéré de courir à sa perte, croyez-moi.

— Mais faut-il l'y encourager pour autant… comme vous vous y complaisez ?

Il baissa les yeux et garda le silence un moment.

— Si j'ai accepté de jouer avec lui, c'était dans un seul but, un but bien précis, lâcha-t-il enfin en redressant la tête et en rivant son regard dans le sien.

— Vous voulez dire…, articula Charlotte avec étonnement, que vous avez fait tout ça… pour moi ?

— Pas seulement, non, repartit-il avec un brusque sourire. Pour moi aussi. Mais ce serait trop long à expliquer. Il faut que je file, maintenant.

Se rapprochant d'elle, il lui prit la main et déposa un rapide baiser dans le creux de sa paume. Le contact de ses lèvres contre sa peau, pour bref qu'il fût, déclencha de longs frissons chez la jeune femme et acheva de la persuader, s'il en était encore besoin, que le désir qu'elle éprouvait pour cet homme brûlait toujours en elle, avec autant d'ardeur, prêt à la consumer corps et âme. Or, pour essayer de le maîtriser, elle n'avait d'autre choix que de garder un maintien rigide et de continuer à feindre l'impassibilité, de continuer à se répéter, malgré toutes les preuves du contraire, que de tels gestes ne signifiaient rien pour elle et que le vicomte s'amusait encore et toujours à l'exciter pour tromper son ennui.

Quand il releva les yeux vers elle, elle s'abstint de croiser son regard et préféra se concentrer sur la pierre de son épingle à cravate.

— Bonne nuit, milady, lui murmura-t-il sur un ton apaisant, comme s'il s'adressait à un enfant dont il faudrait calmer les angoisses. Demain ou après-demain, nous pourrons enfin nous parler et, peut-être, apprendre à mieux nous connaître.

Sur ce, il relâcha sa main, récupéra son chapeau sur le guéridon de l'entrée et se dirigea vers la porte.

— Milord, le héla-t-elle au moment où il en tirait le battant, soyez prudent. Je vous en supplie.

Il lui décocha alors un immense sourire qui illumina tout son visage.

— Je le serai, mon amour, n'ayez crainte. A demain.

Puis il fut parti, laissant Charlotte devant une porte close, incapable de croire qu'elle eût révélé tant d'elle dans cette simple prière et qu'il eût pu lui-même lui répondre comme il l'avait fait.

Car, tout de même, se prit-elle à songer, de tels propos n'excédaient-ils pas les limites d'un simple flirt ?

*
* *

Tout en se souriant à lui-même dans l'obscurité, Stacey marchait à grands pas vers Parson's End. Il avait préféré s'y rendre à pied, estimant qu'Ivor n'était pas encore au mieux de sa forme et qu'il n'aurait pu supporter ce trajet sans dommage dès après leur retour d'Ipswich.

Lorsqu'il parvint en vue du presbytère, il aperçut de la lumière aux fenêtres du bâtiment et supposa que le pasteur devait être en train de préparer son sermon du lendemain. Il frappa à la porte. La bonne des Fuller vint lui ouvrir et le conduisit directement dans le bureau du révérend. Ce dernier, comme il l'avait deviné, était assis à son bureau, entouré par des piles de livres et de papiers, un verre de cognac près de son coude.

— Navré de vous déranger, lui lança Stacey tout en se demandant malgré lui si les taxes dues sur ce cognac avaient bien été acquittées. J'aurais besoin de votre aide.

Le pasteur l'invita à s'asseoir et lui offrit un verre d'alcool, qu'il accepta.

— Que puis-je donc pour vous ? s'enquit le vieil homme tout en se remettant à siroter son cognac.

— Avez-vous entendu parler de contrebandiers dans la région, révérend ? l'interrogea Stacey.

— Pourquoi viendrait-on m'en signaler la présence ? Je ne suis pas policier.

Stacey sourit.

— Non, mais vous avez la confiance de vos paroissiens.

— Mieux vaut parfois être un peu sourd, mon fils.

— J'en conviens volontiers, mais il se trouve qu'un navire de contrebande approche en ce moment même du rivage de Parson's End et que la douane en a été avertie. Il pourrait en résulter certains désagréments que je souhaite précisément éviter.

— Et vous avez songé à moi ? Quoique homme de Dieu, je n'ai pas la capacité d'opérer des miracles, milord.

— Je ne vous le demande pas, révérend. Je pensais plutôt à

l'influence que vous possédez sur les hommes de ce village. Je suis pratiquement certain qu'ils ont tous été embauchés par les trafiquants pour aider au déchargement de la cargaison, or vous êtes mieux placé que moi, il me semble, pour les dissuader de prendre un pareil risque et les inciter à rester sagement chez eux.

— Je crains que mes paroles pèsent beaucoup moins sur leur décision que les quelques guinées qu'on leur aura promises, milord. Ce sont de pauvres gens.

— C'est vrai, mais je puis leur assurer de mon côté qu'ils toucheront la même somme s'il refusent d'être les complices de ces bandits. Je ne veux pas qu'ils soient emprisonnés et que leurs femmes et leurs enfants se retrouvent plus démunis encore qu'auparavant. Cela ruinerait tous les efforts que Lady Hobart et vous-même avez jusqu'à présent accomplis pour arracher leur progéniture à leur triste condition.

— Ah, Lady Hobart, repartit le pasteur. Une dame admirable, pleine de compassion...

Il marqua un temps, un fin sourire aux lèvres.

— A propos, reprit-il, le bal vous a-t-il plu ?

— Beaucoup, répondit Stacey tout en se demandant si le révérend ne cherchait pas délibérément à changer de sujet. J'ai prié Lady Hobart de garder nos filles chez elle jusqu'au terme de cette affaire, ajouta-t-il en revenant à la raison de sa visite. Je n'ai aperçu pour le moment aucun vaisseau suspect dans la baie, je ne pense donc pas que ce sera pour ce soir mais pour la nuit prochaine. D'ici là, il faudra impérativement tenir les enfants du village à l'écart de la plage. Et, dans la mesure du possible, leurs parents aussi.

Le pasteur soupira.

— Bon, fit-il, je vais envoyer mon homme de peine prévenir mes paroissiens que je les désire tous à l'église demain matin, même ceux qui n'y ont plus mis les pieds depuis des lustres.

Il se tut soudain pour pouffer.

— Ensuite de quoi, poursuivit-il, je leur infligerai le plus long sermon qu'ils aient jamais eu à endurer de toute leur existence. Quand j'en aurai fini, ils auront tellement peur pour le salut de leur âme qu'ils n'oseront même pas s'approcher des falaises !

Stacey fit une grimace comique.

— J'aimerais beaucoup vous entendre, révérend, mais, malheureusement, des engagements me retiendront demain au manoir.

— Est-ce là-bas que les marchandises sont censées être entreposées ?

— Oui, et cela renforce ma résolution de mettre un terme à ce trafic. Je sais bien que Lady Hobart n'y habite plus, mais cette demeure a longtemps été son foyer et son nom est attaché à ce lieu. Plus tôt nous interviendrons pour appréhender les contrebandiers et plus nous aurons de chances de lui éviter un scandale qui risquerait d'entacher la réputation de son école.

— Il est vraiment regrettable qu'elle ait été obligée de quitter le manoir.

— Sans doute, mais dans cette épreuve elle a montré beaucoup de courage et d'abnégation. Comme vous l'avez souligné à l'instant, c'est une femme admirable. Ceux qui ont si ignominieusement abusé de sa mansuétude méritent de croupir derrière des barreaux. Or c'est là un sort que je voudrais justement éviter aux villageois, qu'elle aime. vous me comprenez, n'est-ce pas ?

— Oh, absolument. C'est pour les enfants de Parson's End qu'elle est restée ici après le décès de son beau-père, alors qu'elle aurait très bien pu aller chercher refuge chez son grand-oncle.

— Ah, oui, Lord Falconer. J'ai cru comprendre qu'ils s'étaient perdus de vue.

— En effet. Je suis sûr qu'il ne sait rien de son revers de fortune. Du reste, je me suis souvent reproché de ne pas lui avoir écrit moi-même pour l'informer des avanies de sa petite-nièce, même si celle-ci n'eût certainement pas apprécié une telle ingérence dans sa vie privée. J'ai donc été profondément soulagé de vous voir reprendre la situation en main.

Rependre la situation en main ? se répéta Stacey en réprimant un sourire. Voilà bien une initiative que Charlotte Hobart ne lui aurait pas permise. Elle était maîtresse de son destin et tenait à l'affirmer haut et fort. Peut-être, pensa-t-il rêveusement, était-ce son côté aristocratique qui remontait à la surface — ce côté qu'elle s'acharnait toujours à lui dissimuler. Cette pudeur ne laissait pas de le rendre perplexe. Que cherchait-elle donc en lui taisant ainsi ses origines ? A obtenir de lui un respect inconditionnel ? Pour sa part, il n'avait cure de son rang. Ses parents, en revanche, y attacheraient sans nul doute de l'importance et, rien que pour cette raison, il était heureux qu'elle fût issue d'une des meilleures familles d'Angleterre.

Il se demanda si Hardacre avait écrit à Lord Falconer comme il en avait émis l'intention et quelle réponse, en ce cas, il avait reçu de ce dernier. Persistait-il à ignorer sa parente ?

Au fond, se dit-il, peu importait. L'essentiel n'était pas là. L'essentiel, c'était de protéger Charlotte et leurs enfants des bandits qui s'étaient accaparé le manoir. L'essentiel, c'était d'assurer un avenir serein à Julia.

L'essentiel, c'était aussi d'avoir enfin avec la jeune femme cette discussion à cœur ouvert dont il espérait tant.

10.

Après avoir fait le tour de la maison pour vérifier que chaque porte et chaque fenêtre étaient bien fermées et que toutes les lampes étaient éteintes, Charlotte monta dans sa chambre et demeura un long moment étendue sur son lit, dans le noir, à ressasser les paroles échangées avec Stacey et à s'inquiéter des contrebandiers ou, plus exactement, du sort des villageois.

A la fin, incapable de trouver le sommeil, elle enfila un peignoir et grimpa au sommet de la tourelle pour inspecter les environs par l'oculaire du télescope. Elle aperçut quelques navires dont la silhouette se découpait sur l'horizon. L'un d'entre eux, peut-être, était celui des trafiquants, mais comme aucun n'approchait pour l'instant de la côte, elle n'aurait su dire lequel.

Elle renonça à poursuivre ses recherches en voyant l'aube commencer à rosir le ciel et redescendit se coucher.

Quand elle arriva à l'église avec les filles, elle fut stupéfaite de voir le monde qui s'y entassait, à croire que toute la population de Parson's End s'y était donné rendez-vous — à l'exception notable, et prévisible, des habitants du manoir. Et de Stacey.

Les fidèles, ce dimanche-là, chantèrent plus d'hymnes qu'à l'accoutumée et récitèrent plus de prières aussi, la plupart pour supplier le ciel de les détourner du mal et d'aider leur prochain à ne pas succomber lui-même à la tentation. Quand vint enfin l'heure du sermon, le révérend Fuller grimpa en chaire avec l'air farouche et résolu d'un soldat montant au front. Il n'eut pas plus tôt ouvert la bouche que Charlotte comprenait la raison de cette affluence insolite et des expressions contrites qu'affichaient nombre de ses coreligionnaires. En effet, quoique s'exprimant à mots couverts, le pasteur n'en signifia pas moins clairement à son auditoire qu'il était au fait de l'opération imminente, qu'il la condamnait et que ceux qui s'en rendraient complices en seraient châtiés.

— Et je n'entends pas seulement dans l'autre monde, crut-il bon de préciser d'une voix tonnante. J'entends également dans ce monde-ci. Prenez garde, mes frères : le malfaiteur est parfois talonné de près par son bourreau.

Un concert d'exclamations étouffées accueillit cet avertissement à peine voilé.

— Prions maintenant pour recevoir la lumière, enchaîna le révérend en baissant pieusement la tête.

A la fin de l'office, il alla se poster à la porte de l'église pour toucher deux mots à chacun de ses paroissiens en âge de risquer sa liberté pour quelques guinées.

— La vertu est sa propre récompense, estima-t-il nécessaire de leur souligner. Mais au cas où elle ne suffirait point, apprenez que le prix du crime, aussi élevé soit-il, peut être compensé par de l'argent honnête. Si demain vous n'avez toujours rien à vous reprocher, venez me voir dans l'après-midi. Allons, rentrez chez vous maintenant, et prenez le temps de réfléchir à ce que je vous ai dit.

Il sourit à Charlotte en la voyant sortir à son tour du bâtiment avec les trois jeunes filles.

— Ah, milady, beau temps, n'est-ce pas ?

— Oui, révérend, très beau.

— Pas au point, cependant, de s'égarer trop loin de chez soi. Un grain est toujours à craindre…

— C'est vrai, convint Charlotte, le comprenant à demi-mot, mais peut-être nous inquiétons-nous pour rien et la journée se terminera-t-elle sans incident.

— Espérons-le. Et souhaitons que la nuit soit calme aussi. Comptez-vous ouvrir votre école demain ?

— Oh, oui. Il est important de ne pas bousculer les habitudes des enfants, n'est-ce pas ?

Elle ramena ensuite tout son monde au Nid de Corneilles en songeant que Stacey y passerait peut-être, mais la matinée s'acheva sans qu'il leur eût donné signe de vie. Il préférait jouer aux cartes au manoir, se dit-elle. Il lui avait pourtant promis de venir la voir.

Elle s'efforça d'oublier sa déception en distrayant les filles. Celles-ci avaient en effet du mal à comprendre pourquoi elles devaient demeurer dans la maison alors qu'il faisait si beau dehors et la frustration avait tendance à les rendre revêches et querelleuses.

Elles jouèrent ainsi aux charades, aux devinettes, aux petits chevaux et au loto avec des haricots chipés dans la cuisine — expédition qui fut en elle-même toute une aventure, tant la surveillance exercée par Betsy sur les réserves alimentaires de la maison était difficile à prendre en défaut.

A 3 heures elles déjeunèrent. Charlotte demanda ensuite à chacune de lire à voix haute un passage de la Bible pendant que les autres étaient penchées sur leur ouvrage. Les Saintes Ecritures finirent cependant par les lasser et Julia exigea qu'on les remplaçât par le *Waverley* de Walter Scott. Charlotte céda.

Dehors le soleil brillait toujours et le jardin en friche, auquel Jenkins s'efforçait toutefois de redonner un soupçon de dignité, offrait un terrain de jeux autrement plus attrayant que l'espace confiné du boudoir.

— Pourquoi est-ce qu'on ne peut pas sortir, maman ? voulut savoir Lizzie. Je sais bien qu'on est dimanche, mais prendre un peu l'air n'est quand même pas un péché. Il nous est déjà arrivé de partir en promenade ce jour-là.

— Le vicomte Darton m'a demandé de vous garder ici.

— Mais pourquoi ?

— Parce qu'il a l'intention de venir, je suppose, et qu'il aimerait toutes nous voir.

— Moralité : on risque de l'attendre pour rien, ronchonna Julia. C'est toujours la même chose avec lui : il ne tient jamais ses promesses. A mon avis, il s'est déniché une compagnie plus intéressante que la nôtre.

— Oh, Julia, tu ne devrais pas parler ainsi de ton papa, la tança doucement Charlotte. Il ne veut que ton bonheur, tu sais. Tiens, hier encore, tu as été contente de visiter avec lui le bateau, n'est-ce pas ?

— Bah, je parie qu'il nous a emmenées sur le port uniquement parce qu'il voulait y rencontrer son ami douanier.

— Je crois au contraire qu'il ne s'attendait pas à tomber sur lui. Ils m'ont paru aussi surpris l'un que l'autre de se croiser ainsi sur les quais. Tu devrais avoir plus confiance en ton papa, Julia.

— La confiance, ça se mérite. Qu'il m'apporte d'abord Ebony et je commencerai peut-être ensuite à le croire. En tout cas, ajouta l'adolescente avec un lourd soupir, ce n'est pas aujourd'hui que je reverrai mon cheval — alors que lui, j'en suis certaine, il doit être en train de galoper sur la plage avec Ivor.

— Tu es injuste, protesta Charlotte. Tu sais comme moi qu'Ivor est à l'écurie.

— Et si on jouait à cache-cache ? proposa Fanny, soucieuse comme toujours de ramener la paix autour d'elle.

On l'approuva mollement. Elle fut la première à se cacher. On la découvrit dans le placard à balais sous l'escalier. Puis ce fut le tour de Lizzie, qui se réfugia sous un des pupitres de la salle de classe. Quand enfin on se mit à chercher Julia, on ne la vit nulle part. Anxieuse à l'idée qu'elle eût osé sortir malgré l'interdiction de son père — ou plutôt *à cause d'elle* — Charlotte se mit à fouiller le jardin, la remise et l'écurie. En vain. Jem, qui cirait la selle d'Ivor, déclara ne pas l'avoir aperçue. Alors qu'elle revenait vers la maison, plus inquiète que jamais, Charlotte distingua un reflet de soleil en haut de la tourelle. Elle y grimpa aussitôt et, comme elle s'y attendait, surprit la fille de Stacey en train de regarder dans la longue-vue.

— Julia, que fais-tu ici ? lui demanda-t-elle. Tu sais pourtant que le capitaine MacArthur ne veut pas qu'on touche à son instrument.

L'adolescente avait braqué le télescope sur la grève et les falaises.

— Je voulais juste voir si papa arrivait.

— Oh, Julia, il va venir, j'en suis sûre.

— C'est fou comme cet engin rapproche les choses, poursuivit Julia d'une voix absente. On pourrait presque compter les grains de sable de la plage…

Elle détacha son œil de l'appareil et soupira.

— Malheureusement, il est impossible de le braquer juste en dessous de la maison. Vous croyez que papa se trouve justement à cet endroit-là ?

— A mon avis, non. Autrement, il serait certainement monté nous dire bonjour.

A la vérité, Charlotte n'en était pas si sûre, mais elle souhaitait avant tout faire sortir au plus vite la jeune fille de cette pièce où sa présence était proscrite.

— Allons, viens, Julia. J'ai donné ma parole au capitaine MacArthur que personne ne serait autorisé à venir ici en son absence. Comment es-tu entrée, d'ailleurs ? La porte de la tourelle est verrouillée d'habitude.

— Elle ne l'était pas cette fois-ci. Le battant était même

entrouvert et, comme je cherchais une cachette, j'ai profité de l'occasion. Quand j'ai vu cette longue-vue, précisa-t-elle en désignant le télescope, je me suis dit que je pourrais aussi bien y jeter un œil et que ça ne ferait de mal à personne.

Charlotte pensa alors que c'était sans doute elle qui avait omis de refermer la porte la veille, après qu'elle était redescendue de la tourelle avec Stacey, et qu'elle ne pouvait quand même pas reprocher à l'enfant sa propre négligence.

— Viens, Julia, répéta-t-elle. Laisse donc cet appareil. Il est l'heure de dîner.

L'adolescente la suivit à contrecœur hors de la pièce. Charlotte en verrouilla aussitôt le battant et en rangea la clé dans la poche de sa robe. Puis elle rejoignit Julia au rez-de-chaussée tout en songeant avec tristesse que celle-ci avait probablement raison : Stacey ne passerait plus, maintenant. Etait-il en train de jouer au manoir ? A cette idée, elle se promit d'insister auprès du révérend Fuller pour qu'à l'occasion d'un de ses prochains sermons il mît solennellement en garde ses ouailles contre le démon du jeu. Après tout, ce vice n'était-il pas responsable de tous les malheurs qui avaient jusqu'à présent frappé Easterley Manor ainsi que des dangers qui menaçaient aujourd'hui Parson's End et le Nid de Corneilles.

Stacey rongeait son frein en silence. Il aurait bien aimé se rendre au Nid de Corneilles, mais il n'osait s'absenter du manoir avant de savoir exactement ce qui s'y tramait et s'être assuré que, le moment venu, Sir Roland et Augustus Spike seraient bien là où il le souhaitait : sur la plage, avec la cargaison de contrebande, prêts à être cueillis par Gerard et ses hommes.

Pour l'heure, seul Sir Roland, qui ne raffolait pas du grand air, se trouvait à la maison, Augustus Spike étant sorti, sans doute pour patrouiller sur les falaises. Stacey espérait seulement qu'il ne s'approcherait pas trop du Nid de Corneilles.

Il aurait également aimé savoir si le pasteur était arrivé à se faire entendre de ses paroissiens. Hélas, il lui était impossible de s'en enquérir. Depuis le matin il était bloqué devant le tapis vert du manoir. Il y jouait aux cartes, comme prévu, mais de nouveau pour des coquilles de noix, Cecil n'étant pas parvenu à rassembler la somme promise, ce qui ne l'étonnait guère.

— Ce n'est que partie remise, lança-t-il à Stacey tout en cassant une noix — et en augmentant ainsi subrepticement la réserve d'écales disposée près de son coude. J'aurai l'argent demain.

— Et comment pensez-vous l'obtenir ? repartit Stacey avec aigreur. Par des tours de passe-passe ?

— Ce ne sont pas vos oignons, cousin.

— En trafiquant un brin, peut-être ? En revendant des marchandises illicites ?

Cecil s'esclaffa.

— A votre avis ? répliqua-t-il.

— A mon avis, ce retard n'est pas sans rapport avec un certain vent du nord.

Entendant Sir Roland émettre un grognement irrité, il se tourna vers lui, un grand sourire aux lèvres.

— Me jugez-vous donc naïf au point de croire que vous ne demeurez ici que par amour pour mon cousin ?

Cecil lâcha un rire âpre.

— Et vous, Darton, pourquoi restez-vous ? Mais est-il vraiment besoin de vous poser la question ? Cela dit, je ne vois pas ce que vous lui trouvez. Littéralement, elle ne vaut plus un sou, si du moins il faut l'en croire.

Stacey ne sut comment il put garder sous cet affront une attitude impassible. Néanmoins, quand il reprit la parole, il réussit à contrôler suffisamment sa voix pour masquer sa colère — ou plutôt la rage meurtrière qui bouillonnait en lui.

— Ce n'est pas Lady Hobart qui est en cause ici, mais une pile de reconnaissances de dette qui portent votre signature. Et tant que vous persisterez à ne pas les honorer, j'ai parfaitement le droit d'aller crier sur les toits que Lord Hobart n'a plus de parole — s'il en eut jamais.

Cecil blêmit sous l'insulte. Sir Roland ricana.

— Nous avons conclu un marché, rappela Cecil à Stacey. Auriez-vous l'intention de renier *votre* parole ?

— Non. Et vous ? rétorqua posément Stacey.

— Je suis toujours partant, mais pour l'argent, je vous le répète, il vous faudra attendre demain.

— J'en conclus donc que la marchandise arrivera cette nuit et sera répartie entre ses différents acheteurs avant l'aube. Car c'est bien ainsi que ça se passe habituellement, n'est-ce pas ?

Sir Roland se redressa d'un coup, le geste menaçant, une bouteille de vin dans une main et un verre dans l'autre.

— Un espion du fisc ! s'exclama-t-il. Je m'en doutais.

— Vous vous méprenez, lui certifia calmement Stacey. Je n'apprécie pas plus que vous les représentants du Trésor. J'estime simplement qu'il est pour le moins discourtois de la part de mon cousin de ne pas proposer une part du gâteau à l'un de ses parents, surtout quand celui-ci est par ailleurs un de ses créanciers.

— Et d'où tenez-vous ces renseignements ? Qui vous en a parlé ?

— Mais votre ami Cecil lui-même, répondit carrément Stacey. Il se trouve qu'il a la voix qui porte et que je l'ai entendu évoquer un soir des « débardeurs ». Cela m'a aussitôt mis la puce à l'oreille. Et comme, dans ce genre d'affaire, lesdits débardeurs sont en général des hommes du cru, il m'a suffi de laisser traîner une oreille au Dog and Fox pour en déduire la nature exacte de votre petit commerce.

— Ah, ces ploucs ! Ils ne savent jamais tenir leur langue, se lamenta Sir Roland en se rasseyant — au grand soulagement de

Stacey. Tu vois Hobart, je t'avais bien dit qu'on ne pouvait pas leur faire confiance.

— Embaucher des pros nous aurait coûté les yeux de la tête et n'aurait pas manqué d'attirer l'attention sur nous, riposta Cecil.

— Peu importe, trancha Stacey. Moi, je ne suis pas un plouc et je connais la vertu de la discrétion. Et si vous me mettiez dans le coup ?

Cecil et Sir Roland se regardèrent. Stacey devinait sans peine qu'ils étaient en train de soupeser les risques qu'il y aurait à repousser sa proposition au regard du prix que leur coûterait sa complicité. Il pouvait presque entendre grincer les rouages de leurs cerveaux, sachant qu'ils devaient chercher un moyen d'obtenir son silence sans avoir à le payer. Il eut le plus grand mal à garder son sérieux.

— Pourquoi vous ferions-nous confiance ? demanda enfin Sir Roland.

Il haussa les épaules.

— Je n'ai pas l'intention de partir d'ici, pas avant ce soir du moins. J'aurais peut-être même envie de vous accompagner à la plage. Après tout, je n'ai jamais assisté à ce genre d'opération.

Sir Roland secoua la tête.

— Sans moi. Je dois rester ici pour réceptionner la marchandise et superviser son entreposage. Si vous voulez vous rendre utile, surveillez plutôt nos débardeurs pour les empêcher de chiper une partie de la cargaison.

— A quelle heure attendez-vous le navire ?

— Dès que la nuit sera tombée et que la marée sera remontée. C'est un vaisseau de fort tonnage et il est impératif que toute sa cargaison soit cachée dans les caves du manoir avant l'aube.

— Vous avez donc donné rendez-vous à vos acheteurs ici même ?

— Absolument, cousin ! confirma Cecil avec un rire rauque.

Tout ce joli petit monde va venir faire la fête ici avec les poches remplies de monnaie. Vous aurez donc votre partie, n'ayez crainte.

Stacey s'esclaffa à son tour.

— J'en demande pas plus, Hobart ! Bon, je vous laisse. Je vais aller voir ce qui se passe sur la plage.

— Prenez donc ce pistolet d'artifices, lui dit Sir Roland en lui tendant une arme à canon trapu. Tirez dès que vous apercevrez le Kentish Maid, cela propulsera une fusée bleue. Vérifiez auparavant qu'il n'y a aucune vedette des gardes-côtes à l'affût. Si vous vous trompez, vous ne reverrez pas le soleil, je peux vous le garantir.

— Vous craignez donc une intervention des douaniers ?

— A priori, non. Ils sont trop occupés à surveiller la côte du Kent. Mais mieux vaut rester prudent.

— Entendu, acquiesça Stacey avant de regagner sa chambre.

Après avoir enfilé une paire de cuissardes et revêtu une longue cape noire, il sortit de la demeure avec l'étrange pistolet dans la poche. Si le Kentish Maid était à l'ancre dans la baie, il prévoyait de tirer la fusée, puis de faire savoir à ses nouveaux « associés » que les marchandises avaient déjà été débarquées par les marins du bateau, mais qu'aucun villageois ne s'était présenté pour les emporter au manoir. Voilà, pensait-il, qui devrait promptement rameuter ces gredins sur la plage. Gerry et ses hommes, qui se tenaient embusqués non loin de là, n'auraient plus alors qu'à coffrer la bande, et lui-même, sa mission accomplie, pourrait enfin se rendre au Nid de Corneilles pour s'entretenir avec Charlotte et dissiper enfin les malentendus qui perturbaient encore leurs relations.

*
* *

Charlotte était au bord de la panique. Julia n'était pas dans son lit et ne s'y était même jamais étendue, puisque les couvertures en étaient soigneusement tirées et l'oreiller gonflé. Elle ne savait au juste quel instinct secret l'avait poussée à s'assurer que l'adolescente dormait à poings fermés dans sa chambre et n'était pas en train de lire à la lueur d'une bougie, mais elle se félicitait d'avoir eu cette initiative.

Une rapide inspection du cottage eut tôt fait de lui apprendre que la fille de Stacey ne s'y trouvait pas. Comme la porte de l'office, dont elle avait pourtant pris soin de vérifier la serrure avant de se coucher, n'était plus verrouillée, elle supposa que Julia était sortie par là. Ah, se dit-elle avec affolement, quelle idée d'avoir précisément choisi cette nuit pour commettre une fugue !

Affolée, la jeune femme s'enveloppa dans son mantelet et courut dehors pour fouiller les dépendances. Elle nota l'absence d'Ivor à l'écurie, mais douta que l'adolescente pût chevaucher le grand étalon. Ce devait être Stacey lui-même qui était venu prendre sa monture, pensa-t-elle. Avait-il donc emmené sa fille avec lui ? Elle repoussa cependant bien vite cette hypothèse : jamais le père de Julia n'aurait ainsi pris le risque d'exposer son enfant au danger. Il le lui avait d'ailleurs clairement signifié.

Alors où se trouvait l'adolescente, bon sang ? En désespoir de cause, elle rentra dans le pavillon pour réveiller Betsy et Mlle Quinn.

— Ne faudrait-il pas avertir Lord Darton ? suggéra Joann Quinn quand elles se furent réunies toutes les trois dans la cuisine dont elles avaient tiré les rideaux pour masquer l'éclat de leur lampe.

Ni la gouvernante ni Betsy ne comprenaient pourquoi Charlotte avait exigé ce couvre-feu. C'était, prétendait cette dernière, pour éviter que les bateaux longeant la côte ne confondissent le Nid de Corneilles avec un phare. Comme elles n'avaient jamais pris cette précaution jusqu'alors, cette explication les laissait songeuses. Elles s'abstinrent néanmoins de la contester, préférant ne pas contrarier leur maîtresse tant elle paraissait affolée.

— Essayons d'abord de la retrouver par nous-mêmes, repartit Charlotte tout en promenant autour d'elle un regard anxieux, comme si elle s'attendait à ce que la jeune fille surgît d'un instant à l'autre d'un des placards de la pièce. Elle n'a pas dû aller bien loin. Il fait noir, dehors. Elle doit être terrifiée.

— Oh, pas elle, objecta Betsy. Elle n'a peur de rien, cette gamine. A mon avis, elle n'a pas dû recevoir assez de fessées.

— Je vais aller chercher Jenkins et Jem, proposa Mlle Quinn.

Pendant son absence, Charlotte fouilla une nouvelle fois le cottage avec Betsy, la tourelle comprise, mais sans plus de succès. Entre-temps, ses filles s'étaient réveillées à leur tour et voulaient connaître la cause de tout ce remue-ménage.

— Est-ce que Julia est venue vous prévenir qu'elle sortait ? leur demanda-t-elle. Savez-vous comment elle était habillée ? Avez-vous une idée de l'endroit où elle a pu se rendre ?

Ni Lizzie ni Fanny ne purent répondre à ces questions. Julia ne leur avait rien dit. Elle s'était couchée en même temps qu'elles et elles ne l'avaient pas revue depuis. Les deux enfants avaient les yeux ronds d'excitation, d'envie et de peur. Quoique Julia leur eût souvent annoncé qu'elle prendrait un jour la poudre d'escampette, elles ne l'en avaient jamais réellement crue capable.

Mlle Quinn revint bientôt avec Jem et Jenkins qui portaient des lampes tempête. Malgré la confusion qui régnait dans son esprit, Charlotte ne put s'empêcher de redouter que ces lumières ne fussent prises pour un signal par les contrebandiers ou les gardes-côtes en embuscade.

— Ivor n'est plus dans son box, leur annonça-t-elle. Croyez-vous que Lord Darton soit venu le chercher ?

— C'est possible, admit Jem, mais ça m'étonnerait. D'abord

il m'en aurait averti et, ensuite, il voulait qu'Ivor se repose après le trajet d'hier, vu qu'il n'a pas encore récupéré de sa période d'inactivité forcée.

— Et Julia, pourrait-elle le monter ?

— Elle peut monter n'importe quel cheval, milady. C'est une cavalière-née.

— Et à cru, en serait-elle également capable ? Il me semblait que nous n'avions pas de selle de femme, ici.

— En effet, milady, mais la petite n'a jamais chevauché en amazone. Quand le comte lui a acheté son premier poney, elle était tellement impatiente de l'essayer que sa Seigneurie a fini par lui prêter la selle qu'il utilisait lui-même à son âge. A cette époque, la voir monter comme un homme l'amusait beaucoup…

— Alors il faut en conclure qu'elle est partie à cheval, l'interrompit Charlotte. Je me rappelle bien qu'elle voulait galoper sur la plage — mais de là à s'y risquer en pleine nuit !

— Il devait y avoir un reste de jour au moment où elle est sortie, milady, énonça Jenkins.

— Voilà plus d'une heure qu'on n'y voit goutte, répliqua Charlotte tout en récupérant son mantelet qu'elle avait suspendu à un crochet derrière la porte de la cuisine. Allons, venez, descendons à la plage pour tenter de la retrouver. Betsy, courez vite me chercher une autre lampe.

— Ne croyez-vous pas que nous devrions prévenir Lord Darton ? insista Mlle Quinn.

— Uniquement en dernier recours, trancha Charlotte, peu désireuse d'être obligée d'avouer à Stacey qu'elle avait manqué à ses devoirs envers sa fille.

Il lui en voudrait certainement, se dit-elle, et les liens d'amitié qui les unissaient encore après le fiasco d'Ipswich n'y résisteraient probablement pas. En outre, la réputation de son école risquait d'être durablement ternie si le bruit se répandait qu'elle ne savait se faire respecter de ses pensionnaires. Elle avait donc toutes les raisons du monde de vouloir rattraper Julia toute seule. Quant à savoir si elle rapporterait ou non cette fugue à Stacey, elle en déciderait plus tard.

— Si elle s'est contentée de descendre à la plage avec Ivor, nous pouvons la retrouver et la ramener ici par nous-mêmes sans avoir besoin d'alarmer son père.

Elle prit la lampe que lui tendait Betsy.

— Vous deux, lança-t-elle aux femmes, vous restez ici. Verrouillez bien la porte derrière nous.

Puis elle s'élança dehors, Jem et Jenkins sur ses talons.

— Milady, nous sommes censés ne pas nous approcher de l'eau ce soir, lui rappela ce dernier.

— Vous voulez dire : à cause des contrebandiers ? S'ils avaient déjà débarqué leurs marchandises, nous aurions distingué des lumières sur la plage.

— Ils sont peut-être à l'ancre dans la baie, tous feux éteints, auquel cas ils vont apercevoir nos lanternes.

— Alors éteignons-les.

— Au risque de tomber de la falaise et de nous rompre le cou ? Milady, il serait plus prudent que vous nous laissiez descendre seuls, Jem et moi. Au pire, si nous sommes surpris par les trafiquants, nous pourrons passer pour des débardeurs du village.

— Mais nous devrions quand même être en mesure d'apercevoir Ivor depuis ici, non ? répliqua Charlotte. S'il est bien en bas, sur la grève…

Elle se tut soudain en songeant que, dans cette obscurité, l'étalon avait pu faire un faux pas sur le sentier et entraîner sa jeune cavalière dans une chute mortelle. Elle espéra que cette dernière avait eu au moins la jugeote d'emprunter la cale qui, depuis le village, menait en pente douce jusqu'à la mer.

— Et si c'était quand même sa Seigneurie qui était partie avec Ivor ? suggéra Jem. Après tout, fatigué ou pas, ce cheval était le seul qu'il avait à sa disposition s'il avait besoin de se rendre rapidement quelque part. Est-ce qu'il ne vaudrait pas mieux le vérifier, avant toute chose ?

Charlotte soupira, reconnaissant en son for intérieur qu'elle manquait à la fois de sang-froid et de discernement, qualités pourtant nécessaires à toute maîtresse d'école et essentielles en l'occurrence pour retrouver Julia.

— Allez-y, dit-elle enfin. Cherchez-la en bas. Moi, je me rends au manoir pour prévenir Lord Darton.

Elle les abandonna donc en haut de la falaise et se hâta de gagner la demeure des Hobart tout en priant le ciel pour que Stacey s'y trouvât et qu'il ne fût pas trop en colère contre elle. Mais ce qui l'inquiétait le plus, naturellement, c'était le sort de sa fille. Elle redoutait que, très bientôt, la grève soit l'endroit le plus dangereux de Parson's End, voire de toute la côte est de l'Angleterre. Si les marins du navire de contrebande y débarquaient et que leurs chefs logés au manoir les rejoignaient, les douaniers interviendraient aussitôt. Des coups de feu seraient peut-être échangés. Des villageois ou même Julia risquaient de recevoir des balles perdues. A cette pensée, la jeune femme accéléra le pas. Une bourrasque souffla la flamme de la lanterne que lui avait donnée Betsy et qui, à la différence des celles prises par Jem et Jenkins, ne comportaient pas de protection contre le vent. Elle la laissa tomber pour pouvoir courir plus vite.

Quelques instants plus tard, elle franchissait les grilles du domaine et s'engageait sans ralentir dans l'allée. Son propre souffle lui brûlait les poumons. Elle se dirigeait au jugé dans les ténèbres qu'éclairait à peine la vague lueur des étoiles. La poitrine oppressée, elle parvint enfin à la maison, la contourna et s'introduisit dans la cuisine où Mme Evans sommeillait près du feu. A son arrivée, celle-ci se réveilla en sursaut en poussant un petit cri.

— Oh, milady, gémit-elle, pour un peu, j'avais une attaque !

— Désolée, madame Evans. Le vicomte est-il ici ? Je dois lui parler de toute urgence.

— Non, milady, il n'est pas là. Il est parti il y a une heure environ. Je l'ai vu prendre le chemin de la falaise.

— Etait-il à cheval ?

— Non, milady. Il était à pied.

Ainsi donc ils étaient déjà descendus à la plage, songea Charlotte. Et Julia qui s'y trouvait aussi... Sauf, bien sûr, si Jenkins et Jem l'avaient entre-temps ramenée chez eux.

— S'il rentre bientôt, Mme Evans, pourriez-vous le prier de venir au Nid de Corneilles ? C'est très important.

— Bien, milady. Mais ne puis-je vous aider ?

Charlotte, cependant, n'avait pas attendu sa réponse pour ressortir de la cuisine et remonter l'allée du domaine. Elle était si pressée qu'une fois revenue sur la lande, elle remarqua à peine la voiture tirée par quatre chevaux bais qui stationnait devant les grilles du domaine. Avisant sa silhouette, son occupant sortit la tête de l'habitacle pour la héler.

— Madame, est-ce bien le chemin du Nid de Corneilles ?

Charlotte s'arrêta et se tourna vers lui. Il descendait maintenant du véhicule. Malgré la pénombre environnante, elle put voir qu'il s'agissait d'un homme âgé, de taille moyenne, habillé à l'ancienne mode d'une redingote longue et d'une culotte s'arrêtant à mi-mollets. Etait-ce un des contrebandiers ? s'interrogea-t-elle. Ou peut-être un des gardes-côtes ?

— Pourquoi voulez-vous savoir cela ? s'enquit-elle.

— Je crois que cette réponse ne regarde que moi, répliqua-t-il en venant se planter devant elle et en la toisant d'un air inquisiteur et perplexe, comme s'il avait l'impression de la connaître sans parvenir à la resituer.

— Elle me concerne aussi, monsieur, car le Nid de Corneilles est mon foyer.

— Alors vous devez être Charlotte, la fille d'Elizabeth,

déclara-t-il. J'aurais dû m'en douter. Votre mère était déjà une forte tête et vous avez hérité d'elle ce trait de caractère. Epouser un baronnet ne vous a, semble-t-il, nullement assagie.

Aussi anxieuse fût-elle, Charlotte ne put s'empêcher d'être intriguée par ces propos.

— Que savez-vous de ma mère, monsieur ?

— Qu'elle a commis l'erreur de sa vie en se mésalliant. Je l'avais pourtant prévenue, à l'époque…

— Oh, je vois : vous êtes Lord Falconer.

— Lui-même.

— Et que faites-vous donc à Parson's End, milord ?

— Je suis venu vous rendre visite. Un notaire de la région m'a écrit pour me signaler qu'on réclamait ma présence en ces lieux.

— Il s'est trompé. Maintenant, milord, si vous voulez bien vous écarter de mon chemin, je n'ai pas de temps à perdre, il faut que je retrouve Stacey.

— Stacey ? Qui est ce monsieur, si je puis me permettre ?

— Le vicomte Darton. Sa fille habite chez moi et elle a fugué cette nuit, sans doute en empruntant le cheval de son père, et il faut impérativement que nous la ramenions à la maison avant le débarquement des contrebandiers.

— Des contrebandiers ? répéta Lord Falconer en la saisissant par les épaules. Mais, au nom du ciel, que se passe-t-il ici ?

Charlotte, cependant, avait quelque peu recouvré son calme.

— Si vous me prenez dans votre voiture, repartit-elle, je vous guiderai jusqu'au Nid de Corneilles. Peut-être Julia y sera-t-elle rentrée ou alors Stacey y sera-t-il lui-même passé…

— Vous lui donnez très libéralement de son prénom, remarqua le vieil aristocrate en la précédant néanmoins jusqu'à son attelage.

— Vraiment ? s'étonna la jeune femme, avant de se rendre

compte que, de fait, et depuis longtemps déjà, elle ne l'appelait pas autrement dans ses pensées. C'est un cousin au second degré de Cecil, mais il ne lui ressemble pas du tout. C'est…

Elle s'interrompit tandis qu'il l'aidait à monter dans la voiture.

— Demandez à votre cocher de prendre le premier chemin à gauche, à environ cent mètres d'ici, lui dit-elle Et qu'il conduise lentement : la chaussée est truffée de nids-de-poule.

Lord Falconer transmit ses indications au domestique.

— Bon, fit-il en s'asseyant près d'elle, racontez-moi tout, maintenant. Que devenez-vous et pourquoi, grands dieux, ne m'avez-vous jamais écrit ?

— Pourquoi me serais-je adressée à vous ? Vous avez renié ma mère. Elle m'a dit que vous aviez affirmé haut et fort ne plus jamais vouloir la revoir.

— C'est exact, admit-il lugubrement. Mais elle aurait dû comprendre que je ne le pensais pas vraiment et que j'aurais été tout à fait prêt à connaître sa fille, surtout si celle-ci avait des ennuis. Si cet avoué n'avait eu la riche idée de m'informer de votre situation…

— M. Hardacre ?

— Oui. Il m'a appris que vous aviez dû quitter le manoir à l'arrivée du nouveau Lord Hobart.

— En effet, il m'était impossible d'y rester. Cet homme est insupportable et ses amis sont pires encore. Ce sont d'authentiques criminels.

— Pourquoi ne pas vous être réfugiée chez moi ?

— Je ne le pouvais plus. Cecil m'avait volé tous mes biens. C'est un joueur, vous savez.

Lord Falconer était furieux contre sa petite-nièce, même s'il avait conscience que ce sentiment était des plus injustifiés.

— Je vous aurais envoyé de l'argent, si vous m'en aviez demandé.

— Je l'ignorais. J'ai bien rédigé une lettre à votre intention où je sollicitais votre aide, mais juste avant que je la poste, M. Hardacre m'a annoncé que Grenville m'avait légué un fonds dont l'existence lui avait échappé jusqu'alors, de sorte que je n'ai plus eu besoin de votre assistance. J'ai aussitôt loué le Nid de Corneilles pour y emménager avec mes filles et y ouvrir mon école.

Elle marqua une pause tandis que l'angoisse crispait de nouveau ses traits.

— Malheureusement, ma toute première élève vient de fuguer et nous devons la retrouver avant qu'il ne lui arrive malheur.

— N'aurait-elle pas été enlevée par un garçon ?

Charlotte émit un rire morne.

— Elle n'a que treize ans, milord. Et celui avec qui elle est partie est un grand étalon blanc.

— Je commence à me poser de sérieuses questions sur votre santé mentale, mon enfant, déclara Lord Falconer que l'agitation de sa petite-nièce indisposait.

La voiture se mit à ralentir.

— Impossible d'aller plus loin, milord, lui lança le cocher. On est au bord d'une falaise.

Ils étaient arrivés devant le Nid de Corneilles. Sans attendre l'arrêt complet de l'attelage, Charlotte bondit de l'habitacle pour aller frapper à la porte de la cuisine du cottage.

— Ouvrez, Betsy ! s'écria-t-elle. C'est moi !

Il y eut des claquements de verrous qu'on tirait, puis le battant pivota d'un coup, révélant la formidable silhouette de la domestique.

— La petite est avec vous, milady ?

La question désespéra Charlotte, car elle prouvait que Julia n'était toujours pas rentrée à la maison.

— Non, répondit-elle. Et le vicomte non plus. Jenkins et Jem sont-ils revenus de la plage ?

— Non, milady, répliqua Betsy.

Elle avisa soudain l'homme qui se tenait derrière elle.

— Qui est-ce ? l'interrogea-t-elle dans un chuchotement théâtral qui aurait pu s'entendre depuis le village.

Charlotte eut un sourire las.

— Mon grand-oncle, Lord Falconer, énonça-t-elle.

Lui plaquant une main dans le dos, ce dernier la poussa en avant et pénétra avec elle dans la cuisine sous les yeux de la servante ébahie.

— Préparez donc du thé pour réchauffer votre maîtresse, lui ordonna-t-il avant de se retourner vers Charlotte. Où se trouve le salon ?

— Je n'en ai pas, avoua la jeune femme. Je me contente d'un petit boudoir. Et si vous croyez que j'ai envie de m'asseoir pour siroter un thé dans de pareilles circonstances, vous vous trompez, milord. Une de mes élèves a disparu et je n'aurai de repos avant qu'elle n'ait été ramenée en sécurité ici. Betsy va vous apporter une collation si vous le désirez.

Sur ce, elle resserra son mantelet autour de ses épaules et, avant que les autres pussent l'arrêter, ressortit du cottage pour aller rejoindre le sentier qui descendait le long de la falaise.

Après son départ, Lord Falconer ne s'attarda au Nid de Corneilles que le temps de prier son cocher de s'occuper de ses chevaux. Puis il emboîta le pas à sa petite-nièce tout en se promettant de lui faire la leçon dès que tout ce remue-ménage aurait cessé. Stacey Darton ne perdait rien non plus pour attendre, pensa-t-il. S'il avait déjà rencontré le comte de Malcomby, bien des années auparavant, il ne connaissait pas son fils. Il lui semblait se souvenir que ce dernier était soldat et qu'il avait prouvé sa bravoure au feu. Maintenant, s'il s'était entendu avec son vaurien de cousin pour chasser Charlotte de son ancien foyer, il allait amèrement le regretter.

La pauvre fille, du reste, semblait craindre son courroux. Mais en ce cas, songea-t-il soudain, pourquoi persistait-elle à l'appeler par son prénom, comme s'ils étaient proches l'un de l'autre ? Et pourquoi, sacrebleu, s'était-elle retrouvée si démunie après le décès de son beau-père ? Il était inimaginable que son mari ne lui eût point laissé de quoi subvenir à ses besoins ainsi qu'à l'entretien de ses filles. D'un autre côté, il était tout aussi difficile à admettre qu'elle se fût mise en tête de fonder une école. C'était là le genre d'occupation qui ne seyait pas à une femme, d'autant moins si elle était bien née. Ah, comme il regrettait d'avoir si longtemps ignoré sa mère… Mais il n'était pas trop tard pour rattraper ce coupable entêtement.

Il rejoignit la jeune femme qui, postée à l'entrée du sentier, examinait d'un air tendu la plage et la mer. Un navire était à l'ancre à quelques encablures du rivage et plusieurs chaloupes en avaient été descendues.

— Les voilà, murmura-t-elle. Ils sont arrivés.

— Vous connaissez donc ces bandits, ma petite ? s'enquit Lord Falconer avec sévérité.

Sans prendre la peine de lui répondre, Charlotte se lança dans le sentier et ne put bientôt plus s'arrêter. Son grand-oncle la suivit d'un pas plus prudent tout en pestant à mi-voix.

Stacey était agréablement surpris de constater que son plan, jusqu'à présent, semblait se dérouler à la perfection, même s'il n'avait toujours pas revu Augustus Spike depuis qu'il avait quitté le manoir.

Ayant remarqué le bateau qui approchait de la côte, il avait pu, grâce à une longue-vue qu'il avait emportée avec lui, identifier le Kentish Maid au pavillon de fortune qui flottait au sommet du grand mât. Il avait ensuite scruté la falaise du côté du phare en espérant que Gerard et ses hommes s'y tenaient prêts à intervenir. Ne distinguant par là aucun mouvement — ce qui, en un sens, était préférable —, il braqua sa lunette en direction du Nid de

Corneilles et constata que la maison était plongée dans le noir, sa silhouette se découpant vaguement sur le semis d'étoiles. Il en fut soulagé : Charlotte lui avait obéi et s'était enfermée avec les enfants dans le cottage après en avoir occulté toutes les fenêtres ; il n'y avait donc aucune raison pour que les contrebandiers s'intéressassent à ce pavillon qui dominait la plage.

Pendant un moment, Stacey se plut à imaginer la soirée qui devait actuellement se dérouler chez Charlotte. Sans doute la jeune femme lisait-elle tandis que ses filles cousaient ou brodaient, que Betsy préparait le dîner et que Mlle Quinn rangeait les affaires des enfants dans leur chambre. Cette vision paisible le rasséréna. Il se prit même à croire que Julia finirait par apprécier la jeune femme. Oh, il avait bien conscience que le chemin était encore long avant que sa fille n'acceptât de se soumettre à une belle-mère, mais il n'aurait pu rêver meilleure candidate que Charlotte pour ce poste délicat.

Il avisa alors Joe White, le père du jeune Danny, qui émergeait de l'ombre régnant au pied de la falaise. Il le salua silencieusement.

— Milord, lui répondit respectueusement l'homme à voix basse.

— Vous savez ce que vous avez à faire ?

Joe White eut un sourire entendu.

— Ouais : aller frapper au manoir pour leur dire que les autres ont finalement préféré rester chez eux et que c'est pas moi qui vais me trimballer jusque-là-haut toute la cargaison du bateau.

— Parfait, approuva Stacey. Informez-les aussi que le capitaine du navire a débarqué et qu'il exige de les rencontrer, qu'il refuse d'amener la marchandise à terre tant qu'il n'aura pas de débardeurs à sa disposition et qu'il est tellement furieux que, si les autres n'arrivent pas séance tenante, il repartira pour la France avec tout son chargement.

— Compris, milord, et merci, ajouta le bonhomme en tâtant dans sa poche les deux guinées que lui avait remises Stacey.

Ce dernier prit ensuite le pistolet que lui avait confié Sir Roland et tira comme convenu la fusée bleue — signal peu discret s'il en fût, mais qui prouvait que les trafiquants pensaient vraiment avoir égaré la vigilance des douaniers. Tant mieux, songea Stacey. Comme ça ils seraient moins sur leurs gardes.

En réponse, trois lanternes furent allumées sur le bateau.

Stacey espérait seulement que Gerard attendrait pour intervenir que Sir Roland et Augustus Spike se trouvassent eux-mêmes sur les lieux.

Il n'avait pas plus tôt formulé cette pensée qu'un bruit d'éboulis retentit dans son dos. Pivotant d'un bloc, il distingua une forme osbcure qui dévalait le sentier à une vitesse telle qu'il craignit de la voir basculer à tout moment dans le vide. C'était une femme, comme l'indiquait la présence, sur ces épaules, d'un mantelet qui battait au vent de sa course. Elle courait les bras tendus devant elle, comme si elle peinait à distinguer son chemin, et souvent ses pieds glissaient sur les rochers. Puis Stacey, qui tremblait déjà pour elle, la reconnut et se sentit blêmir jusqu'à la racine des cheveux. Il se précipita au débouché du sentier et y parvint juste à temps pour la saisir au vol alors qu'une pierre plus traîtresse que les autres l'envoyait chuter sur la grève.

— Charlotte ! s'exclama-t-il d'une voix étouffée. Mais que faites-vous donc ici, dieux du ciel !

Essoufflée, encore secouée par cette descente périlleuse, la jeune femme se contenta d'abord de reprendre haleine à l'abri de ses bras, la tête posée contre sa poitrine.

— Etes-vous blessée ? s'enquit finalement Stacey, l'inquiétude l'emportant en lui sur la colère de voir Charlotte risquer ainsi sa vie malgré ses ordres.

— Non, répondit-elle, haletant. C'est Julia…

— Julia ? répéta-t-il, au comble de l'angoisse. C'est elle qui est blessée ?

Reportant son regard sur la mer, il se rendit compte que les chaloupes approchaient du rivage et avisa deux autres silhouettes qui arrivaient par le sentier montant au manoir. Il reconnut bientôt Cecil et Sir Roland et comprit qu'il devait au plus vite éloigner Charlotte de la plage. Gerard et ses hommes allaient surgir sous peu et une bataille rangée risquait de s'ensuivre.

— Elle a disparu, articula la jeune femme.

— Hein ? Quand ? Comment ?

D'un coup, il avait oublié les contrebandiers. Seul lui importait le sort de sa fille.

— Elle est ressortie en catimini de la maison après avoir fait semblant de se coucher. Nous pensons qu'elle a pris Ivor.

— Oh, Seigneur ! Mais vous ne la surveilliez donc pas ? Vous êtes là-haut trois adultes et vous n'avez même pas été capables de tenir à l'œil une adolescente écervelée ? Depuis combien de temps s'est-elle enfuie ?

— Nous ne le savons pas. Nous l'avons cherchée partout. Jem et Jenkins sont même descendus ici pour voir si elle n'avait pas décidé de se promener sur la plage avec Ivor, comme elle en avait émis le souhait. Vous ne les avez pas vus ?

— Non… Dieu tout-puissant, ne peut-on donc vous faire confiance ?

Seul l'affolement lui avait dicté ces paroles — et peut-être aussi le remords de lui avoir confié une enfant qu'il savait totalement indisciplinée, voire indisciplinable. Il regretta aussitôt cette sortie en sentant Charlotte se crisper contre lui.

— Je vous saurais gré de témoigner un peu plus de respect à cette dame, intervint brusquement une voix froide dans son dos. Et de la relâcher sur-le-champ.

Stacey se retourna aussitôt et se trouva face à un inconnu. Du coin de l'œil, il nota que Cecil et Sir Roland avaient atteint la grève. Non loin de là, les occupants des chaloupes venaient de sauter à l'eau et tiraient derrière eux un cordage pour amarrer les embarcations. Le nouveau venu, en conclut-il, n'arrivait donc pas de la mer.

Il remarqua également, avec un certain soulagement, qu'Ivor n'était visible nulle part. Il pria le ciel pour que Julia se fût cachée avec lui loin d'ici. Il serait toujours temps de la retrouver plus tard, se dit-il. Mieux valait pour l'instant qu'elle demeurât éloignée de la plage.

Cependant Charlotte, elle, y était encore. Et l'inconnu était campé juste devant le sentier par lequel était arrivée la jeune femme et que Stacey aurait voulu voir celle-ci reprendre dare-dare.

— Je lui parle comme je l'estime nécessaire, monsieur, répliqua-t-il. Je lui avais donné ma fille à garder et elle n'a su la retenir auprès d'elle. Maintenant, si vous voulez bien…

— Ce n'est pas vous en prendre ainsi à elle qui vous ramènera votre enfant, le coupa l'autre sèchement. Partez plutôt à sa recherche.

— Je ne crois pas avoir le plaisir de connaître ce monsieur, intervint alors Sir Roland sur un ton mondain en avançant vers Lord Falconer.

Et voilà, songea Stacey avec humeur, Charlotte était désormais coincée avec eux.

— Oui, reprit-il à l'adresse de l'inconnu qui êtes-vous, à la fin ?

— C'est mon grand-oncle, intervint la jeune femme.

— Lord Falconer ? s'écria Stacey avec une expression si ahurie que Charlotte en aurait ri dans d'autres circonstances.

— Lui-même, confirma le vieil aristocrate. Et je vous demande encore une fois de me rendre ma nièce, sinon je…

Il ne put terminer sa phrase : les gardes-côtes déboulaient sur la grève, certains se dirigeant tout droit vers les chaloupes, d'autres vers le groupe que Stacey formait avec Charlotte, Lord

Falconner, Cecil et Sir Roland au pied de la falaise. Les prenant d'abord pour les débardeurs attendus, les marins ne réagirent pas. Puis ils remarquèrent les pistolets qu'ils brandissaient et se dépêchèrent de remonter dans les embarcations.

Entre-temps, Cecil s'était enfui sans attendre, suivi par Sir Roland. Stacey, quant à lui, serrait étroitement la jeune femme pour la protéger, tandis que Lord Falconer, les jambes fermement plantées dans le sable et le buste droit, considérait avec une mine courroucée cette intervention qui avait interrompu sa réplique.

— Halte ou je tire ! rugit Gerard à l'adresse des fuyards.

Constatant qu'ils ne lui obéissaient pas, il visa le sable devant eux. Deux balles judicieusement placées suffirent à immobiliser les gredins. Un détachement de douaniers alla les appréhender, cependant que leurs collègues se saisissaient de quatre marins qui avaient réagi moins promptement que leurs camarades. Ces derniers, galvanisés par la panique, souquaient ferme pour regagner leur navire quand deux vedettes des gardes-côtes surgirent de part et d'autre de la baie : la souricière se refermait.

— Tout le monde est là ? s'enquit Gerard.

Stacey regarda rapidement autour de lui.

— Il manque Augustus Spike. Je ne l'ai pas vu de la soirée.

— Oh, Stacey, murmura Charlotte, croyez-vous qu'il ait pu attraper Julia ?

— S'il a eu cette audace, par Dieu, c'est un homme mort, articula Stacey.

Il se remit à inspecter les environs mais ne distingua ni Ivor ni Spike.

— Remontez chez vous avec votre oncle, suggéra-t-il alors à la jeune femme. Je me charge de retrouver Julia.

— Je vous prie d'ôter vos mains de ma personne ! vociféra soudain Lord Falconer à l'adresse du lieutenant Tarrent qui, le prenant sans doute pour un comparse de Sir Roland, le poussait vers les autres prisonniers.

— Ce monsieur est mon oncle, Lord Falconer, déclara Charlotte en se tournant vers le capitaine Topham. Il est venu me rendre visite.

— Et que faites-vous ici vous-même, milady ? Voulut savoir le chef des gardes-côtes, après avoir demandé à son subordonné de relâcher le baron en colère.

— La fille du vicomte Darton a disparu. Nous étions en train de la chercher. Oh, je vous en supplie, capitaine, aidez-nous à la retrouver.

Gerard regarda Stacey qui hocha la tête.

— Ton aide et celle de tes hommes serait la bienvenue, mon vieux, dit-il.

Les prisonniers furent conduits en haut de la falaise où les attendait un fourgon cellulaire, sorte de caisse en planches cerclée de fer, percée d'étroites ouvertures grillagées et tirées par quatre chevaux massifs. On y entassa les contrebandiers et leur complices qu'on laissa à la garde d'un planton tandis que le reste des douaniers se dispersait sur la lande pour essayer de localiser la fugitive. Stacey se joignit à eux, cependant que Charlotte et son oncle remontaient au Nid de Corneilles.

Là-haut, une surprise de taille les attendait : la monture de Stacey qui, la selle encore sur le dos, broutait tranquillement les mauvaises herbes de la cour.

— Ivor ! s'écria Charlotte en courant vers l'étalon. Julia est revenue d'elle-même. Oh, merci, mon Dieu !

Elle se précipita vers la porte du pavillon, s'attendant à la trouver close, mais celle-ci s'ouvrit aussitôt qu'elle eut porté la main. Alors quelle franchissait le seuil de la maison, une main se plaqua sur sa bouche, la tirant en arrière, tandis que la battant se rabattait brutalement.

— Pas un mot si vous tenez à la vie, lui chuchota une voix cruelle à son oreille. J'ai une arme et je ne crains pas de m'en servir.

C'était Augustus Spike.

Charlotte voulut se débattre, se demandant pourquoi son oncle ne l'avait pas suivie à l'intérieur.

— Du calme, milady, où je ne réponds plus de rien.

Il la poussa dans le fauteuil près du guéridon de l'entrée. La jeune femme nota alors la présence de Mlle Quinn, de Betsy et de Julia. Alignées le long du mur près de la porte, les trois femmes la suppliaient du regard de ne pas réagir.

— Vous ne pourrez nous abattre toutes les quatre à la fois, réussit-elle à articuler, malgré sa terreur.

— Dans ce cas, je procéderai par ordre, repartit le malfrat avec un odieux sourire. Qui veux prendre la première balle ?

— Pourquoi nous menacer ainsi ? Que vous a-t-on fait ?

— Rien, sinon me dénoncer aux autorités. J'avais pourtant averti Cecil que vous payeriez ses incartades, mais on dirait qu'il tient beaucoup moins à votre vie que je le pensais.

— Que voulez-vous de moi ?

— Un attelage qui sera amené ici même, devant cette porte. Et votre compagnie pour la petite promenade qui s'ensuivra.

— Nous ne savons pas comment atteler des chevaux, répliqua-t-elle tout en serrant les mains contre son giron pour en cacher le tremblement.

— Vous, non, mais vos gens si.

— Ils ne sont pas là. Ils sont partis à la recherche de Mlle Darton.

— Cette gamine ? s'enquit-il avec un sourire moqueur. Un sacré numéro. Un vrai chat sauvage. Et aussi une cavalière du tonnerre, faut le reconnaître. Qui lui a appris à monter comme ça ?

— Mon grand-père, le comte de Malcomby, répondit l'adolescente avec hauteur. Et vous entendrez sous peu parler de lui, ainsi que de mon papa.

— Ah, oui, le vicomte Darton ! Voilà ce que je pense de lui, vociféra Spike avant de cracher sur le tapis.

Puis il pointa le canon de son arme sur la tête de Julia, suscitant un hoquet d'effroi chez les autres femmes. Les yeux de la jeune fille se mouillèrent de larmes, mais elle n'osa bouger.

— Eh bien, nous allons attendre son retour, reprit Spike. Et je suis sûr qu'il nous préparera la voiture en cinq sec.

— Vous risquez d'attendre longtemps, lui fit remarquer Charlotte, aussi calmement que possible.

Mais où donc était passé Lord Falconer ? s'interrogeait-elle. Augustus Spike ne devait pas savoir qu'il était avec elle, car autrement il ne lui aurait pas fermé la porte au nez. Mais pourquoi Lord Falconer n'avait-il pas frappé à son tour au battant ? Se doutait-il donc de ce qui se passait à l'intérieur ?

— Le vicomte n'a aucune raison de penser que sa fille puisse être ailleurs que dans son lit, proféra-t-elle. Et, à l'heure qu'il est, il est occupé à aider les douaniers à arrêter vos amis. Pourquoi remonterait-il ici ?

Le bandit s'esclaffa, sans cesser de viser Julia.

— Parce qu'il ne pourra pas s'empêcher de venir raconter ses prétendus exploits à sa chère tête blonde. Et qui c'est qui lui dira coucou quand il arrivera ici, la bouche en cœur ?

Le battant de la porte fut alors ébranlé par un coup sonore. Tous sursautèrent. Les trois femmes se dévisagèrent mutuellement. Agustus se déplaça légèrement derrière l'adolescente.

— Ouvrez, ordonna-t-il à Charlotte. Et tenez votre langue ou je troue le ciboulot de la petite.

Frémissant de peur et de fureur mêlées, la jeune femme actionna la clenche et entrouvrit lentement le battant. Son grand-oncle apparut sur le seuil. Elle ne vit personne d'autre dans la cour.

— Laissez-moi entrer, mon enfant.

— Je ne peux pas.

— Faites ce qu'il dit, intervint Ausgustus.

Résignée, Charlotte repoussa la porte. Lord Falconer pénétra dans le vestibule et ne parut pas le moins du monde surpris d'y découvrir Augustus Spike. Celui-ci, en revanche, afficha une expression étonnée.

— Vous n'êtes pas Darton, déclara-t-il. Qui êtes-vous ?

— Lord Falconer. Et vous ? Que faites-vous chez ma nièce ?

— Votre nièce ? répéta le bandit avec un rire éraillé avant de relâcher Julia et de s'emparer de Charlotte qu'il menaça avec son pistolet. Si vous tenez à elle, vous allez mécouter. Je veux une voiture et des chevaux. Comme pouvez le voir, j'ai une arme et il vous intéressera sans doute d'apprendre qu'elle est chargée.

— Une voiture, dites-vous ? repartit Lord Falconer. Je puis vous prêter la mienne. Elle là, juste à côté, dans la cour.

Charlotte était médusée par le sang-froid du vieil homme. Et elle doutait fortement que M. Spike lui rendît jamais ce « prêt » si d'aventure il parvenait à échapper à la police.

— Montrez-la-moi, exigea ce dernier.

Lord Falconer se retourna et ouvrit la porte. Spike lâcha alors la jeune femme pour saisir l'aristocrate par le col et s'en servir comme bouclier, le canon de son pistolet sur sa tempe. Il ne put réprimer un soupir de soulagement en voyant que la cour était déserte et qu'au milieu, comme le lui avait promis son nouvel otage, se trouvait un carrosse auquel étaient attelés quatre bêtes magnifiques et racées. Juché sur le banc de conduite, le cocher du baron les observa sans mot dire tandis qu'ils approchaient de la voiture.

Charlotte, qu'une Mlle Quinn au bord de la syncope retenait

sur le seuil, les regarda s'éloigner en frémissant d'horreur et d'impuissance, une main plaquée sur sa bouche.

L'abominable M. Spike allait donc s'en tirer, songea-t-elle avec désespoir, et nul ne semblait capable de l'arrêter.

11.

Subitement Lord Falconer parut défaillir et s'effondra sur le sol. Retenant un cri d'angoisse, Charlotte distingua une ombre qui jaillissait du carrosse et qui fondit sur Augustus Spike, l'envoyant bouler à terre. « Stacey ! » pensa Charlotte, pétrifiée de terreur à l'idée que le malfrat pût se servir contre lui de son pistolet. Puis elle remarqua un éclat métallique près d'une touffe d'herbe : l'arme avait sauté des mains de Spike. Avec une vivacité ahurissante pour son âge, Lord Falconer, s'ébrouant de son prétendu malaise, se jeta sur le pistolet. Il ne put cependant l'utiliser, car les deux hommes luttaient maintenant au corps à corps avec une férocité inouïe.

D'autres silhouettes apparurent bientôt au détour du cottage et de ses dépendances, dont celles de Jem et de Jenkins, et, quoiqu'ils parussent prêts à intervenir au cas où le vicomte aurait besoin de leur aide, les nouveaux venus se contèrent de suivre passivement le combat.

Stacey, à vrai dire, n'avait guère besoin de leur assistance. Sa rage était effrayante. Il était consumé par le désir de châtier lui-même son ignoble adversaire, de le punir pour avoir osé porter la main sur sa fille et pour avoir si longtemps accablé Charlotte de son mépris et de ses sarcasmes. Spike, de son côté, était un fieffé voyou, un chef de pègre, un professionnel de la violence et il lui rendait coup pour coup. Le claquement atroce des poings sur les chairs, les halètements des pugilistes finirent par attirer sur le seuil de la maison les autres femmes ainsi que Julia qui se mit à son tour à contempler cet effarant spectacle avec une répulsion fascinée. Elle ne tremblait pas : elle savait que son père allait l'emporter. C'était un soldat, un gagneur.

Et de fait, sur un couinement de douleur, Augustus Spike finit par s'affaler sur le sol de la cour. Il n'avait plus figure humaine et ses vêtements étaient en lambeaux. On eût dit un tas de haillons sanglants.

Stacey se redressa en s'époussetant, une grimace aux lèvres.

— Enlève-moi ça de là, lança-t-il à Gerard qui, comme les autres, le contemplait bouche bée.

Augustus fut emporté pour être jeté avec ses complices dans le fourgon cellulaire. Redressant la tête, Stacey aperçut sa fille et Charlotte, debout, l'une près de l'autre, sur le seuil du cottage. La jeune femme avait pris l'adolescente par les épaules et celle-ci s'accrochait à elle en tremblant. Dans son regard se lisait une admiration éperdue pour son père.

Stacey lui ouvrit les bras ; elle se jeta dedans.

— Oh, papa ! Papa ! Es-tu blessé ?

— Non, mon amour, je n'ai que quelques égratignures, rien de plus.

— Il m'a dit qu'il me tuerait.

— Eh bien, ça lui sera difficile, désormais.

Stacey regarda ensuite Charlotte. Elle avait l'air hésitant. Comprenant qu'elle devait encore se ressentir des propos cinglants qu'il lui avait tenus sur la plage, lorsqu'elle lui avait annoncé la fugue de Julia, il lui sourit et lui tendit la main.

— Charlotte ?

Elle vint rejoindre Julia contre lui. Il serra la jeune femme et sa fille dans ses bras en poussant un lourd soupir. Les deux personnes qui lui étaient les plus chères au monde étaient saines et sauves, pensa-t-il avec soulagement. Plus jamais il ne se séparerait d'elles.

— C'est fini, leur assura-t-il à mi-voix. Vous n'avez plus rien à craindre.

Gerard se mit à toussoter derrière lui, lui rappelant qu'ils avaient un public et que quelques détails lui restaient encore à régler avant qu'il pût enfin parler à Charlotte entre quatre yeux.

Il repoussa doucement la jeune femme et l'adolescente.

— Il est temps que tu dormes, maintenant, Julia. Nous nous reverrons demain.

— Tu ne m'en veux pas trop, dis ?

Il faillit lui répliquer qu'il n'avait jamais été aussi en colère contre elle, mais se ravisa et lui sourit. Il ne doutait pas qu'elle s'amenderait un jour et que, grâce à l'influence de Charlotte, elle deviendrait moins égoïste, plus soucieuse du bien d'autrui et plus attentive et compatissante aux malheurs de son prochain. Toutefois, il souhaitait dorénavant que ce fût une évolution progressive qui préserverait en elle l'allant de la jeunesse et conserverait sa nature indomptée — car au fond, c'était ainsi qu'il l'aimait.

— A ton avis, je devrais ? repartit-il sur un ton aigre-doux.

— Oh, oui, admit-elle ingénument, mais je suis terriblement désolée, tu sais, et je te promets que je ne recommencerai plus.

Il éclata de rire.

— Ne fais donc pas de promesses que tu ne saurais tenir, mon bouchon. Allons, monte vite te coucher. Je repasserai demain.

— Nous sommes déjà demain, rétorqua-t-elle en désignant l'horizon oriental où le ciel prenait une teinte corail.

— En effet, reconnut-il. En d'autres termes, tu as été debout toute la nuit. Je suppose que tu en es ravie. Mais il faut que tu te reposes, maintenant. Tu me trouveras demain matin à ton chevet, quand tu te réveilleras.

Elle le quitta avec réticence. Il se tourna alors vers Charlotte.

— Vous aussi, ma chérie, vous devriez vous reposer.

Elle leva vers lui son visage. Il avait les cheveux qui lui tombaient sur les yeux, un bleu sur la pommette droite et une coupure au menton. Elle savait, pour les avoir regardées pendant qu'il s'adressait à sa fille, que les jointures de ses poings étaient rouges et tuméfiées. Elle en aurait presque plaint Augustus Spike.

— Et moi, m'en voulez-vous également ?

— Jamais je ne vous en ai voulu.

— Vous savez très bien simuler la colère, en ce cas.

— Mon amour, je suis désolé, je regrette ce que je vous ai dit, cela ne reflétait nullement l'opinion que j'ai de vous. Vous avez ma confiance, vous le savez. Allons, rentrez vous reposer, vous aussi. Vous semblez épuisée. Nous aurons à nous parler, demain, alors essayez de reprendre des forces d'ici là. Je dois encore saluer le capitaine Topham et tenter de rassurer votre oncle sur mon compte. Je crains de ne pas lui avoir fait une très bonne impression tout à l'heure, sur la plage.

Charlotte reporta son attention sur Lord Falconer. Ce dernier les contemplait avec une expression un tantinet égarée. Oh, oui, songea-t-elle, il y avait tant à dire, tant à expliquer, tant de questions qu'elle souhaitait poser : par quel enchaînement de circonstances avait-il pu arriver au Nid de Corneilles si opportunément ? Comment son oncle et lui s'étaient-ils entendus pour tendre leur piège à Augustus Spike ? Que s'étaient-ils racontés ? Qu'allait-il advenir de son école, du manoir, des contrebandiers en général et de Cecil en particulier — d'elle-même ?

Elle était cependant si lasse que son esprit échouait à formuler tout haut ces interrogations. Et puis la présence de Stacey, en un sens, lui suffisait. Après toutes ces émotions, elle avait soif du plaisir simple et intense, presque animal, que lui procurait sa proximité.

Comme s'il lisait en son cœur, le héros de la nuit porta sa main à ses lèvres et lui embrassa l'intérieur du poignet. Elle se sentit fondre, mais dut se ressaisir en voyant tous les hommes qui la regardaient — et toutes les femmes : debout sur le seuil de la maison, Betsy et Mlle Quinn couvaient leur couple d'un regard ému. Charlotte crut bon de mettre un terme au spectacle qu'elle leur offrait avec Stacey avant que la larme ne leur montât à l'œil.

— Bonne nuit, Stacey, lui chuchota-t-elle. Et revenez vite.

— Vous pouvez compter sur moi.

Puis elle se détourna de lui et retourna à l'intérieur du cottage d'une démarche pesante. Elle savait que ses tourments n'étaient pas terminés. D'abord il lui faudrait éclairer la lanterne de Lord Falconer et, ensuite, elle ne doutait que Stacey voudrait quand même savoir comment Julia avait pu lui fausser aussi facilement compagnie. Car, après tout, si elle avait pu empêcher l'adolescente de sortir, M. Spike ne serait pas tombé sur elle et n'aurait sans doute même pas eu l'idée de s'en servir comme otage, ce qui aurait évité à son oncle comme à Stacey de prendre autant de risques pour les sauver.

Elle soupira. Comment Stacey pourrait-il jamais lui pardonner ça ? Comment pourrait-elle jamais se le pardonner elle-même ?

— Julia est-elle au lit ? demanda-t-elle à Joan Quinn en rentrant dans le pavillon.

— Oui, mais elle m'a avertie qu'elle ne céderait pas au sommeil pas avant de vous avoir vue.

— Bon, je monte dans sa chambre. Allez donc vous reposer, toutes les deux.

— Milady, ça n'en vaut pas la peine, répliqua Betsy. Il va falloir que je prépare le petit déjeuner dans moins d'une heure. Je préfère autant rester debout.

— Moi aussi, renchérit Mlle Quinn. Lizzie et Fanny vont bientôt se réveiller. Mais ne vous inquiétez pas : on va s'occuper de tout. Vous pouvez dormir sur vos deux oreilles.

— Mais il y a Lord Falconer, protesta Charlotte. Il va falloir nourrir et coucher ce pauvre homme.

— Pour ce qui est de me nourrir, c'est fait, repartit la voix de son oncle dans son dos. Votre servante y a veillé.

Se retournant, la jeune femme vit son parent debout dans la porte de la cuisine, un torchon noué autour du cou et une part de cake à la main.

— Oh, milord, se lamenta-t-elle. Je suis la plus lamentable des hôtesses.

— Ne vous tracassez pas. Vos gens ont l'air déterminé à me dorloter. Nous nous reverrons demain.

— Merci, milord, articula Charlotte avant de s'adresser de nouveaux à ses domestiques. Prévenez-moi dès que Lord Darton se présentera ici demain, voulez-vous ?

Betsy et Mlle Quinn échangèrent un sourire entendu avant de lui certifier qu'elles n'y manqueraient point. Rassurée, Charlotte se rendit ensuite dans la chambre de Julia, croyant la trouver endormie, mais l'adolescente était au contraire bien éveillée et l'attendait dans son lit. La jeune femme s'assit près d'elle et lui caressa la joue.

— Il faut que tu te reposes, Julia, lui dit-elle. Tu dois être abominablement fatiguée.

— Il fallait d'abord que je vous demande pardon. Jamais je n'aurais dû prendre Ivor.

— Non, cest vrai, convint Charlotte. Tu nous as donné une peur bleue, tu sais, mais tu es en sécurité, maintenant, et nous reparlerons de tout ça plus tard, quand ton papa sera là.

— Il va être en colère contre moi.

— Peut-être. Tu as couru un terrible danger, cette nuit.

— Mais lui, il s'est montré très brave, n'est-ce pas ?

— C'est un soldat.

La jeune fille parut méditer cette réponse.

— Je ne voulais pas fuguer, avoua-t-elle finalement. J'avais juste envie de chevaucher un peu. Je ne comptais pas rester dehors longtemps, mais je n'arrivais pas à trouver un chemin pour descendre à la plage avec Ivor. Le sentier de la falaise est trop escarpé pour lui. Alors j'ai traversé le bois de pins, puis le village et j'ai fini par tomber sur la cale qu'utilisent les petits pêcheurs du coin ainsi que les ramasseurs de goémon.

— Tu es donc bien allée te promener sur la plage ? s'étonna Charlotte. T'étais-tu cachée ? Nous n'avons aperçu Ivor nulle part.

— Je suis partie de l'autre côté. Je pensais revenir avant que vous vous aperceviez de mon absence, mais c'était tellement bon de galoper dans les vagues avec Ivor et je le sentais lui-même tellement content de cette virée nocturne que je n'ai pas vu le temps passer. Au bout d'un moment, quand même, j'ai rebroussé chemin. J'étais tout près du Nid de Corneilles quand j'ai entendu du bruit sur la plage et des coups de feu. C'est là que cet horrible bonhomme m'a sauté dessus et m'a désarçonnée. J'ai voulu m'enfuir, mais il m'a crochetée par-derrière. Il était fort, vous savez. Il a réussi à mater Ivor d'une seule main tout en me retenant. J'ai eu tellement peur quand il s'est battu avec papa…

L'adolescente se mit à trembler, le menton frémissant de larmes contenues.

— Là, là, murmura Charlotte en la prenant dans ses bras. C'est fini, maintenant. Ce monsieur est en prison.

A sa grande surprise, Julia se mit soudain à pouffer.

— Au départ, il désirait seulement voler Ivor, je crois, mais Ivor ne tolère que papa sur lui. Et moi. Il a vite compris qu'il n'avait à espérer aucune indulgence de notre cheval.

Charlotte sourit.

— Ce qui prouve que les animaux sont souvent plus perspicaces que nous.

— Oui, mais ça a failli mal tourner, reprit Julia en se renfrognant. Il a sorti un pistolet et m'a menacé d'abattre Ivor si je ne le calmais pas. Ça n'a pas été facile, parce que j'avais très peur moi aussi…

— Tu as été très courageuse, Julia.

— Oh, Charlotte, je suis désolée, vraiment désolée. Je ne recommencerai pas, je vous le jure.

— Bien, asquiesça la jeune femme, secrètement émue que la jeune fille l'eût, pour la première fois, appelée par son prénom au lieu de lui donner du « milady » ou du « Lady Hobart », comme à son habitude.

Elle tira les couvertures sous le menton de Julia et lui embrassa le front.

— Dors maintenant. Et quand tu te réveilleras, ton papa sera là.

— S'il est en colère, dites-lui bien que je ne pensais pas à mal et que je ne veux pas partir d'ici pour aller dans cette horrible école d'Ipswich.

— Comment sais-tu qu'elle est horrible ?

— Elle est comme toutes les autres, c'est tout. Elle n'est pas comme la vôtre. Moi, je veux rester ici. Je serai sage et je…

Ses paupières se fermèrent toutes seules et elle sombra dans le sommeil avant d'avoir fini sa phrase.

Charlotte se leva pour gagner sa chambre. Dans quelques heures, elle devait s'expliquer devant Stacey et elle redoutait son jugement. S'il ne lui pardonnait pas, elle ne pouvait concevoir un avenir commun avec lui. Elle n'oubliait pas, toutefois — comment l'aurait-elle pu ? — qu'il l'avait appelée sa chérie, son amour… Lui aurait-il montré autant de tendresse s'il lui en voulait ?

Non qu'elle estimât avoir le moins du monde mérité ces mots doux. Elle avait fait preuve de négligence et d'inconséquence au point de laisser une de ses élèves mettre sa propre vie en danger. Elle ne pourrait reprocher à Stacey de désirer retirer sa fille de son école. Elle-même commençait à douter qu'elle fût vraiment capable de diriger une pension.

Le cœur lourd et l'esprit confus, elle se déshabilla et se glissa dans son lit, certaine d'être condamnée à l'insomnie. Mais sa lassitude était telle qu'elle s'engloutit dans une bienheureuse inconscience sitôt que sa tête eut touché l'oreiller.

Quand elle rouvrit les yeux, le lendemain matin, des lames de soleil fusaient par les interstices des volets, la pendule du vestibule sonnait midi et sa première pensée du jour — tout comme la dernière de la veille — fut pour Stacey.

Alors qu'elle s'arrachait au lit, elle vit Mlle Quinn en train de lui chercher une tenue dans sa penderie. Elle fronça les sourcils, étonnée, et ouvrit carrément des yeux ronds quand la brave gouvernante brandit devant elle, avec un air de triomphe, une toilette en organdi de soie gris tourterelle agrémentée de ruchés bleus qui soulignaient le buste ainsi que le bas de la jupe. Son col rond était garni d'une berthe en dentelle et ses manches étaient bouffantes. C'était charmant. Extravagant.

— Quinny, demanda-t-elle, pourquoi sors-tu cette robe ? Je suis toujours en deuil.

— Sauf votre respect, milady, vous n'êtes plus qu'en demi-deuil. Outre le noir, vous pouvez dorénavant arborer le blanc, le violet, le mauve ou le gris. Voilà trois mois que sa Seigneurie a été rappelée par le Seigneur et il n'était pas votre père, n'est-ce pas ?

— Je l'aimais.

— Tout comme vous aimiez Sir Grenville et l'aimez encore. Mais eux aussi vous aiment, milady, et je suis certaine que, là où ils sont, ils souhaitent de tout leur cœur vous voir heureuse.

— Lord Darton est là ?

— Il est passé tout à l'heure, mais comme vous dormiez encore, il a préféré revenir plus tard. Je crois qu'il s'est rendu au village avec Lord Falconer. Il paraît qu'il y a toute une file d'hommes devant le presbytère…

Charlotte se dépêcha de faire sa toilette et de s'habiller. Une demi-heure plus tard, elle était assise dans son petit boudoir, en train de siroter une tasse de café, quand Stacey revint la voir. Elle se leva pour le saluer, se sentant brusquement aussi timide qu'une jeune fille. Il avait l'air très grand et, en dépit du méchant hématome qui lui marbrait la pommette et de sa coupure au menton qui cicatrisait déjà, il lui paraissait fort beau dans sa redingote chocolat, son gilet nankin et son long pantalon droit à pattes qui soulignait la longueur de ses jambes.

Debout dans la porte de la pièce, Stacey se régalait pour sa part du spectacle que lui offrait la jeune femme. Elle avait les joues roses et ses merveilleux yeux aigue-marine étaient si lumineux qu'il avait l'impression de baigner dans leur clarté. Ses lèvres, incarnates et tentantes, esquissaient un sourire réservé. S'il n'avait su qu'elle avait trente ans, il lui aurait facilement donné une décennie de moins. Non que son âge lui importât, d'ailleurs : il l'aimait et ne cesserait de la chérir jusqu'à la fin de ses jours.

— Milord, articula-t-elle en exécutant une révérence vacillante, ses genoux se dérobant subitement sous elle.

— Vous voilà bien cérémonieuse, Charlotte, remarqua-t-il. Hier soir, vous me donniez du Stacey.

— Hier soir, c'était différent.

Il avança vers elle, la prit par les épaules et riva son regard dans le sien.

— Comment ça, différent ?

— J'étais rompue de fatigue.

— En d'autres termes, vous ne pouvez m'appeler par mon prénom que lorsque vous n'êtes plus tout à fait vous-même ?

— Non, bien sûr que non. Oh, je ne sais plus ce que je raconte. Vous devez m'en vouloir terriblement et je ne vous le reproche pas. Je me demande du reste moi-même ce qui a pu me donner la prétention de croire que j'étais capable de m'occuper des enfants des autres.

— Oh, mon amour, vous êtes une mère et aspirez à materner tous les enfants que vous rencontrez, voilà pourquoi. C'est là un don que je trouve admirable. Et je ne vous en veux nullement. Comment le pourrais-je, du reste ? J'ai trop exigé de vous. Julia…

— Je vous en prie, ne soyez pas trop dur avec elle. Elle regrette sincèrement sa fugue et je doute qu'elle ait jamais envie de recommencer. Elle a vécu une nuit très éprouvante.

— Vous aussi, comme je le lui ai souligné.

— Oh, vous ne l'avez pas grondée, j'espère ?

— Nous avons eu une longue discussion.

— Quand ?

— Pendant que vous dormiez. Et je ne l'ai pas grondée — enfin, juste un petit peu. Nous avons surtout beaucoup parlé de l'avenir.

— Ah. Et comment l'envisagez-vous ?

— Il dépend de vous, ma chérie.

Il lui saisit la main et l'entraîna vers le canapé, meuble robuste tendu de cuir brun, plus conçu pour accueillir la lourde carcasse du capitaine MacArthur que la frêle silhouette de la jeune femme. Stacey la fit asseoir près de lui.

— Car je vous aime, ajouta-t-il. Vous le savez, n'est-ce pas ?

— Vous m'aimez ? répéta-t-elle rêveusement, comme si elle

était encore plongée dans un demi-sommeil — ce qui, songea-t-elle, était sans doute le cas.

— Depuis toujours, dès l'instant où je vous ai vue. Et quand John Hardacre m'a confié ce que vous subissiez au manoir par la faute de Cecil et de ses invités, j'ai compris que je devais vous protéger. Mais j'étais également inquiet pour Julia ; j'ai donc eu l'idée de l'amener ici, dans votre école. J'ignorais tout, à ce moment-là, du trafic auquel se livraient les amis de votre beau-frère.

— Je n'ai pas été capable de lui enseigner beaucoup de choses.

— Elle a pourtant énomément appris à votre contact, elle me l'a affirmé elle-même.

— Elle m'a laissée entendre hier, juste avant de s'endormir, qu'elle désirait demeurer ici.

— Dites plutôt que c'est *avec vous* qu'elle souhaite rester. Vous l'avez conquise, Charlotte, et, croyez-moi, c'est déjà en soi un exploit. Tenez, elle n'a pas élevé la moindre objection quand je lui ai annoncé que je comptais vous épouser.

La jeune femme sursauta, n'en croyant pas ses oreilles.

— M'épouser ? murmura-t-elle. Vous êtes sérieux ?

— Plus que jamais.

— Mais vous ne pouvez vous marier avec moi.

— Pourquoi donc ? Je vous aime, je vous le répète et nous sommes libres tous les deux. A moins, naturellement, que cette idée vous répugne.

— Non, non, du tout. Seulement…

— Oui ?

— Je suis trop vieille pour vous donner un héritier.

Stacey rejeta la tête en arrière et éclata de rire.

— Est-ce là tout ce qui vous arrête ?

— C'est quand même un obstacle qui n'est pas négligeable.

— Pour moi, si. Vous êtes dans le plus bel âge de l'existence,

Charlotte. Si Dieu nous accorde des enfants, je serai le plus heureux des hommes, mais si nous n'en avons pas, je n'en perdrai pas le sommeil. Encore une fois, je vous aime et je veux vous épouser, quand bien même vous ne me donneriez jamais de descendant. Au reste, à nous deux, nous en avons déjà trois.

— Oui, mais uniquement des filles.

— De charmantes et délicieuses jeunes filles, en effet. Charlotte, comment puis-je vous vous convaincre qu'à mes yeux, une vie sans vous ne vaut pas la peine d'être vécue ?

Il marqua une pause pour porter la main de la jeune femme à ses lèvres et lui laisser le temps de s'imprégner de ses propos.

— Mais avant de connaître avec vous les joies du mariage, poursuivit-il, j'ai une confession à vous faire. Lord Falconer l'estime nécessaire et je suppose qu'il a raison, quoique je redoute que vous me haïssiez ensuite — si tant est qu'il y ait de la place pour un tel sentiment dans votre cœur, Charlotte.

— Je vous écoute.

— Quand j'ai gagné vos bijoux aux cartes, j'avais d'abord pensé vous les rendre directement, mais quand vous m'avez annoncé votre intention de les vendre, j'ai décidé que je ne pouvais permettre cela. Je suis donc allé à Londres pour rendre visite à John Hardacre.

Il s'interrompit, ne sachant si elle l'écoutait vraiment. Elle avait un regard lointain, comme si elle contemplait une réalité visible à elle seule.

— Charlotte, pourriez-vous me prêter un instant votre attention ?

— Oh, mais vous l'avez, lui assura-t-elle. Vous êtes allé voir M. Hardacre et voilà que, du jour au lendemain, il me déniche un fonds qu'il n'aurait, prétend-il, pas remarqué au règlement de la succession de mon mari. J'ai trouvé cela étrange, figurez-vous, non seulement parce que Grenville m'en aurait parlé lui-même, mais aussi parce que M. Hardacre a toujours été pour moi l'incarnation de la conscience professionnelle. Le sachant inquiet pour moi, je l'ai d'abord soupçonné d'avoir tiré cette somme de sa propre poche. Il ne roule cependant pas sur l'or et cela aurait représenté une dépense trop conséquente pour lui. En outre, il n'est pas mon parent. Aussi ai-je ensuite songé à mon grand-oncle, mais j'avais du mal à comprendre ce brusque intérêt pour moi après toutes ces années d'indifférence et la raison qui aurait pu le pousser à garder l'anonymat. J'ai d'ailleurs eu la confirmation hier soir qu'il n'était pas mon généreux donateur, quand il m'a rapporté que M. Hardacre venait de lui écrire que j'avais besoin de son aide et que c'était pour ça qu'il était venu à Parson's End.

« Une bonne nuit de sommeil là-dessus et la vérité m'est apparu clairement, ce matin même : le donateur en question ne pouvait être que vous. »

— Oh…

— Cela étant, je suis contente que vous m'en ayez parlé. Pourquoi ce geste ?

— Parce que même si, à l'époque, je savais que je vous aimais, il était encore trop tôt pour vous le dire. Et puis je voulais que Julia et vous ayez une chance de mieux vous connaître et de vous apprécier mutuellement.

— Oh, Stacey…

— Tiens ? Voilà que je suis de nouveau Stacey ?

— Oui. Je ne sais que vous répondre.

— Un oui me suffirait. Si cela peut achever de vous convaincre, sachez que tout le monde nous a déjà mariés.

— Tout le monde ?

— De Julia jusqu'à Lord Falconer, encore que j'aie eu le plus grand mal à persuader votre oncle que je ne ressemblais en rien à Cecil ni à ses comparses et que je n'étais pas joueur…

— Oh, si, Stacey, vous l'êtes, l'interrompit Charlotte en riant.

— Non, je ne le suis pas. J'ai simplement appris à manipuler les cartes à l'armée et découvert à cette occasion que j'avais un don pour deviner les mains de mes adversaires, mais je n'ai jamais parié plus que ce que je pouvais me permettre de perdre. Et puis je n'ai plus besoin de jouer, maintenant que vous êtes en sécurité.

— Et cette partie que vous deviez disputer avec votre cousin aujourd'hui ? Ou plutôt hier ? Je perds la notion du temps.

— Elle n'a plus lieu d'être, expliqua patiemment Stacey, lassé par toutes ces questions.

Il ne souhaitait qu'une chose : qu'elle lui donnât son consentement. Et qu'il pût enfin la tenir de nouveau dans ses bras et l'embrasser jusqu'à plus soif.

— Cecil est reparti pour l'Inde sans plus rien devoir à personne, l'informa-t-il.

— Coment cela se peut-il ? Je croyais qu'il était ruiné.

Elle se tut brusquement, comme frappée par une révélation.

— C'est vous qui avez payé ses dettes, n'est-ce pas ?

— Alors que je suis son principal créancier ?

— La maison ! s'exclama-t-elle. C'était tout ce qui lui restait. Stacey, Easterley Manor vous appartiendrait-il désormais ?

Il hocha lentement la tête.

— Oui, mon amour. J'ai pensé que nous pourrions nous y installer en attendant que j'hérite du titre et des terres de mon père. Vous auriez ainsi la possibilité de continuer à enseigner aux enfants du village auxquels vous êtes si attachée.

— Oh, Stacey ! s'écria-t-elle, les yeux brillant de joie.

— Alors, acceptez-vous de m'épouser ?

— Stacey Darton ! répliqua-t-elle sèchement. Croyez-vous que la perspective de retourner au manoir puisse avoir la moindre influence sur ma réponse ? J'aime cette vieille demeure, c'est exact, mais je vous aime plus encore…

Elle ne put aller plus loin : avec un gloussement ravi, Stacey la serra contre lui pour l'embrasser. Il déposa d'abord un baiser sur son front, puis sur chacune de ses joues et enfin sur ses lèvres purpurines. Il laissa ensuite sa bouche errer le long de son cou, jusqu'à la naissance de ses seins, avant de revenir à ses lèvres et de s'en délecter jusqu'à ce que tous deux en perdissent le souffle.

— Alors, s'enquit-il en haletant, c'est oui ?

— Oh, oui, oui, oui ! répondit-elle.

Et elle se pressa contre lui pour lui rendre ses baisers avec une ardeur qui lui fit tourner la tête.

Ils durent cependant mettre un terme à leurs effusions, car des bruits de pas et des voix approchaient de la pièce. S'étant promptement redressée, Charlotte arrangeait sa coiffure quand on frappa à la porte. Stacey se leva à son tour et alla se planter devant la fenêtre où il feignit de contempler le paysage des falaises.

— Entrez, dit la jeune femme.

— Lord Falconer, milady, annonça Betsy dont le regard alla aussitôt de sa maîtresse, toute rose et les yeux luisants, la chevelure en désordre et les lèvres gonflées, au vicomte qui, pour son plus grand amusement, affectait une pose décontractée devant la fenêtre.

Le grand-oncle de Charlotte s'introduisit alors sans façon dans le boudoir et posa son chapeau, sa canne et ses gants sur la première table venue.

— Alors ? s'enquit-il. Puis-je vous féliciter ?

— Oh, mon oncle, bien sûr, répondit sa nièce. C'est à vous, de toute façon, que je l'aurais annoncé en premier.

Betsy hocha la tête avec un air satisfait et s'empressa d'aller claironner la nouvelle au reste du personnel.

— Tout est arrangé, confirma Stacey quand la servante fut repartie. Nous nous installerons à Easterley Manor dès après la noce.

— Parfait, je vais pouvoir repartir dans le Hertfordshire l'esprit tranquille, repartit Lord Falconer.

Il s'approcha de Charlotte pour la prendre par les épaules et la tint un moment à bout de bras avant de lui planter un baiser sonore sur la joue.

— Tous mes vœux de bonheur, mon enfant, déclara-t-il. Tu as ma bénédiction. Et écris-moi à l'avenir. Souvent. Nous avons beaucoup de temps à rattraper, tous les deux.

— Oui, je vous le promets.

— Si tu avais été un garçon, tu aurais été mon héritier, le sais-tu ?

— Non, milord, je l'ignorais. Vous n'avez donc pas de famille ?

— J'ai eu un fils, mais il est mort, il y a trois ans de cela. C'est d'ailleurs ce qui m'a incité à chercher ce qu'était devenue ma nièce et à tenter de combler le fossé qui nous séparait.

— Maman nous a quittés voilà dix ans.

— C'est ce que j'ai appris en me rendant à Portsmouth, le dernier endroit où elle avait vécu à ma connaissance. J'ai également découvert ce jour-là qu'elle avait une fille. Personne, toutefois, n'a pu me dire où tu étais passée. Ce n'est qu'en recevant le courrier de M. Hardacre que j'ai su ton nom de femme mariée ainsi que ton lieu d'habitation.

— Et maintenant, vous nous avez retrouvées, moi et mes filles, conclut-elle en souriant, séduite par cet homme à l'abord franc et honnête, fort dissemblable de l'ogre qu'il avait longtemps été dans son esprit.

— Absolument. Et, si j'ai bien saisi la situation, il n'est pas exclu que tu me donnes bientôt un héritier mâle.

Stacey émit un grognement que Charlotte préféra ignorer, estimant qu'ils avaient déjà épuisé le sujet ensemble.

— Milord, comment vous est venue l'idée de tendre un piège à M. Spike ? demanda-t-elle avec curiosité.

Le vieil homme rit sous cape.

— Le bonhomme ignorait que je te suivais, n'est-ce pas ? J'ai bien songé frapper à la porte, mais tant d'événements hors du commun étaient déjà survenus au cours de la nuit que j'ai tout de suite flairé un traquenard. Dieu merci, tu as eu la présence d'esprit de ne pas révéler ma présence à ce sinistre individu. Avisant une fenêtre entrouverte, j'ai pu suivre votre conversation depuis la cour. Il ne me restait plus ensuite qu'à mettre la main sur le vicomte et à organiser l'embuscade avec ce vaillant soldat.

— Dois-je en déduire que vous approuvez mon choix ? s'enquit-elle.

Elle avait formulé cette question pour plaisanter, sachant que le consentement de son grand-oncle lui était acquis, mais elle n'en entendit pas moins Stacey retenir subitement sa respiration.

Lord Falconer lui adressa une grimace comique.

— Et si je le désapprouvais, tiendrais-tu compte de mon avis ?

— Du tout, avoua-t-elle franchement, mais j'apprécierais que mon bonheur fasse aussi celui de mes proches.

— C'est le cas, mon enfant, sois-en assurée. Bon, je vais vous laisser. Tant d'émotions, ce n'est plus de mon âge. Et puis j'ai hâte de retrouver mon lit. Celui que m'a donné ta gouvernante est affreusement dur.

— J'en suis navrée, mon oncle. Il est normalement prévu pour accueillir un enfant et nous n'en avons pour l'instant pas d'autre à proposer à nos invités. J'espère toutefois que vous reviendrez pour notre mariage.

— Et j'espère, moi, que vous célébrerez plutôt vos noces au domaine de la famille, à Falcon Court !

Charlotte interrogea Stacey du regard.

— A toi de choisir, mon amour, lui répondit-il.

— Eh bien, mon oncle, je vous communiquerai ma décision dès que nous aurons fixé une date pour la cérémonie.

— Euh, si ça ne tenait qu'à moi, intervint Stacey, elle aurait lieu dès demain. Mais bon, ajouta-t-il en soupirant, je suppose qu'il y a certaines dispositions à prendre auparavant…

Charlotte s'esclaffa. Son visage rayonnait littéralement de joie. Et, pour la énième fois, Stacey se répéta qu'il ne l'avait jamais vue plus jolie…

— Mais, j'y pense, reprit soudain la jeune femme en redevenant sérieuse, je ne peux quitter cette maison tout de suite. Je suis censée garder le Nid de Corneilles jusqu'au retour du capitaine MacArthur.

— Par pitié, s'exclama Stacey, ne me dis pas que je vais devoir attendre encore onze mois !

— Pas si je puis persuader Jenkins de venir travailler ici tous les jours. Et puis Easterley Manor est juste à côté. En cas de problème, il n'aura qu'un pas à faire pour venir nous voir.

— Figure-toi que je lui en ai déjà touché deux mots, ma chérie, et qu'il est d'accord pour loger ici jusqu'au retour du capitaine MacArthur.

— Oh, sacripant ! Es-tu donc capable de lire dans mon esprit ?

— J'aimerais bien, lâcha-t-il. Cela dit, quand désires-tu que nous nous mariions ?

La jeune femme réfléchit un instant.

— Dans six semaines, énonça-t-elle enfin. Cela nous laissera le temps de nous organiser. A propos, il faudra que tu préviennes tes parents. Penses-tu que ton père te donnera son consentement ?

— Oh, il en sera positivement enchanté, lui certifia Stacey.

De fait, le comte de Malcomby rêvait depuis lontemps de le voir reprendre femme. Et quand il apprendrait que la promise n'était autre que la petite-nièce de Lord Falconer, nul doute, songea Stacey, qu'il concevrait une joie sans mélange.

Lord Falconer saisit de nouveau Charlotte par les épaules pour la dévisager.

— Tu es vive et décidée, dit-il. Exactement comme ta mère. Je l'aimais, sais-tu…

Puis il l'embrassa encore une fois et, après avoir serré la main de Stacey, récupéra ses gants, son chapeau et sa canne.

— Je vous attends donc à Falcon Court dans un mois et demi, déclara-t-il.

Charlotte et Stacey l'accompagnèrent à la porte du cottage et le regardèrent monter dans son carrosse. Après son départ, ils retournèrent dans le boudoir pour reprendre leur entretien là où Lord Falconer l'avait interrompu. Hélas, ce nouveau moment d'intimité ne dura guère, car Lizzie, Fanny et Julia débarquèrent à leur tour dans la pièce.

— Maman…, commença à articuler Lizzie.

Elle s'arrêta net en avisant sa mère dans les bras de Lord Darton.

— Julia dit que tu vas épouser son papa, poursuivit-elle sur un ton plus circonspect. C'est vrai ?

Charlotte regarda Stacey et sourit, puis elle s'écarta de lui pour enlacer ses filles.

— Oui, leur répondit-elle, c'est vrai. Cela vous dérange-t-il ?

Elle avait posé cette question en frémissant intérieurement. Mais si Julia elle-même ne voyait aucune objection à cette union, pensa-t-elle, ses propres filles pourraient-elles ne pas y consentir ?

— Non, repartit Lizzie, j'aime bien Lord Darton.

— Moi aussi, renchérit Fanny.

Stacey éclata de rire. Jamais, de toute son existence, il n'avait entendu un enfant dire cela de lui, pas même sa propre fille, et il se rendit compte qu'il en retirait une satisfaction sans bornes.

— Moi aussi, je vous aime, s'exclama-t-il en tendant les bras aux trois jeunes filles qui vinrent se blottir contre lui.

Charlotte les considéra tous les quatre en souriant.

— Je me demande ce qui a pu te donner l'idée que tu n'appréciais pas les enfants, murmura-t-elle.

Mais Stacey ne l'écoutait pas, tant il était occupé à répondre aux questions que lui posaient les filles.

Le mariage eut lieu, comme prévu, six semaines plus tard, dans la chapelle du domaine des Falconer. Charlotte se présenta devant l'autel habillée d'une robe lilas dont la traîne était portée par trois demoiselles d'honneur tout de rose vêtues et visiblement fières de la mission qui leur était échue. Bien que les deux époux eussent souhaité une cérémonie modeste, le petit édifice était rempli de parents et d'amis, certains venus de Parson's End, dont le révérend Fuller qui officia avec l'assistance du propre chapelain de sa Seigneurie.

Lord Falconer, qui vivait seul depuis la mort de sa femme et celle de son fils, avait été ravi de se découvrir le patriarche de toute une descendance qui lui était jusqu'alors inconnue, même si celle-ci se composait exclusivement de filles. Il n'était cependant pas exclu, pensa-t-il, que Charlotte mît plus tard au monde d'autres enfants, dont peut-être un garçon. Quel fantastique héritage reviendrait alors à ce dernier ! D'ici là, il ferait tout pour rattraper l'indifférence coupable dont il avait jadis accablé sa petite-nièce. Pour l'instant, en tout cas, elle ne paraissait guère avoir besoin de lui, vu le bonheur qui étincelait dans ses yeux quand elle regardait son mari et qu'elle serrait dans ses bras ses trois filles. Oui : trois, car Julia, qui n'avait jamais connu de mère, était enchantée d'avoir enfin auprès d'elle une femme qu'elle pût appeler « maman ».

Après la cérémonie, Lizzie, Fanny et elle devaient aller séjourner à Malcomby Hall, tandis que Stacey et Charlotte se rendaient pour leur voyage de noces à Londres, où la saison des festivités touchait à sa fin. Stacey avait hâte de se présenter avec son épouse à un nouveau bal — car celui-là, il en était certain, ne se terminerait pas dans les larmes !

— Oh, Stacey, je suis tellement heureuse, lui confia Charlotte quand leur carrosse s'ébranla sous les vivats des parents et amis venus les saluer sur le perron de la demeure seigneuriale des Falconer.

— Moi aussi, mon amour, répondit-il en passant un bras autour de ses épaules et en l'embrassant.

Bientôt, ils ne prêtèrent même plus garde au roulis de la voiture.

Et là-haut, sur le banc de conduite, Jem se permit un sourire en songeant que, durant tout le trajet jusqu'à la capitale, il serait sans doute le seul passager du carrosse à trouver quelque intérêt au paysage…

Collection *Les Historiques*

HARLEQUIN

prochains rendez-vous le

1er octobre 2007

LA FIANCÉE ÉCOSSAISE, ***de Margaret Moore • n°381***

SAGA NOCES CELTIQUES, 2E PARTIE.

Complots et passions au temps des châteaux forts…

Écosse, 1229. Griffyd Delanyea, fils d'un riche marchand gallois, est invité par l'armateur écossais Diarmad Mac Murdosh au château de Dunloch pour, officiellement, y négocier l'achat de plusieurs navires. En réalité, Diarmad espère aussi lui faire épouser sa fille Seona, qu'il déteste et dont il a hâte de se débarrasser…

LES NOCES DU SCANDALE, ***de Sylvia Andrew • n°382***

Angleterre, 1815. Le mariage d'Alexandra Rawdon avec Richard Deverell, un ami d'enfance dont elle est amoureuse depuis toujours, semble s'annoncer sous les meilleurs auspices. Pourtant, sitôt la cérémonie terminée, la jeune mariée menace son époux avec un pistolet, l'accusant d'avoir tué son frère et ruiné son père aux cartes, causant ainsi sa mort. Si elle a consenti à cette union, explique-t-elle, c'était uniquement pour reprendre les terres gagnées aux cartes par Richard et qu'il lui a rendues en cadeau de noces…

LE CHEVALIER DE LA REINE, ***de Joanne Rock • n°383***

À la Cour d'Aliénor, les intrigues sont légion, et lady Ivy se félicite d'avoir toujours réussi à se tenir à l'écart des scandales. Mais les choses se compliquent quand la reine lui confie une mission délicate : apprendre à sir Roger Stancliff, habile courtisan et séducteur invétéré, les règles élémentaires de l'amour courtois. Lady Ivy accepte – et mesure bientôt son erreur. Car, très vite, la Carte du Tendre lui paraît bien fade en comparaison du vertige sensuel qu'elle éprouve dans les bras puissants de sir Roger…

HARLEQUIN

Collection *Les Historiques*

LE CHÂTEAU DES PASSIONS, ***de Christine Merrill • n°384***

Angleterre, 1815. Compromise et mariée dans la même journée, lady Miranda ne se complaît pas longtemps dans son rôle de duchesse. Bien sûr, elle sait que le duc de Haghleigh l'a épousée par devoir, mais est-ce une raison pour lui témoigner tant de froideur ? Souvent, seule dans son lit, elle se jure de le quitter après lui avoir asséné ses quatre vérités. Mais il suffit que, le matin venu, il fixe sur elle son regard de braise pour qu'un tout autre défi lui vienne à l'esprit…

LE RETOUR DE LORD MELROSE, ***de Juliet Landon • n°385***

Londres, 1473. Fasciné, sir Fergus Melrose regardait lady Nicola manier l'épée. Non seulement elle croisait le fer comme personne, mais elle portait le pourpoint avec une sensualité à couper le souffle. Tous deux étaient encore enfants quand on les avait fiancés, et, si, à l'époque, Fergus n'avait pas vraiment compris le sens de cet engagement, il se réjouissait à présent d'avoir à l'honorer. Mais après des années de séparation, il était à craindre que lady Nicola ne soit pas du tout dans les mêmes dispositions d'esprit…

LE SCEPTRE D'OR, ***de Helen Kirkman • n°386***

Angleterre ancienne, 871. Gemma, une jeune orfèvre, est chargée par Erik le Viking de restaurer le sceptre des rois de Wessex, dérobé par l'envahisseur viking. Un jour, elle découvre un inconnu blessé qu'elle recueille chez elle pour le soigner. L'homme lui révèle être le plus farouche ennemi d'Erik, qu'il s'est juré de tuer. Afin d'endormir la méfiance de son ennemi, il décide de se faire passer pour le mari de Gemma et de fraterniser – en apparence – avec Erik pour mieux l'attirer dans un piège fatal…

Collection *Les Historiques*

- 6 titres inédits tous les 2 mois -

— Le 1er septembre —

Un été à Willow Lake - Susan Wiggs • N°298

Pour oublier une douloureuse déception sentimentale, Olivia accepte la proposition de sa grand-mère : passer l'été à Willow Lake pour remettre en état le camp de vacances appartenant à ses grands-parents, où, enfant, elle a passé tous ses étés. Or le jour où se présente l'entrepreneur devant l'aider dans cette tâche, elle reconnaît avec stupéfaction Connor Davis, le garçon qu'elle a secrètement aimé durant son adolescence...

Poison - Alex Kava • N°299

C'est impossible. Et pourtant, tout le confirme. Sabrina Galloway, brillante scientifique qui travaille dans une usine experte en énergies renouvelables, vient de découvrir que celle-ci rejette des déchets toxiques dans la rivière toute proche. Consciente des conséquences mortelles de ce qui semble être un sabotage, elle décide d'en parler à ses supérieurs. Mais l'un vient de disparaître dans d'étranges circonstances, tandis que l'autre reste sourd à ses alertes...

Noirs soupçons - Brenda Novak • N°300

Lorsqu'Allie McCormick revient à Stillwater, la petite ville de son enfance, elle est fermement décidée, en tant qu'officier de police, à faire toute la lumière sur la mystérieuse disparition du Reverend Barker. Car depuis vingt ans toute la ville, en proie aux rumeurs les plus sombres, accuse de meurtre Clay Montgomery, son fils adoptif. Celui-ci, taciturne et solitaire, semble porter un lourd secret... Intriguée, mais aussi séduite par cet homme au charme mystérieux, Allie va devoir garder tout son sang-froid pour découvrir s'il est ou non l'assassin qu'elle est venue démasquer.

La poupée brisée - Amanda Stevens • N°301

Depuis la mystérieuse disparition de sa fille Ruby, il y a sept ans, Claire est inconsolable. Mais un jour, c'est le choc : dans une vitrine de la Nouvelle-Orléans, elle découvre une poupée de collection qui reproduit à la perfection les traits de sa fille... Mais la poupée est enlevée à son tour, comme Ruby, sept ans plus tôt. Volée par un homme de l'ombre, que la beauté de la petite fille avait autrefois fasciné – et dont l'obsession n'a jamais pris fin...

Retour à Belle Pointe - Karen Young • N°302

Épouse du célèbre champion Buck Whitaker, Anne a apparemment tout pour être heureuse. Mais sa vie ne la satisfait pas : elle veut un enfant, lui non. Et, quand elle fait une fausse couche, le couple entre en crise. Anne part pour Tallulah, Mississippi, où l'accueillent son père et sa belle-mère. Elle décide alors d'étudier le passé de la petite ville, où la famille de Buck possède depuis des générations la grande plantation de Belle Pointe, célèbre dans toute la région. Elle ne se doute pas, ce faisant, qu'elle va découvrir des secrets enfouis depuis bien longtemps...

L'héritière de Rosewood - Brenda Joyce • N°303

Amérique, Irlande et Angleterre, 1812 – À la mort de ses parents, Virginia Hugues apprend que son oncle, établi à Londres, compte vendre Rosewood, la plantation de tabac familiale située en Virginie. Bouleversée, la jeune fille se révolte. Certes, la propriété, incendiée pendant la guerre de Sécession, n'est plus qu'une ruine, mais elle reste la maison de son enfance, le berceau de ses souvenirs... Aussitôt, elle embarque pour l'Angleterre avec l'espoir de convaincre son oncle de renoncer à son projet. Mais elle est enlevée par un pirate irlandais...

Mortelle impasse - Helen R. Myers • N°177 *(réédition)*

Lorsqu'elle découvre une empreinte de main rouge sang tracée sur un panneau « Impasse », non loin de chez elle, Brette Barry veut d'abord croire à une farce macabre liée à Halloween. Mais l'inquiétude s'empare d'elle lorsque son fils lui révèle que Hank, son meilleur ami, a disparu la veille. L'adolescent au caractère révolté a-t-il une fois de plus décidé de fuguer... ou l'empreinte sanglante était-elle la sienne ?

L'ASTROLOGIE EN DIRECT
TOUT AU LONG
DE L'ANNÉE.

(France métropolitaine uniquement)

Par téléphone 08.92.68.41.01

0,34 € la minute (Serveur JET MULTIMÉDIA).

Composé et édité par les
éditions Harlequin
Achevé d'imprimer en juillet 2007

BUSSIÈRE
GROUPE CPI

à Saint-Amand-Montrond (Cher)
Dépôt légal : août 2007
N° d'imprimeur : 70843 — N° d'éditeur : 12929

Imprimé en France